中国古代通俗小说序跋题记汇编

萧相恺／辑校

三

人民文学出版社

型世言

《型世言》叙

翠娱阁主人

一、叙

食人之禄，忠人之事。忠何必杀身，亦何必不杀身。忠何必覆家，亦何必不覆家。惟以凛然不受磨灭之心，可以质天地，可以动鬼神，可以靖君父，可以对家庭。呜呼，已矣！死犹生矣，即今日之笔舌，尤之见当日之须眉。彼景隆之身亦死，家亦□（败），不天壤哉。"留取丹心照汗青"，铁尚书丹心，从今当更耿耿耳。翠娱阁主人撰。

二、叙

死忠死孝，皆得所之死也，丈夫亦何惜捐一生？然报仇之心历久不移，复深沉不露，卒亲仇殪而亲嗣全，恐激烈者无此委婉，深筹者又难此勇断也。知神而勇沉，仁至而义尽，千古寡传，是宜书以金管耳。翠娱阁主人题。

三、小引

枕上爱深,便弛堂前之慕;膝头踪远,竟殊被底之情。惟割爱之难,遂背恩之易。孰是脱娇娃疑敝屣,铭我恃如丘山。珠回故邑,水覆当衢。运奇谋于独创,何必袭迹古人;完天伦于委蛇,真可树型今世。可惜笔舌,以发隐幽。翠娱阁主人识。

四、(叙)

耳提面命,未必作孝,而偶读残编剩简,不觉凄然,此李令伯《陈情》一疏,识者谓是兴孝之资,然而里耳弗偕也。唯夫刲肝割股,乃出十四岁之女流,吾知一人之孺慕,信足发人人之孺慕。不可知,可繇也,何必低徊于"臣无祖母,无以有今日;祖母无臣,无以终馀年"哉。是犹在报复作想,而未纯也。翠娱阁主人识。

五、小叙

丈夫与阉媚也,无宁卤莽,盖中无大学识,稍一沾恋,不免误入他岐。使耿埴不断,安知爱欲日深,身为情使,刃淫之刃,不转为淫用乎?人且谓其不绝之,而必刃之为忍,不认于未成狱之时,认于既成狱之后,亦为怯。噫!何其绳人无已也!翠娱阁主人。

六、小引

尝观事当缪轕之际,偏束能人之手,而不惊愚夫妇之心。能人死生利害大明也。若夫愚夫妇,则直行其是而已。故如贵梅,欲激亢以全其节,而孝不成;欲委阿以全其孝,而节不完,唯是一死而局已竟,不必著洁于一时,不必显名于千秋。使道学者处此,曰:汶汶一死,何以表我孝?嗟!嗟!似此便死不成。是故予尝曰:真愚妇胜假道学。翠娱阁主人书。

七、题词

自夷光奏沼吴之功,祖其谋者为和戎。委红袖于腥膻,瘁玉颜于沙漠,曰,吾以柔克悍也。吁嗟!非智术之姝,则虽尽中国之妖艳,祇作其伎乐耳,何济于事?故必才如翠翘,方可云粉黛中干城。至其一死殉人,忠义彪炳一世。翠娱阁主人题。

八、叙

嗟乎！补天无计，捧日犹有心乎？成败论人，必谓从亡者能复重耳于十八年后，此不过依栖避人。噫！嗟！知不可复，而犹依依栖栖者四十年，此其心何如心欤！夫不能暴其心，尽显其迹，聊少传其事以留其心。翘首金马荒烟，巫山冷雨，犹见一片英雄肝胆飞跃其上。翠娱阁主人识。

九、（叙）

忱，不动金石，忱不精；思，不通鬼神，思不深。忱精思深，鬼神作使：梦亦吾神，迫为破昧；念亦吾神，自为联聚，不尔，一膝下境，若山河者多矣，然遐荒而合之，膝下而离之。若人何心，真不堪与王君作奴，真不得不借此作炉锤也。翠娱阁主人撰。

十、叙

昔有吊夏贵者云：君年七十三，胡不六十九？呜呼夏相公，千古名不朽。盖以为失节之年，唯恨其多也。若夫殉夫自矢，怡然投缳，节妇不至令生，而世且谓红颜有柔情而无侠骨，岂其然！然而，一篇四六呈,一个贞烈扁,又不如君翼数语,能播烈妇于遐荒,垂烈妇于不朽矣。翠娱阁主人题。

十一、叙
自世以挑琴为趣,折齿为达,后生多相如、幼舆自负矣,抑知白头有怨,其为女子累固多,然有终则偶此不廉之女,中弃则有薄倖之讥,何似作一时坚忍哉?试一读之,可作斩淫之干将,愈淫之参术。翠娱阁主人题。

十二、小引
今之木天,养高之木天也,不复问箴劝矣;今之上序,薮秽之上序也,不复解分谊矣;今之缇帅,贪挚之缇帅也,不复知轸恤矣。谁意三高,来于一时;谁谓三高,不可再于一时?虽然,无李公之忠忱,则石生又是陆万钟一流也,何足污笔端!而王生亦未肯作今之刘侨。翠娱阁主人题。

十三、序
鸰原至今日,而可慨极矣。利浓而情淡,势轧而心离；闺中有豺虎，而一室成参商。可胜言哉？豆然同根，比比而是。若今之师生，更不如友朋。荒陆氏之庄，为边生之诮，谁复作恤孤之想。落落寰中，乃有若人，俤俤师师，真东流之砥矣。愿借寡情者一读，当洫盈面而汗涤背。翠娱阁主人题。

十四、引

"此道今人弃如土"，宁复向沦落中人问友人哉？然友不在沦落中见，于何处见？只在杯酒趋附中欤？故论友者当以此为法，即如周蓼洲以托孤得祸，苏郎中以急友得死，亦是友谊宜然，不欲令王参军独有千古耳。彼势在胶漆，势去抟沙，既杀其身，寻覆其家，亦独何心？亦独何心？（按，此引不署撰人，但有"翠娱阁"阳文篆字印一方）

十五、题词（万历癸巳春题）

人有贵贱，赋之天性无贵贱。家之老仆，国之耆臣，一也。第新进易亲，老成易远，遂有不能伸其志之时。若因志不伸，遂尔敛手，则亦非仆之负，夫以必忧必恪者矢心，以疑颠疑狂者正主，觉费袆止除黄皓,犹是失着也,谁谓奴隶中无人,不堪入人笔札?翠娱阁主人识。

十六、题词

昔张靖之无子,自省曰:予有何咎?群妾曰:即多置予辈,亦咎也。靖之笑而遣之,独二人不去,时正妙年。公殁,即自闭阁中,垂白方出。盖其能守即不去时已定。谁谓妾媵中无人?若夫抚孤于穷,难矣;更抚正室之孤,不更难欤?卓哉,三夫人!知不辱吾弟之笔。翠娱阁主人撰。

十七、引

男儿不死成大功,非如俗言"大难后当有大福",只是动心忍性,识透胆雄,置身生死之外,故白刃交前而不惊,浮议交挠而不动,岂若王昭远孺子,以铁如意指挥三军,自比武侯,竟作亡虏哉。虽然,襄毅知献,文端知人,不然,一本兵枢之,一纨绔佐之,其不坏国事,几希矣。翠娱阁主人题。

十八、题词

世尝为妇人恨者,曰妒。妒直为富贵人恨,穷酸只得一妻，朝夕相守，何妒之有？所可恨直见小耳。此出《异纪》，君翼衍而成书，如不以出于富贵而有傲心，暂落贫贱而有馁心，俱可作闺中女范，至如王守择婿，亦云具眼，是宜与并传。翠娱阁主人题。

十九、序

予尝自笑有侠肠而无侠才，负侠气而无侠资。观此何人不可作侠哉！第恐一带纱帽，便不为济人而为迫人耳。固宜君翼之喜谈而乐道之。翠娱阁主人识。

二十、题词

因友及友，庾斯千古美谭。然孺子一时之真情，亦足以感激其恻隐。唯红颜相向，了不动其热心，纳之帐中，历以岁月，真耐久之朋也。读之应笑柳下惠犹乃是瞬息之矜持，鲁国男子全不济事。翠娱阁主人撰。

二十一、（叙）

国家刑名，在内寄法司，在外寄臬司。府州县刑狱,率先谳臬司,而臬司上之三法司。臬司正执要之地,乃府为不日之同僚,知推又他日之言路,则有据其成牍而已,覆盆之冤,有谁与烛?第为上不可轻示其意,使下有希旨之人,而亦终不可不精为研求,祈悉其情也。使世得石廉使百辈布天下,当使东海不旱,燕台不霜。翠娱阁主人。

二十二、引

汉三辅多良吏,而赵广汉见事风生,钩筩缉奸,亦擅能称。诚以其望哺如雏,不可无卵翼;其挚猛如鹰,又不得不驱击。驱击正以为卵翼也。不然,有惠可怀,无威可摄,以处常可也,御变奈何?如巇崃者,不可云贪天功为己力也。翠娱阁主人题。

二十三、题词

穷相亲,利见背,宁独市井然哉?名之所在,不难杀同侪以邀之;势之所宗,何惜倾知故以附之?吾恐章奏中之白刃更惨也,况乎占气转身,则又嫁祸之尤欤。吾谁欺乎?倘小难逃冰镜耳。是宜辑之,以作今日之影。翠娱阁主人书。

二十四、序

马谡曰：攻心为上。沛公曰：吾宁斗智不斗力。贺若弼品第隋诸将曰：战将、勇将，而非大将，大将固不于戈戟争雄也。善于用夷者，必如范老子之用潘之罗；用间者，当如老种之间野利，何难灭夷而朝食，吾盖于希仪深有取。翠娱阁主人题。

二十五、题词

造物何尝弄人，人自入其颠倒。巧则巧，一事百惠迪吉而从逆凶，滔滔汩汩之中巧以其妻予之而不受，竟以酬拯溺之人耳。一拯人且然，益知历年四百，天之酬神禹未为厚也。翠娱阁主人题。

二十六、小引

仆有嫌其妻丑者，主以金杯酌酒与之，复酌以磁杯，问以孰美。曰：皆美。主曰：如是，不必嫌其妻矣。今之求丽色者，何见解竟出两人下哉？聚妖丽以戕生者，杨诚斋谓以阎罗王未尝出勾，子何自行投到？如此被愚者，予亦谓以世网自疏，人何密之？翠娱阁主人撰。

二十七、序

师之体尊矣,今曰寻馆、固馆,嗟乎!患得患失,何所不至哉?得此,可醒贪夫之娱(误)人子弟,瞎汉之自误其子弟者,此型谓作愚蒙之教师也可。翠娱阁主人识。

二十八、小引

穷达会有时,英雄岂无泪?骖骐骥而服轭,宜为昂首之鸣;息鲲鹏于水涯,终见凌风之举。时习兮行见遄发,踬行者浸成蹶趋。何事蝇营,遽从狗窦,履危机而自快,入奇彀而不知。笔墨无灵,漫乞灵于钟磬;文章无用,思见用于梵吟。不倚人而倚天,良可丑也;不信己而信鬼,或承羞乎?且成笔底之花,笑破傍人之口。翠娱阁主人撰。

二十九、题词

禹恶旨酒;汤不迩声色,不殖货利;文王徽柔懿恭。此皆先四者绝之也。然圣人能绝之于先,庸人悔之于后,智者鉴之已往,慎之将来,使能三复于败辙。吾知四者,只为人用,不为人祸已。此回大可令人警惕。翠娱阁主人撰。

三十、序

士人屈首于二句子曰,一篇八股,俗情大似夏虫于冰,况一顶进贤冠,便有花酒耗其精,簿书劳其神,奔兢疲其体,奸在旁而不得知,即知而不果剔,愚侮玩弄,有必至矣。斯集,其鬼窟中之秦镜,士大夫之指南乎?谓宜人诵一通于入政之初。翠娱阁主人题。

三十一、叙

富贵功名之借途,今且为贪淫之资,骄奢恶薄之渐。仕籍才挂,辄求倾城,搜佳丽,便作鄙夷糟糠之思。未几,变起闺阃,为愤争,为忌疾,一身宛转其间,不得,便以身与官随之,是亦仕途中胡相士也。薄幸何必卖妻?得报何必在一死?人自思之。翠娱阁主人识。

三十二、题词

语云:在德不在鼎,一鼎古,而其经家之覆、国之亡,不知凡几矣,犹且以为奇物,毕智殚力以为图。得之逆,失之不愈速乎!"子不磨墨,墨且磨子",智哉其言已!翠娱阁主人撰。

三十三、叙

人道迩,天道远。不知人易私,天最公。公则无濡滞,无漏网,不令生死含怨也。奇矣哉,雷乎!一震之下,恶者骿首就戮,而冤者不至叹覆盆,殆与六月之霜并奇矣。翠娱阁主人题。

三十四、叙

尝读《颠仙传》,而不胜起敬也。不作丹铅之外道,不为吐纳之自守,置身于李韩国、刘诚意之间,不待功成拂衣,不至有弓藏狗烹之叹。噫!知兴知机,胜郭璞辈多矣。其颠也同希夷之卧,两人真足并峙仙籍。翠娱阁主人识。

三十五、引

禅之足珍,以其悟也,以其再生能不失其真也。故如真西山、苏子瞻、我朝王阳明诸大儒,悉根禅来，饶大解悟，不谓无垢一髡，历再生而不忘如此！嗟嗟！度越觉阇黎远矣。翠娱阁主人题。

三十六、序

聪明误人，作吏者犹甚。一逞聪明，驱人就我，箠楚之下，何求不获哉？聪明得误，于是世反以摸稜为是，而不知亦为失也。杜请托，破成见，沉心巽志，进两造而审克之，百不一失矣。毋令无辜吁我不得而吁天。翠娱阁主人题。

三十七、小引

噫！日有此变，而世悉变而女，妖淫阴晦之气遍宇内矣。昔人谓，三代之下皆魑魅。予则曰：今日之朝野多妾妇。倘能清夜自耻乎？又妾妇而须眉，变亦何必待天！翠娱阁主人识。

三十八、题词

世有男狐，又有女狐，有真狐，亦有伪狐。总之，一有狐气，便能以媚为魅，昂昂六尺躯多半死狐穴中。蒋郎其最幸者矣。然识者终曰：倖不可邀。

翠娱阁主人撰。

三十九、序

禹使庚辰制淮涡神无支祈,至唐犹在,原非妄也,人自不相信耳。不然,方术之士犹能以符咒制物之死命,而吾儒不能以精忱走瞬息之风雷,将吾儒不方术若欤。天地间奇事,亦天地间庸事,无诩然奇驱鳄之韩,殪蛟之夏。翠娱阁主人。

四十、叙

人谓弄猢狲者,为猢狲弄。不知猢狲弄人,终亦自弄。大巧若拙,大知若愚。矜巧逞知,则足以报其躯。天下独一河间猴哉。翠娱阁主人撰。

说明:《型世言》一书,国内无藏本,韩国汉城大学奎章阁藏一部,台湾"中央研究院"文哲研究所曾据以影印,陈庆浩作序;上海古籍出版社亦有影印本行世,《前言》谓,陈氏本中所存缺损,则以京城帝国大学图书馆之复印本补配,所谓帝国大学图书馆本,实即奎章阁藏本。此本缺首册,故未见内封、序、总目等。书凡十卷四十篇,每回回首均有《叙》,

卷一第一回端题"峥霄馆评定通俗演义型世言卷之×　钱塘陆人龙君翼甫演　盐官木强人评",尾署"翠娱阁主人撰"。有"陆云龙"阳文、"雨侯氏"阴阳文钤各一方。第二回则有"从龙"阳文钤一方。以下各回的评者各有不同,但小说作者却皆为陆人龙。疑今存《三刻拍案惊奇》序言,便是由《型世言》序改作而成。

陆云龙,见《魏忠贤小说斥奸书》条。

三刻拍案惊奇

惊奇序

梦觉道人

余尝读未见书，遂拍案叫□（绝？奇？），□（乃？始？）悟古今事迹，非奇则怪，□□□（去岁复？）游天台仙府，诣诸名胜，凭吊陈迹，愈觉山河变幻。今春卜室孤山之麓，时梅影横瘦，竹阴展新，斜阳映水，峰际流云。掩关无事，简点废帙，得一二野史。烦倦之顷，偶抽阅之，多忠孝侠烈之事，间有贪淫奸宄数条，观□□□（其含垢？）蒙耻，败露情状，亦足发人深醒。总之，君臣、父子、夫妇、兄弟、朋友之理道，宜认得真；贵贱穷达、酒色财气之情景，须看得幻。当场热哄，瞬息成虚，止留一善善恶恶影子，为世人所喧传、好事者之敷演。后世或因芳躅而敬之，或因丑庋而愤之。惊惊愕愕，□（奇）乎？不奇乎？今特撮其最奇者数条授梓，非无谓也。

客有过而责余曰："方今四海多故，非苦旱潦，即罹干戈，何不画一策以苏沟壑，建一功以全覆军，而徒哓哓于稗官野史,作不急之务耶?"予不觉叹曰:"子非特不知余,并不知天下事者也。天下之乱,皆从贪生好利、背君亲、负德义所至。变幻如此,焉有兵不讧于内,而刃不横于外者乎?今人孰不以为师旅当息,凶荒宜拯,究不得一济焉,悲夫!既无所济,又何烦余之饶舌也。余策在以此救之,使人睹之,可以理顺,可以正情,可以悟真。觉君父师友,自有定分;富贵利达,自有大义。今者叙说古人,虽属影响,以之谕俗,实获我心,孰谓无补于世哉?"时□□未仲夏,孤山梦觉道人漫书。

说明:上序录自北京大学图书馆藏本《三刻拍案惊奇》,原为马廉旧藏(有"不登大雅之堂"印)。内封残,上镌"型世奇观",下右刻"梦觉道人编辑",左镌"三刻拍□(案)惊奇"。首《惊奇序》,尾署"时□□未仲夏,孤山梦觉道人漫书",有"孤山""梦觉道人"阳文、"天地则尔,户庭已悠"阴文钤各一方。"时"字之下,至少挖去一字,郑振铎先生推测,应为"癸"。癸未为崇祯十六年;亦有人以为应为"辛","辛未"为崇祯四年。但此书所据为《幻影》,而《幻影》又据《型世言》,《型世言》作于明崇祯间,则此书之出应在其后,且据其后的题署为"明××……辑",书之出显已入清,除非此书之序也是据旧文或旧版所改。次"三刻惊奇目次",凡八卷三十回。正文卷端题"卷一","卷一"字样之上,挖去数字。隔一行,署"西湖浪子"。其馀各回卷端均题"明　梦觉道人　西湖浪子　辑"。半叶九行,行二十字。

梦觉道人、西湖浪子,真实身份、生平事迹待考。

西湖二集

西湖二集序

湖海士

天下山水之秀,宁复有胜于西湖者哉!自昔金牛献瑞以来,水有"明圣"之称,宋仁宗诗有"地有吴山美,东南第一州"之句,白乐天之"馀杭形胜四方无",范希文之"西湖胜鉴湖",苏东坡之"西湖比西子",柳耆卿之"桂子荷花",真令人艳心三竺、两峰间也。予揆其致,大约有八:犹夷澹宕,啸傲终日,直闺阁间物,室中单条耳,不闻其有风波之险也;可坐可卧,可舟可舆,水光盈眸,山色接牖,不闻其有车殆马烦之病也;亦有清音,亦有丝竹,绣毂香轮,朱帘画舫,曳冰纨雾縠,而掩映于绿杨芳草之间,所谓"红蕖映隔水之妆,紫骝嘶落花之陌"者,触目媚人,不闻其有岑寂之虞也;水香蘋洁,菱歌渔唱,莺鸟交啼,野凫戏水,龙井之茶可烹,虎跑之泉可啜,环堤之酒垆可醉,嫩草作裀,轻舟容与,富者适志,贫者惬心,不闻其有荣枯之异也;春则桃李呈芳，夏则芙蕖设色，秋则桂子拖香，冬则白雪幻景，其雨既奇，其晴亦好，白日固可游览，夜月尤属幽奇，不闻其有不备之美也；梵宇名蓝，龙宫古刹，金碧辉煌，钟磬相闻，可停游屐，可搜隐迹，寻幽或以竟日，耽胜乃以忘年，不闻其一览即尽、索尔无馀也；幽人胜士之场，古佛垂教之地，孤山怀其高踪，法相参其遗蜕，永明寿乃弥陀化身，事事可师，天竺东溟之道德隆重，高皇帝称之为白眉法师。亦有宗泐，称为泐翁，迫以官而不受，高僧哉！高僧哉！是以入道场则利名欲拚，缅高风则火宅晨凉，法身长在，历劫不灰，触处可以醒我之昏迷也；入三潭而唲唅不惊，游断桥、苏堤而两公之明德如在，以是知鱼鳖咸若存圣世之风，高贤长者留千秋之泽，彼豪暴之吏，亦复何存。盖前人者，后事之师矣，流芳遗秽，其尚鉴之哉！况重以吴越王之雄霸百年，宋朝之南渡百五十载，流风遗韵，古迹奇闻，史不胜书，而独未有译为俚语，以劝化世人者。苏长公云："杭州之有西湖，如人之有眉目也。"而使眉目不修，张敞不画，亦如葑草之湮塞矣。西湖经长公开濬，而眉目始备；经周子清原之画，而眉目益妩。然则周清原其西湖之功臣也哉！即白、苏赖之矣。

予览胜西湖而得交周子。其人旷世逸才，胸怀慷慨，朗朗如百间屋；至抵掌而谈古今也，波涛汹涌，雷震霆发，大似项羽破章邯，又如曹植之谈，而我则自愧邯郸生也。快矣乎！余何幸而得此？咄咄清原，西湖之秀气将尽于公矣。乃谓余曰："予贫，不能供客，客至，恐斫柱刬荐之不免，用是匿影寒庐，不敢与长者交游。败壁颓垣，星月穿漏，雪霰纷飞，几案为湿，盖原宪之桑枢、范丹之尘釜，交集于一身，予亦甘之。而所最不甘者，则司命之厄我过甚，而狐鼠之侮我无端。予是以望苍天而兴叹，抚龙泉而狂叫者也。"余曰："子毋然！司命会有转局，狐鼠亦有败时；且天不可与问，道不可与谋，子听之而已矣。"清原唯唯而去。逾时，而以《西湖说》见示。予读其序而悲之。士怀才不遇，蹭蹬厄穷，而至愿为优伶，手琵琶以求知于世，且愿生生世世为一目不识丁之人，真令人慷慨悲歌、泣数行下也。岂非郡有司之罪乎？夫良玉而题砆趺，则泣卞和之血；骏马而驾盐车，则垂伯乐之泪：此亦有心者之所共悲，而有目者之所共悼矣。昔阮嗣宗好游山，车迹所穷，辄恸哭而返。陈子昂诗文不为人知，时有卖胡琴者，索价百万，豪贵无售，子昂突出，以千缗市。次日，集宣阳里第，具酒肴群饮，置胡琴，抚语曰："蜀人陈子昂，有文百轴，驰走京师，不为人知，此乐贱工之役，岂足留心？"举而碎之，以其文遍赠座上诸客，声溢都下。唐球好苦吟，撚稿为丸，纳之大瓢中，投于江，曰："斯文苟不沉没，得者方知我苦心尔。"有识者接得之，曰："此唐山人诗瓢也。"周子间气所钟，才情浩汗，博物洽闻，举世无两，不得已而借他人之酒杯，浇自己之磊魂，以小说见，其亦嗣宗之恸、子昂之琴、唐山人之诗瓢也哉！观者幸于牝牡骊黄之外索之。湖海士题于玩世居。

说明：上序录自上海古籍出版社影印原傅惜华藏明崇祯云林聚锦堂刊本《西湖二集》。此本首有序，尾署"湖海士题于玩世居"。次"西湖二集目次　武林济川子清原甫纂　抱膝人讦谟甫评"，凡三十四卷。次图像二十八叶。正文半叶十行，行二十字。版心单鱼尾上镌"西湖二集"，下镌卷次、叶次。

武林济川子清原，即周清原，又作清源，号济川子，武林（今浙江杭州）人，虞德园门人。有才而不得志于时。与曾为工部侍郎之武进人周清源非同一人。

抱膝人讦谟,待考。

续西游记

续西游记序

真复居士

《西游》,佛记也,亦魔记也。魔可云佛,佛亦可云魔。是何以故?盖佛以慧显,魔以智降,此魔而可以入佛者也。然则虽举诸佛菩萨三十二相之身、百千万亿之化而魔之,亦奚不可?夫魔之眯佛,亦云是也。乃展转相因,惟由静而有动于心者生也,既能生佛,又能生魔。故空诸一切,以归于无。无者,不动之谛也。若本无可动,何名不动?则甚深微眇之中,包摄具足,种种智相,天人妓乐,华鬘宝首,琉璃金碧,师子神王,游戏神通,断可识矣。中士不悟,寔生机心,夫机何昉乎?《南华》有云:"万物皆出于机,入于机。"机也者,抉造化之藏,夺五行之秀,持之极微,发之极险。故曰:"天发杀机,移星易宿;地发杀机,龙蛇起陆;人发杀机,大地翻覆。"又曰:"心生于物,死于物,机在目。"言贵慎用也。夫机者,魔与佛之关捩也。封之则冥,拨之即动,倏而变幻，倐而智巧，倐而意中造意，心内生心，抢抢扰扰，驱神役智，聪明作祟，械梏为缘，烧空凿窍，举体皆魔。而湛寂真空之理，不可问矣。去佛眇末，卒以寻丈。颠倒诞妄，了无尽期。机心存于中，则大道畔于外，必至之理也。前记谬悠谲诳，滑稽之雄。大概以心降魔，设七十二种变化，以究心之用。上穷碧落，下极阴幽，三界贤圣，搜罗几尽。杂取丹铅婴姹之说，以求合乎金丹之旨。世多爱而传之。作者犹以荒唐毁亵为忧。兼之机变太熟，扰攘日生，理舛虚无，道乖平等。继撰是编，一归铲削。俾去来各有根因，真幻等诸正觉。起魔摄魔，近在方寸。不烦剿打扑灭，不用彼法劳叨。即经即心，即心即佛。有觉声闻，圆寔功行。助登彼岸，还返灵虚。化不净根，解亡涂缚。作者苦心，略见于此。我愿观者同具人天慧业，得是书而绎之，当作不动地想，毋徒曰骈拇赘疣，而胡卢弁髦之也。真复居士题。

说明：上序录自金鉴堂藏板本《续西游记》。原本藏日本天理图书馆。此本内封上镌"嘉庆十年新镌"，下分三栏，由右向左，分题"贞复居士评点"

"新编绣像续西游记""金鉴堂藏板"。首,《续西游记序》,尾署"真复居士题"。次,"新编续西游记目录",凡一百回。有图像二十九叶。正文卷端题"新编续西游记",半叶十行,行二十四字。版心上镌"续西游记",单鱼尾下镌回次、叶次。

真复居士,真实身份、生平事迹待考。

西游补

《西游补》序

嶷如居士

曰:出三界,则情根尽;离声闻缘觉,则妄想空。又曰:出三界,不越三界;离声闻缘觉,不越声闻缘觉。一念着处,即是虚妄。妄生偏,偏生魔,魔生种类。十倍正觉,流浪幻化,弥因弥极,浸淫而别具情想,别转人身,别换区寓,一弹指间事。是以学道未圆,古今同慨。曰:借光于鉴,借鉴于光,庶几照体尝悬,勘念有自。乃若光影俱无,归根何似?又可慨已。

补《西游》,意言何寄?作者偶以三调芭蕉扇后,火焰清凉,寓言重言,以见情魔团结,形现无端,随其梦境迷离,一枕子幻出大千世界。如孙行者牡丹花下,扑杀一干男女;从春驹野火中,忽入新唐;听见骊山图,便想借用着驱山铎,亦似芭蕉扇影子未散。是为"思梦"。一堕青青世界,必至万镜皆迷。踏空凿天,皆繇陈玄奘做杀青大将军一念惊悸而生。是为"噩梦"。欲见秦始皇,瞥面撞着西楚;甫入古人镜,相寻又是未来。勘问宋丞相秦桧一案,斧钺(钺)精严,销数百年来青史内不平怨气。是近"正梦"。困葛藟宫,散愁峰顶,演戏弹词,凡所阅历,至险至阻,所云洪波白浪,正好着力,无处着力。是为"惧梦"。千古情根,最难打破一"色"字。虞美人、西施、丝丝、绿珠、翠绳娘、薐香,空闺谐谑,婉娈近人,艳语飞飐,自招本色,似与"喜梦"相邻。到得蜜王认行者为父,星稀月朗,大梦将残矣,五旗色乱,便欲出魔,可是"寤梦"?约言六梦,以尽三世。为佛、为魔、为仙、为凡、为异类种种,所造诸缘,皆从无始以来,认定不受轮回,不受劫运者,已是轮回,已是劫运。若自作,若他人作,有何差别?夫心外心,镜中镜,奚啻石火电光,转眼已尽。今观十六回中,客尘为据,主帅无飯,一叶泛泛,谁为津岸?夫情觉索情、梦觉索梦者,了不可得尔。阅是《补》者,暂为火焰中一散清凉,冷然善也。辛巳中秋,嶷如居士书于虎丘千顷云。

西游补答问

静啸斋主人

问:《西游》不阙,何以补也? 曰:《西游》之补,盖在火焰芭蕉之后,洗心扫塔之先也。大圣计调芭蕉,清凉火焰,力竭之而已矣。四万八千年,俱是情根团结。悟通大道,必先空破情根;空破情根,必先走入情内;走入情内,见得世界情根之虚,然后走出情外,认得道根之实。《西游补》者,情妖也。情妖者,鲭鱼精也。

问:《西游》旧本,妖魔百万,不过欲剖唐僧而俎其肉。子补《西游》,而鲭鱼独迷大圣,何也? 曰:孟子曰:"学问之道无他,求其放心而已矣。"

问:古本《西游》,必先说出某妖某怪。此叙情妖,不先晓其为情妖,何也? 曰:此正是补《西游》大关键处。情之魔人,无形无声,不识不知,或从悲惨而入,或从逸乐而入,或一念疑摇而入,或从所见闻而入。其所入境,若不可已,若不可改,若不可忽,若一入而决不可出,知情是魔,便是出头地步。故大圣在鲭鱼肚中,不知鲭鱼;跳出鲭鱼之外,而知鲭鱼也。且跳出鲭鱼不知，顷刻而杀鲭鱼者，仍是大圣。迷人悟人，非有两人也。

问：古人世界，是过去之说矣；未来世界，是未来之说矣。虽然，初唐之日，又安得宋丞相秦桧之魂魄而治之？曰：《西游补》，情梦也。譬如正月初三日梦见三月初三与人争斗，手足格伤。及至三月初三，果有争斗，目之所见与梦无异。夫正月初三非三月初三也，而梦之见之者，心无所不至也；心无所不至，故不可放。

问：大圣在古人世界，为虞美人，何媚也？在未来世界，便为阎罗天子，何威也？曰：心入未来，至险至阻，若非振作精神，必将一败涂地。灭六贼，去邪也；刑秦桧，决趋向也；拜武穆，归正也。此大圣脱出情妖之根本。

问：大圣在青青世界，见唐僧是将军，何也？曰：不须着论，只看"杀青大将军，长老将军"此九字。

问：十三回《关雎殿唐僧堕泪　拨琵琶季女弹词》，大有凄风苦雨之致。曰：天下情根不外一"悲"字。

问：大圣忽有夫人男女，何也？曰：梦想颠倒。

问：大圣出情魔时，五色旌旗之乱，何也？曰：《清净经》云："乱穷返本，情极见性。"

问：大圣遇牡丹，便入情魔；作奔垒先锋，便出情魔，何也？曰：斩情魔，政要一刀两段。

问：天可凿乎？曰：此作者大主意。大圣不遇凿天人，决不走入情魔。

问：古本《西游》，凡诸妖魔，或牛首虎头，或豺声狼视；今《西游补》十五回，所记鲭鱼模样，婉娈近人，何也？曰：此四字正是万古以来第一妖魔行状。静啸斋主人识。

说明：上序和"答问"均录自明崇祯间刊本《西游补》。首《序》，尾署"辛巳中秋嶷如居士书于虎丘千顷云"。辛巳当为崇祯十四年。避天启崇祯讳，"由"作"繇"。次图像八叶。又次，《西游补问答》，尾署"静啸斋主人识"。复次，"西游补目次"，凡十五回。正文实际为十六回，其中第十一回"节卦宫门看帐目　愁峰顶上抖毫毛"为目录中所无，总目中的第十一回为正文中的第十二回，下依次类推。正文卷端题"西游补　入三调芭蕉扇后　静啸斋主人著",半叶八行,行二十字。版心上镌"西游补",单鱼尾下镌回次及简目,如"一回牡丹红""七回古人镜""九回未来镜"之属。有回评和少量眉批。

静啸斋主人,当是董说(董说诗《漫兴十首》第三首中有句云:"西游曾补《虞初》笔,万镜楼空及第归。"自注云:"余十年前曾补《西游》,有《万镜楼》一则")。字若雨,号西庵,明亡后出家,著有《丰草庵诗集》《丰草庵别集》《宝云诗集》《易发》《七国考》等。

嶷如居士,待考。

西游补序

天目山樵

予游莺湖,得见此本于延州来氏。原本略有评语,以示我友武陵山人,山人曰:"未尽也。"间疏证一二,以示三一道人,道人曰:"嘻!犹未尽。"乃复加评阅考论,而删存其原评之中窾者。犹以为未尽,不得如悟一子之诠《西游记》也。予曰:"书不尽言,言不尽意。读者随所见之浅深,以窥测古人而已,奚所谓尽者?《西游》借释言丹,悟一子因而畅发仙佛同宗之旨,故其言长。南潜本儒者,遭国变,弃家事佛,是书虽借径《西游》,实自述平生阅历了悟之迹,不与原书同趣,何必为悟一子之诠解?且读书之要,知人论世而已。今南潜之人与世,予既考而得之矣,则参之是书,性情趣向,可以默契,得失离合之间,盖几希矣。若夫不尽之言,不尽之意,邈然于笔墨之外者,此则其别有寄托而不得已于作书之故,岂可以穿凿附会,而自谓尽之?"道人曰:"书意主于点破情魔,然《西游》全书,可入情魔者不少,何独托始于三调芭蕉之后?"曰:"南潜《易发》,因见杏叶而悟黄钟之度。《西游》言芭蕉扇小如杏叶,展之长丈二尺,或有所触,遂托始于此。"道人笑曰:"其然,此亦不可尽之一证也。"他日,将授之梓,而请序于予,因书其语以贻之。癸丑孟冬,天目山樵识。

读西游补杂记

《续西游》摹拟逼真,失于拘滞;添出比丘灵虚,尤为蛇足。《后西游》潇洒飘逸;不老婆婆一段,借外丹点化,生动异常,然小行者、小八戒未免寡曰。此于"三调芭蕉扇"后补出十六回之文,离奇惝恍,不可方物;未来世界入勘秦一段,尤非思议所及。至其行文,有起有讫,有伏案,有缴应,有映带,有穿插,有提挈,有过峡,有铺排,有消纳,有反笔,有侧笔,有顿折,有含蓄,有平衍,有突兀,有疏落,有绵密;且帙不盈寸,而诗歌、文辞、时文、尺牍、平话、盲词、佛偈、戏曲,无不具体,亦可谓能文者矣。

前书罗刹女一案,实行者生平所未经,稍稍立脚不定,便入魔障;故《后西游》以不老婆婆一段拟之。此则即借其意,从本文引入情魔,由情入妄,妄极归空,为一切世间痴情人说无量法。十六回书中,人情世故,琐屑必备,虽空中楼阁,而句句入人心脾,是真具八万四千广长舌者。

行者第一次入魔是春男女;第二次入魔是握香台;第三次入魔最深,至身为虞美人;逮跳下万镜楼,尚有翠绳娘、罗刹女生子种种魔趣:盖情魔累人,无如男女之际也。

或曰:"以斗战胜佛之英雄智慧,而困于情,可乎?"曰:"人孰无情?有性便有情,无情是禽兽也。且佛之慈悲,非佛之情乎?情之在人,视其所用,正则为佛,邪则为魔。是故勘秦桧,拜武穆,寻师父,莫非情也。情得其正,即为如来,妙真如性。"

或问:"悟空之为悟幻,何也?"曰:"第二回提纲,大书'西方路幻出新唐',明自此以下皆幻境也。故起首特揭出'悟空用尽千般计,只望迷人却自迷'二句。夫迷悟空者,即悟空也。世出世间,喜怒哀乐,人我离合,种种幻境,皆由心造。心即镜也。心有万心,斯镜有万镜。入其中者,流浪生死而不自知,方且自以为真境。绿玉殿,见帝王富贵之幻;廷对秀才,见科名之幻;握香台,见风流儿女之幻;项王平话,见英雄名士之幻;阎罗勘案,见功名事业忠佞贤奸之幻。幻境也,鬼趣也,故以阎罗王终之。自跳出鬼门关扯断红线,艰难历遍,觉悟顿生。然而小月王宫中之师父犹非真师父也。弹词茗战,以潇洒为悟;仿古晚郊,以闲适为悟;拟古昆池,以山水为悟;芦中渔唱,以疏野为悟。悟矣乎?犹未也。情根未绝,妄相犹存,命竟何如?不堪回首!始而悲,继而哭,既而疑,终而乱,道味世味,交战于中;

大愤大悲,莫知所适;于此真实用力,然后憬然真悟,幻境皆空。非幻亦空,始是立脚之处。虚空主人一偈:'悟空不悟空,悟幻不悟幻。'正为将悟人对症发药。盖能悟幻,始能悟空。然但能悟幻,而未悟空,则其悟仍幻。用力有虚实,见道有浅深,此悟空悟幻之分也。"

三调芭蕉扇,其因也;波罗蜜王,其果也。言下指点,明示归结。

曰虚空,曰主人,虚空有主人乎?虚空而无主人,是顽空也。然毕竟如何是虚空主人?请读者下转语。

按钮玉樵《觚剩续编》云:"吴兴董说,字若雨,华阀懿孙,才情恬适,淑配称闺阁之贤,佳儿获芝兰之秀;中年以后,一旦捐弃,独皈净域,自号月涵;所至之地,缁素宗仰。于是海内无不推月涵为禅门尊宿矣。月涵于传钵开堂、飞锡住山之辈,视若蔑如;而身心融悟,得之典籍,每一出游,则有书五十担随之,虽僻谷之深,洪涛之险,不暂离也。余幼时曾见其《西游补》一书,俱言孙悟空梦游事,凿天驱山,出入庄老,而未来世界历日,先晦后朔,尤奇。"据此,知《西游补》乃董若雨所作。按若雨《丰草庵杂著》凡十种,曰《昭阳梦史》《非烟香法》《柳谷编》《河图卦版》《文字障》《分野发》《诗律表》《汉饶歌发》《乐纬》《扫叶录》。其见于《四库全书总目》者,有《七国考》十四卷;见于存目者,有《易发》八卷,《运气定论》一卷,《天宫翼》无卷数,及《汉饶歌发》一卷而已。朱竹垞《明诗综》云:"董说,字若雨,乌程人,晚为僧,名南潜,字宝云。有《丰草庵》等十八集。"《易发提要》云:"董说,字若雨,湖州人,黄道周之弟子也;后为沙门,名南潜,其论《易》专主数学,兼取焦、京、陈、邵之法,参互为一,而推阐以己意;其根柢则黄氏《三易洞玑》也。"然则若雨为僧后,改名南潜,字宝云,而月涵乃其别号。所著诸书,惟《七国考》刊于雪枝从父《守山阁丛书》为最著;其馀皆就湮没;故《西游补》一书,宜亟刊以传世也。

问:"《西游补》,演义耳,安见其可传者?"曰:"凡人著书,无非取古人以自寓。书中之事,皆作者所历之境;书中之理,皆作者所悟之道;书中之语,皆作者欲吐之言:不可显著而隐约出之,不可直言而曲折见之，不可入于文集而借演义以达之。盖显著之露，不若隐约之微妙也；直言之浅，不若曲折之深婉也；文集之简，不若演义之详尽也。若雨令妻贤子，处境丰腴；一旦弃家修道，度必有所大悟大彻者，不仅以遗民自命也。此书所述，皆其胸膈间物。夫其人可传也，其书可传也，传其书，即传其人矣。虽演义，庸何伤？"

第四回云："尧舜到孔子是'纯天运'。"按董君之学出于黄石斋。石斋《易象正》以周桓王元年当"蒙"卦，则非其师说。而宋牛无邪传邵子之学，以尧之世当"贲"，则亦非邵学。其所著《易发》中《飞龙训篇》，谓尧、舜、周、孔皆以飞龙治万世，又其《天官翼》，以章蔀纪元元会运世立论，谓历数出于卦爻，所列恒星过宫、年干入卦二表，以星次递相排比，至帝尧甲子，适值"张""心""虚""昴"，居四仲之中，与《尧典》中星合，遂据以为上溯下推之证。则其用卦爻起历，盖以尧时为本，正与《西游补》中语相应。轨革之术，随人推衍，本无一定也。玉史仙人似影指宣圣而言。八卦炉中，殆其自谓。

说明：上序和杂记录自空青室藏本《西游补》，

原本藏天津图书馆。此本内封三栏，由右向左，分题"三一道人评阅""西游补""空青室藏板"。首序，尾署"天目山樵识"，次《西游补答问》；末附《读西游补杂记》，古典文学出版社1957年印汪原放校点《西游补》即据此本录入。

西游补识语

病禅　明心子

武陵山人，即金山顾尚之先生，精于医算，有遗书十二种，与元和李尚之先生先后齐名。

不尽之言云云，盖已窥见作者本意，而未便明言。金山钱、顾两家，皆喜为宏览博物之学；或者故老所传，秘笈所记，抑所谓旧钞本者，尚有评跋可据，而碍难付刊，遂从割爱，皆未可知。总之，此书命意，止是借径成文，与前书无甚关涉。杂记总释诸家，皆深欲是书之传，故止就外面立说，以示此书托意，不过如是；而其言外之意，皆不赘一辞。孔子作《春秋》，尚有所嫌讳以避祸，弟子皆口耳相传，至汉公羊寿始著竹帛，犹此意也。

据总释引虚空而无主人云云，知三一道人即雪枝先生从子也。惜不知天目山樵及真空居士究属何人。以上三则病禅识。

作者语长心重，于文网严密之时，假空中楼阁之思想，随笔挥写，妙绪环生，其黍离麦秀之感，跃然纸上，病禅已先我而言之矣。是书埋没已二百年，刊本甚尠，亟宜流传表彰，藉以见遗民隐痛，无所宣泄，无聊之极思，如是如是。宣统己酉二月，明心子识。

说明：上识语出自1929年版北新书局本《西游补》，由刘璇提供。

病禅、明心子，均待考。

岳武穆尽忠报国传

尽忠报国传叙

金世俊

金沙辉山于侯初令信安,廉仁英敏,三月而邑大治。改令吾乌,游刃以烹小鲜,三月而邑亦大治,政和讼理,委蛇多暇,治圃西,结轩□□,爰名"卧治"。挥弦读书其中,宴如也。不佞欣慕日甚。占其风论才略,大哲元龙越石之流。谈及时艰,义形于色,斐斐咸救时之硕画也。尝艳吾乡宗忠简之致身,亟称弗置。间出一编,为《岳武穆公本传》,而闲评于卧治轩者。予观宋氏中兴之烈,御房平寇,武穆功称独冠。兹传胪次悉备尽忠报国之绩,评阐无馀,可云岳氏之功臣矣。即诸将十三战功,附载几尽,而宗公实首致身,夫继宗公之志者,惟武穆。于侯之传武穆,政以传忠简也。今天下中外交剧,救时需人,令得诵斯传而见诸军国,绍绩古人,即曰斯传为武事之先资可也。于侯未握救时之权,而先理救时之书以示天下,譬国医未及遍救时人,急理古人神圣之方，以示能者，则获其方者之功，孰谓非国医之功乎？而况于身试其方乎？侯行将救时亲试其方，以赞中兴，企予望之矣。孝乌通家治生金世俊书。

尽忠报国传凡例六则

于华玉

岳武穆王列传，自《宋书》外，王孙珂有《金佗粹编》；景定时，谢上舍有《纪事实录》；嗣后又有《精忠录》。近有演义旧传一书，则合史传家乘而集其成者。顾俗裁支语，无当大体，间于正史多戾，鳞来几以稗家畜之。兹特正厥体制，芟其繁芜，一与正史相符，爰易传名曰《尽忠报国》，所以崇王涅肤之志也。

旧传卷分八帙，帙有十目，大是赘琐。至末卷摭入风僧冥报，鄙野《齐东》，尤君子之所不道。兹尽删焉，而定为七卷，更于目之冗杂无义者，裁去其六，每卷概以四目，庶称雅训。

旧传每目数事缀连，累牍难竟，读者迳迳厌去。兹一事自为一起讫，以评语间之，事别绪承，最宜寻绎。

旧传沿习俗编，惟求通畅，句复而长，字俚而赘，即有奇谋伟略，鲜不牺而亵之，等于陈谈。兹痛为剪剔，务期简雅，缮较凡七易丹墨，大有分肌劈理、脱胎换骨之功，差足以羽翼正史，压倒肆铃矣。慎毋作稗野观。

旧传主于导俗，第可以助美谈。今传主于表奇，尤可以资武事。盖宗、李、张、韩，折冲为最；刘、杨、王、吴，摧陷多功，即百战无蹶，莫能少出武穆之右，亦均于中兴之武事为烈者也，虎铃纪效之外，可云秘要。

国朝于忠肃公有传，止称御房之略。正德中平寇有传，亦惟弭盗之书。独兹传御房、弭盗，兼载成谋，而武穆以一身百战，房破寇平，尤冠绝于从来诸将之上，可谓凌孙轹吴，极今古之罕俪者矣。传中李忠定公纲有曰：朝廷外有大敌，而盗贼乃敢乘间，势非先靖内寇则无以御外侮。韪哉斯言！今日时事之龟鉴也。有志于御外靖内者，尚有意于斯编。金沙辉山于华玉识于孝乌之卧治轩，门人信安古云余邦缙删次、兰江伯熙章朝较刓。

说明：上序及凡例出自明友益斋刻本《岳武穆

尽忠报国传》，郑振铎旧藏，今藏国家图书馆，上海古籍出版社据以影印。此书内封三栏，由右向左，分题"重订按鉴通俗演义""精忠传""友益斋梓行"，首《尽忠报国传叙》，尾署"孝乌通家治生金世俊书"，有"金世俊印"阳文、"□□空印"阴文钤各一方。次《尽忠报国传凡例六则》，尾署"金沙辉山于华玉识于孝乌之卧治轩，门人信安古云余邦缙删次、兰江伯熙章朝较剞"。复次"尽忠报国传目录"，凡七卷，卷端题"岳武穆尽忠报国传卷之×卧治轩评"。有眉批及"事间评"（"事自为一起讫，以评语间之"）。半叶十行，行二十字。版心上镌"精忠报国传"，单鱼尾下镌卷次，叶次。避朱由校、朱由检讳，"由"作"繇"，"校"作"较"。

由序署"金沙辉山于侯"及《凡例》所署"金沙辉山于华玉识于孝乌之卧治轩"等语，知书之改编者为于华玉。

于华玉，字辉山，堂号卧治轩，金坛人，明崇祯十三年（1640）进士，初任信安县令，崇祯十五年改令义乌，似还曾任江西宁化知县，书终成于义乌任内，刻印亦在其时。

梼杌闲评

梼杌闲评卷首总论

诗曰：

博览群书寻故典，旁搜野史录新闻。讲谈尽合周公礼，褒贬咸遵孔圣文。按捺奸邪尊有道，赞扬忠孝削谗人。零裁锦绣篇篇好，碎剪冰霜字字真。春夏秋冬排景致，风花雪月按时新。丁当击玉敲金字，剔透蟠龙绣凤纹。壮似秋风吹战垒，清如夜雨土松林。助添豪杰英雄气，感激忠臣烈士心。美玉良金思巧匠，高山流水待知音。当场告禀知音者，忙里偷闲试一听。

日月隙驹，尘埃野马，东流不尽江河泻。向来争夺名利人，百年几个长存者？

童叟闲评渔樵话，是非不在春秋下。自斟自饮自长吟，不须赞叹知音寡。

满江红

欲界茫茫，待足时、何时是足？凝眼望，功名千里,云台高筑。世事浑如花上露,人生一似风前烛。问一年、几见月当头？杯频覆。　　逐不尽、秦庭鹿。搵不住,新亭哭。看繁华转眼,玉楼金谷。叱咤风雷神气壮,鞭笞山岳威名肃。到头来,都付水东流,空劳碌。

且复何言？纵狂歌、唾壶敲缺。心头事,呼天剑啸,避人眦裂。竟致咆哮凭虎豹,不堪凝冱常冰雪。问妻儿、张口视其中,存否舌？　　忽发作、醉激烈。难止遏,狂时节。欲登天巫请,假吾丈铁。大嚼添饥奸贼脑,横吞解渴残臣血。读春秋,此笔存忠心,何尝绝。

古往今来,青史上、分明实写。请君看,贤奸忠佞,何曾假借。振主威权名赫奕,倾人机械魂惊怕。想胸中、犹觉志难伸,一人下。　　忠义士、偏遭叱,凭吊泪,休频洒。看尘开镜照,云空日射。事败族诛群一快,棺开尸戮谁能赦？叹小人,枉自逞英雄,千秋骂。

盖闻三皇治世,五帝分轮,君明臣良,都俞成治,故成仙天之泰。后世君暗臣骄,上蒙下蔽,遂成天地不交之否。世运草昧,生民涂炭,祸患非止一端,然未有若宦官之甚者。盖此辈阴柔之性,悍厉之习,与人主日近日亲,始则牵连宫妾,窥伺人主之意向,变乱是非;既则口衔天宪,手弄玉章,威权盛极,不至败亡不已。若汉之十常侍,诛戮缙绅,流毒中外,赤帝子四百年基业,尽丧阉人之手。唐始于李辅国、鱼朝恩,日浸月渐,酿成甘露之变,祸莫大焉。惟宋内侍,受制中书,韩魏公以一纸贬退任守忠,奠国家于磐石。此足见元辅作用,亦是君上英明信任,故能如此。其后杨戬、童贯之流,浸淫日盛,运花石纲,开召边衅,蛊惑君心,靖康之祸,有自来矣。至于明太祖既定天下,鉴前代之失,宦者官不过四品,止供洒扫传命,不许识字知书。后世因循日久,坏了祖宗成法,溺爱养奸,而王振、刘瑾之徒,作恶惨极。后到天启年间,一个小小阉奴,造出无端罪恶,正是:说来华岳山崩坼,道破黄河水逆流。

　　说明:上总论录自复旦大学图书馆藏清刊本《梼杌闲评》,上海古籍出版社据以影印。此本无书坊名,亦无刊刻年代。首"梼杌闲评卷首",后列《总论》,不署撰者,审其语意语气,当为作者自撰。

次"梼杌闲评总目",五十卷五十回。又次绣像十六叶,皆像赞各半叶。正文第一叶卷端题"梼杌闲评卷一",半叶九行,二十字。版心单鱼尾上镌"梼杌闲评",下镌卷次、回次、叶次。五十回目曰"明怀宗旌忠诛恶党",则书成自已入清,以清一入关,尝谥崇祯为"怀宗端皇帝"。又顺治十六年,改谥崇祯为"庄烈愍皇帝",则书可以肯定出于顺治元年至顺治十六年之间。

缪荃孙《藕香簃别钞》、邓之诚《骨董续记》皆推测为兴化李清所著。有一定道理。李清(1602—1683),字映碧,一字心水,晚号天一居士,南直隶兴化(今江苏兴化市)人。天启元年(1621)举人,崇祯四年(1631)进士,崇祯十年内召入京,仕崇祯、弘光两朝,历官刑、吏、工科给事中,大理寺丞。著有《三垣笔记》和《南渡录》。又或以为李渔所作,有待实证。

辽海丹忠录

《辽海丹忠录》序

翠娱阁主人

一腔热血洒何地？不洒于国，为谁洒乎？所可痛者，贺兰山下之侠骨，犹蒙诟詈之声；钱塘江上之鸱夷，祇快忌嫉之口。此忠臣饮恨九原，傍睹者亦为之愤懑也。如浑河之殉，为"违制"；镇武之殒，为"浪战"。老谋筹国，竟以左排右挤，先扬王而传首九边，至辽海所恃为长城者，巉而杀之。至酿逆胡犯阙，不得竟牵掣之功。所为青徐蜃气，犹为吐冤气于天壤；溟渤涛声，犹为泻冤声于昕夕。檀子若在，胡马宁至饮江哉？顾铄金之口，能死豪杰于舌端；而如椽之笔，亦能生忠贞于毫下，此予弟《丹忠》所繇录也。至其词之宁雅而不俚，事之宁核而不诞，不剿袭于陈言，不借吻于俗辈，议论发抒其经纬，好恶一本于大公，具眼者自鉴之，予亦何敢阿所好乎？因其欲付剞劂也，谨发其意以弁诸首。时崇祯之重午，翠娱阁主人题。

说明：上序录自明崇祯间翠娱阁刊本《辽海丹忠录》。首《序》，尾署"时崇祯之重午，翠娱阁主人题"，有"翠娱主人"阳文、"雨侯氏"阴阳文钤各一方。次为"丹忠录目次"，凡八卷四十回。有图像二十叶。正文卷端题"新镌出像通俗演义辽海丹忠录卷之一"（以下各卷，只题卷次，如"卷之二"之属），署"平原孤愤生戏草　铁崖热肠人偶评"，半叶九行，行十九字。版心上镌"丹忠录"，下依次镌回次、叶次。清乾隆间归安姚氏所刊《禁书总目》谓书为陆云龙所作，误。"平原孤愤生"实系陆云龙之弟陆人龙。书所涉袁崇焕事止于其被系，而未及其就戮，第八卷（最后一卷）总目录后也署"起崇祯元年至崇祯三年春"，三年为庚午，重午者或系"庚午之误"，书之作可能在崇祯三年。

翠娱阁主人，即陆云龙，见《魏忠贤小说斥奸书》条。

平原孤愤生，即陆人龙，陆云龙之弟。字君翼，钱塘（今浙江杭州）人。

铁崖热肠人，待考。

玉闺红

《玉闺红》序

白眉老人

吾友东鲁落落平生,幼秉天资,才华素茂。弱冠走京师,遍交时下名士,互为唱和。而立至江南,文倾一时,遂得识荆。君为人豪放任侠,急人之急。第困于场屋,久不得售。遂弃去之曰:"所谓□□者,乃毕生斤斤于是乎?"退而著述,所作甚多,而印行者,仅诗集两卷而已。今春间君以近作《玉闺红》六卷见示,一夜读竟,叹为绝响。文字之瑰奇,用语之绮丽,亘古所未之见。其描写朝廷名器,至于市井小人,口吻无不毕肖,曲尽其致。且君留京既久,又好狭游,京中教坊情景,无不若禹鼎燃犀,纤毫毕露,皆君经验之谈也。遂以之付文润山房刻梓,以广流传。君他作尚多,计有《金瓶梅弹词》二十卷,《梵林艳史》十卷,《兵火离合缘》四卷,《神岛记》一卷,皆未刊之作也。是书刊后,将一一付梓问世,庶不负天之钟灵于斯人耳。崇祯四年辛未,湘阴白眉老人序于金陵抱简斋,时年六十有五。

说明:上序录自《思无邪汇宝》之《玉闺红》。据《思无邪汇宝》出版说明,此书有金陵文润山房刊本,又有丽华出版社铅印本、正风书社排印本等。

东鲁落落平生,真实身份、生平事迹待考。

剿闯通俗小说

剿闯小说叙

无竞氏

君父之仇,天不共戴;国家之事,下不与谋。仇不共戴,则除凶雪耻之心同;事不与谋,则愤时忧世之情郁。于是乎闻贼之盛则怒,闻有绌首拜贼之人则愈怒;闻贼之衰则喜,闻有奋气剿贼之人则愈喜。怒则眦裂发竖,恨不得挺剑而揕其胸;喜则振足扬眉,恨不得执鞭而佐其役。此天理人心之必然而不容已者也。壬申三月之变,天摧地裂,日月无光。举朝肉食之夫,既悠悠忽忽,以酿此巨祸;迨乎溃败决裂,死者死,降者降,逃者逃,刑辱者刑辱。降者贪一日之荣,逃者侥一时之幸,刑辱者偷一夕之生,罪有重轻,失节则一。即死者亦仅了一身之局,而于国何补?国家养士近三百年,而食报区区若此,岂不痛哉?吴三桂舍孝取忠,弃家急国,效申胥依墙之泣,以遂秦哀逐吴之功,真正奇男子大丈夫作用。虽匡扶之局未结,而中兴之业已肇,是恶可无传？余结夏半月泉精舍，遇懒道人从吴下来，口述此事甚详。因及西平（按：当为"平西"之误）剿贼一事，娓娓可听，大快人意，命童子援笔录之。可怒可喜，具在编中。用以激发忠义，惩创叛逆，其于天理人心，大有关系，非泛常因果平话比。故兴文馆请以付梓，而余为叙数行于首。西吴九十翁无竞氏题于云溪之半月泉。

说明：上叙录自日本内阁文库本兴文馆本《剿闯通俗小说》。首《剿闯小说叙》，尾署"西吴九十翁无竞氏题于云溪之半月泉"。目录叶题"新编剿闯通俗小说"，凡十回，有图五叶，正文卷端题"新编剿闯小说　西吴懒道人口授"，半叶八行，行二十二字，板心上镌"剿闯小说"，下镌回次。第六回卷端题"新编剿闯通俗小说　西葫懒道人口授"。第七回缺第十八叶、第八回缺一叶。谭正璧《古本稀见小说汇考》该条云："序中称吴三桂为'平西'，可见写作付印皆在清初，《中国通俗小说书目》谓为'明刊本'，实为失考。"其实孙先生是对的，倒是谭先生的判断错了。这里称吴三桂为"平西"，是因他曾被明朝廷封为平西伯，不是指后来他被清朝廷封为平西王(详参萧相恺《珍本禁毁小说大观——稗海访书录》之《南京图书馆藏抄本〈剿闯通俗小说〉》,中州古籍出版社,1992年版)。

西吴懒道人,真实身份、生平事迹待考。

无竞氏,或谓为晚明画家王维烈,字无竞,湖州人,又谓吴人、常熟人(详参廖可斌《剿闯小说·前言》,上海古籍出版社《古本小说集成》)。

(剿闯通俗小说)记

柳亚子　董翁

余曩辑《南明纪年史纲》八卷、《南明后妃储贰诸王宗室列传》如干卷及所藏南明史料数百种,尽毁于香港之变。翌岁间关内渡,入夏始抵桂林。已而季明先生亦自香港脱险来此,携写本《剿闯通俗小说》两册见示,盖南明朝刊版,而先生索难岛上时得之,且为手录焉。呜呼!江陵一炬,文武道尽,而蒙泉硕果之馀,专展掇拾传出于一代耆儒之手者,文字因缘,乌能无所感激哉!中华民国三十一年八月三日,吴江柳亚子记。

此弘光元年秋间书，曾被毁禁，孤本备载其时民间传说，中多佚闻，足资考证，非常可贵，丙子春以重直得于西溪汪氏。董翁记。

顷于近人所编杂志中见傅惜华《〈樵史演义〉之发见》一文，征及此书，云仅日本内阁文库藏之，国中未见。《樵史演义》亦清初明遗老做，记明末事者，今藏北大图书馆。丙子东董翁又记。

说明：上三则记录自南京图书馆藏抄本《剿闯通俗小说》卷首。此本红竖格纸抄就，纸半叶十行，行抄二十一至二十二字不等。凡两册。卷首有柳亚子、董翁记三篇。

柳亚子（1887—1958），本名慰高，号安如，改字人权，号亚庐，再改名弃疾，字稼轩，号亚子，吴县（今属江苏苏州市）人。中国近现代政治家、民主人士、诗人。同盟会、光复会会员。创办南社。曾任孙中山总统府秘书，中国国民党中央监察委员等。1949年后任中央人民政府委员、全国人大常委会委员，此后任政务院文教委员、华东行政委员会副主席、中央文史馆副馆长。

董翁,待考。

剿闯小史跋

郭沫若

《剿闯小史》抄本十卷,殆前清乾隆年间所抄录,其中玄、铉、胤、弘、历等字均避讳缺笔,而颙、宁、佇、恬等字则否,即此可证。胤字有二处未缺笔,二处缺笔,盖抄时误带也。

书名未能一致。里扉面作《李闯贼史》,叙文标题作《剿闯小说》,正文各卷标题前五卷作《剿闯小史》,后五卷作《黬闯小史》,卷尾复作"孤忠吴平西黬闯小史"。作者署名亦前后歧异。据"西吴九十翁无竞氏"所作序,称"遇懒道人从吴下来,口述此事甚详,因及西平剿贼事,娓娓可听,大快人意,命童子援笔录之",则是"懒道人口述",而所谓童子笔录者。前五卷各卷卷首标题之次即署"吴下懒道人口授',但于第六卷则署为"润州葫芦道人避暑笔,龙城待清居士漫次评"。今观其前五卷专叙北方事,确出传闻,而后五卷则撮拾文告与南都事以续之,一录一笔颇为瞭然。各卷每多附录,赞诗按语杂厕其间，与正文不相联贯。懒道人为谁，恐不易考，而所谓葫芦道人者盖即第八卷"感时事侠客上书"中之"毗陵匡社友人龚姓讳云起字仲震"其人。毗陵今之武进，古属润州。第四卷末按语中又作"延陵龚仲震"，附录其哭降文。第二卷末附"五月十六日恭闻哀诏代当代名公挥泪移文"，末署龚云起。则所谓无竞氏、葫芦道人，乃至第九卷首之五洲道士，殆均此龚姓者所化名耳。此人乃秀才未第，牢骚满腹，而迂狂之气，颇跃跃于纸上。

书中盛称吴三桂，但拥护南朝，而称满人为"虏"或"鞑子"。写作时代大抵在甲申、乙酉之间，南朝新建，满廷尚未十分露其毒焰时也。作为平话小说，实甚拙劣，但可作史料观。观其所记，与《明季北略》多相符，后书似尚有录取本书之处，如李信谏自成四事及宋献策论明制科之不足以得人才等节，几于一字不易，而《北略》颇有夺字夺句。又与《明史·流贼传》则大有出入，《流贼传》绳伎红娘子救李信出狱事，最宜于做小说材料，而本书则无之，足证本书之成实远在《明史》之前也。

书在当年或曾刊行，叙文曰："兴文馆请以付梓，而余为叙数行于首"可以为证。或未及刊行，仅有抄本流传亦未可知，而抄本当为转录，决非初本无疑。抄中错字甚多，脱落亦所在多有，几难句读。如"羽书"误为"洞书"，"袭异"误为"裘异"，"淆惑"误为"济惑"，"眼窝"误为"翌富贵"之类，均出人意表。今为校读一过，其确然知其讹误者，订正之，并略施标点，以便籀读。但其可疑而无由推其原文者均仍旧，以待识者。

三十三年一月。

说明：上跋出自1944年重庆说文出版社本《剿闯通俗小说》，转录自丁锡根《中国历代小说序跋集》（中）。

郭沫若（1892—1978），本名郭开贞，字鼎堂，号尚武，乳名文豹，笔名除郭沫若外，还有麦克昂、郭鼎堂等。中华人民共和国成立后，曾任政务院副总理、文化教育委员会主任、中国科学院院长等。著有《卓文君》《凤凰涅槃》《屈原》《虎符》《高渐离》《孔雀胆》《蔡文姬》《李白与杜甫》等。译作有《浮士德》《少年维特之烦恼》等。

醒世姻缘传

醒世姻缘传弁语

环碧主人

五伦有君臣、父子、兄弟、朋友，而夫妇处其中，俱应合重。但从古至今，能得几个忠臣，能得几个孝子，又能得几个相敬相爱的兄弟，几个志同道合的朋友？倒只恩恩爱爱的夫妻比比皆是。约那不做忠臣，不做孝子，成不得好弟兄，做不来好朋友，都为溺在夫妇一伦去了。夫人之精神从无两用，夫妇情深，君臣、父子、兄弟、朋友的身上，自然义短。把这几伦的全副精神，都移在闺房之内、夫妇之私，从那娘子们手中，博换得还些恩爱，下些温存，放些体贴，如此折了刚肠，成了绕指。这也是不枉了受他的享用，也不枉丧了自己的人品。可怪有一等人，趱了四处的全力，尽数倾在生菩萨的身中。你和颜悦色的妆那羊声，他擦掌摩拳的作那狮吼；你做那先意承志的孝子，他做那蛆心搅肚的晚娘；你做那勤勤恳恳的（逢、）干，他做那暴虐狠愎的桀、纣；你做那顺条顺绺的良民，他做那至贪至酷的歪吏。舍了人品，换不出他的恩情；折了家私，买不转他的意向。虽天下也不尽然，举世间到处都有。

吾尝终日不食、终夜不寝以思，不得其故。读西周生《姻缘奇传》，始憬然悟，豁然解：原来人世间如狼如虎的女娘，谁知都是前世里被人拦腰射杀、剥皮剔骨的妖狐；如韦如脂、如涎如涕的男子，尽都是那世里弯弓搭箭、擎鹰继狗的猎徒。辏拢一堆，睡成一处，白日折磨，夜间挞打，备极丑形，不减披麻勘狱。原来如此如此，这般这般。世间狄友苏甚多，胡无医（翳）极少，超脱不到万卷《金刚》，枉教费了饶舌，不若精持戒律，严忌了害命杀生，来世里自不撞见素姐此般令正。是求人不若求己之良也。环碧主人题，辛丑清和望后午夜醉中书。

醒世姻缘传凡例

一、本传晁源、狄宗（羽）、童姬、薛媪，皆非本姓，不欲以其实迹暴于人也。

一、本传凡懿行淑举，皆用本名；至于荡简败德之夫，名姓皆从捏造：昭戒而隐恶，存事而晦人。

一、本传凡懿嫩扬阐，不敢稍遗；惟有劣迹描绘，多为挂漏，以为赏重而罚轻。

一、本传凡语涉闺门，事关床笫，略为点缀而止。不以淫哇媟语，博人传笑，揭他人帏箔之惭。

一、本传其事有据，其人可征，惟欲针线相联，天衣无缝，不能尽芟傅会。然与凿空硬入者不无径庭。

一、本传间有事不同时，人相异地，第欲与于挖扬，不必病其牵合。

一、本传敲律填词，意专肤浅，不欲使田夫闺媛懵矣面墙，读者无争笑其打油之语。

一、本传造句涉俚，用字多鄙，惟用东方土音从事。但亟明其句读，以意逆志，是为得之。

（醒世姻缘传题识）

东岭学道人

大凡稗官野史之书，有裨风化者，方叫刊播将来，以昭鉴戒。此书传自武林，取正白下，多善善恶恶之谈。乍视之，似有支离烦杂之病；细观之，前后钩锁，彼此照应，无非劝人为善，禁人为恶，闲言冗语，都是筋脉，所云天衣无缝，诚无忝焉。或云："闲者节之，冗者汰之，可以通俗。"余笑曰："嘻！画虎不成，画蛇添足，皆非恰当。无多言！无多言！"

原书本名《恶姻缘》，盖谓人前世既已造业，后世必有果报，既生恶心，便成恶境，生生世世，业报相因，无非从一念中流出。若无解释，将何底止？其实可悲可悯。能于一念之恶，禁之于其初，便是圣贤作用，英雄手段，此正要人豁然醒悟。若以此供笑谈，资狂僻，罪过愈深，其恶直至于披毛戴角，不醒故也。余愿世人从此开悟，遂使恶念不生，众善奉行，故其为书有裨风化，将何穷乎？因书《凡例》之后，劝将来君子，开卷便醒，乃名之曰《醒世姻缘传》。其中有评数则，系葛受之笔，极得此书肯綮，然不知葛君何人也，恐没其姓名，并识之。东岭学道人题。

说明：上弁言、凡例、题识等均录自同德堂刻本《醒世姻缘传》。原本藏首都图书馆，上海古籍出版社有影印本行世。首《醒世姻缘传弁语》，尾署"环碧主人题，辛丑清和望后午夜醉中书"。次《醒世姻缘传凡例》(上古本《凡例》置"引起"之后)。再次东岭学道人题识。又次"醒世姻缘传目录",凡一百回,正文前有"醒世姻缘传引起"(上古本"引起"置识语之后,凡例之前),署"醒世姻缘传引起　西周生辑著　然藜子较定",正文第一叶卷端题"醒世姻缘传　西周生辑著　然藜子较定",半叶十行,行二十五字。版心单鱼尾上镌"醒世姻缘传",下卷回次、叶次。《弁言》所署辛丑,殆为顺治十八年。以书中提及秦良玉、李粹然,二人均系明末人;避崇祯讳,"校定"作"较定",却不避顺治讳。

西周生,真实身份、生平事迹待考。或谓丁耀亢,或谓贾凫西,或谓蒲松龄,均缺乏实证。

然藜子、环碧主人、东岭学道人,真实身份、生平事迹均待考。

薛家将平西演传

混唐后传序

钟惺

昔人以《通鉴》为古今大帐簿，斯固然矣。第既有总记之大帐簿，又当有杂记之小帐簿，此历朝传志演义诸书所以不废于世也。他不具论，即如《隋唐志传》，创自罗氏，纂辑于林氏，可谓善矣。然始于隋宫剪彩，则前多阙略，厥后铺缀唐季一二事，又零星不联属，观者犹有义焉。昔有友人曾示予所藏《逸史》，载隋炀帝、朱贵儿为唐明皇、杨玉环再世因缘事，殊新异可喜，因与商酌，编入本传，以为一部之始终关目。合之《遗文》《艳史》，而始广其事；极之穷幽仙证，而已竟其局。其间阙略者补之，零星者删之，更采当时奇趣雅韵之事点染之，汇成一集，颇改旧观。乃或者曰：再世因缘之说，似属不根。予曰：事虽荒唐，然亦非无因，安知冥冥之中不亦有帐簿，登记此类以待销算也？然则斯集也，殆亦古今大帐簿之外、小帐簿之中所不可少之一帙欤！竟陵钟惺伯敬题。

说明:上序录自芥子园本《绣像薛家将平西演传》。此本内封上镌"卓吾评阅",下分两栏,分题"竟陵钟伯敬定""绣像薛家将平西演传　芥子园梓"。首《混唐后传序》,尾署"竟陵钟惺伯敬题"。次"绣像混唐平西演传目录　竟陵钟惺伯敬编次　温陵李贽卓吾参订",凡八卷三十二回。复次图像八叶十六幅。正文第一叶卷端镌"混唐后传卷之　竟陵钟惺伯敬编次　温陵李贽卓吾参订",版心单鱼尾上镌"大唐后传",下镌卷次、叶次。半叶十行,行二十三字。原书藏大连图书馆。钟惺、李贽云云,均系假托。而此书之出当在褚人获《隋唐演义》之后。褚序批评《隋唐志传》"始于隋宫剪彩,则前多阙略;阙后铺缀唐季一二事,又零星不联属",此书并未叙隋朝事,也称书"始于隋宫剪彩,则前多阙略";褚序谈及从袁于令处获得一部《逸史》,其中有唐明皇、杨贵妃乃隋炀帝、朱贵儿两世姻缘事,"因与商酌,编入本传,以为一部之始终关目",书中也确实是以此为关目,此书却无隋炀帝、朱贵儿事,竟也称以此为关目云云,说明此序是从褚人获序改头换面硬搬来的(详参萧相恺《珍本禁毁小说大观——稗海访书录》,中州古籍出版社,1992年版)。芥子园是个坊龄颇长的书坊,明末清初已经出现,至少清嘉庆间依然存在,《飞龙全传》就有芥子园刊本。但日本天明间秋水园主人《小说字汇》已引此书,则书之出当不晚于乾隆四十七年。

后水浒传

（后水浒全传序）

采虹桥上客

天下犹一身也。天下之在一君，犹一身之在一心也。一心不能自主，则元气削弱，邪气妄行，遂使四肢百骸，不臃即肿，虽有良医，莫能救其死。

如宋徽、钦二帝，无治世之才，任用奸佞，以致金人自北而南，一身尚无定位，岂有馀力及于群盗？故前之梁山，后之洞庭，皆成水浒，以聚不平之义气。至于走险弄兵，扰乱东南半壁，则莫不正名分，指目为强梁跋扈，尽欲荡平。然究思其强梁跋扈之源，贺太尉不夺地造阡，则杨幺何由刺配？黑恶不逆首开封，则孙本岂致报仇？邬元之杀人，黄金奸月仙之所致也。谢公墩之被兵，干豹欺配军之所致也。种种祸端，实起于贪秽之夫，不良之宵小，酝火于邓林之木，捋须于猛虎之额，一时冤鸣若雷，怨积成党，突而噬肉焚林，岂不令鳌足难支，天维触折哉！请一思之，是谁之过欤？

大都天心又将北眷，国运已入西山。庙堂大奸大诈、草野无法无天之人事，又并横行于世，而不知回避。当此之际，虽有贤臣能将吐胆竭忠，亦莫如之何矣，况妒贤嫉能，犹瞽惑不已。正如人之半身，气血已枯，萎如槁木，而只一手一足，尚不知惜，犹听信谗谀，日移日促，希图一日之安。即至沉晦丧亡，惟恐盗贼之侵绝，不悔自无才之失算也。嗟嗟！此大概也。

分而论之，则杨幺之孝义可嘉，马霳之血性难泯，郐元一味真心，孙本百般好义。至于何能、袁武、贺云龙，皆抱孙吴之雄才大略。设朝廷有识，使之当恢复之任，吾见唾手燕云，数人之功又岂在武穆下哉！奈何君王不德，使一体之人皆成敌国，岂不令人叹息，千古兴嗟宋室之无人也！虽然，名教攸关，谁敢逾越，前后曰妖、曰魔，作者之微意见矣。采虹桥上客题于天花藏。

说明：上序录自大连图书馆藏素政堂本《后水浒传》。首序，尾署"采虹桥上客题于天花藏"，有"素政堂""天花藏"钤各一方。次图像三十七幅，皆像赞各半叶，赞分署"天花藏""指迷津""花月主人""华阳道人"等。正文第一叶卷端题"新镌施耐庵先生藏本后水浒传",半叶八行,行二十字,写刻。施耐庵云云,显为假托。刘廷玑《在园杂志》引录,韩国李氏《中国小说绘模本》亦著录。

青莲室主人、采虹桥上客,真实身份、生平事迹待考。

素政堂、天花藏都是明末清初著名的书坊名。或谓素政堂系冯梦龙之堂号,其子冯焴继承之,有待证实。

今古奇观

（今古奇观序）

笑花主人

小说者，正史之馀也。《庄》《列》所载化人、伛偻丈人，昔事不列于史。《穆天子》《四公传》《吴越春秋》，皆小说之类也。《开元遗事》《红线》《无双》《香丸》《隐娘》诸传、《辌（睽）车》《夷坚》各志，名为小说，而其文雅驯，闾阎罕能道之。优人黄缙绰、敬新磨等，搬演杂剧，隐讽时事，事属乌有，虽通于俗，其本不传。至有宋孝皇，以天下养太上，命侍从访民间奇事，日进一回，谓之说话人，而通俗演义一种，乃始盛行。然事多鄙俚，加以忌讳，读之嚼蜡，殊不足观。元施、罗二公，大畅斯道，《水浒》《三国》奇奇正正，河汉无极，论者以二集配伯喈、《西厢》传奇，号四大书，厥观伟矣。

迄于皇明，文治聿新，作者竞爽，勿论廊庙鸿编，即稗官野史，卓然复绝千古。说书一家，亦有专门。然《金瓶》书丽，贻讥于诲淫；《西游》《西洋》，逞臆于画鬼，无关风化，奚取连篇。墨憨斋增补《平妖》，穷工极变，不失本末，其技在《水浒》《三国》之间。至所纂《喻世》《警世》《醒世》三言，极摹人情世态之歧，备写悲欢离合之致，可谓钦异拔新，洞心骇目，而曲终奏雅，归于厚俗。即空观主人壶矢代兴，爰有《拍案惊奇》两刻，颇费搜获，足供谈麈。合之共二百种，卷帙浩繁，观览难周。且罗辑取盈，安得事事皆奇？辟如印累累，绶若若，虽公选之世，宁无一二具臣充位？余拟拔其尤百回，重加绣梓，以成巨览。而抱瓮老人先得我心，选刻四十种，名为《古今奇观》。

夫蜃楼海市，焰山火井，观非不奇。然非耳目经见之事，未免为疑冰之虫。故夫天下之真奇，在未有不出于庸常者也。仁义礼智，谓之常心；忠孝节烈，谓之常行；善恶果报，谓之常理；圣贤豪杰，谓之常人。然常心不多葆，常行不多修，常理不多显，常人不多见，则相与惊而道之，闻者或悲或叹，或喜或愕。其善者知劝，而不善者亦有所惭恶悚惕，以共成风化之美。则夫动人以至奇者，乃训人以至常者也。吾安知闾阎之务，不通于郎庙；稗秕之语，不符于正史？若作吞刀吐火、冬雷夏冰例观，是引人云雾，全无是处。吾以望之善读小说者。姑苏笑花主人漫题。

说明：上叙录自上海图书馆藏本《今古奇观》。此本未见内封。首序，尾署"姑苏笑花主人漫题"。次"今古奇观目录　姑苏抱瓮老人辑　笑花主人阅"。凡四十卷。复次，图像二十叶，半叶两幅，绘一卷故事。正文第一叶卷端题"第一卷"。版心单鱼尾上镌"今古奇观"，下镌卷次、叶次。半叶十一行，行二十三字。《今古奇观》的编选刻印年代，或以为在明末，或以为在清初。谓明末者往往以序中称"皇明"，且另行抬头为据，但这不能作为小说选刻于明的硬证，因为入清后，称明为"皇明"的小说并不少，有的甚至标题就赫然署上"皇明"二字，比如《皇明正德游江南传》。此之外，另有吴郡宝翰楼刊本，藏法国巴黎国家图书馆。或以为此为该书的最早刻本，有"墨憨斋手定"字样。墨憨斋为冯梦龙号，明末冯健在，若其时编刻此书，且刻印的书坊就在苏州，则书应为冯梦龙编定付梓无疑。但这种可能几乎不存在。《今古奇观》倒是出于清初的可能更大。此外还有清文英堂本、同文堂本,乾隆乙酉汗简斋本等(藏南京图书馆),其中序也有"皇明"二字,且另行抬头。

姑苏抱瓮老人、笑花主人,真实身份、生平事迹均待考。

(今古奇观识语)

慎思草堂主人

抱瓮老人所选《今古奇观》四十种,命题则琢成对偶,叙事则确得见闻,且彰善瘅恶,悉寓针砭,诚非寻常小说败俗伤风者可以同日语也。惜坊间原版,漫漶模糊,加以鲁鱼亥豕,博览君子,寓目为难。爰特不惜工资,逐加校核,印以铅版,后倩名手,重绘图像,虽篇幅仍前,而较诸旧刻,不啻霄壤。阅者鉴之。光绪戊子(十四年)菊秋,慎思草堂主人瑾识。

(今古奇观序)

管窥子

小说之传,由来久矣。自汉迄明,代有作者。

暇搜博采，摘藻扬华，各有专门，以成一家之说。虽属稗官野史，不无贯穿经典，驰骋古今，洋洋大观，足与班、马媲美者。然必足以正人心、厚风俗，为千古之龟鉴，方得行于世而垂之无穷。此书作自明代，盛传于国朝，原系百回，抱瓮老人选刻四十种。其间所载轶事，皆确得诸见闻，非同乌有。其言颇合风人之言，善者感人善心，恶者惩人逸志，令阅者如闻清夜钟声，勃然猛省，非徒快人耳目，供谈麈于闲窗也。从来至奇之文，无至庸之理，不过等诸牛鬼蛇神，虽奇曷贵？乃论其事，则洞心骇目，人世罕闻；论其理，则福善祸淫，毫厘不爽。廋至庸于至奇，是书有焉。惜旧版模糊，苦无善本，词句舛错，极多鲁鱼帝虎之讹。兹经慎思主人排印，重新细加校核，绣像则别开生面，题咏则悉去陈言，虽卷帙承前，而规模顿易。凡争先快睹者，勿徒赏其词藻，宜熟玩其指归，不作寻常小说观，是余之厚幸也。光绪戊子岁在阳后一日，管窥子拜书于海上。

说明：上识语及序，均录自光绪间善成堂铅排印本《今古奇观》。

慎思草堂主人、管窥子，待考。

鸳鸯针

鸳鸯针序

独醒道人

医王活国,先工针砭,后理汤剂。迨针砭失传,汤剂始得自专为功。然汤剂灌输肺腑,针砭攻刺膏肓,世未有不知膏肓之愈于肺腑也。世人黑海狂澜,滔天障日,总泛滥名利二关。智者盗名盗利,愚者死名死利。甚有盗之而死,甚有盗之而生,甚有盗之出生入死,甚有盗之转死回生。抟挽空轮,撑持色界,交奥于玄扃绛府,而曰"膏之下,肓之上",是扁鹊之望而却走者也。古德拈一语云:"鸳鸯绣出从君看,不把金针度与人。"道人不惜和盘托出,痛下顶门毒棒。此针非彼针,其救度一也。使世知千针万针,针针相投;一针两针,针针见血。上拔梯缘,下焚数宅,二童子环而向泣,斯世其有瘳乎?独醒道人漫识于㓰天斋。

说明:上序录自大连图书馆藏本《鸳鸯针》。此本未见内封。首《鸳鸯针序》,尾署"独醒道人漫识于蚓天斋"。目录叶无题署。次图像八叶,皆像赞各半叶。正文第一叶卷端题"拾珥楼新镌绣像小说鸳鸯针卷一　华阳散人编辑　蚓天居士批阅",半叶八行,行二十字,版心无鱼尾,由上而下分镌"鸳鸯针"、卷次、回次、叶次。写刻。

华阳散人,为丹阳人吴拱宸(见《室名别号索引》),据王汝梅《〈鸳鸯针〉及其作者初探》(《明清小说论丛》第一辑)考定,即此书作者。字襄宗,明崇祯间举人,入清不仕,隐居茅山,茅山有华阳洞,故自号华阳散人。卓尔堪《明遗民诗》卷十四诗人小传收吴拱宸诗两首。

蚓天居士、独醒道人,待考。

枕上晨钟

枕上晨钟叙

不睡居士

余读野史,不啻什百,要皆盈尺之玙,方寸之瑕,非桑间濮上之知音,则因果轮回之说。夫桑间濮上近于淫,因果轮回近于诞。淫不能以示人,诞未可以垂世。窃恐河山大地,尽成郑卫之风;海宇罗浮,悉慕姜宣之行,则奈何?

独醒道人缘见世风之不古,人事之乖离,非挺而走险者,即媚而善柔;非势利之成城,即炎凉之盖世。纷纷如梦,比比若狂,不觉临风浩叹,扼腕兴嗟。乃成《枕上晨钟》一册,大约皆世人情之必有,非凭笔墨之凌空者。试举而拈世之即如,其间大道(盗)之必诛,大奸之必歼,而且刚(纲)常贵客,每具炎凉之目;方外缁流,反怀义侠之肠。有恩必酬,无恶不偿。加以忠孝节烈之事,奸淫受杀之报,无不毕具,洞若观火,此真觉世之钟声,生公之说法也。余因知独醒道人之谆谆告诫者,不过欲令睡者起，而梦者醒耳。但恐心镜难明，胸田尚昧，鼾鼾伏枕，不几辜负道人一片婆心乎？今且试持晨钟一击，请以问诸薄海内外睡梦中人，果能醒乎否也？时甲寅之春三月既望，不睡居士书于□尺轩。

说明：上序录自凌云轩本《枕上晨钟》。原本藏国家图书馆，上海古籍出版社据以影印行世。此本内封三栏，右题"不睡居士编"，中题"枕上晨钟"，左题"凌云轩刊"。首《枕上晨钟叙》，尾署"时甲寅之春三月既望，不睡居士书于□尺轩"。有"长啸云山"阴文、"□间"阳文钤各一方。次"新编枕上晨钟小说目录　鸳水独醒道人编　金台不睡居士评"。凡十八回，正文第一叶卷端题"新编枕上晨钟小说"，不署撰人。半叶八行，行二十字。版心由上而下分镌"枕上晨钟"、（元亨利贞）集次、回次、叶次。

独醒道人，尝为华阳散人之《鸳鸯针》作序，华阳散人为明末清初人吴拱辰，独醒道人当也为明末清初人。馀待考。

金云翘传

《金云翘传》序

天花藏主人

闻之天命谓性,则儿女之贞淫,一性尽之矣。何感者亦一,而应者亦万端?又若夫其性之所能尽者,始知性其大端也。而性中之喜怒哀乐,又妙有其情也。惟妙有其情,故有所爱慕而锺焉,有所偏僻而溺焉,有所拂逆而伤焉,有所铭佩而感焉。虽随触随生,忽深忽浅,要皆此身此心,实消受之,而成其为贞为淫也。未有不原其情,不察其隐,而妄加其名者。大都身免矣,而心辱焉,贞而淫矣;身辱矣,而心免焉,淫而贞矣。此中名教,惟可告天,只堪尽性,实有难为涂名饰行者道也。故磨不磷,涅不缁,而污泥生不染之莲,盖持情以合性也。

翠翘一女子,始也,见金夫不有躬情,可谓荡矣。乃不贪一夕之欢,而谆谆为终身偕老计,则是荡而能持,变不失正,其以淫为贞者乎,亦已奇矣!及遭父难,则慷慨卖身,略不顾忌。虽眷恋其人,亦不过借李代桃，绝不以情而乱性，此不为尤难乎？难者且易之，故视辱身非辱也，行孝也；茹苦非苦也，甘心也。何也？父由此身而生也，此身已为父而弃也。此身既弃，则土也，木也，死分也，生幸也，何敢复作闺阁想。迨后，抱书生之衾裯，作虎狼之伴侣，岂其情之所锺耶，亦风花无主，暂借一枝逃死耳。故一闻招降，即念东南涂炭，臣主忧劳，殷殷劝顺，此岂溺私恩而忘公义者哉！此岂贪富贵而甘作逆者哉！了可辨也。若明山一死，我实误之；不忍独生，又其内不负心，外不负人之馀烈也。略其迹，观其心，岂非古今之贤女子哉！至于死而复生，生而复合，此又天之怜念其孝、其忠、其颠沛流离之苦，而曲遂其室家之愿也。乃天曲遂之，而人转遂而不尽遂，以作贞淫之别。使天但可命性，而不可命情，此又当于寻常之喜怒哀乐外求之矣。因知名教虽严，为一女子游移之，颠倒之，万感万应，而后成全之，不失一线，真千古之遗香也。余感其情而欣慕焉，聊书此以代执鞭云。倘世俗庸情，第见其遭逢，不察其本末，曰此辱人贱行也，则予为之痛哭千古矣。天花藏主人偶题。

说明：上序录自本衙藏版《金云翘》。此本内封分题"圣叹外书""贯华堂批评　金云翘　本衙藏版"，首序，尾署"天花藏主人偶题"。有"山水邻""天花藏主人"钤各一方。目录叶题"贯华堂评论金云翘传目录""青心才人编次"。正文半叶八行，行二十字。原本藏大连图书馆。另有抄本藏南京图书馆。

青心才人、西湖渔隐主人，真实身份、生平事迹均待考。

醉醒石

醉醒石题辞

古今尽醉也，其谁为独醒者？若也独醒，世孰容之？虽然，亦不可不醒也。不醒，则长夜不旦，世间大事业安能向醉梦中问之？第人不醉则不醒，不大醉则不大醒。从一醉日富后，忽而得醒机焉，醒乃大矣。不醉而自谓能醒者，惟圣贤豪杰则然。非圣贤豪杰而自谓能醒，非好行小慧，则懵无识知之妄人也，亦与于醉之甚者矣。李赞皇之平泉庄，有醉醒石焉，醉甚而倚其上，其醉态立失。是编也，盖亦醒醉之石也。顾醉醒而取于石者何？臧武仲曰：美疢不如恶石，犹生武疢之美，其毒滋多。读是编者（下阙）

说明：上题辞录自中国艺术研究院藏原傅惜华藏覆刻本《醉醒石》。此本无内封。首《醉醒石题辞》，残。有图十四叶，皆像赞各半叶。次"新镌绣像醉醒石小说目次　东鲁古狂生编辑"。东鲁古狂生或谓系孔氏南宗后人，说见戴不凡《小说见闻录》。正文第一叶卷端题"醉醒石"，版心由上而下分镌"醉醒石"、回次、叶次。半叶九行，行十九字。书中有"我朝"之类的称呼，又有"明朝""先朝"之类的字眼，故书或成于明末清初，而刻印时必已入清。

东鲁古狂生，待考。

醉醒石跋

江东老蟬

《汉艺文志》，九流之外，别立小说一家。其原出于稗官，就街谈巷语之新，为人情风俗之考。烛理则正变杂陈，立论则庄谐互见。随意劝惩，百端鼓舞，使人向善悔过，而生于不自知。其力量转甚于九流。今唐以前书，止《燕丹子》存。至唐而歧小说、传奇为二类。或向壁虚造，成影射时政。唐人以为行卷，以其可以见笔力，可以见胸襟，而所撰遂盛行于世。昔黄黎洲检《钮氏世学楼目》，见小说半话数百种；钱遵王《也是园书目》，有诗话十数种。（"诗话"二字，初以为评话。而日本流传平话，均作诗话。因悟各小说无不从"诗曰"起,诗在前,话在后。谓之"诗话",谁谓不然?)俞理初《芦城平话跋》亦云:《永乐大典》收平话极多。

此《醉醒石》十五卷,署名"东鲁古狂生补辑"。李微化虎事,见唐人《李微传》。他卷又有云屠赤水作传者。又以孕妇为二命,上谕所驳,孕不作二命,乃崇祯帝事。此盖崇祯年时作。大凡小说之作,可以见当时之制度焉,可以觇风俗之纯薄焉,可以见物价之低昂焉,可以见人心之诡谲焉。于此演说果报,决断是非,挽几希之仁心,断无聊之妄念,场前巷底,妇孺皆知,不较九流为有益乎?况又笔墨之简洁,言语之灵活,又出于寻常小说者。吾友今为重刻,将以行世,庶不负班氏志小说之苦心矣。岁在强圉大渊献盈月之朔,江东老蟫跋。

说明:上跋出 1917 年董氏诵芬室重刻本《醉醒石》卷首,转录自朱一玄《明清小说资料选编》。

江东老蟫,即缪荃孙,见《宣和遗事》条。

清夜钟

《清夜钟》序

薇园主人

世人梦梦,锢利囚名。撇不去贫贱,定要推开;涎不到荣华,硬图捉着。美色他人强,羡杀偷香窃玉;意气自己是,只知踞胜争雄。勇者凌人,怯者丧己,巧者碌碌,愚者攘攘。白日里做尽蚁膻,黑夜间不停鱼睫。衣一身,食一口,着甚么贪得不休?近中寿,远百龄,为甚的奔求不了?正如痴汉,朝暮营营,神情不定,昏夜倒头一觉,魂魄不清,乱腾腾上天下地,昏懵懵疑鬼疑神,宜到一杵清音,划然俱去,其提醒大矣。余偶有撰著,盖借谐谭说法,将以鸣忠孝之铎,唤省奸回;振贤哲之铃,惊回顽薄。名之曰《清夜钟》,著觉人意也。大众洗耳,莫只当春风之过,负却一片推敲苦心。薇园主人言。

说明:上序录自路工藏本《清夜钟》。此本残存七回(第一、二、六、七、八、十三、十四),首序,尾署"薇园主人言",有"江南不易客"(据孙楷第说,为

"江南杨氏")阳文、"于鳞氏"阴文钤各一方。审序之语气,当为作者自叙。次"新镌绣像小说清夜钟目次",凡十六回。复次图像十六叶,皆像赞各半叶。第一叶署"黄子和刻",第四叶署"启先刻",黄子和还刻过《生绡剪》插图,启先名黄应开,两人都是明代崇祯间徽州人。第五叶像赞署"南史氏"、第八叶像赞署"东厓子",第十三叶署"蜕庵题"。另有安徽省图书馆藏本,残存第一至八回。

薇园主人,于鳞氏,待考。据陆云龙所编《行笈必携》知云龙字于鳞,所以路工《访书闻见录》谓:"陆云龙,号于鳞,别号'江南不易客',又号'吴越草莽臣',又号'薇园主人'。"认为《清夜钟》"作者为陆云龙"。尚待证实。

七峰遗编

七峰遗编序

七峰樵道人

此编止记常熟福山自四月至九月半载事实，皆据见闻最著者敷衍成回，其馀邻县并各乡镇异变颇多，然止得之传闻，仅仅记述，不敢多赘。后之考国史者，不过曰某月破常熟，某月定福山，其间人事反覆，祸乱相寻，岂能悉数而论列之哉？故虽事或无关国计（一本有"人"字，误），或不系（原作"遗"字，误）重轻者，皆具载之，以仿佛于野史稗官之遗意云尔。时大清顺治戊子夏月，七峰樵道人书于朱泾佛堂之书屋（原注：二字一作"南荣"）。

说明：上序录自《虞阳说苑》甲编本，首序，尾署"时大清顺治戊子（六年）夏月，七峰樵道人书于朱泾佛堂之书屋（原注：二字一作"南荣"）"。次《七峰遗编记事（原注："原作'事迹根由'。"）》。又次"七峰遗编目录"。凡二卷六十回。正文第一叶卷端题"七峰遗编"。书后有佚名诗二首、还我诗四首。

　　七峰樵道人，上海人，真实身份、生平事迹待考。

新世鸿勋

(新世鸿勋识语)

是刻详载逆闯寇乱之因繇,恭纪大清荡平之始末,虽大端百出,而铺叙有伦,虽小说一家,而劝惩有警。其于世道人心不无少补。海内识者幸请鉴诸。庆云楼藏板。

(新世鸿勋)小引

蓬蒿子

国家治乱,气数兴衰,运总由天,复因人召。当明季之世,妖异迭生,灾沴屡见,是以覆地翻天之祸,成于跳梁跋扈之徒,使生民罹害,烈于汤火。迨夫否极而泰承,乱甚而治继,天应人顺,大清鼎新,迅扫豺狼,顿清海宇。令赤眉尽歼于秋肃锋芒之下,俾黔首咸登于春台化育之中。率土倾心,普天欢忭,又讵非斯世斯民一大庆幸哉?兹《新世鸿勋》一编,乃载逆闯寇乱之始末,即所谓运数兴替之因繇。然运数虽系乎天机，而厥因实由于人造。惟愿举世之人，悉皆去恶存善，就正离邪。既无邪慝因缘，自绝循环报复。虽亿万斯年，当永享太平之盛也！顺治辛卯（八年）天中令节，蓬蒿子书于耨云斋中。

说明：上识语及小引，均录自庆云楼本《新世鸿勋》。原本藏大连图书馆。此本内封上镌"盛世鸿勋"，下分三栏，由右向左，分题"绣像小说""定鼎奇闻"、识语。首《小引》，尾署"顺治辛卯天中令节，蓬蒿子书于耨云斋中"。次"定鼎奇闻目录"，凡二十二回。有图五叶，皆像赞各半叶。赞分题"乔缘主人""茶道人""鹿裘翁""醉仙""痴仙"。正文第一叶卷端题"新世鸿勋"，"引首"下署"蓬蒿子编"，半叶九行，行二十字。版心无鱼尾，由上而下题"新世鸿勋"、回次、叶次。《樵史通俗演义》曾多次提及此书，计六奇《明季北略》并谓顺治十一年已见过此书，则此书之出当在顺治十一年前，引中所署"顺治辛卯"不为假托，应是顺治八年。

蓬蒿子，真实身份、生平事迹待考。

新史奇观序

申江居士

古今良史多矣,学者宜博观远览,以悉治乱兴亡之故,既以开广其心胸,而又增长其识力,所裨良不浅矣。至若稗官野史,纪事阙而不全,抑且疑信参半,然其中亦可采撮,以俟后之深考,好古者犹有取焉。乃世有淫词小说,本属无稽之谈,最易动人听闻,阅者每至忘餐废寝,盖人情喜荡佚而恶绳检故也。而犹镌成一编,以流传人口,何也?吾尝谓:天下之深足虑者,淫哇新声,荡人心志,其于治乱兴亡之故,漫无关系,此特以供间里谈笑、优偎戏侮之资,大雅君子宁必遽置勿道也。《新史奇观》梓成,因论次及此而书为序。申江居士书。

说明:上叙录自清道光五年刊本《新史奇观全传》。

申江居士,真实身份、生平事迹待考。

樵史演义

（樵史演义识语）

深山樵子见大海渔人而傲之，曰：见闻吾较广，笔墨吾较赊也。明，衰于逆珰之乱，坏于流寇之乱。两乱而国祚随之，当有操董狐之笔，成左孔之书者。然真则存之，膺（赝）则删之。汇所传书，采而成帙。樵自言樵，聊附于史。古云：野史补正史之阙，则樵子事哉。

樵史序

樵子

樵子日存山中，量晴较雨，或亦负薪行歌。每每晴则故人相过，携酒相慰劳；雨则闭门却扫，昂首看天。一切世情之厚薄，人事之得丧，仕路之升沉，非樵子之所敢知，况敢问时代之兴废哉？然樵子颇识字，闲则取《颂天胪笔》《酌中志略》《寇营纪略》《甲申纪事》等书，销其岁月。或悄焉以悲，或戚焉以哀,或勃焉以忠,或怃焉以惜,竟失其喜乐之两情。久而樵之以成野史,不樵草、樵木,而樵书史,因负之以售于爨者。放声行歌,歌曰:"山径兮萧萧,山风兮刁刁。望旧都兮迢迢,思美人兮焦焦。舟子兮招招,须友兮聊聊。心旌动兮摇摇,樵斧荒兮翘翘。醉起兮朝朝,醉眠兮宵宵。好鸟兮鸣条,好花兮未凋。容与兮逍遥,聊且兮为山中之老樵!吁嗟乎!山中之老樵。花朝,樵子自序。

说明:上识语和序录自马廉旧藏清初写刻本《樵史通俗演义》。原书今藏北京大学图书馆。上海古籍出版社据以影印。此本内封分三栏,右栏题"绣像通俗",中栏题"樵史演义",左栏为识语。未见图像。首《樵史序》,尾署"花朝樵子自序"。次"樵史通俗演义目次",凡四十回。正文首叶卷端题"樵史通俗演义卷一 江左樵子编辑 钱江拗生批点",以下各卷不题撰评人名。半叶十行,行二十二字,写刻。板心上镌"樵史卷×",下依次为回数、叶数。除一、五、九、十四回外,各回皆有回评(第二十六回回评一叶佚)。书中第二十一回评曰"李闯出身……《剿闯小说》及《新世鸿勋》皆浪传耳",第二十二回评曰"非好弄事人漫无考据,如剿闯两小说之凭空捏造也",第二十六回评曰"与剿闯诸小说迥乎不同"。《剿闯小说》初刊于南明,《新世鸿勋》初刊于顺治八年,则此书之出当在顺治八年以后。

江左樵子、钱江拗生,不知确系何人,或谓江左樵子为陆应旸(见1937年北京大学排印本《海内孤本樵史演义》卷首孟森《重印樵史通读演义序》),松江青浦(今上海市青浦区)人,《青浦县志》有传。第三十五回评曰:"太子一事,千古疑案,聊为据事直书,以俟天下后世,不敢溢一词也。阮家公案,亦世所共闻,不敢失实。"第三十七回评曰:"余是年在金陵,无论各镇纷争得之听闻,马阁部'略以(似)人形方可留用'一示(此告示见该回之末尾),实亲见张挂部前,不敢妄一语也。"则钱江拗生亦即作者江左樵子。

无声戏

无声戏序

伪斋主人

文章经千百世而不磨者，未尝以时为高下。然亦有十馀年之间，难易相去霄壤者，如今日之小说是矣。万历以来，大人先生享承平之福，言及一夫作难，则震畏恐怖，不敢置对。向不更事者，夺其魄易，而醉其心亦易。若今日童稚妇女，举亘古一见再见之事而习见之，犹人目击阿房之盛，而著小说者，将夸海市以耸其听，岂可得乎？若以劝戒言之，则人有非高庙玉环不盗，非长陵抔土不取者。虽孔子居其前，《春秋》列其侧，尚无可如何，乃欲救之以小说，夫谁信之？

而《无声戏》不然，其大旨谓世之所处，多逆而少顺。就才貌言之，亦易见而足恃矣。若以为必售之资，即位兼将相，宠冠嫔御，而志犹未足；若以为必不售之资，则汾阳回銮灵武，与武穆抱痛临安；文姬身返汉廷，与明妃恨留青冢，死败者理之常，而生成者事之变也。能明此义，虽冶容果堪绝代，赤手自挽银河，一旦画图省识，琵琶遣行，蛰语惊闻，弧矢夕陨。正当抢地呼天之际，尚以此作火宅中清凉饮子；况生宇宙熙恬之日，附翼攀鳞者，酬金不寒带砺之盟，锦袍得拜歌舞之赐。睹此持盈守正，免于祸患者哉。如是则《说难》可废，以为戏可，即以为《春秋》诸传亦可。伪斋主人漫题。

（无声戏题记）

无声戏小说四本，清康熙刊本，共十二回，首题"觉世稗官编次、睡乡祭酒批评"。按：觉世稗官则李渔，睡乡祭酒则杜濬也。每回系一篇短篇小说，多寓劝戒之意。此书唐土传本少见，鄞县马氏隅卿藏一零本也。未之见。虽小说亦可以珍矣。孙氏云：是书一名《连城璧》。然则日本抄本不尠，但未闻有刊本所在也。辛未晚秋拜观。

说明：上序及题记录自日本尊经阁文库藏本《无声戏》。此本首有《无声戏序》，尾署"伪斋主人漫题"，有"伪斋主人"阳文、"掌华阳兵"阴文钤各一方。次,"无声戏小说目次",凡十二回,末一回"妻妾抱琵琶梅香守节"下注云:"此回有传奇嗣出"。有图像十二叶,皆像赞各半叶。正文第一叶卷端镌"无声戏小说第一回",署"觉世稗官编次 睡乡祭酒批评",半叶八行,行二十字。版心单鱼尾上镌"无声戏",下镌回次、叶次。写刻,刻印颇精。有日人墨笔书题记,附录如上。

觉世稗官,即李渔(1611—1680),初名仙侣,后改名渔,字谪凡,号笠翁,又号随庵、觉世稗官、笠道人、湖上笠翁、新亭樵客等。浙江兰溪人,生于江苏如皋。科场困顿,屡试不中。客居杭州、金陵(今南京)。其金陵居所名芥子园(亦其书坊名)。卒于杭州云居山。著有《闲情偶寄》《笠翁十种曲》《笠翁一家言》《十二楼》《连城璧》等。

睡乡祭酒,即杜濬(1611—1687),原名诏先,字于皇,号茶村,又号钟离睿水,湖北黄冈人,副贡生。明亡不仕,避地金陵,寓居鸡鸣山之右。著有《变雅堂文集》《变雅堂诗集》等。

连城璧

连城璧序

睡乡祭酒

迷而不知悟,江河日下而不可返。此等世界,惩不能得之于夏楚,劝亦不能得之于道铎。每在文人笔端,能使好善之心苏苏而动,恶恶之念油油而生,乃知天下能言之流,有裨世道不浅。□(吾)友屏绝尘氛,闭户搦管,颔颔不休。视其书,非传奇即稗官野史。予谓:"古人著书,如班固、袁宏、贾逵、郑玄之徒,皆以经史传当世,子何屑屑此事焉?"吾友微笑不答。予因取其所著之书,趺坐泠然亭上,焚香煮茗而读之。其深心具见于是。极人情诡变,天道渺微,从巧心慧舌笔笔钩出。使观者于心焰熛腾之时,忽如冷水浃背,不自知好善心生,恶恶念起。予因拍案大呼:吾友洵当世有心人哉!经史之学,仅可悟儒流,何如此作为大众慈航也。裴光庭有言曰:"但见情伪变诈于是乎生,不知忠信节义于是乎在。"其斯之谓欤?故予于前后二集,皆为评次,兹复合两者而一之。稍可撙节者必为逸去,其意使人不病高价,则天下之人皆得见其书。天下之人皆得见其书,而吾友维持世道之心亦沛然遍于天下。睡乡祭酒漫题。

说明:上序录自大连图书馆藏日钞本《连城璧》。抄本出挹玉楼藏本。首《连城璧序》,尾署"睡乡祭酒漫题"。次"连城璧全集目次",凡十二回(外编六回,缺三、四两回)。正文第一叶卷端题"连城璧子集　觉世稗官编次　睡乡祭酒批评",半叶九行,行二十字。序与《无声戏合集》序大同而小异。

觉世稗官,见《无声戏》条;睡乡祭酒,见《无声戏》条。

十二楼

《十二楼》序

钟离睿水

觉道人山居稽古,得楼之事类凡十有二,其说咸可喜。推而广之,于劝惩不无助。于是新编《十二楼》,复衷然成书,手以视余,且属言其端。余披阅一过,喟然叹觉道人之用心不同于恒人也。

盖自说部逢世,而侏儒牟利,苟以求售,其言猥亵鄙靡,无所不至,为世道人心之患者无论矣,即或志存扶植,而才不足以达其辞,趣不足以辅其理,块然幽闷,使观者恐卧,而听者反走,则天地间又安用此无味之腐谈哉?今是编以通俗语言,鼓吹经传,以人情啼笑,接引顽痴,殆老泉所谓"苏张无其心,而龙比无其术"者欤?夫妙解连环,而要之不诡于大道。即施、罗二子,斯秘未睹,况其下者乎?语云:"为善如登。"觉道人将以是编,偕一世人结欢喜缘,相与携手徐步,而登此《十二楼》也。使人忽忽忘为善之难,而贺登天之易,厥功伟矣!道人尝语余云:"吾于诗文非不究心,而得志愉快,终不敢以稗史为末技。"嗟乎!诗文之名诚美矣。顾今之为诗文者岂诗文哉?是曾不若吹篪蹴鞠,而可以傲入神之艺乎?吾谓与其以诗文造业,何如以稗史造逼;与其以诗文贻笑,何如以稗史名家?

昔李伯时工绘事而好画马,昙秀师呵之,使画大士。今觉道人之稗史,固画大士者也。吾愿从此益为之不倦,虽四禅天不难到,岂答十二楼哉!顺治戊戌(十五年)中秋日,钟离睿水题。

说明:上序录自会成堂本《觉世明言》。此本首《序》,末署"顺治戊戌中秋日,钟离睿水题",有"杜濬之印"阴文、"于□(皇)氏"阳文钤各一方。目录叶题"笠翁觉世明言总目",凡六卷,共三十八回。半叶十行,行二十四字。另有消闲居本,写刻,上海古籍出版社影印行世。

钟离睿水,即杜濬(据序末的"杜濬之印"阴文、"于□(皇)氏"阳文钤),见《无声戏》条。

笠翁,即李渔,见《无声戏》条。

平山冷燕

平山冷燕序

天花藏主人

天赋人以性,虽贤愚不一,而忠孝节义莫不皆备,独才情则有得有不得焉。故一品一行,随人可立,而绣虎雕龙,千秋无几。试凭吊之:不骄不吝,梦想所难者,尚已。降而建安八斗,便矫一时;天宝百篇,遂空四海。鹦鹉贾杀身之祸,黄鹤高槌碎之名。晋代一辞,大苏两赋,类而推之,指而屈之,虽文彩间生,风流不绝,然求其如布帛菽粟之满天下,则何有焉?此其悲在生才之难,犹(合刻本作"遂")可委诸天地。独是天地既生是人矣,而是人又笃志诗书,精心翰墨,不负天地所生矣。则吐辞宜为世惜,下笔当使人怜。纵福薄时屯,不能羽仪廊庙,为凤为麟,亦可诗酒江湖,为花为柳。奈何青云未附,彩笔并白头低垂;狗监不逢,《上林》与《长杨》高阁。即万言倚马,止可覆瓿;《道德》五千,惟堪糊壁。求乘时显达,刮一目之青;邀先进名流,垂片言之誉。此必不得之数也。致使岩谷幽花,自开自落;贫穷高士,独往独来。揆之天地生才之意、古今爱才之心,岂不悖哉!此其悲则将谁咎?故人而无才,日于衣冠醉饱中矇生瞎死则已耳;若夫两眼浮六合之间,一心在千秋之上,落笔时惊风雨,开口秀夺山川,每当春花秋月之时,不禁淋漓感慨,此其才为何如?徒以贫而在下,无一人知己之怜;不幸憔悴以死,抱九原埋没之痛。岂不悲哉!

予虽非其人,亦尝窃执雕虫之役矣。顾时命不伦,即间掷金声,时裁五色,而过者若罔闻罔见,淹忽老矣。欲人(合刻本作"入")致其身,而既不能;欲自短其气,而又不忍。计无所之,不得已而借乌有先生以发泄其黄粱事业。有时色香援引,儿女相怜;有时针芥关投,友朋爱敬;有时影动龙蛇,而大臣变色;有时气冲牛斗,而天子改容。凡纸上之可喜可惊,皆胸中之欲歌欲哭。吾思人纵好忌,或不与淡墨为仇;世多慕名,往往于空言乐道。矧此书白而不玄,上可佐邹衍之谈天,卜可补东坡之说鬼,中亦不妨与玄皇之梨园杂奏,岂必俟诸后世?将见一出而天下皆子云矣。天下皆子云,则著书不愧子云可知已。若然，则天地生才之意与古今爱才之心，不少慰乎？嗟嗟！虽不如忠孝节义之赫（合刻本作"迹"，误）烈人心，而所受于天之性情，亦云有所致矣（此句合刻本作"亦大有可观矣"）。时顺治戊戌立秋月，天花藏主人题于素政堂。

说明：上序录自大连图书馆所藏之清初刊本《平山冷燕》。未见内封，首《平山冷燕序》，尾署"时顺治戊戌立秋月，天花藏主人题于素政堂"。次图像六叶（似应有八叶）。目录叶题"新镌批评平山冷燕"，凡二十回。正文卷端题"新编批评绣像平山冷燕"，不署撰人。半叶九行，行二十字，写刻。版心白口，上镌"平山冷燕"，中镌回次，下镌叶次。未见批评。另有《平山冷燕》《玉娇梨》合刻本，内封两栏，分题"玉娇梨平山冷燕""天花藏合刻七才子 本衙藏板"。首《天花藏合刻七才子书序》，正文内容文字与单行本《平山冷燕序》几同，惟尾署"雍正庚戌蒲月崇德堂重刊"。从目录开始，分上下两栏，目录叶上栏题"三才子玉娇梨目次"，下栏题"四才子平山冷燕目次"，正文第一叶卷端，上栏题"天花藏批评玉娇梨卷之一"，不署撰人，半叶十四行,行十五字;下栏题"天花藏批评平山冷燕卷之一 荑秋散人编次",半叶十一行,行十九或二十字。上两种,均不避康熙讳。此书的版本甚多,不一一列举。书之作者据序当系"天花藏主人",合刻本题"荑秋散人编次",荑秋散人可能是书坊主的伪托,故云编次。

天花藏主人,真实身份,有多种猜测,或云张博山、或云张匀等,但均无确证。待考。

《平山冷燕》序

冰玉主人

尝思天下至理名言,本不外乎日用寻常之事。是以《毛诗》为大圣人所删定,而其中大半皆田夫野老、妇人女子之什,初未尝以雕绘见长也。迨至晋,以清谈作俑,其后乃多艳曲纤词,娱人耳目。浸至唐宋,而小说兴。迨元,又以传奇争胜,去古渐远矣。然以耳目近习之事,寓劝善惩恶之心,安见小说传奇之不犹愈于艳曲纤词乎?夫文人游戏之笔,最宜雅俗共赏。阳春白雪,虽称高调,要之举国无随而和之者,求其拭目而观与倾耳而听,又乌可得哉。

庚申夏月，小监于肆中购得《平山冷燕》一书。余退朝之暇，取而观之，以消长夏。其中群臣赐宴，天子征诗，宛然喜起赓歌之盛也。淑女怜才，书生慕色，宛然钟鼓琴瑟之风也。九重下求贤之诏，学臣上荐贤之章，此又可追踪于辟门吁俊之休也。若假名士如宋信，呆公子如张寅，趋炎附势之窦知府，出乖露丑之晏文物，莫不模拟神情，各有韵致，足以动人观感，起人鉴戒。与唐宋之小说，元人之传奇，借耳目近习之事，为劝善惩恶之具，其意同也。虽游戏笔墨，要何可废。因随笔所之，批点数语，聊以寄兴云尔。冰玉主人戏题。

说明：上序录自静寄山房刊大字本《平山冷燕》。原本藏北京图书馆、首都图书馆。此本内封题"冰玉主人批点"，首序，尾署"冰玉主人戏题"。书凡六卷。正文第一叶卷端题"新刻批评绣像平山冷燕卷之一第一回"。半叶九行，行二十一字。

冰玉主人，即第二代怡亲王爱新觉罗·弘晓（1722—1778），字秀亭，号冰玉主人、讷斋主人。康熙帝之孙，清朝著名藏书家、诗人。著有《明善堂集》。

玉娇梨

玉娇梨叙

素政堂主人

世于男女悦慕,动称风流,不知西邻之子,亦有窥楼,东里之施,不无挑达,止堪俎豆登徒,蒸尝嫫母,题曰风流,斯云辱矣。必也琴心逗卓,眉妩画张,长生殿内深盟,玳瑁筵前醉态,白公之柳腰樱口,崔君之人面桃花。他如温诈乎妹,阮哭诸邻,荀倩中庭慰冷,朝云湖上参禅,红线宵征侠气,绿珠晓坠贞心,方足脍炙闺帏,夸扬婚好,使谈者舌涎,闻者梦喜。何哉?盖郎挟异才,女矜殊色,甚至郎兼女色,女擅郎才,故其姤遇作合,为人欣羡,始成佳话耳,非尽人有求,即尽人风流也。小说家艳风流之名,凡涉男女悦慕,即实其人其事以当之,遂令无赖市儿、泛情闲妇,得与郑卫并传,无论兽态颠狂,得罪名教,即秽言浪籍,令儒雅风流几于扫地,殊叫恨也。每欲痛发其义,维挽淫风,其道末由。

适客携《玉娇梨》秘本示余。余读之,见苏友白才而美,白红玉美而才,卢梦梨才美而侠,三人婉转作缘,时露悄(俏)心,忽呈娇慧,不弄痴柔,即吐香艳,明明色界,却非欲海,游心其际,觉寤寐河洲之遗韵尚存,而袗衣鼓琴之流风不远。正砭世之针,医俗之竹,故不惜木灾,用代丝绣,以一洗淫污之气,使世知风流,有真非一妄男女所得浪称也。何其快哉!客曰:白描绘事,逊色牡丹;无弦焦桐,让声羯鼓,倘优排(俳)操去取之权,牙侩秉春秋之笔,则子将奈何?予曰:不然,是非识者定之。方今文人才女满天下,风流之种不绝,当有子云其人者,谓予知言,子其俟之。素政堂主人题。

(玉娇梨)缘起

《玉娇梨》与《金瓶梅》,相传并出弇州门客笔,而弇州集大成者也。《金瓶梅》最先成,故行于世。《玉娇梨》久而始就,遂因循沉阁,是以耳名者多,亲见者少。客有述其祖曾从弇州游,实得其详,云《玉娇梨》有二本:一曰续本,是继《金瓶梅》而作者,男为沈六员外,女为黎氏,其邪淫狂乱,刻画市井之秽,百倍《瓶梅》,盖有意丑诋故相,痛詈佞人,故一时肆笔,不觉已甚,弇州怪其过情,不忍付梓,然递相传写者有之;一曰秘本,是惩续本之过而作者,男为苏友白,女为红玉,为无娇,为梦梨,细摹文人才女之好色真心,钟情妙境,盖欲形村愚之无耻,而反刺之者也。弇州深喜其蕴藉风流,足空千古,急欲绣行,惜其成独后,弇州迟暮不及矣,故不但世未见其书,并秘本之名亦无识之者,独客祖受而什袭至今。近缘兵火,岌岌乎灰烬之馀,客惧不敢再秘,因得购而寿木。续本何不并梓?曰:畏其淫甚,得罪名教,且非弇州意,故不敢耳。今秘本告竣,因述其始末如此。

说明:上叙和缘起录自《新镌批评绣像玉娇梨小传》。未见内封,首《玉娇梨叙》,尾署"素政堂主人题",次《缘起》,不题撰人。再次,"玉娇梨目录",凡二十回。复次图像二十叶,每回一叶。正文卷端题"新镌批评绣像玉娇梨小传 荑秋散人编次",半叶八行,行二十字,版心上镌"玉娇梨",中镌回次,四周单边,无格栏,写刻,有圈点,不避玄烨讳,其刻印可能在清顺治间,虽未必是初刻,亦当是早期刻本。原本藏大连图书馆，台湾天一出版社有影印本行世。

荑秋散人、素政堂主人，或云皆天花藏主人。

《双美奇缘》序

海滨居士

尝谓：有奇才者必有奇偶，有奇缘者必有奇遇。盖偶不奇，不足以显才之奇也；遇不奇，不足以见其缘之奇也。若苏生者，以一寒士而志气激昂，胸罗锦绣，奇才也；吟笺唱和，可订知音，奇偶也；求原有意，得以无心，奇缘也；几番讹误，始慰相思，奇遇也。设令苏生当日以中馈乏人，而遽谐凤律，早叶鸾音，则亦何以显奇才而成奇偶，见奇缘而获奇遇乎？余读此，以为得《关雎》之正，又喜其事之灵幻，令人不可端倪，而终之海誓山盟，天教如愿，才子佳人，两无缺憾矣！爰为之序。时光绪十有九年季春之月，海滨居士书于沪江旅次。

说明：上序录自深柳堂本《全图三才子玉娇梨双美奇缘》。原本藏南京图书馆。此本封面题"全图三才子双美奇缘"，内封正面题"全图三才子双美奇缘",背面题"光绪癸巳年季春之月深柳堂校印"。首《序》,尾署"时光绪十有九年季春之月海滨居士书于沪江旅次"。次"全图三才子玉娇梨双美奇缘目录",凡四卷二十回。次图像两叶半(以下每回图像半叶)。正文第一叶卷端题"全图三才子玉娇梨卷一　荻岸散人编次"。半叶十六行,行三十四字。版心上镌"双美奇缘",下镌卷次、回次及回目。

海滨居士,待考。

又有光绪二十九年上海书局石印本《三才子玉娇梨》二十回,序之文字与深柳堂本大同小异。丁锡根《中国历代小说序跋集》收录。唯后署"时光绪二十二年丙申岁暮春月,平江景云氏程世爵撰"。

程世爵,字景云,平江人。曾编《笑林广记》,据"光绪二十有五年岁次乙亥仲夏"自序,是个屡困场屋之人。或谓其为光绪间进士,待考。

续金瓶梅

（续金瓶梅识语）

《金瓶梅》一书，借世说法，原非导淫，中郎序之详矣。观者色根易障，棒喝难提，智少愚多，习深性灭，以打诨为真乐，认火宅作菩提，如不阐明，反滋邪道。今遵颁行圣明《太上感应》诸篇，演以《华严》、梓潼《经(真)诰》，接末卷之报应，指来世之轮回，即色谈空，遡因说果，以亵言代正论，翻旧本作新书。冷水浇背，现阴阳之律章；热火消冰，即理学之谐语。名曰公案，可代金针。

续金瓶梅序

茮隐道人

茮隐道人曰：《续金瓶梅》，古今未有之奇书也，正书也，大书也。大海蜃楼，空中梵阁，画影无形，系风无迹，《齐谐》志怪，《庄》《列》论理，借海枣之谈，而作菩提之语，奇莫奇于此。唐人纪事，则藻绮风云；元人说海，则借谈神鬼。虽快麈谈，无裨风化。此则假饮食男女，讲阴阳之报复；因鄙夫邪妇，推世运之生化。涤淫秽而入莲界，拔贪欲以返清凉。不堕狐禅，不落理障。衮贤鞭佞，崇节诛淫。上翊天道，下阐王章。正莫正于此。以漆园之幻想，阐乾竺之真宗；本曼倩之诙谐，为谈天之炙輠。齐烟九点，须弥一芥。元会恣其笔底，鬼神没于毫端。大莫大于此矣！作者曰：予生平诗文，袭彩炫世，未有可以见阎罗老子者。吾将借小说作《感应篇》注，执贽于婆提王焉。知我者，其惟春秋乎？道人笑曰：然。烟霞洞荑隐题于定香桥。

《续金瓶梅》叙

爱日老人

不善读《金瓶梅》者，戒痴导痴，戒淫导淫。吴道子画地狱变相，反为酷吏增罗织之具。好事不如无矣。五祖演（疑夺一"法"字）举小艳诗，说佛祖西来意，频呼小玉，少年一段风流，克勤使为上首。紫阳道人以十善菩萨心，别三界苦轮海，隐实施权，遮恶持善，从乳出酥，以楔出梢，政复不减读《大智度论》，何曾是小说家言也？《阿含经》云：人痴故有生死，本从痴中来，今生为人复痴，不念世间苦，不知犁泥中栲治剧。《续编》六十四章，忽惊忽疑，如骂如谑，读之可以瞿然而悲，粲然而笑矣。《法华·方便品》论云：儒诗六义，以"思无邪"为指归；释教五时，闻佛知见是究竟。天台智师，性善兼明性恶；六祖七祖，善恶都莫思量。相待义门，强名因果；证穷念绝，何果何因？善读是书，檀那只要闻声；不善读是书，反怪丰干饶舌尔。共识文字性空，不妨同德山疏抄一时焚却。是乃《续金瓶梅》六十四章竟。南海爱日老人题。

续金瓶梅集序

西湖钓史

小说始于唐宋，广于元，其体不一。田夫野老，能与经史并传者，大抵皆情之所留也。情生则文附焉，不论其藻与俚也。《金瓶梅》旧本，言情之书也。情至则流，易于败检而荡性。今人观其显，不知其隐；见其放，不知其止；喜其夸，不知其所刺。蛾油自溺，鸩酒自毙，袁石公先叙之矣。作者之难于述者之晦也。今天下小说如林，独推三大奇书，曰：《水浒》《西游》《金瓶梅》者，何以称？夫《西游》阐心而证道于魔，《水浒》戒侠而崇义于盗，《金瓶梅》惩淫而炫情于色。此皆显言之，夸言之，放言之，而其旨则在以隐、以刺、以止之间。唯不知者曰怪、曰暴、曰淫，以为非圣而畔道焉。乌知夫稗官野史足以翌圣而赞经者，正如《云门》《韶》《頀》不遗夫击壤鼓缶也。夫得道之精者，糟粕已具神理；得道之粗者，金石亦等瓦砾，顾人之眼力浅深耳。

《续金瓶梅》者，惩述者不达作者之意，尊今上圣明，颁行《太上感应篇》，以《金瓶梅》为之注脚。本阴阳鬼神以为经，取声色货利以为纬，大而君臣家国，细而闺壸婢仆，兵火之离合，桑海之变迁，生死起灭，幻入风云，因果禅宗，寓言亵昵，于是乎谐言而非蔓，理言而非腐，而其旨一归之劝世。此夫为隐言、显言、放言、正言，而以夸、以刺，无不备焉者也。以之翼圣也可，以之赞经也可。时顺治庚子季夏，西湖钓史书于东山云居。

续金瓶梅后集凡例

一、兹刻以因果为正论,借《金瓶梅》为戏谈,恐正论而不入,就淫说则乐观,故于每回起首,先将《感应篇》铺叙评说,方入本传。客多主少,别是一格。

一、小说以《水浒》《西游》《金瓶梅》三大奇书为宗,概不宜用之乎者也等字句。近观时作,半用书柬活套,似失演义正体,故一切不用。间有采用四六等句法仿唐人小说者,亦即时改入白话,不敢粉饰寒酸。

一、此刻原欲戒淫,中有游戏等品,不免复犯淫语,恐法语之言,与前集不合,故借金莲、春梅后身说法,每回中略为敷演,旋以正论收结,使人动心而生悔惧。

一、小说类有诗词,前集名为《词话》,多用旧曲。今因题附以新词,参入正论,较之他作,颇多佳句,不至有套腐鄙俚之病。

一、前集中年月事故,或有不对者。如应伯爵已死,今言复生,"曾误传其死"一句点过;前言孝哥年已十岁,今言七岁离散出家,无非言幼小孤孀,存其意,不顾小失也。客中并无前集,迫于时日,故或错讹,观者略之。

一、坊间禁刻淫书,近作仍多滥秽,兹刻一遵今上颁行《太上感应篇》,又附以佛经道箓,方知作书之旨,无非赞助圣训,不系邪说导淫。

一、前集止于西门一家妇女酒色饮食言笑之事,有蔡京、杨提督上本一二段,至末年金兵方入,杀周守备而山东乱矣。此书直接大乱,为南北宋之始,附以朝廷君臣、忠佞、贞淫大案,如尺水兴波,寸山起雾,劝世苦心,正在题外。

一、兹刻首列《感应篇》,并刻万岁龙碑者,因奉旨颁行劝善等书,借以敷演,他日流传,官禁不为妄作。

续金瓶梅借用书目

《今上皇帝御序颁行太上感应篇》《大方广佛说妙法华严经》《金刚般若波罗蜜经》《圆觉经》《弥

陀经》《楞严经》《法华经》《般若经》《仁王觉经》《观音经》《佛遗教经》《大智度论》《止观论》《梁皇忏》《禅宗语录》《法苑珠林》《高僧传》《梓潼帝君真诰》《文昌化书》《老子道德经》《清净经》《玉枢经》《庄子南华经》《阴符经》《黄庭经》《群仙珠玉》《参同契金丹正要》《易经》《春秋》《左传》《资治纲目通鉴》《宋史》《金史》《列子》《抱朴子》《淮南子》《唐诗归》《夷坚志》《艳异编》《说海》《元人六十家小说》《艺文类聚》《耳谈》《活阎罗断》《陈白沙先生文集》《王阳明先生文集》《李卓吾先生焚书》《枕中十书》《迪吉录》《丁野鹤天史》《西湖志》《水浒传》《西游记》《平妖传》《昙花记》《买愁集》《南曲吴骚》《北曲雍熙乐府》《元人百种曲》。

太上感应篇阴阳无字解序

丁耀亢

常闻天下有道，听治于人；天下无道，听治于神。神者，体物而不可见，来格而不可度。祈福则曰有神，恣恶必曰无鬼。鬼神以助王法之不及者也。自奸杞焚予《天史》于南都，海桑既变，不复讲因果事。今见圣天子钦颁《感应篇》自制御序,谕戒臣工,可谓皇皇天命矣。海内从风,遂有广其笺注,汇集征验,以坚人之信从者,上行下效,何其盛欤!亢不敏,病卧西湖,既不克上膺简命而效职于民社,谨取御序颁行《感应篇》而重锓之,欲附以言,而笺者已详之矣。吾闻:天道至秘,以言解之而反浅;人心惟微,以法绳之而愈遁。不如以不解解之。姑因大易阴阳,为人心祸福之机;画象黑白,定天道殃祥之数。数极而九贯盈也。次而七之、五之、二三之,因其功过,概其量也。谈《易》者始于无极,参禅者玅于无字,解者解之,不解者不必解也。附以《天史》管见十章,如左注《春秋》、庄演《道德》,同一无解耳。时顺治庚子(十七年)孟秋,西湖鸥吏惠安令琅琊丁耀亢谨序。

太上感应篇阴阳无字解

丁耀亢

太上曰:祸福无门,惟人自召。善恶之报,如影随形。是以天地有司过之神,依人所犯轻重,以夺人算。算减则贫耗,多逢忧患。人皆恶之,刑祸随之,吉庆避之,恶星灾之。算尽则死。又有三台北斗神君,在人头上,录人罪恶,夺其纪算。又有三尸神,在人身中,每到庚申日,辄上诣天曹,言人罪过。月晦之日,灶神亦然。凡人有过,大则夺纪,小则夺算。其过大小,有数百事,欲求长生者,先须避之。

善道,凡二十四条:

是道则进,非道则退。不履邪径,不欺暗室。积德累功。慈心于物。忠。孝。友悌。正己化人。矜孤恤寡。敬老怀幼。昆虫草木犹不可伤。宜悯人之凶。乐人之善。济人之急。救人之危。见人之得,如己之得;见人之失,如己之失。不彰人短,不炫己长。遏恶。扬善。推多取少。受辱不怨。受宠若惊。施恩不求报。与人不追悔。

所谓善人,人皆敬之,天道佑之,福禄随之,众邪远之,神灵卫之,所作必成,神仙可冀,欲求天仙者,当立一千三百善;欲求地仙者,当立三百善。

恶类,凡一百五十三条:

苟或非义而动,背理而行,以恶为能,忍作残害。阴贼良善。暗侮君亲。慢其先生。叛其所事。诳诸无识。谤诸同学。虚诬诈伪。攻讦宗亲。刚强不仁。狠戾自用。是非不当，向背乖宜。虐下取功。谄上希旨。受恩不感。念怨不休。轻蔑天民。扰乱国政。赏及非义。刑及无辜。杀人取财。倾人取位。诛降戮服。贬正排贤。凌孤逼寡。弃法受赂。以直为曲，以曲为直。入轻为重。见杀加怒。知过不改，知善不为。自罪引他。壅塞方术。讪谤圣贤，侵凌道德。射飞逐走。发蛰惊栖。填穴覆巢。伤胎破卵。愿人有失。毁人成功。危人自安。减人自益。以恶易好。以私废公。窃人之能。蔽人之善。形人之丑。讦人之私。耗人货财。离人骨肉。侵人所爱。助人为非。逞志作威。辱人求胜。败人苗稼。破人婚姻。苟富而骄。苟免无耻。认恩推过。嫁祸卖恶。沽买虚誉。包贮险心。挫人所长。护己所短。乘威逼胁。纵暴杀伤。无故剪裁。非礼烹宰。散弃五谷。劳扰众生。破人之家，取其财宝。决水放火，以害民居。紊乱规模，以败人功。损人器物，以穷人用。见他荣贵，愿他流贬。见他富有，愿他破散。见他美色，起心私之。负他货财，愿他身死。干求不遂，便生咒恨。见他失便，便说他过。见他体相不具而笑之。见他才能可称而抑之。埋蛊厌人。用药杀树。恚怒师傅。抵触父兄。强取强求。好侵好夺。掳掠至富。巧诈求迁。赏罚不平。逸乐过节。苛虐其下。恐吓于他。怨天尤人。诃风骂雨。斗合争讼。妄逐朋党。用妻妾语，违父母训。得新忘故。口是心非。贪冒于财，欺罔于上。造作恶语，谗毁平人。毁人称直。骂神称正。弃顺效逆。背亲向疏。指天地以证鄙怀。引神明而鉴猥事。施与后悔。假借不还。分外营求。力上施设。淫欲过度。心毒貌慈。秽食喂人。左道惑众。短尺狭度，轻秤小升。以伪杂真。采取奸利。压良为贱。谩蓦愚人。贪婪无厌。咒诅求直。嗜酒悖乱。骨肉忿争。男不忠良。女不柔顺。不和其室。不敬其夫。每好矜夸。常行妒忌。无行于妻子。失礼于舅姑。轻谩先灵。违逆上命。作为无益。怀挟外心。自咒咒他。偏憎偏爱。越井越灶。跳食跳人。损子堕胎。行多隐僻。晦腊歌舞，朔旦号怒。对北涕唾及溺。对灶吟咏及哭。又以灶火烧香。秽柴作食。夜起裸露。八节行刑。唾流星，指虹霓，辄指三光，久视日月。春月燎猎。对北恶骂。无故杀龟打蛇。

如是等罪，司命随其轻重，夺其纪算。算尽则死，死有馀责，乃殃及子孙。又诸横取人财者，乃计其妻子家口以当之，渐至死丧。若不死丧，则有水火盗贼、遗亡器物、疾病口舌诸事，以当妄取之直。又枉杀人者，是易刀兵而相杀也；取非义之财者，譬如漏脯救饥，鸩酒止渴，非不暂饱，死亦及之。夫心起于善，善虽未为，而吉神已随之；或心起于恶，恶虽未为，而凶神已随之。其有曾行恶事，后自改悔，诸恶莫作，众善奉行，久久必获吉庆，所谓转祸为福也。故吉人语善、视善、行善，一日有三善，三年天必降之福；凶人语恶、视恶、行恶，一日有三恶，三年天必降之祸。胡不勉而行之？

说明：上数序录自顺治庚子序刊本《续金瓶梅》。此本为傅惜华先生原藏，今归中国艺术研究院戏曲研究所，似系此书之初刻本。上海古籍出版社据以影印。正文之前为写刻。内封叶上镌"紫阳道人编"，下不分栏，题"续编金瓶梅后集"，书名后为识语。首《续金瓶梅序》，尾署"烟霞洞虬隐题于定香桥"，有"天隐""方外"阳文钤各一方。次《叙》，尾署"南海爱日老人题"有"□庵"阳文钤。

又次,《续金瓶梅集序》,尾署"时顺治庚子季夏,西湖钓史书于东山云居"。复次,《续金瓶梅后集凡例》。再次,《续金瓶梅借用书目》,再次,《太上感应篇阴阳无字解序》,尾署"时顺治庚子(十七年)孟秋,西湖鸥吏惠安令琅琊丁耀亢谨序"。有图像三叶,再次《太上感应篇阴阳无字解》,署"鲁诸邑丁耀亢参解"。目录叶题"新编续金瓶梅后集目录",凡十二卷六十四回。目录后又存图像若干叶,一般一回一图,以回目作图题,有些回并无图像。有像的皆像赞各半叶,最后一幅似系丁耀亢画像。将作者的画像列入小说之中,极其罕见,此之外还有《蟫史》中所列的屠绅画像。有些图署有刻工的姓名,曰:"王滨卿刻""胡念翌写""黄顺吉刻""刘孝先刻"。正文卷端题"续金瓶梅后集卷×　紫阳道人编　湖上钓史评"。半叶九行,行二十字。版心从上至下,题"续金瓶梅"、回次、叶次。

紫阳道人,即丁耀亢(1599—1669),字西生,号野鹤,别署紫阳道人、木鸡道人,山东诸城人。著有《天史》,传奇《西湖扇》《化人游》《蚺蛇胆》《赤松游》,今人整理《丁耀亢全集》,由中州古籍出版社出版。

湖上钓史、烟霞洞茑隐、南海爱日老人、西湖钓史,待考。

《金瓶梅续集》叙

西爽抱璞翁

《玉楼月》理学也,祖少海谬鄙之,亦自值其愤激耳,非有憾于《玉楼月》也。然作者亦自有意,盖为世劝,非为世艳也。如诸人多矣,而独以小玉儿、孟玉楼、吴月娘命名者,亦鲁《春秋》之意也。盖小玉之婉顺,玉楼之姿谊,月娘之母仪,较之诸人尤彰明耳。借孝哥以著孝子列传,借玳安以著忠臣列传,借诸名宿以著武烈、儒林列传。令人读之鼓舞,盖为世劝,非为世艳也。余尝曰:"读《玉楼月》而生效法心者,圣贤也;生爱敬心者,君子也;生怠慢心者,小人也;生憎恶心者,真禽兽耳。"余友人文子烈,随 长者较雠传奇刊本,至《琵琶》《精忠》诸杂剧,长者莫不掩卷悲泣。文了烈曰:"此正稗官著作劝化之本意耳。"同人闻之,叹为有识之言。若有识得此意者,方许他读《玉楼月》也。不然,少海几为浮薄刻覈之俑矣。奉劝世人，应如吴月（娘）之心行可也。西爽抱璞翁题。

说明：上叙录自辽宁省图书馆藏抄本。此本首有《金瓶梅续集序》，尾署"烟霞洞方外茝隐题于定香桥"；次《叙》，尾署"西爽抱璞翁题"；再次《序》，尾署"顺治庚子季夏，西湖钓史书于东山云居"。复次《凡例》八条，又次《太上感应篇阴阳无字序》，尾署"顺治庚子孟秋，西湖鸥吏惠安令琅琊丁耀亢谨序"。此序之后又有《太上感应篇阴阳无字解》，署"鲁诸邑丁耀亢参解"，含"善道"二十四条，"恶类"一百五十四条。无总目。正文卷端题"金瓶梅续集卷×　紫阳道人编　湖上钓史评"。半叶十行，行二十二字。每回前半叶大书第×回，后半叶书"偈语"之属。书末有《后叙》，尾署"南海爱日老人题"。除多一西爽抱璞翁《叙》外，其他序、凡例等，与前所录大同小异，惟爱日老人序移至书末作《后叙》。

西爽抱璞翁，待考。

闪电窗

（闪电窗）序

吴山道人谐野

读未曾读过书

序曰：天下何事最乐？曰：读未曾读过书。但读未曾读过书，而既已经我读过，则竟读过矣，其书之何以移我性情，增益我神智，不知也。其书之何以代我笑骂，代我牢骚、歌哭，不知也。其书之何以激发我廉耻，扶掖我人品气概，不知也。既已不知，则竟读过矣；既已竟读过，则竟不知矣。夫竟读过而竟不知者，如老僧撞钟，仅记百有八之数而已耶。如星家测管，仅通三六之台符而已耶。如蒙童□（就？）塾，仅识千者为字，百者为姓而已耶。夫亦读未曾读过书，而竟读过，性情如故，神智如故，歌哭、笑骂如故，廉耻之与品概皆如故，而竟不知也耶。其如故者何也？我见夫村农牧竖矣，知有布粟犁犊之乐，而布粟犁犊之外则不乐。我见夫舟商估客矣，知有锱铢货贝之乐，而锱铢货贝之外则不乐。

盖习其固□□□□□便利其心思手足,譬久□□□(居城市)者,移之居乡,则有时而□□;譬久居山水者,移之居城□(市),则有时而又愀然。诚未破其胸中胶柱鼓瑟、饥食饱衣之常情,以致如是则乐,不如是则不乐也。如是则乐,将目之所经见,耳之所经闻,三家老学究之所经讲说,遂群起而奉之曰:此其书不可不读。不如是则不乐,将目之所未经见,耳之所未经闻,三家老学究之所未经讲说,遂群起而奉之曰:此其书决不可读。有一谓此书决不可读之人,吾甚乐有此人;有一人倡谓此书决不可读之言,吾甚乐有此言。独不乐有读此书而竟读过,竟读过而竟不知者也。然则读此书而何以遂不竟读过,且不竟读过而何以竟知读此书?曰移我性情,增益我神智之书也;曰代我笑骂,代我牢骚、歌哭之书也;曰激发我廉耻、扶掖我人品气概之书也。是真能读者矣。是真能知者矣。是真能乐天下最乐者矣。吴山道人谐野书于半塘之钓鱼舫中。

说明:上序录自酌玄亭梓行本《闪电窗》。此本原藏中国社会科学院文学研究所资料室。内封三栏,由右至左分题"谐道人批评第一种□书""闪电窗""传奇嗣出　酌玄亭梓行"。首《序——读未曾读过书》,尾署"吴山道人谐野书于半塘之钓鱼舫中",后有"谐野道人"阴文、"秀才惜华史"阳文钤各一方。次"谐道人批评第一种快书目次　酌玄亭主人编辑",凡六回(第六回无目,正文中有),次图像六叶。正文卷端题"谐道人批评第一种快书　酌玄亭主人编辑"。半叶八行,行二十字,写刻。书未完。作者另有小说《照世杯》,此书出《照世杯》之前,书中不避玄烨讳,而《照世杯》即避("酌玄亭"作"酌元亭"),故此书当出顺治间,最迟也在康熙初(详参萧相恺、张虹《中国古典通俗小说史论·中国小说史研究中若干问题的考辨之一》,南京出版社1994年版)。

酌玄亭主人、吴山道人谐野,真实身份、生平事迹均待考。

照世杯

《照世杯》序

吴山谐野道人

客有语酌元主人者曰:"古人立德立言,慎矣哉。胡为而不著藏名山、待后世之书,乃为此游戏神通也?"余曰:唯唯,否否。东方朔善恢谐,庄子所言皆怪诞,夫亦托物见志也与。尝见先生长者,正襟敛容而谈,往往有目之为学究,病其迂腐,相率而去者矣。即或受教,亦不终日听之,且听之而欲卧。所谓正言不足悦耳,喻言之可也。今冬过西子湖头,与紫阳道人、睡乡祭酒纵谈今古,各出其著述,无非忧悯世道,借三寸管,为大千世界说法。昔有人听妇姑夜语,遂归而悟弈。岂通言徼俗,不足当午夜之钟、高僧之棒、屋漏之电光耶?且小说者,史之馀也。采闾巷之故事,绘一时之人情,妍媸不爽其报,善恶直剖其隐,使天下败行越检之子,惴惴然侧目而视,曰:"海内尚有若辈,存好恶之公,操是非之笔,盍其改志变虑,以无贻身后辱?"是则酌元主人之素心也哉，抑即紫阳道人、睡乡祭酒之素心焉耳。吴山谐野道人载题于西湖之狎鸥亭中。

说明：上序录自日本佐伯文库丛刊本《照世杯》。此本内封三栏，右题"谐道人批评第二种快书"，中题"照世杯"，左题"酌元亭梓行"。首《叙》，尾署"吴山谐野道人载题于西湖之狎鸥亭中"，有"谐野道人"阴文钤和另一阳文钤。全书凡四卷。各卷有总目。第一卷目录叶题："照世杯卷一目次"，总名"七松园弄假成真"下分七段。以下各卷分题"照世杯卷之二（三、四）目次"，亦有总名，下各分八段（二、三卷）、十段（四卷）不等。四卷正文均标回目。卷一目录之后有图像四叶，皆像赞各半叶。正文第一叶卷端题"谐道人批评第二种快书上卷　酌元亭主人编次"。半叶八行，行二十字。版心由上而下分镌"照世杯"、回次、叶次。卷四卷端题"谐道人批评第二种快书　亭主人编次卷一同"；卷二、三无题署，仅标第二回、第三回。此书出《闪电窗》之后，"酌元亭"即"酌玄亭"，元字避玄烨讳；又此称"第二种快书"，而《闪电窗》称"第一种快书"。

另有一日刊本,题署与此本同。首《序》,次《读俗文三条》,尾署"宝历壬午之秋,孔雀道人书于平安小川侨居"。台湾《明清善本小说丛刊》影印。

酌元亭主人、谐道人(吴山谐野道人),真实身份、生平事迹均待考。按:此书之序透露了一个重要信息:吴山谐野道人、丁耀亢、酌元(玄)亭主人与为李渔《无声戏》作序的睡乡祭酒杜濬,甚至李渔都有交往。

宛如约

宛如约序

卧读生

闲书小说，不知昉自何代，抑皆始于《虞初新志》，而后幻市蜃楼，为文士无聊，而以意撰之者欤？予亦尝览夫坊间之闲书小说矣，标新领异，各自矜奇，牛鬼蛇神，无虑数百种。有以七言成句者，若《天雨花》也，若《再生缘》也，叶以顺韵，分别生、旦、丑、末脚色，可歌可唱，随事问答，口吻如生，有文言之官话，有俗语之土音，阅者不啻观名优之演剧矣。绿窗绣罢，人静多暇，一编在手，颇足消闲也。有以段（假）说纪事者，若《聊斋志异》，若《夜谈随录》，则句梳字栉，体例谨严，或讽或颂，说鬼谈狐。当时作者，皆有谓而言，非果好涂抹也。他如宣瘦梅之《夜雨秋灯录》，管秋初之《藜床春睡录》，虽批（披）风抹雨，楼驾（架）凌空，而劝善惩恶，亦非尽《齐东野语》耳。

己亥春暮，文事纷杂。会调芙蓉膏以引文思，有市中之好学者过访。坐既定，曰："吾辈日长无事，袖手凭栏，冀得一可消长昼，而增文学、广见识以助谈柄者，得毋以阅闲书小说为最得乎？顾坊间之闲书小说，俗者雅者，诚不可以偻指计，但掩卷思之，其窠臼皆不外乎仿佛耳。"言次，袖出《银如意》一集，谓锦煮氏新撰，而拟付石印者。因展阅一过。虽仅一十六回，仿章回作，而事迹之离奇，文情之曲突，能使阅者掩卷而思，开卷而笑。阅既竟，不禁眉扬目掀，拍案而称之曰："得未曾有。"友谓卷首无序，遂即书其意以归之，序云何哉。时在光绪二十五年己亥春暮，吴县卧读生稿于掬月楼之南轩。上元李节斋书于申江旅次。

说明：《宛如约》早期的醉月山居刻本无序跋（全称《新镌才美巧相逢宛如约》），上序录自光绪己亥（二十五年）上海卫记书局石印本，原本藏南京图书馆。此本内封前半叶题"绘图说本银如意"，后半叶题"光绪己亥上海卫记书局石印"，且有识语："此书石印原底印成传，有小人照石印翻抄者，书照书印，阖家前后三代，男盗女娼，永无好日。"首序，尾署"时在光绪二十五年己亥春暮，吴县卧读生稿于掬月楼之南轩。上元李节斋书于申江旅次"。目录叶题"绘图银如意",凡四卷十六回。复次图像五叶。正文第一叶卷端题"绘图银如意卷一",半叶十三行,行二十八字。版心单鱼尾上题"绘图银如意",下属卷次、回次、"恒德堂石印"。

吴县卧读生,待考。

赛花铃

（赛花铃识语）

近今小说家不下数十种，水（"水"字疑衍）皆效颦剽窃，文不雅驯。非失之荒诞，即失之鄙俗，使观者索然无味，奚足充骚人之游笈，娱雅士之闲着者哉！兹编出自白云道人手笔，本坊复请烟水散人删补较阅，描情穷景，情不（"不"殆误，疑为"景"？）逼真，恤（？）小说中之翘楚也。识者鉴诸。本衙藏板。

赛花铃题辞

烟水散人

予谓稗家小史，非奇不传。然所谓奇者，不奇于凭虚驾幻，谈天说鬼，而奇于笔端变化，跌宕波澜。故投桃报李，士女之恒情；折柳班荆，交友之常事。乃一经点勘，则一聚一散，波涛迭兴；或喜或悲，性情互见。至夫点睛扼要，片言只字不为简；组词织景,长篇累牍不为繁。使诵其说者,眉掀颐解,恍如身历其境,斯为奇耳。虽然,谈何容易,非获个中三昧,不能与于斯也。

予自传《美人书》以后,誓不再拈一字。忽今岁仲秋,书林氏以《赛花铃》属予点阅。夫以红生之佳遇历历,方娥之贞白不磨,非所谓才子佳人,事奇而情亦奇者耶。虽梦中之花已去,而嗜痴之癖犹存,得不补缀成编,以供天下好奇之士,闲窗抚掌,当亦予之绮语债深,文魔劫重耳。其中情事有无,并所以颜《赛花铃》之意,予固茫然不得而知也。如同志之士,必令觅玉仙之根脚,勘素云之面目,求媚娘、琼英之实迹,则盈盈苕水,一苇可杭。焉从白云道人而询旃。时康熙壬寅岁(元年)仲秋前一日,槜李烟水散人漫书于问奇堂中。

(赛花铃)后序

风月盟主

先正谓:"班固死,天下无信史。"近眉公陈老谓:"六朝唐宋,皆稗家丛说。"嘻!果如所言,亦恶在其公史小说也。而余谓稗家小说,犹得与于公史。劝善惩淫,隐阳秋于皮底;驾空设幻,揣世故于笔端。层层若海市蜃楼,绯绯似鲛人贝锦。一咏一吟,提携风月;载色载笑,傀儡尘寰。四座解颐,满堂绝倒。而谓此数行字,遂无补于斯世哉!虽然,局面偏小,理意不能兼该,犹之乎一器而适一用,故曰小说家也。究其所施,非说干戈,则说鬼物;非说讼狱,则说婚姻。求其干戈、鬼物、讼狱、婚姻兼备者,则莫如白云道人之为《赛花铃》。盖富贵贫贱,夷狄患难,一以贯之者也。

白云道人,苕上逸品。饱诗书,善词赋,诙谐调笑,恒寄意于翰墨场中。故其下笔处诗词霏霏,而诵其说者,恍身入万花谷中,见花神逞技,是《赛花铃》之所由长于小说,而亦白云道人之所以名《赛花铃》也。嘻!游戏三昧,炼假还真,□(佛)老以为正果功夫,然耶?否耶?总之,泳游笔札,浪谑词林,尼圣所谓游于艺者是矣。吾未措手,乌得言有,缃帙已全,谁曰不然,此又白云道人意中意耳。予故不敢自为娱赏,乞付书林氏,嘱令梓刻,以广其传。而烟水散人又严加较阅,增补至十六回,更觉面目一新。窃料是编一出,洛阳纸贵无疑矣。海内巨眼，自应鉴诸。风月盟主漫书。

说明：上题词及后序，均录自大连图书馆藏康熙刻本《赛花铃》，上海古籍出版社据以影印。此本内封三栏，分题"南湖烟水散人较阅""赛花铃"及识语。次图像，最少应有四叶，一、三叶佚。次《赛花铃题辞》，尾署"时康熙壬寅岁仲秋前一日，檇李烟水散人漫书于问奇堂中"，康熙壬寅有二，一为康熙元年，一为康熙六十一年。此壬寅当为康熙元年：尚避天启、崇祯讳，"校"作"较"；书内不避康熙讳；又第四叶图署刻工曰"黄顺吉刻"，黄顺吉顺治间尚刻有《续金瓶梅》，若壬寅为康熙六十一年，则黄顺吉最少也已年过七旬，不可能再刻书。后有"徐震"阳文、"烟水散人"阴文钤各一方。次"赛花铃目次"，凡十六回。正文第一叶卷端题"新编赛花铃小说　吴江白云道人编本、□□□□□（南湖烟水散）人较阅"。半叶八行，行十八字。版心由上而下分镌"赛花铃"、回次、叶次。写刻。书末有《后序》，尾署"风月盟主漫书"。

吴江白云道人、风月盟主，真实身份、生平事迹待考。

南湖烟水散人，据序后的"徐震"阳文、"烟水散人"阴文钤，知其为徐震，字秋涛，浙江嘉兴人，著有《美人书》等。（钟斐《美人书》，又名《闺秀佳话》，序云："及己亥（顺治十六年）春，随风而抵秀州（嘉兴），泊舟城南湖畔。舟子曰："有酒无客，奈何！"余笑曰："此地有秋涛徐子者，余莫逆友也，彼必冲烟冒雨而至，奚患无客！"）馀待考。

吕祖全传

(吕祖全传)叶序

叶生

余问道玄宗,参空释部,几十年所自,恨器根钝下,茫无所获。迩来识尘汩没,世缘俗累牵率,一我此中无主,并前之所有事而忘之,甚可悼也。予友憺漪子,向曾与予同学道,近以小疴,忽然悟生,倍加勤企,于是踵善长孙道师之门而执弟子礼焉。善师道行高天下,接引后进,若将不及,其德容道气,饮人以酒,诸几见者,躁心平,浮虑静焉。今日之陶华阳、葛稚川也。夫人患不学道,学道则必见道,见道则必守道,憺漪视予才十年长,世味甘苦,其知之矣。以尚子平无累之身,而又有真人以为之师,肆力其间,得大精进,不以始勤而后怠,不以得半而中止,语云:诚之所至,金石为开。予其能量憺漪之所至乎哉!余憧憧然奔走衣食,然父母未生前一灵尚未堕落,今已奉二亲归骨山阿,恐不能待婚嫁事毕,方且意南而南,意北而北,以从方外游。予知憺漪生天定在灵运前矣。圆峤、方壶之间，肯留一席地待我否也？憺漪学道，即愿梯梁一切，乃以阅藏有得，命曰：核玄碎事，刻附祖师传后，广度世人，此又憺漪之功行也。憺漪为谁？予友汪淇右子也，号憺漪。其受教善师之门，道名象旭云。壬寅夏日，同学弟叶生顿首拜书。

说明：上序录自北京大学图书馆藏咸丰九年（1859）宝监堂本《吕祖全传》。此本内封上镌"咸丰九年春镌"，下分三栏，由右向左分题"华亭高味卿校对""吕祖全传""上洋道前街宝监堂藏版"，首《叶序》，尾署"壬寅夏日，同学弟叶生顿首拜书"，此壬寅应为康熙元年。有吕祖像。在《吕祖全传》之前有《正阳真人赠吕祖丹诀歌》，接下来是《证道碎事》四册，《证道碎事》之后为《吕祖全传》。正文第一叶卷端题"吕祖全传　唐弘仁普济孚佑帝君吕纯阳吕仙撰　奉道弟子憺漪子汪象旭重订（按：下双行并署"原名淇字右子"）、同道何应春、费钦、钟山、吴道隆、郑汝承、查宗起同校"，半叶八行，行十八字，版心单鱼尾上镌"吕祖全传"，下镌叶次。《全传》以第一人称述吕纯阳得道事。之后又有

《后传》，辑录吕纯阳的灵异胜迹。

憺漪子，见《西游证道书》条。

（吕纯阳祖师全传识语）

艳说浮词，启邪导恶，匪特上犯王章，抑且阴贻他□（谴？），兹得吕祖鸾笔手著全传，义虽通俗，意本渡人。短咏长叹，每寓修真妙诀；搜奇说梦，俱属觉世良方。盥手宜扬，不亚列仙源流□（之？）□（记？）；虔心信奉，岂减太上感应之篇。不但有异乎稗编，真是迥超□（夫？乎？）□（瞽？）说。庶见者闻者，共乐流传；在道在家，争为宝玩云尔。

纯阳吕仙传叙

白玉蟾

时梅酿金翠，竹阴岩谷，清风飘峦，嵜间鹤驭初饰，将游乎紫虚碧府，以倾玄囊。过于赤宵，绛云缥缈，青篆氤氲，驻驭于碧虚中，见潘生启八扉，开翠牖，爇名香于宝鸭，泻佳醴于玻璃，盖迓乎岛上客也。感而命鹤下之。诸生欣欣而进，稽角若叩棒，吕仙亲授己传以示白。白曰：噫！是传也，吕仙何为是新声以娱人之耳哉？何为是稗家流以混于嚣俗哉？殆非吕意也，二三子亦知之乎？盖人之有厥生、秉厥性，清阳而宁阴，圆神而完精，洞洞而明明，秀而且灵。惟诱其外，而物其物，遂斫其内，而不真其真。是以先王设法以齐其内，明道以一其形。世趋狂澜，古云其湮，性非一元，形遂以分。斯传也，欲饰其藻，则可以通于睿，而不可以通于昏；欲简其辞，则于文要矣，安可以辟其户而开其扃？吕仙思之熟矣，于乃不饰其饰，不文其文，工其说也，而又新乎其声，俾之吟咏歌讴，可以入乎耳，而遂达其心。三唱一叹，可以使玄关打透，善念勃兴。视世如樊笼，视身如浮云，不忮不求，弗竞弗矜。凡凡入圣，浊浊入清。户可封而家可奖，当几措于繁刑下，以奠元元于康寿之城，上以培国脉于亿万之龄，斯固吕仙作传之意也。不然，迄贞观以至于今，几千祀矣，而其显化几千遍矣，其立诵设集，不啻千万言矣，胡又为此赘瘿哉？为赘瘿以悦人心、娱人耳，凡俗自好者不为，而吕仙不惮耶？若以词章句调求之，小小乎观仙矣。二三子其识。上清玉虚得道真人白玉蟾撰。

憺漪子自纪小引

汪象旭

《抱朴子》曰："求仙者，要当以忠孝和顺仁信为本。若德不修而但务方术，终不得长生也。"是知太上之旨，本与圣贤同归。而世但求之升玄飞步，金丹服食，下至房中采真之术，则谬之甚者矣。若乃尼父发犹龙之叹，尹喜受道德之传，屈平托志于远游，张良终从夫黄石，刘向志列仙，嵇康慕养生，昔之至人达士，曷尝故为区别哉。诚以修身养性，去妄除邪，即是贞固之道，其理诚不可易，又况得自见闻，躬为授记，有不起崇信之心，厉精进之操者乎！

予童年多病，以寡兄弟，二人绝爱怜之。自诵读外，不许嬉游。迨弱冠后，逐朋侪，恣淫佚。或示以保精啬神之谊者，亦未之信也。忽患沉疴，巫医俱谢却。予昏瞀时，乃梦至一山崖，见纯阳子以棕扇拂予首曰：为汝续颈。仍嘱以数语。余顿醒，病即霍然。每欲皈依祖师，以谢再生之德，而世故纷纶,因循悠忽,又以力攻举子业,思得一当,以遂显扬之志,故虽信奉已久,而未能专也。继遭世变乱,一廛两徙,皆为兵据。困无复之,唯有课督儿辈,冀其共成予志。逢时坎坷,屡未得售。庚子冬,始克襄两先人大事,遂决意奉玄,用酬夙愿。辛丑夏,即于书舍供奉祖师,又皈依善长孙师,誓无退悔。终日唯简《道藏》,阅丹经,以娱馀年,为终老计。

一日,于故簏得祖师鸾笔所著本传,文词近俗。披阅间,忽若有得,遂谋广之,以为好道者证。并录祖师普度古今诸事,附于其后,暨余平日听睹所及,即笔记之,彙为《覼玄碎事》,合刻成集,将以砭世俗淫秽之说,启高明信持之志,使知古今有其理,实有其事;有其人,实有其应,以自勉者,推之以勉斯世云尔。经云:罪莫大于淫,祸莫大于贪,咎莫大于僭:此三者皆上真所严谴也,余乃于祖师前至心发露,绝欲独处,所以断淫;施钱济贫,所以除贪;闭户安分,所以去僭。庶几躬行不怠,克践素履。虽不敢自附于刘向、嵇康、张良、屈平之列,而于忠孝和顺仁信之道,亦将身体而力行之,是固余之所以报二人者,报祖师也。若曰希心拔宅,纵志霞举,斯即所为谬之甚者也，亦恶乎敢！康熙元年初夏，西陵奉道弟子汪象旭右子氏书于蜩寄。

校辨俚说

憺漪子

《祖师传》系何、吴二子誊录，差字与同志者相议正之。会有一子云：《黄粱梦》乃吕祖度邯郸卢生事，其地有庙宇、碑文可稽。今《传》云：钟祖度吕祖事，则与《邯郸郡志》不侔矣，弟子并有小疑。乃叩于师，云：吾《传》字字的楷，句句明典，但人各持其凡见，私易一二字，遂失其真耳。黄粱之梦，乃予未成道之时，钟祖度予事。及予成道初出山际，至邯郸，遇卢生，即以钟师度予者度之。《传》中以明典出此意，子何不细玩而遽疑哉？又开元庚申，以尘世考之，予九十四载矣。此成道之后，立功已多，受玉帝之敕时也。岂此时方得道耶？子疑予年算，见亦昧矣。《传》中"盛风禳"三字，誊之误也。子辈欲改"乘篅"及"乘风鹤"，皆非是，乃"乘波筏"也。盖假银入明炉，浮于铅池之面，如筏浮于水面也。"於邑"二字，今加"心"，非也。盖"於邑"者，哽咽也。单用"邑"字，则加"心边"；二字双用，不必"心边"，此出《汉断》，子未考也。"晋振亡子"，改"振"字为"郑"字，则系二国名矣。殊不知"振"字作"兴"字看，替兴衰二字，出《春秋》，子亦未察也。其馀订正者皆妥。弟子既领祖师面命，益钦此《传》学超天人，非凡见所可妄拟，故特白于《传》末，使有博学高士，见有同异，当求问于祖师，必有洞明处，而不可轻蓄疑也。奉道弟子憺漪子叩识。

（吕纯阳祖师全传跋）

齐如山

此系原刊初印本，实不多见，惜已残缺，余收此，则专为书前几页图画，这种技术，自以明朝为最精，到清朝已大见退化，而此画工刻工，尚均能工细如此，殊属难得，因付镶衬而保存之。民国三十三年冬，齐如山识于表背胡同之百舍斋，时年六十有八，正避难家居，七年馀未出门矣。

说明：上叙和小引均录自美国哈佛大学图书馆藏本，此本原为齐如山先生旧藏。内封三栏，分题"西陵憺漪子重订（附载友朋丹人本传）""吕纯阳祖师全传"及识语。首《纯阳吕仙传叙》,尾署"上清玉虚得道真人白玉蟾撰",次"憺漪子自纪小引",尾署"康熙元年初夏,西陵奉道弟子汪象旭右子氏书于蜩寄",有"汪淇之印""右子""汪象旭号憺漪"阴文篆体钤三方。又次吕祖像,背面有"正阳真人赠吕祖丹诀歌";复次有图像八幅。再次有王处一等"赞曰"若干。再次为"校辨俚说",尾署"奉道弟子憺漪子叩识"。书末为齐如山跋语。

汪象旭,见《西游证道书》条。

齐如山(1875—1962),早年留学欧洲,归国后致力于戏曲工作,参与组成北平国剧学会,为梅兰芳编写戏剧。有《齐如山全集》传世。

春柳莺

春柳莺序

挤饮潜夫

天地间一大戏场,生、旦、丑、净毕集于中。自唐设为戏文,缘以衣冠兽翁,蓬蒿贤士,粪堆连理,污泥比目,泾渭混杂,世上莫辨,君子起而指示之,则戏演焉。及后,戏一变而为传奇,实倡自宋,盖以戏虚文难以利俗,而浅说足以动众。夫传奇于戏,名别而实同也。今君子操觚号微,莫不咸悉其道,故稗官野史,救污辟秽,于此为盛。一时市儿读之,不知怜才为劝,好色为戒,反取色而恶才,直欲丑净而作生旦,又乌得乎?

南北鹖冠,风流名人也。知怜才好色之正,得用情取士之真。尝谓余言:"古来贤士出于席门陋巷,德妇见之裙布荆钗。如锦衣玉食,绣柱雕梁,俱属外焉者。"余识其言而敬之。复请之小说,才色在所不偏,劝戒俱所不废。使天下之人,知男女相访,不因淫行,实有一段不可移之情。情生于色,色因其才,才色兼之,人不世出。所以男慕女色,非才不韵;女慕男才,非色不名。二者具焉,方称佳话。自非然者,即粪堆连理,污泥比目。桑间濮上之辈,何得妄以衣冠为尊,蓬蒿见鄙,浪向天地间说风流者哉!此书梓世,固以名人之笔,复新于目,尤愿同人为生为旦,不可打落丑净脚色,贻笑于戏场外之识者也。康熙壬寅秋八月,吴门拚饮潜夫题。

《春柳莺》凡例

鹖冠史者

一、小说今日滥觞极矣,多以男女钻穴之辈,妄称风流。更可笑者,非女子移情,即男儿更配。在稗官以为作篇中波澜,终是生旦收场;在识者观之,病其情有可移。此乌得谓真才子、真佳人、真风流者哉!惟《春柳莺》特补政诸书。

一、《春柳莺》每回以两句为题贯首,虽前人亦有之,此实史者限于坊请。盖以一十回并作十回,非史者故新一格,正史者别是一格也。

一、问:《春柳莺》至第十回终止,疑以太简。史者曰:文人之心,文人之笔,行乎不得不行,止乎不得不止。使浮词谬习，累纸难穷，亦何益乎？此正不必恨于坊请。

一、此书儿戏者不许看，赠与明理之士案头供读。盖此书精妙处如丝贯锦，大小节次，毫不渗漏。于轻快处，如秋水横波，长天应色，令人浮气尽销，不厌三复。若一详彼略此，则不见作者之心并识者之明。

一、《春柳莺》巧工而兼化工，与诸书不同。有真情妙理，大纲细目，读者不妨一字一句，潜心体味，借以悟文。何则？即圣叹手批《西厢》，以《西厢》作《史记》读是也。二书参看尤得。

一、每回贯首诗，不作正经诗法，只是明白浅述，一便俗之意。

一、诸书所言所说，是合而分；《春柳莺》是分而合。故前后穿插，妙于史者意在笔先，绝无斧痕。不似浅辈至中断绝，另起一屋，复说回头话，使观者意懒，听者心燥。

一、《春柳莺》虽偶然寄笔属稿，出于酒后，却浅而有味，淡而弥永。嬉笑怒骂中不失史者本色，个中亦不可不知。史者自识。

说明：上序和凡例，均录自上海古籍出版社影印之大连图书馆藏本。此本无内封，首《春柳莺序》，尾署"康熙壬寅秋八月，吴门拚饮潜夫题"。有"旧院学士"阳文、"石卢氏"阴文钤各一方。次《凡例》八则，尾署"史者自识"，有"鹖冠史者"阳文、"谐石氏"阴文钤各一方。复次"春柳莺目次"，凡十回。又次，图像五叶，皆像赞各半叶。赞分署"林处士""射凌子""虎丘道人""魏璜"。卷首题"南北鹖冠史者编　石庐拚饮潜夫评"，书中不讳"玄"字，知"壬寅"为康熙元年，间有行间批。

拚饮潜夫，真实身份、生平事迹待考。

山水情

（山水情序）

俾庵主人

……（上原阙）又知只在水间耳。其未知为有耶？无耶？而实非真也。此特藉宋玉文人,子建才士,为千古美谈,殆亦有其心而不必有其事,有其事而不必有其人矣。顾《山水情》者,若诚有其事,是固非梦也;若诚有其人,是可为真也。则夫笔灵神会,可返踪子建,攀驾宋玉,又何难与唐人并驱也哉。俾庵主人漫题。

说明:上序录自日本东京大学文学部藏明末清初刊本《山水情》。此本未见内封,首序,残,尾署"俾庵主人漫题"。次"新编绣像山水情传目次",凡二十二回。复次,图像四叶,皆像赞各半叶。正文卷端题"新编绣像山水情传",不题撰人。半叶八行,行二十字,写刻。有行间批及回评。不避康熙讳,但避崇祯讳。

俾庵主人,真实身份、生平事迹待考。

吴江雪

吴江雪序

顾石城

余之于佩蘅子,殆若一身,不能顷刻相离者也。余游神翰苑,走笔文河,则佩蘅子负弩前驱,扬鞭后从。佩蘅子者,幼抱夙志,长习圣功,彻九流之宗,知三教之旨,诗文词赋,纵笔万言,倒清峡之源,吐大块之异,直可与唐晋并驱,而非时流所知也。虽然,天实弃之,人亦不得而知之,佩蘅子亦不得而求知于人也。知诗文词赋之未能出世也,乃佯狂落魄,戏作小说一部,名曰《吴江雪》。江潮、吴媛,邂逅支硎,中间离合,曲尽其妙,其诗词尤小说中所未有者也。然其间之小节,人所易知;大义,人所不觉。余特表而出之曰:始开卷,即说天下无不是的父母,即是无不是的天地,无不是的君上,无不是的造物。如金乡公主,既许赫腾,赫腾战死,虽见江潮之美,不肯改节,是一部中之正旨,一人而已。馀则犯犯马之以忠被杀,将死犹依主尸,是畜亦知大义,是或人所未逮也。故谆谆与之。李素芳闹处明禅，亦是亏他逃脱。至于惩戒感发，实可与经史并传，诸君子幸勿以小说视之，则佩蘅子幸甚，不佞亦幸甚！乙巳八月，顾子石城氏题于蘅香草堂。

吴江雪自序

佩蘅子

甚矣哉，春心之难系也。然不系之于未萌之先，而强制于缠绵之际，虽有神禹，独且奈何？是必不可救药者矣。有人于此，服先王之明训，诵圣人之遗书，寤寐不遑，心焉惕惕，自谓敬惧日臻，繁情自敛，即富贵利禄，亦不能夺其聪明，眩其耳目；其或邯郸艳质，一转回波，似不免于神魂摇荡，即当濯胃洗心，令无沾染，否则缠绵何已。孔子亦曰，好德如色，我所未见。是亘古至今有如此者。今余所著《吴江雪》，实欲导人于正，责言为父母者，当正之于始。即江潮、吴媛，并无与之之辞，全是惜之之意。言雪婆，以见妪之不可令入闺门；言丘宜公，见交之不可不慎，计之不成，而反自害，见为恶之不祥。弄儿苦守十年，贪淫瓦裂；赫腾鹰扬一世，肆掠亡躯；

金乡之守节，素芳之悟禅，亦各有妙境。然人人得而知之。有大义存焉，有至道存焉，则诸君子或不解愚忱也，请讯诸石城之序。乙巳季秋日，吴门佩蘅子题于蘅香草堂。

《吴江雪》全部合评

系春心之旨，以人心惟危，道心惟微，要人系定人心，使听命于道心，凡事承顺于上天，无所致怨耳。其初集曰《吴江雪》，分为四卷，共有二十四回。其中节义忠孝，离合悲欢毕具。其所最褒与者，金乡公主一人而已。次则玉耳犯犯，一畜而已。江潮、吴媛，才貌双全，志慧夙具，但借（惜）其未系春心，未为无玷。《诗》曰："士之耽兮，犹可说也；女之耽兮，不可说也。"故一于说小姐贞洁，江潮非偷窃，批评吴媛为烈妇，为智慧，为明哲，至为圣女，乃褒中之贬。佩蘅子之微辞，可谓太刻，犹《琵琶记》所云"全忠全孝蔡伯喈"也。言金乡，所以诛江吴者，浅言犯上焉；言犯犯，则讥江吴者太毒矣，若云畜类尚知承顺于夫，无所致怨之义，以江吴之美质，而反不如畜矣。雪姬本不足责，反成一义侠之名。虽然，吴媛几番刎颈，江潮一念不移，可谓义夫节妇矣。若非义夫节妇，余亦不刻责之，《春秋》责备贤者，吴夫人治家不正，其罪何如？丘先生训导不严，其恶尤甚。吴老无闲女之术，江老亦有纵子之愆。丘石公极恶则报；沈文全仗义乃兴；姬贤与弄儿辈，俱不足齿矣。

说明：上二序及"全部合评"，均录自法国巴黎国家图书馆藏东吴赤绿山房本《吴江雪》。此本内封三栏，右栏题"蘅香草堂编著"，中题"绣像吴江雪"，左题"东吴赤绿山房梓"。首《吴江雪序》，尾署"乙巳八月，顾子石城氏题于蘅香草堂"，《吴江雪自序》，尾署"乙巳季秋日，吴门佩蘅子题于蘅香草堂"。次，"吴江雪目次"，凡四卷二十四册。正文卷端题"新镌绣像小说吴江雪卷之一　第一回　吴中佩蘅子著"，以下方署回目。半叶八行，行二十二字。版心由上而下题"吴江雪"、回次、叶次。每回后有总评，全书后有《全部合评》。上海古籍出版社据北京图书馆藏本影印，未见内封，其《自序》缺一叶，自"诵圣人之遗书"起，至"并无与之之辞"止。

吴中佩蘅子,真实身份、生平事迹待考,另有《合锦回文传》。

水浒后传

（水浒后传识语）

宋遗民不知何许人，大约与施、罗同时，特姓名弗传，故其书亦湮没不彰耳。今读"前传"，龙门《史记》也；《后传》，庐陵五代史也。而原本忠孝，敦崇道义，其于人心世道之防，尤兢兢致慎焉。世有删改"前传"自目为才子书者，其是非颇缪，使当日遗民见之，定嗤其立言之不伦也。康熙甲辰仲秋镌。

宋遗民原序

古宋遗民

昔孔子摄政七日，即诛少正卯，而不能伏盗跖，其故何也？夫少正卯，为鲁之闻人，诡辞诐行，害于人心，将启杨墨之祸，故毅然为两观之举。跖之徒三千，横行天下，日脯人之肝，说之不从，释而不问，殆畏其威暴而不敢撄其逆鳞乎？非也。孔子之徒，亦三千，有仲由、澹台子羽之勇，冉求之艺，端木赐之辩，七十子皆有可观，岂不能上告天王，下檄泗上十二诸侯？孔子又尝言：我战必克，何难歼厥丑类？不知蹠之日脯人肝，必弑逆之臣也，必枭獍之子也，必悖义之夫也，必淫荡之妇也。孔子"志在《春秋》"，仅以空言惧天下后世之乱臣贼子，未若蹠之见于实事而日显戮天下之乱臣贼子也，正所以辅行《春秋》，何必见讨蹠之能以寿考终，宜哉！

宋自绍圣以后，何人非乱臣，何人非贼子？高贤肥遁，奸佞比栉，宋江为盗蹠之后身，横行江淮间，官军莫敢撄其锋，"替天行道"，即《春秋》之别名也，惜多假仁假义，而不保其终，有以也。夫若一百八人悉为黑旋风、鲁提辖、武行者、拼命三郎，则乱臣贼子何患不扩清，中原何致陆沉，二帝岂遂蒙尘哉？《后传》之作，补未了之绪馀，如《春秋》之有左丘明、公羊、穀梁也。所存之人无一黑旋风、鲁提辖、武行者、拼命三郎，而皆如宋江之假仁假义，何以能扩清中原之乱臣贼子，而挽颓波于末世也？故流于海外，掩面而泣，以终西狩获麟之意。知我者，其唯《水浒后传》乎？罪我者，其唯《水浒后传》乎？

说明：上识语、原序出自康熙甲辰刊本《水浒后传》，藏日本早稻田大学图书馆。此本内封分三栏，分题"雁荡山樵评""水浒后传"及识语。首宋遗民原序，次目录，署"古宋遗民著、雁宕山樵评"，凡八卷四十回。正文半叶九行，行十八字，有圈点、总评、眉批。

雁宕山樵，即陈忱，字遐心，一字敬夫，号雁宕山樵、默容居士。乌程（今浙江湖州）人。有《雁宕诗集》二卷、《雁宕杂著》《续廿一史弹词》《痴世界》等，皆不传。

水浒后传序

雁宕山樵

尝论夫水：发源之时，仅可滥觞，渐而为溪、为涧、为江、为湖，汪洋巨浸而放乎四海。当其冲决，怀山襄陵，莫可御遏，真为至神至勇也；及其恬静，浴日沐月，澄霞吹练，鸥凫浮于上，鱼龙潜其中，渔歌拥枻，越女采莲，又为至文至弱矣。

文章亦然，苏端明云"我文如万斛泉"是也。《水浒》更似之，其序英雄，举事实，有排山倒海之势；曲尽细微，亦见安澜文漪之容，故垂四百馀年，耳目常新，流览不废。若近世之稗官野乘，黄茅白草，一览而尽，不可咀嚼。岂意复有《后传》，机局更翻，章句不袭，大而图王定霸，小而巷事里谈，文人之舌，慧而不穷。世道之隆替，人心之险易，靡不各极其致。绘云汉觉热，图峨嵋则寒，非一味铜将军、铁绰板，提唱梁山泊人物已也。

嗟乎！我知古宋遗民之心矣！穷愁潦倒，满眼牢骚，胸中块磊，无酒可浇，故借此残局而著成之也。然肝肠如雪，意气如云，秉志忠贞，不甘阿附。傲慢寓谦和，隐讽兼规正，名言成串，触处为奇，又非漫然如许伯哭世、刘四骂人而已。

昔人云："《南华》是一部怒书，《西厢》是一部想书，《楞严》是一部悟书，《离骚》是一部哀书。"今观《后传》之群雄激变而起，是得《南华》之怒；妇女之含愁敛怨，是得《西厢》之想；中原陆沉，海外流放，是得《离骚》之哀；牡蛎滩、丹露宫之警喻，是得《楞严》之悟。小谓是传而兼四大奇书之长也。虽然，更为古宋遗民惜：浑沌世界，何用穿凿，使物无遁形，宁不畏为造化小儿所忌？必其垂老奇穷，颠连瘤疾，孤茕绝后，而短褐不完，藜藿不继，屡憎于人，思沉湘蹈海而死，必非纡青拖紫，策坚乘肥，左娥右绿，阿堵堆塞，饱餍酒肉之徒，能措一辞也。安得一识其人，以验予言之不谬哉！万历戊申秋杪，雁宕山樵撰。

水浒传论略

雁宕山樵

水浒，愤书也。宋鼎既迁，高贤遗老，实切于中，假宋江之纵横而成此书，盖多寓言也。愤大臣之覆悚，而许宋江之忠；愤群工之阴狡，而许宋江之义；愤世风之贪，而许宋江之疏财；愤人情之悍，而许宋江之谦和；愤强邻之启疆，而许宋江之征辽；愤潢池之弄兵，而许宋江之灭方腊也。

《后传》为泄愤之书。愤宋江之忠义，而见鸩于奸党，故复聚馀人，而救驾立功，开基创业；愤六贼之误国，而加之以流贬诛戮；愤诸贵幸之全身远害，而特表草野孤臣，重围冒险；愤宦官之嚼民饱壑，而故使其倾倒宦囊，倍偿民利；愤释道之淫奢诳诞，而有万庆寺之烧，还道村之斩也。

梁山泊先起者亡,王伦也;继起者强,晁盖、宋江也;后起者王,李俊也。

英雄多诈,三代而下,开国创业者孰不阴施阳设,何有于宋江?盗有道,特非君子之大道也,不可认真。

虞舜之烈风雷雨不迷,光武之渡河冰结,昭烈之跃檀溪,宋高宗之泥马渡河,所称王者不死。宋江不过绿林之豪,亦有十险:阎婆扭至县前,一险也;朱仝揭开地窖,二险也;清风山剜牛子心肝,三险也;清风寨元宵被捉,四险也;揭阳岭李立等候火家,五险也;穆家兄弟追至江边,六险也;船火儿请吃板刀面,七险也;江洲上法场,八险也;还道村神橱内,九险也;攻大名疽发于背,十险也。

智取生辰杠,巧矣,以晁盖之掌盘,吴用之运谋,公孙胜、刘唐之探报,阮氏三雄之效力,可谓周密之至矣。而失机于白胜。去年梁中书之生辰杠,亦被劫去,反不败露,岂去年之豪客,更有神谋鬼算过此七人者哉?盖不泄漏,则不上梁山,而《水浒》一传何由著成?与后之假蔡京家书,而误用图书,同此机局。

宋江不通信放七人走脱,则刘唐不送金子与书;不舍阎老棺材,则不娶阎婆惜,皆于施惠处便伏祸根,善不可为,岂不信哉!

吴用运筹帷幄,大有过人处,可惜失身小用,如韩延寿之投契丹,张元之归赵元昊也。故贤宰相收罗人材为主。困穷不售,必至他图,不特失我良臣,更资敌国。

其说三阮撞筹,圆融机变,鲜不堕其术中,况赌后如洗之际乎?潘金莲之淫浪,王婆用十砑光,似皆小题大做。文章家如狮王奋搏,不管象兔,俱用全力,谓当大敌勇,小敌怯,吾不信也。

林冲误入白虎节堂,冤苦极矣。不有风雪山神庙,何以消其冤苦乎?雪天三限,屈郁甚矣,不有山亭大并火,何以豁其屈郁乎?陆谦附势忘友,王伦嫉功妒能,卒致杀身。读之生气勃勃。

王伦之不纳晁盖,亦不可深罪,翟让、李密之事可鉴。其失着在不结纳林冲。向使林冲久为心腹,纵强宾压主,犹不失绛、灌为伍,何至杀身?

晁盖为梁山泊承上接下之人,众好汉皆宋江延揽而至,惟一吴用是晁盖先交。然第一流人物为其所得，如昭烈之得卧龙也。忠义堂上灵位亦得安坐。

王伦之分例酒食，水亭号箭，晁、宋因之不改，如王介甫之助役新法，苏端明劝司马君实存之也。

鲁智深三拳打死镇关西，大醉闹法堂，火烧瓦棺寺，大闹野猪林，直是活佛，不须放下屠刀。

武松景阳冈打虎，勇士之常；其大节磊落，在念兄拒嫂、杀嫂祭兄、醉打蒋门神、血溅鸳鸯楼，恩仇见得分明。终逊鲁智深一等者，机警未脱世法。

梁山泊馀人，只有武松一人不肯下海，岂惟馀子碌碌，高于王进远矣。

柴进天潢之派，金穴之富，而不折节安分，结交江湖，招纳亡命，真是败家之子。两番皆受姓高之累，两番皆得节级之力，后为丞相，亦藉门第之贵，雅望非常耳。

朱仝是笃于友道人。捕盗而放晁天王，捉凶身而教宋江脱逃，解犯人而释雷都头，自去认罪，后又周旋其母，以致被难金营。真实无伪，诚哉君子！

卢俊义不上梁山，只一北京守钱汉耳。吴用说之入伙，其计最拙；而俊义泰安州进香，欲借此扫平山泊，其想最憨。宜乎不听燕青急流勇退之言，而堕水以亡也。

李逵不顾性命，不贪名节，杀人以爽快为主，吃酒以大醉为主，纯是赤子之心。斯民也，三代之所以直道而行也。

要去养娘，反背来喂虎，不害其为孝；差去请公孙胜，反杀罗真人，不害其为友；赌博而抢注钱，不害其为廉；作主人而自贪饕，不害其为礼；赚卢员外而扮哑道童；访李师师而充伴当；打擂台而妆卧病；坐寿张县而责原告；疑宋江而砍倒杏黄旗；作神行而偷吃牛肉；取鲜鱼而被张顺灌水：任人搏弄，插科打诨，天机所发，触处成趣。

其跳酒楼，勇往直前，不解思索，以救宋江为主，忘却自家身子。石秀之跳酒楼，必然算计而后出，此盖奉宋江将令；见卢俊义临刑而不救，是无勇也，故只得拼却自家身子。同一跳一楼，一忘一拼，有天然、勉强之别。

石秀有申韩之学，峭刻而多疑。当其乡下买猪回，见肉案收过，即将账目与潘公赌誓；及杨雄醉后泄漏，不别而行，毕竟拿定欂栌；翠屏山与潘巧云质明心迹,而耸杨雄杀死,劝上梁山。如此人,唐宣宗云:近我者非太尉耶？使毛发悚然。然安得公等数百,诛尽奸僧淫妇也。

史进会庄上人捉贼,朱武用苦肉计因与义释;县尉收捕,烧庄散去,不肯在少华山落草,去寻师父王进。是个汉子!

杨志一生淹蹇。押花石纲,偏他翻了船;收拾一担金银营干,被高俅批坏;无盘缠卖宝刀,遭牛二蛮夺;梁中书差押生辰杠,尽被劫去:可称梁山泊钝秀才。

老奶公护短掣肘,似唐时用太监作监军,主将不得专行号令,以致败事。

杨志当生辰杠劫后,宜上梁山。前者王伦钦敬款留至矣,何以到二龙山也？耐庵自有深意。王伦之钦敬款留者,欲其压制林冲也。若杨志上山,则王伦有心腹矣。林冲、杨志正是敌手,岂能大并火。纵使得济,而晁盖等仇人相见,分外眼睁,岂得相安？故姑置之散地,所以全晁盖诸人也,止所以全杨志也。

公孙胜学道人也,何以首起劫生辰杠之谋,与刘唐一辙？禀于师,禀于母而后出耶。戴宗、李逵来请破高唐州,必要禀于师、禀于母而后出,致惊倒老母,斧劈真人,岂晚年进德耶？破萨头陀,急人之难矣。冰冻关白,万人同日而死,终见道家狠心辣手处。

三阮各具雄姿,而阮小七尤骏爽。岂肯槁项而没,故有张干办之衅,遂为后传之戎首。

张顺入水无间,殆鲛人遗种耶？霸于浔阳江,死于西湖,故君子不恃其长技。得为金华将军者,以其聪明正直耳。

花荣风流尔雅,洵为儒将。为友之心甚切,因交宋公明,赔一个妹子,丧一条性命。其妻妹之贞节,子之英□而贵显,天之所以报施也。

双抢将董平,不能退敌而甘心臣贼,有挟而求,杀人之父母而妻其女,品斯下矣。与一丈青全家受害,而屈配王矮虎,二女略无怨意,女生外向,缇萦、曹娥,岂不独称千古哉？

一部《水浒传》中,独有扈三娘不置一语,内言不出于阃,还算良家女子。

李应雄才大略,而为天富星,两番皆为杜主管,无心招祸。河北饮马川若非其主寨,必不能聚众豪杰而归之江海也。

燕青忠其主,敏于事,绝其技,全于害,似有大学问、大经济,堪作救时宰相,非梁山泊人物可以比拟也。其过人处在劝主归隐、黄柑面圣、竭力救卢二安人母子、木夹解关胜之患难、微言启李俊之施恩、遇艳色而不动心、辞荣禄而甘隐遁。的是伟男子。

乐和小牢子出身,作侯门狎客,心巧气和,见机而作。救花逢春母子,脱李俊犴狴,定金鳌,取暹罗,不亚于燕青。人岂可以门第论哉。

关胜之降梁山泊,有愧祖先,赖有正谏刘豫,至死不屈,以盖前愆耳。

朝廷遣将,收捕梁山泊,大征战凡五,呼延灼之连环马为最,若无钩镰枪破之,梁山岌岌乎殆矣。神火神水,只用一阵,后竟不说起,何也?关将军亦碌碌无奇。童贯之十面埋伏,高俅三败见擒,复手搏负于燕青,宜乎纵横江淮间,官军莫敢撄锋矣。

宋江,剧贼也。祝家庄、曾头市幸与之相抗。人有读《水浒》而快其败者,如书诸葛入寇也,谬矣。

宿太尉，《传》所称正人君子也，其人可诛。明背朝廷，暗通山寨。当进香之时，忍辱偷生，不殊童贯。迨颁诏之后，招亡匿叛，过于高俅。夫俅、贯犹仇视梁山也，宿元景诚何心哉？

桃花山、二龙山、清风山、黄门山、对影山、少华山、枯树山、硻砀山、白虎山、登云山、饮马川，合各山之豪杰而总会于梁山，如江、淮、河、汉朝宗于海，群峰罗列，岱华独尊也。

四太公，宋太公也、史太公也、孔太公也、穆太公也，皆生破车之犊而忘（亡）身破家也。义方之训，不可不严。

四公子，呼延钰也、徐晟也、花逢春也、宋安平也。呼延钰自是将门子，而矫捷灵变，更觉后生可畏。徐晟能守雁翎甲，而英武亦过其父，但教场演武之外，不闻一展金枪之长，岂能守遗书而不能传家学耶？花逢春之称佳公子，亦如王谢子弟，于举止气韵间定其品格，本领实逊呼、徐。宋安平虽成进士，然碌碌无能，公子中荫生也。

四淫妇，潘金莲也、阎婆惜也、潘巧云也、贾氏也，其淫则一，其罪不同。潘金莲错配武大，售色于叔不纳,故再售于西门庆,无王婆则不杀武大。阎婆惜嫌宋江之枕席情疏,而耽张文远风浪轻佻,尚可恕也,至于逼休书,勒金子,不还招文袋,尚可恕乎?潘巧云再醮之妇,通于海阇黎,比比皆是,其杀机在坑石秀而逢狠手,然无害杨雄之心,罪当末减。至于贾氏,配豪杰之卢员外,非武大之猥鄙也,非杨雄之糊涂也;通饿殍之李固,无西门庆、张文远之风流可喜也;握泼天之家私,而亲证其夫之罪,残鸩武大更甚,其服上刑何辞?

《传》中邀诸人上山,无如汤隆之哄徐宁,破祝家庄装假太守捉李应、杜兴也,一毫形迹不露,故曰吴用之说卢员外为拙。

时迁盗甲,极小文字,肖景摹神,写得活现。周公制礼,释迦说法,凡一切有其情无其事,都先虑而为之防范。如男女七岁不同牢而食,古宿不听钗钏声是也。当知古圣贤文心慧思,无所不有。

戴宗之神行法、张清之石子、花荣之射、燕青之斯扑、安道全之医,可称梁山泊五绝。

梁山泊好汉,尽不近色,而惟王矮虎好色;尽皆贪酒,而惟青眼虎不吃酒。亦是创见。

有一人一传者，有一人附见数传者，有数人并见一传者，映带有情，转折不测，深得太史公笔法。头绪如乱丝，终于不紊，循环无端，五花八阵，纵横错见，真奇书也。

混江龙在梁山，上中之材，何以得南面称雄？古来豪杰，起于徒步多矣，如王建呼贼王八，钱婆留起于盐徒，不可胜纪，案见李俊不可为暹罗国主？况其存心忠义，辅弼得人，故前《传》言太湖小结义，投外国而作暹罗国王也。

一百八人，存者仅三十二。足以四子者，罡煞合而成三十六之数也。

王进、栾廷玉等八人，不在梁山之数，何以概入也？英雄起事，豪杰景从，况与梁山俱有瓜葛。《史记》作传，常有附见者反胜本传人物，此正此志也。

杨林、穆春、邹润、杜兴等，皆中下之材，而《后传》中皆有可观，如蜀汉之廖化、胡班，皆得封侯拜将也。

三女将中，惟顾大嫂岿然独存，威风不减鸠盘荼，愈觉可畏。

漫言《后传》李俊出词尔雅，不类渔户出身，不知福志（至）心灵，古来豪杰，有目不识丁，而天纵聪明，吐纳极有文采，如石勒听读《汉书》，惊立六国后为误是已。

《传》中福善祸淫，尽寓劝惩意，不可以事出无稽，草草放过。天下事至赜至诡，不伦不理，凿凿有之，如《西游》之说鬼说魔，皆日用平常之道，特诡其名，一新世人耳目。

或言：海外之人，而声口皆是中华，疑为纰戾。此可以理悟，可以情孚也。如闽中漳泉人，几于言语不通，嗜欲不同矣，而笑则色喜，哭则声哀，仕于四方，民情土俗，皆能洞悉，岂以带水为限，膜外视之？

金銮殿四美成亲，可称"窈窕淑女，君子好逑"，《周南》之化，始于《关雎》。

国主、闻妃，腾蛟起凤也。花驸马、公主，金枝玉叶也。宋安平、萧小姐，玉堂金屋也。燕青、卢小姐，道义始，恩爱终也。徐晟、呼小姐，兄妹假，夫妻真也。呼延钰、呈小姐，将门子女，正是敌手。乐和、吴采仙，御沟红叶也。杨林、方氏，重整琼筵也。共涛之女配郓哥，嫁鸡逐鸡，嫁犬逐犬也，然郓哥曾帮武大捉奸,闺门定然严谨。

奸党子孙,接踵而至,何司马、苏、黄之后,再不出仕?然此辈亦来凑末运劫数。

共涛,暹罗之蔡京、高俅也。然为李俊驱民。

《后传》有难于前传处。前传镂空画影,增减自如;《后传》按谱填辞,高下不得。前传写第一流人,分外出色;《后传》为中材以下,苦心表微。

有高于前传处。读前传者,少年子弟,易入任侠一流;读《后传》者,名教中人,不敢道豪杰二字。

并有胜前传处。如李应、柴进、关胜等受害,偏有许多机关作用,从万死一生救出。人嗤《西游记》唐僧有难,便求南海大士,我亦嫌前传中好汉被陷,除梁山泊救兵,更无别法也。

有大段转换处。置却梁山,重创登云、饮马。有毫发不漏处,人如郓哥、唐牛儿;地如东溪、还道村;马如乌骓、玉狮;物如雁翎甲、松纹剑也。

《水浒》曾见原本,称古杭罗贯中撰。又有归之施耐庵者,或施、罗合笔,如王实甫、关汉卿之《西厢》是也。至遗民不知何许人,以时考之,当去施、罗之世未远,或与之同时,不相为下,亦未可知。元人以填词小说为事,当时风气如此。

文人著述,固有幸不幸焉。前传脍炙海内,虽至屠沽负贩,无不矢口成诵。而此稿近三百年无一知者,闻向藏括苍民家,又遭伧父改窜,几不可句读。余悬重价,久而得之,细加绅绎,汇订成编。倘遇有心人剞劂传世,定勿使施、罗专美于前也。跂予望之。樵馀偶识。

说明:上序及论略均录自华东师范大学藏绍裕堂本《水浒后传》。此本未见内封,首《水浒后传序》,尾署"万历戊申(三十六年)秋杪,雁宕山樵撰"。次"水浒后传目录",署"古宋遗民著　雁宕山樵评",凡八卷四十回。又次《论略》,尾署"樵馀偶识"。正文卷端题"水浒后传卷之×　古宋遗民著　雁宕山樵评",半叶八行,行二十字。版心单鱼尾上镌"水浒后传",下镌回次、叶次、"元人遗本"。书末有"绍裕堂新刻水浒后传八卷终"字样。

评刻水浒后传序

蔡昇

太上立德,其次立功,其次立言。斯三者,皆亘古而不朽者也。夫立德者,圣贤之事也;立功者,英雄豪杰之事也,其为难能而可贵,固无论矣。至于立言,则不过文人学士之事,何以与德、功并立而为三耶?岂非以德之与功,惠泽在于一时,横而论之,近则数里数十里,远亦不过数百数千里;纵而论之,近则在数年数十年,远亦不过数百年而止耳。若夫横则天下之大,数万里之遥,纵则数世数十世数百世之久,非言其曷能不朽耶。即立德立功,非藉言以传之,后人亦曷纵而知之志之耶?则立言者,诚为重大之所寄,非仅文字之长也。顾言之可贵者,上之,则辅翼经传,而圣道以明;次之,则宣布王猷,而国家以治。彰善瘅恶,寓劝惩于纪载褒贬之中,使后人有所劝而乐于为善,有所惩而不敢为恶。务有裨于世道人心,非可苟焉而已也。彼载道佐治之言,姑勿具论,即文人学士偶有撰述,欲其行今而传后,亦必期其有当于圣贤彰瘅劝惩之旨,而后可成一家之言。故以太史公之才,为史家之祖,而为游侠、货殖立传,后之人犹且訾之,独奈何而取绿林暴客御人夺货之行而传之耶?如《水浒前传》之述宋江等一百八人之事,已不可则;今兹之《水浒后传》,

独奈何又取其残剩诸人而铺张扬厉之,不亦效尤而罪又甚焉者乎?而抑知其殊不然也。善读书者,必有以乎深窥作者之用心,而后不负乎其立言之本趣。《水浒后传》之作,盖为罡煞二字发皇其辉光,忠义二字敷扬其盛美也。夫仁义忠信,为人之所共钦,而富贵尊荣,为人之所艳羡,此天下今古之同情也。彼贩夫牧竖、妇人孺子之中,固有合于仁义忠信之事,而凡民庸众,亦有身都富贵而安享尊荣者。彼天罡地煞,固居然天上之星辰也。以天上之星辰,而其仁义忠信、尊荣富贵,曾不得与牧贩妇孺凡众争一日之长,安在其天星之可贵也哉?此传之序水泊残剩诸人,其人则犹是前传之人,而其事则全非前传之事,可同年而语矣。宋自靖康以后,奸佞盈朝,正人退位,以致金人蹂躏,社稷丘墟,生灵涂炭。而此数十人者出,其仁义忠信之天良,英雄豪杰之材力,诛锄强暴,芟刈奸回,既足以快人心而符大意,后之身都富贵、安享尊荣,正其材力之所应得。而开基徼外,海国称王,并非有所侵损于宋室。而且救驾铭勋,爱君报国,立德而兼立功,则诚无愧于天上星辰之位。使后之读是书者,无不欢欣鼓舞，赞颂称扬，有廉顽立懦之风，足以开愚蒙而醒流俗，则作者立言之本趣，庶几乎有当于圣贤彰瘅劝惩之旨也夫。大清乾隆三十五年岁次庚寅，金陵憨客蔡奡元放甫题于野云堂之支瞬居中。

水浒后传读法

金陵憨客野云主人

前传之天罡地煞一百八星，在地穴中幽闭多年，甫能挣得出世。及出世后，经了多少忧愁，受了多少苦恼，耽了多少惊怕，方才聚合一处。招安之后，东征西讨，建了许多功业，而征方腊之役，殁于王事者过半，已是可怜。而宋江、卢俊义，又被奸臣鸩死，吴用、花荣、李逵，亦皆为殉，更令人扼腕不平。其馀三十三人，除武松残废不算，那三十二人之中，虽有几个为官，而大半亦俱忧愁放废，四分五落，不特有离群索居之感，而天罡地煞出世一番，并无一个好收成结果，天道人事之不平，孰过于此！作者因前传有李俊后为暹罗国王一语，因想到李俊既可去外国为王，则当日弟兄，岂不可去作一基之开国辅弼，使其另建一番功业，另受一番荣华，同归

一处，以讨后半世之收成结果，作美满大团圆，以大快人心？此作《水浒后传》之主意也。一

本传虽是将前传水泊残剩诸人，重加渲染，但前传诸人，虽是写出许多英雄豪杰，而论其大体，只不过是山泊为盗，即好煞亦不足为重轻，况前传只于天罡诸人，加意描写，至于地煞如乐和、穆春、樊瑞等诸人，不过顺带略述，殊为不见所长。本传李俊既要到外国为王，而诸人都要做开基良佐，若只是平平常常，便为削色，故一个个都要为他抬高身分，写得灿烂辉煌，十分精彩，个个建功，人人出色，将前传中中下之材，都要写作最上一等，方见天上星辰，自有高出凡人之处。此一传之大体段也。二

本传不特于山泊诸人，使之重复聚会，即前传中有名人物，凡与山泊诸人有关系者，亦皆收录无遗，不特栾廷玉、王进、扈成等是豪杰一类，尽数收罗，即下至郓哥、唐牛儿等，亦不使一人遗漏，正是微功必录，小善不忘，是谓补苴罅漏，张皇幽渺之笔法也。三

本传虽是承接前传而作，然煞有胜似前传处，如前传所写杀人之事，固有死当其罪者，却亦有无

辜枉死、令人可怜者。如秦明之家眷,瓦官寺之老僧,虽非手刃,然正如王导所云:"我虽不杀伯仁,伯仁由我而死。"用事者,不得辞其过也。又如扈家庄已是通知,扈成又将祝彪解来,却将他全家杀死,至于朱仝之小衙内更是可怜。又如鲁达之在李忠寨内掳物而逃,石秀之火烧祝家店,俱为不满人意。本传写所杀之人,或是害民,或是误国,为公议所不容。其小者,亦是与山泊诸人,不是旧仇,即就是新恨,素怀怨隙,明作对头,且俱各有应死之处,揆之天理人情,必须杀之而后快者,这方杀得并无遗憾,方是真豪杰举动,不是残毒,不是孟浪,比前传为更强也。四

又如卢俊义,本是好好一个北京员外,安居乐业,即是本领武艺甚好,而山寨中兵多将广,尽可不必需此一人,乃忽然平地生波,将他赚哄上山,要他入伙,弄得他家破人亡,受刑拷、犯患难,即他一身,亦几乎死于非命。虽说罡煞数应聚会,然毕竟觉道不妥。至于史进之于朱武等三人,虽为义气放去,却尽可不必往来。晁盖家道有馀,何又劫取生辰纲,为此冒险犯法之事?宋江、花荣既已得救脱身,

何必定要赚取秦明？他如李应、杜兴、朱仝等类，皆是可以不必之事。本传凡写一人起事、一人上山，必皆有其必不得已之故、无可奈何之情，则较之前传更为正当，更为光明，使读者更无异议也。五

即以文字论，本传亦有强似前传处：如每回有提纲二句，乃一回之眼目，亦可以征作者之笔法者也。前传之前七十回中，用"大闹"字者凡十，不特其中事迹不尽合二字之名，亦且数见不鲜矣，其次序亦有不妥处：如私放晁天王、议夺快活林、醉打蒋门神等，提纲与传内之事，次序皆颠倒，亦是小缺陷处。本传之回目提纲，尽皆工稳妥切，令读者于回内之事，一目了然，则本传之于前传，正如蔗浆炼蜜，不是狗尾续貂也。六

本传既名《水浒后传》，则传中之事，自应从前传生来。但前传叙过之事，既不应重赘，则本传之事，又从何处生根？作者因想前传原是从石碣村起手，而受天文回，又用石碣作结束，则本传何不仍在此处生根？况阮氏三雄之中，小七现在，近在山泊脚下，故作感旧而上山祭奠，引出张干办巡察生出事来，便是因风吹火，用力不多，由此而逐渐生去，

便令读者只觉仍是旧人旧事,并非无故生端矣,最得倚山立柱,宿海通河之妙。七

既说李俊为暹罗国王,则李俊自是本传正生脚色。若开手即接前传,而写李俊入太湖,会赤须龙,以至顿兵金鳌,然后写中国诸人往会,亦何尝不可?但李俊材具颇甚平常,而手下辅佐,仅有童威、童猛与费保等四人。虽略有武艺,却并无一出色者,则何以便能夺得金鳌,制伏暹罗国主耶?因前传写乐和是个机变伶俐之人,故要他来做个军师。又写一花逢春是家传神箭,在武将中出类拔萃。有此两人做了股肱,则夺地用兵,方有倚仗,方能等得诸人来会耳。八

一友问云:若说李俊先来勾结诸人,一同泛海,何如?答曰:那便又有碍手处:诸人既已散在四方,所居窎远,况为官的为官,隐遁的隐遁,贸易的贸易,出家的出家。无论各人有志,不能相强,况安土重迁,何得尽舍故吾,而来冒此风波不测之险?即使写得极好,亦必不免牵强、扭捏、撮凑,为文章苦海矣。今只使李俊等数人先往,然后是诸人牵牵引引,一个个弄出事来,直到无地可容,然后想到海外

来会，方为情理妥当也。九

前传石碣天文，李俊位次在第二十六，而所存之人，除公孙胜出家不算，他如关胜、呼延灼、柴进、李应、朱仝，位次皆在其上，即人品武艺，亦皆强胜许多，若一同出海，则暹罗国王一席，正轮不到他。今既要写李俊为王，则自必使李俊先去创业，但李俊若先已为王，则后来诸人，于定海之役，毫无功力，有何光采耶？况暹罗于海外亦称大国，李俊等仅仅数人，若只凭兵力，一旦遽然灭其旧主而王之，不特事体太易，而人心亦未必肯服。今先用花逢春做个引子，在彼国和亲，以为之地，李俊只是驻军金鳌岛，以为犄角声援，直等共涛篡弑，机会凑来，然后去讨贼，为其旧主复仇，则嗣统为王，方为自然之情理也。十

本传之于宋朝诸政事，有与正史全合者，有全不合者，有半合半不合者，盖此书原为山泊诸人作传，非为宋朝纪事，故其事有与本传无碍者，悉照正史敷陈；其与本传稍有龃龉者，不得不曲为迁就，以求与本传之事，宛转联合。稗官之体，只合如此。细评在各本回下。十一

王进、栾廷玉、扈成,自是前传山泊中一色人物,只看他们言语举动,气味原自相同。当日打破祝家庄,栾廷玉、扈成若不逃去,宋江自必与李应、杜兴一样收罗入伙。其不得同聚者,时之不偶也。况祝庄破后,不载栾廷玉下落,只在宋江口中叹息一句道:"可惜栾廷玉这个好汉。"便已留下疑案。本传却将他三人,一并收来,不是与前传故为抵牾,正是为前传满意也。十二

祝庄破后,前传说扈成后为中兴名将,及观《宋史》,中兴诸将中,并无其人,则前传之语,亦是莫须有、想当然耳。不如与栾廷玉一总收来,同归海国之为妥密,况有一丈青之一脉,尤为现成瓜葛耶。十三

写闻焕章一人,特为其女与李俊作妃而设。盖山泊旧人,皆是弟兄之数,纵有女子,不可为婚;若用暹罗国人,则殊不足以为配。然若不是现在国中之人,李俊岂能泛海而来聘娶耶?故先写焕章有女,是个贵相,因遭患难,暂住登云,遂得一同泛海,及选妃之令一下,只消安道全一言说合,便已现现成成,更无多事,岂不直捷痛快耶?十四

传中所叙诸人诸事,事非一时,人非一处,南北东西,远近不一。若每一人、每一事,即归并于一处,是为印板画片矣。且事冗人繁,亦复难于安顿。故先于东南写一登云山,就于西北接写一饮马川。既有了二处作根基,然后诸人诸事,凡近于东南者,悉归于登云;凡近于西北者,悉归于饮马。俟诸人收拾已全,然后写饮马住不得,只得并入登云;登云又住不得,然后思量泛海。如此谋篇,可谓制锦为衣,聚花作障之手。十五

本传章法,有与前传相同者,如每一人入伙上山,必使立功;每一番大征战后,必写一番派拨安顿大发放;每一件大事、一段大文,或前或后,必有一件小事、一段小文以间之。如此之类,则与前传如出一手也。详见各回总评内。十六

正在叙事时,忽然将身跳出书外,自着一段议论,前传亦有数处,然俱不过略略点缀。本传则皆将天理人情,明目张胆,畅说一番,使读者豁然眼醒,则较之前传为更胜也。十七

本传与前传,有犯而不犯之法。如前传高俅寻事王进,本传张通判寻事阮小七;王进之逃,是母子

二人,母乘马,子挑担,阮小七之逃,亦是母乘马,子挑担;王进子母二人,在路上闲论,阮小七子母二人,亦在路上闲论;王进之母患心疼,阮小七之母亦患心疼;王进因老母心疼,引出一人,阮小七因老母心疼,也遇见一人:都故意写得极其相似,以与前传相犯也。然高俅寻事王进,王进却不能奈何高俅,张通判寻事阮小七,阮小七却能杀得张通判;高俅之欲害王进,是唤去处分,张通判之欲害阮小七,是自来擒捉;王进母子之去,极其从容,阮小七母子之去,却甚急促;王进之马,是家中素畜,阮小七之马,却是张宦骑来;王氏母子之闲论,是恨他人,阮氏母子之闲论,是怨自己;王母之心疼,在史太公庄上,阮母之心疼,却在途中;王母之心疼,好得甚迟,阮母之心疼,好得甚速;王母之心疼,是史太公药方医好,阮母之心疼,却是自愈;王进所遇之人,是素昧平生,阮小七所遇之人,却是旧有瓜葛;王进授徒后,便飘然远去,阮小七报仇后,即共事同居:则又毫不相似,乃作者故意于相犯之中,翻出不犯之巧者也。十八

又如前传,李逵在僻路失母,本传,阮小七亦在

僻路失母；李逵之母，口渴思水，阮小七之母，心疼思汤；李逵取水，爬山越岭，阮小七取火，过冈奔林：此又极相似也。然李母之失在黑夜，阮母之失在白昼；李逵之母，只是空身，阮小七之母，却有包裹马匹；李逵之母，是独坐空山，阮小七之母，却安居古庙；李逵之母，是遭虎害，阮小七之母，是被人擒；李逵寻母，只逢四虎，阮小七寻母，却遇三人；李逵之母，永无还期，阮小七之母，少顷即见：此又于相犯之中，翻出不犯，以自显其笔力也。十九

前传，宋江夜看小鳌山回，写灯节景致，火烧翠云楼，亦写灯节景致；本传李俊在常州看灯，写灯节景致，夜观灯大宴回，亦写灯节景致，却都无一笔相似，乃作者自显笔力以为快乐也。二十

前传，写宋江在浔阳江被劫，又写张顺在扬子江被劫；本传又写蒋敬在江州被劫，却并无一笔相似。江上劫财本是极平常事，极平常题目，却要变换出各样文字来。二十一

写饮酒亦有许多写法：阮小七梁山感旧之饮，写得悲愤；李俊缥缈峰赏雪之饮，写得豪举；公孙胜、朱武重阳赏菊之饮，写得清幽；李俊初到清水澳

赏月之饮,写得开阔;金鳌岛龙舟庆寿之饮,写得华彩;南北两寨大聚金鳌之饮,写得畅遂;暹罗观灯团圆之饮,写得富丽满足。一饮酒耳,何人不饮,何时何地不饮,愈是极平常事、极平常题目,而却各各写出各样文字来,而却无处不妙。作者即欲不谓之才子,不可得也。二十二

穆春、蒋敬既已杀却陆祥、张德男女三人,则报怨之事已毕,又已取回银子,自当径往登云山便了,何为又写姚瑰与双峰庙之一篇耶?此二事,于前传既无根荄,于本传后亦无复照应关会,不几蛇足乎?曰:君不观之前传乎?鲁智深离却桃花山,便该径往东京相国寺,胡为而写瓦官寺一篇?武松离却张青店内,便该竟至白虎山,以遇孔氏弟兄,何为又写蜈蚣岭之一篇耶?盖此等是文章家一实一虚、一中一外、一正一旁,相间成文之法,知所以写瓦官寺、蜈蚣岭之故,则知所以写姚瑰、双峰庙之故矣。二十三

问曰:鲁智深之于瓦官寺、武松之于蜈蚣岭、穆春之于姚瑰双峰庙,若是者班乎?曰:是又不然。崔道成、邱小乙之于鲁智深,王道人之于武松,俱原

无干涉，二人只是路见不平，除凶殄暴耳，其事皆无可无不可。姚瑰与双峰庙则不然：穆春之于姚瑰，则同地之熟识也，竺大立亦素知之人；姚瑰前既欺骗穆春，今又局赌赖产，则双怨也。竺大立与焦若仙等，又商谋擒捉送官，则仇敌也。且众人既将蒋敬锁禁后房，又将行李财物藏去，则穆春断断住手不得，且姚瑰霸住揭阳镇，竺大立等又号为双峰三虎，朋奸结党，生事害人，又有许多奸淫凶恶之事，正与陆祥、张德为异名同类之恶人，而穆春又身受切肤之害者，若不扫除，于天理人心，俱为不顺，故借穆春之手，一齐杀却，使读者心中眼中，亦复为之快然也。二十四

传中所有各种文法甚多，如相间成文法、跳身书外法、犯而不犯法，俱在前则说过。其馀仍有数种，皆是野云主人偶然看出，今略为点出，以供世赏。其不尽者，散见各回总评细评内。二十五

本传与前传，有明点法，有暗照法。如阮小七登山祭奠，将山寨旧事指示众人，到登云山下失母，说李铁牛失母；顾大嫂说孙立前日样子，打登州时写孙立打扮；登云山用"替天行道"旗；蒋敬舟中吃

酒,说张顺被劫;中国众人船到清水澳,阮小七要泅水取鱼,李应说张顺、李逵浔阳旧事;赋诗回说柴进曾做方腊驸马之类,是明点也。蒋敬之在双峰庙,几个转身,与武松在鸳鸯楼相似;到登云山脚下酒店,与梁山泊朱贵酒店相似;牛都监拿解黄信,与清风寨黄信拿解花荣相似;公孙胜破萨头陀时,写掣出松纹古定剑以照前传之破高濂;六和塔下武松见了众人,叫声"啊呀",以照前传景阳岗遇虎之类,是暗照也。至于本传前后,自作明照暗照之处甚多,俱见各回细评下。二十六

有忙里偷闲法。于百忙叙事中,忽写景物时序:如阮小七、扈成初到孙新酒店,李应兵并龙角山,郭京、张雄兵到二仙山,乐和到雨花台,李俊在清水澳赏中秋,蔡京爱姜房中,燕青村居,呼延钰在杨刘村之类,都是于极忙中写出许多清幽景致,而且点出时序,令人耳目爽然一快。至于明珠峡说暹罗风水,临安说钱塘风水,愈忙愈闲,另是一样文情,以显其笔妙也。二十七

有借树开花法。如要写孙氏弟兄与扈成上登云山,便写一毛豸是毛仲义之子,与山泊旧仇,要借

邹润来生事陷害以逼成之;要写收宋清上山,便借一曾世雄是曾涂之子,与山泊旧仇,生事陷害以逼成之;要写救吕小姐,便写一百足虫是赵能之子,与山泊旧仇,来山上寻事以凑合之之类,不须另起一头,另撰一事,只借前传所有之人之事生来,却又随手了结,文字何等省力。二十八

有烘云托月法。燕青之与卢俊义,是主仆而骨肉者也。俊义既死,燕青即欲竭忠图报,已无其由,今写一卢俊德。是俊义嫡亲瓜葛,燕青不辞劳瘁,不避艰险,尽力以救其妻女。则俊义若在,其报称又当何如耶?此是借旁形正,如烘云托月一般。不然,请问看官:传中必写此一事者,岂专为要他女儿为妻,乃费如许笔墨耶?二十九

又如山泊江忠,则教其散去伙众,守分营生,则其不欲人为盗可知。于郓哥一言许过,虽相隔许久,必留心存一女子以为之配,则其不肯失信于一人可知。于共涛之女方且厚情救拔,则其不肯忘一有功,戮一无罪可知。于武松残废之人,既系无功,又不入队,亦不惜捐重资以与之,则其不贪不吝、笃于故旧可知。此皆于无文字中着文字,读者须细心

理会也。三十

有加一倍写法。如虎峪寨斗法,另外写出三座高台;郭京儿戏陷神京,先写在钱老家捉怪,又写其黄河渡口叫化,又写与汪五狗偷鸡;写马国主游春,先写在宫中商量,又写沿路看景,又写祭墓,又写流觞曲水之类,总要写得十分满足,热闹便热闹之极,出丑便出丑之极,快活便快活之极,使文字有琼花插琪树,海水泛洪涛之处也。三十一

有火里生莲法。如蒋敬江中被劫后,写遇茅庵老僧一段;金人掳二帝后,写燕青献青子一段;姚平仲兵败后,写入蜀遇仙一段之类,使人如在烦恼火坑之中,忽现清凉世界,令人烦心顿息也。三十二

有水中吐焰法。如公孙胜、朱武之重阳赏菊,何等幽闲自在!二人一段议论,已是脱网忘机,却顷刻便有张雄、郭京兵马来捉。戴宗之在泰安山与安道全一段说话,与公孙、朱武一般,谁知顷刻便有童贯来取去军前效用,使他推辞不得。又如李应、黄信等都是安分自守,却遭人连累,以致被拿入狱。皆是陡起风波,出于意料之外,此等处,使人不敢作消受清福之想。三十三

有灰线草蛇法。如李俊在金鳌岛救起安道全,为后引两寨诸人入海之线;闻小姐患病,求安道全医治,诊太素脉,说他大贵,为后嫁与李俊为妃之线;郓哥随呼延钰去时,说银子原为娶妻之用,为后请留共涛之女,赏与为妻之线之类,皆是远远生根,闲闲下着,到后来忽然照应,何等自然。三十四

有欲擒故纵法。如龙角山之毕丰本可杀却,却放他走脱,以为后来借金兵攻饮马之地。铁罗汉等三人,本可同倭兵一齐了却,却放他逃回本岛,以为后来征三岛之地。既获共涛,本可将萨头陀一齐擒获,却放他逃去,躲在塔上,以为共涛女儿立功救死之地。如此安放,真是七穿八透之文。三十五

有背面铺粉法。如丁自燮、吕世球之贪污狼藉,却写一清正不准关文之苏州太守以陪衬之;张邦昌、刘豫顺金叛宋,却写一使王铁杖刺杀奸臣之开封太守以陪衬之;有林灵素、郭京、萨头陀之欺诳妖邪,却写一真仙正道之徐神翁以陪衬之;有日本倭王之贪悖不仁,却写一忠顺善良睦邻访道之高丽国王以陪衬之。见得虽在乱世之中,一般也有正人君子,不肯骂煞世人,是作者存心忠厚留馀地处。

三十六

有移花接木法。前传说燕青能通各路乡谈,是赞他心地聪明,口舌利便耳,然其所通,不过中国诸乡语耳。至于金人,乃外番之国,中间又隔了大辽,从未与中国通问,燕青何由而能通其番语乎?然要写他扮作金人,用木夹去救关胜夫妇,与入金营献青子及黄河渡口赚乌禄,若不能通其番语,何以能建功耶?故就他能通各路乡谈,而推广之,作移花接木之用,庶不棘手耳。三十七

传中诸人,自前传招安建功之后,虽隐显不同,然却都是应授统制之职。今入本传,自应俱称统制,不应仍用前传称呼。而燕青之呼小乙,穆春之呼小郎,戴宗之呼院长,杜兴之呼主管,尤为不合之甚。但作者恐看官从前传看来,本传忽然改了称呼,便使耳目易混,故只一概仍其旧号,使读者只如接着前传一气看下一般,庶不致混淆难辨也。三十八

本传四十回大书,上而神仙帝王、忠臣义士,下而厮养乞丐、奸佞凶残;大而礼乐征伐,揭地掀天,小而饮食起居,细微琐屑;中国外国,男子妇人,件

件写到,可谓如火如锦,无所不备矣。然却皆是乌有先生,乃作者凭空撰出,以娱后人耳目。恐读者误认为真,故于结束团圆时,写一演戏,而其戏却恰与李俊作对照,使读者知此传,不过是一本戏文,读者但当赏其文章,不可认为真事,将作者费无限惨淡经营结构出来之妙文,尽行埋没也。三十九

作者又恐看官讥其荒诞不经,故借演戏,将虬髯公来做个比例,见得当年确曾实有其人,实有其事,正与此传相符,可见作者不是瞒天造谎。故于演戏时,在李俊及诸臣口中,节节点明,处处映出,尤妙在说先要点一本《邯郸梦》,将来做个影子,以见人生荣枯得失,虽变态万端,而究竟不过是一出戏文、一场春梦,不足深较。将本传数十回大书,尽付虚空了结也。四十

说明:上序及读法均录自乾隆三十五年"古宋遗民雁宕山樵编辑""金陵憨客野云主人评定"之《水浒后传》(即蔡无放评水浒后传本)卷首。转录自朱一玄、刘毓忱《水浒传资料汇编》。

金陵憨客野云主人,即蔡奡,字元放,号七都梦夫、野云主人。秣陵(今江苏南京)人。有《东周列国志》。

大唐秦王词话

唐秦王本传叙

陆世科

太宗文皇帝,以铦戈起晋阳,不转盼而取咸阳、成帝业,于以蹂炀蹙郑,摧夏殪萧,鍪弧所指,风霆为役。千载艳其神武,以为汉高腾赤,光武嘘炎,不啻烈焉。而帝犹沾沾敌手,即韩、彭可比肩驰也;而帝犹翩翩马上,即拔山盖世,可孤矛攫也。缘其技痒无前,遂尔凭陵得意,故唐之雄力竞再世,鞭挞震四方,常以兵相终始;而唐之犷骑骄恣,藩镇跋扈,祸亦与兵相踯躅。帝也提戈骤马,间有猎心矣。太原真主,英雄辈已先识之;化家为国,真英雄伎俩,更早计之。百战金戈,借风云而试捷;千关玉锁,倩罴虎以骧威。将望之如荼,望之如火,哗扣而应者谁?将赫赫厥声,濯濯厥灵,赋烨煊而竞六月者又谁乎?兹编所以绘其胜图者,渠魁十有八,而歼氛者六十有四,呼噏震荡,河海为腥,天地之灵气,若转烁以供其点沸。旗无回指,越有前麾,亦太横矣哉！昔轩辕设五兵六甲变化，掣阴阳，役神鬼，蚩尤之芒，在在而熄。变而太公之阴符，递而武侯之图阵，皆能以鹳群鱼丽之锋，幻游龙矫虎之技，故能摧挫万象，出入有无。帝之神摹倪亦阐巧于淳风天罡，微幻其灵变邪，何遒迅也。点缀权奇，摹肖物色，则是编其仿佛之。吾友诸圣邻氏，以风流命世，狎剑术纵横，雅意投戈，游情讲艺，羡秦封之雄烈，挥霍遗编，汇成巨丽，毋以稗官混视，则弘文振藻，犹恍接其精英，文皇帝灵采景曜，几不泯哉。四明通家陆世科从先甫题。

说明：上序录自1955年文学古籍刊行社影印本《大唐秦王词话》。此本以郑振铎藏明刊本为底本并用傅氏碧蕖馆藏本补配。首《唐秦王本传叙》，尾署"四明通家陆世科从先甫题"。有"陆士科印""丁未进士"阳文铃各一方。次"重订唐秦王词话目次"，凡八卷六十四回。正文第一叶卷端题"按史校正唐秦王本传卷之一　澹圃主人编次　清修居士参订"，卷三、五、七所署与卷一同，而卷二、四、六、八则署"澹圃主人编次　梦周居士参订"。半叶十行，行二十二字。

澹圃主人诸圣邻，据序之"陆士科印""丁未进士"方钤，则书之所出当在明万历间。丁未为万历三十五年，进士名录中亦确有陆士科。澹圃主人诸圣邻及陆世科，生平事迹待考。

后七国乐田演义

后七国序

遁世老人

古今英雄岂真不相及哉？亦惟识与不识耳。燕遭子之之变，齐困莒墨二城，此何时耶，江山社稷岌岌乎不保矣，虽有忠荩之臣，亦不过抱黍离之悲，洒新亭之泪已耳，谁能设一谋、献一计，为破残作金瓯想哉！苟责当事，则必谢曰："时危矣，势穷矣，无能为矣。"使勉求贤，则必叹曰："时无英雄耳。"抑知破残原可为，而英雄原未尝无也，但恨无明眼人物色，真心人礼求耳。及金台一筑，而齐七十三城下矣；铁笼一求，而火牛之功成矣。然后知昌平安国，为后七国之大英雄，而千古无及之者。设燕昭王不筑金台，即墨人不察铁笼，则乐毅不过魏国一庸臣，田单不过齐国一市吏耳。设于此时自表曰："我大英雄也。"谁其信之哉？出此思之，英雄何代无之，特无人识耳。既无人识英雄，而英雄又肮脏不肯狗人，故拊髀者，自拊髀，而同草木腐朽者，仍同草木腐朽也。岂不惜哉？因思末世一二亡命，弄兵潢池，非有七国之雄，燕、齐之盛，使其时有田、乐一人，自指顾而制其死命矣。乃张惶六师，奔疲天下，不特不能制其死命，反致九重受燕哙、齐愍之辱，岂古有英雄，而今无英雄哉？岂今虽有英雄，实不如古之英雄哉？大都有英雄不识，而所识又非英雄。故问其位则尊，而察其才则卑。以此粉饰太平，犹患养痈，矧当盘错，岂不败坏！至于败坏，乃使天下叹今人不如古人，岂不冤哉？惟冤不可白，再回思田、乐之得称英雄于七国之后，亦幸矣。故暇日演其义，表而出之，以明古今英雄未尝不及，特赖明眼识之，真心用之，故成大功也。虽然，列国英雄不少，何独津津于此？窃谓苏、张、孙、庞，已为人耳目久矣，且志富贵而急私仇，于国家无补；此昌国安平，所以津津乐道也欤。遁世老人漫题。

说明：上序录自古吴陈长卿梓行本《后七国乐田演义》。原本藏首都图书馆。此本内封上镌"新奇绣像"，下题"后七国乐田演义"，书名之下书"古吴陈长卿梓行"。首《后七国序》，尾署"遁世老人漫题"，有"遁世老人"阴文、"长春阁"阳文钤各一方。目录叶题"新编批评绣像后七国乐田演义目次",署"遁世老人演辑",版心下方镌"致和堂",凡十八回。次图像八叶,像赞各半叶,所绘分别为第一、二、八、十二、十六、十八回之内容,赞词来自书中诗句。正文半叶八行,行二十字,版心下镌"长春阁藏板"。据此序对当日时局的描述,作序的时间当在明清之交。

遁世老人,真实身份、生平事迹待考。或谓此书系徐震作,缺乏实据。

另有经国堂藏板本,上海古籍出版社影印行世。此本内封两栏,分题"后七国乐田""演义经国堂藏板",首《后七国序》,尾署"遁世老人漫题",与上序比,有错接、漏刻现象,至使文意不通,显然是一个后出的本子。为便比较,附录如次:

古今英雄岂真不相及哉?亦惟识与不识耳。燕遭子之之变,齐困莒墨二城,此何时耶,江山社稷岌岌乎不保矣。虽有忠荩之臣,亦不过抱黍离之悲,洒新亭之泪已耳,谁能设一谋、献城下哉!铁笼一求,而火牛之功成矣。然后知昌平安国,为后七国之大英雄,而千古无及之者。设燕昭王不筑金台,即墨人不察铁笼,则乐毅不过魏国一庸臣,田单不过齐国一市利耳。设于此时自表曰:我大一计,为破残作金瓯想哉!苟责当事,则必谢曰:"时危矣,势穷矣,无能为矣。"使勉求贤,则必叹曰:"时无英雄耳。"抑知破残原可为,而英雄原未尝无也,但恨无明眼人物色,真心人礼求耳。及金台一筑,而齐七十二英雄也。谁其信之哉?由此思之,英雄何代无之,特无人识耳。既无人识英雄,而英雄又肮脏不肯狥人,故拊髀者,自拊髀,而同草木腐朽者,仍同草木腐朽也。岂不惜哉?因思末世一二忘命,弄兵潢池,非有七国之雄,燕齐之盛,使其时有田、乐一人,自指顾而制其死命矣。乃张惶六师,奔疲天下,不特不能制其死命,反致九重受燕哙、齐湣之辱,岂今有英雄,实不如古之英雄哉?大都有英雄不识,而所识又非英雄。故问其位则尊,而察其才则卑。以此粉饰太平,犹患养痈,矧当盘错,岂不败坏?至于败坏,乃使天下叹今人不如古人,岂不冤哉?惟冤不可白,再回思田、乐之得称英雄于七国之后,亦幸矣。故暇日演其义,表而出之,以明古今英雄未尝不及,特赖明眼识之,真心用之,以成大功也。虽然,列国英雄不少,何独津津于此？窃谓苏、张、孙、庞,已为人耳目久矣,且志富贵而急私仇,于国家无补；此昌平安国,所以津津乐道也欤。遁世老人漫题。

西湖佳话

(西湖佳话)序

古吴墨浪子

宇内不乏佳山水,能走天下如骛,思天下若渴者,独杭之西湖。何也?碧嶂高而不亢,无险崿之容;清潭波而不涛,无怒奔之势。且位处于省会之间,出郭不数武,而澄泓一鉴,瞭人须眉;苍翠数峰,围我几席。举目便可收两峰、三竺、南屏、孤屿之奇,随棹即可跻六桥、十锦、湖心、花港之胜。至欲穷其幽奇,则风雅之迹,高隐之庐,仙羽之玄关,名衲之精舍,山之麓,水之湄,杰阁连云,重楼霞起,又竟月之游不足尽也。所以佳人才子,或登高选句,或鼓枻留题者比比;而忠贞节烈,寄影潜形者亦复不少。甚而点染湖山,则又有柳带朝烟,桃含宿雨,丹桂风飘,芙蓉月浸,见者能不目迷耶?黄鹂枝上,白鹤汀中,画舫频移,笙歌杂奏,闻者有不心醉乎?随在即是诗题,触处尽成佳话。故笔不梦而花,法不说而雨。自李邺侯、白香山而后,骚人巨卿之品题日广,山水之色泽日妍。西湖得人而显,人亦因西湖以传。嗟嗟!西湖至今日,而佳丽几不可问矣。以淡妆浓抹之西子,竟成蓬首捧心之西子矣。然而人皆为西子惜,余独为西子幸:幸古人之美迹犹存,品题尚在,则西子之面目自若也。但有其迹,而不知其迹之所从来,犹不足为西子写生。因考之史传志集,征诸老师宿儒,取其迹之最著,事之最佳者而纪之,如仙翁之药炉丹井,和靖之子鹤妻梅,白、苏之文章,岳、于之忠烈,钱镠之崛起,骆、宋之联吟。辨才、圆泽、济颠、莲池之道行,小青、苏小之风流,俱彰彰于人耳目者,亟为之集焉。今而后有慕西子湖而不得亲觑者,庶几披图一览,即可当卧游云尔。康熙岁在昭阳赤奋若孟春陬月望日,古吴墨浪子题。

(西湖佳话识语)

湖上扶摇子

苏公、白傅以通灵之笔,描写湖山,可谓诗中有画,淡妆浓抹,且能工画家渲染所难工之意,句句是荆关着色山水,何作此图者率遇笨伯,施之楮绘,已削颊上三毛；疥以梨枣，亦觉唐突西子，安得起萧照、马远辈一开生面耶！余畜此志有年矣，广搜精订，得页若干。画汇名贤，句综往哲，即景拟皴，对山设色，苦心剞劂，着意渲染，是工乃苏、白之工，非仅发萧、马之秘，向谓诗中有画，今则画中有诗。勿哂东方自赞，会看西子如生可也。湖上扶摇子识。

说明：上序、识语录自金陵王衙本《西湖佳话》。此本内封三栏，分题"精绘设色全图""西湖佳话""金陵王衙藏板"。首《序》，尾署"康熙岁在昭阳赤奋若孟春陬月望日，古吴墨浪子题"，有"墨浪子"阳文、"西湖散人"阴文钤各一方。次集、仿前人句、画目录，凡十目，曰："苏堤春晓（张文宿句、仿薛稷画）、柳浪闻莺（仿郭熙画、集张李书）、南屏晚钟（王洧句仿，信世昌画）、两峰插云（白诗汉隶，蓝田叔画）、雷峰夕照（集古篆书，仿马远画）、曲院荷风（盛子照画，集献之书）、花港观鱼（集唐人句，赵孟頫画）、平湖秋色（孙太初句，沈启南画）、三潭印月（集元章书，仿范宽画）、断桥残雪（聂大年句，郭忠恕画），再次图画。图后有识语。目录叶题"西湖佳话古今遗迹目次"，凡十七卷（含首卷）。正文第一叶卷端题"西湖佳话古今遗迹卷之一　古吴墨浪子搜集",半叶九行,行二十字。版心单鱼尾上镌"西湖佳话",下镌卷次、叶次。

古吴墨浪子、湖上扶摇子,真实身份、生平事迹待考。

济颠全传

《济颠全传》小引

香婴居士

佛图才启,道念随生。若信芜词,奚关善化?临安乃天府宝地,圣湖为佛子璇基。戒律精严,本臻大道;嬉游诞放,亦畅玄机。与其积宝成堆,终成雍滞;孰若明珠不㩭,彻底圆融。舌上之华轮易转,性中之熟揢难推。假作慈悲,瞒不过惯偷鼫鼠;虚张棒喝,仍输他自放梅花。徒使堕落金针,大海长江摸捞不着;枉着走差一线,深坑恶堑跳动烦难。纵说得乱坠天花,只当磨牙斗嘴;若论到归根落叶,才知瞎炼盲修。九球狮子,云何降伏其心;没足蟛蜞,却会横空直走。宰官们循阶按级,也难巴九棘三槐;比丘家踢影翻空,何救得三灾八难。玉通古佛,尚然筋斗两翻;碧浪金仙,也拔眉毛一撮。跛象扯车终不稳,狂蜂噬蜜也忧酸。塔上凌霄,莫认天宫绝顶;沟中淤淖,方参最上初乘。盘踝膝,合眼低眉,须作急提防贼子;逞拳头,喝佛骂祖,也留心保守身家。本等拘牵，由你七重铁，透孔玲珑，莫肯信再来佛子；舵牙把稳，随他千层浪，蒙头掂簸，也难称自在菩萨。况乎道高一尺，魔高一丈，怎能大着胆捉虎拿龙；若使一醉三日，三醉九日，何敢侧着身撑风抵浪。上得西天才是佛，何能平地便称仙？众香国里，打得平和；无遮会中，才堪独现。吾于济公靳见斯人，乃悉生平裁成正传。愿读者不可作平等呷唔，欲笑者不可作哄堂绝倒。康熙戊申（七年）竹醉日，香婴居士题于西湖禅近斋中。

说明：上小引录自清康熙间序刊本《新镌绣像鞠头陀济颠全传》。原本藏大连图书馆。此本内封题"西墅道人参订""鞠头陀新本"，首小引，尾署"康熙戊申竹醉日香婴居士题于西湖禅近斋中"。目录叶题"新镌绣像鞠头陀济颠全传"。图十二叶，皆像赞各半叶。正文第一叶卷端题"西湖香婴居士重编""鸳水紫髯道人评阅"。半叶八行，行二十字。

西湖香婴居士，即王梦古，字长崟，杭州人（韩南谓有康熙刊本"西湖香婴居士重编"的《济公全传》，序后有印章三：一曰"香婴居士"，一曰"王梦吉印"，一曰"长龄"）。馀待考。

鸳水紫髯道人，真实身份、生平事迹待考。

（新镌绣像麴头陀济颠全传跋）

心发主人

《净慈寺志》：道济，字湖隐，天台李茂春子，母王氏梦吞日光而生，年十八，就灵隐瞎堂远落发。风狂嗜酒肉，寺众讦之，瞎云：佛门广大，岂不容一颠僧？自是人称济颠。远寂，往依净慈德辉为记室。尝欲重新藏殿，梦感皇太后临赐帑金。嘉泰四年，火发毁寺，济乃自为募疏行化严陵。以袈裟笼罩诸山，山木自拔，浮江而出，报寺众云，木在香积井中，六丈夫勾之而出。监寺欲酬之钱，辞曰：我六甲神，岂受汝酬乎？遂御风去。濒湖居民食螺，已断尾矣，济乞放水中，活而无尾。嘉定二年逝，葬虎跑塔中。康熙《浙江通志》（当作乾隆）。

济颠者，本名道济，风狂不饬细行，饮酒食肉，与市井浮沉，人以为颠也，故称济颠。始出家灵隐寺，寺僧厌之，遂居净慈寺，为人诵经下火，累有果证。年七十三岁，端坐而逝。人有为之赞曰：非俗非僧,非凡非仙,打开荆棘林,透过金刚圈。眉毛厮结,鼻孔撩天,烧了护身符,落纸如云烟。有时结茅宴坐荒山巅,有时长安市上酒家眠,气吞九州囊无钱。时节到来,奄如蜕蝉,涌出舍利,八万四千。赞叹不尽而说偈言,呜呼,此其所以为济颠也耶!今寺中尚塑其像。《西湖志馀》。

此《鞠头陀传》,盖章回小说,而每卷标题,乃不曰回,而曰第几则,其原本出于宋人,如《宣和遗事》《五代平话》《京本小说》之类,其事迹亦必当时流传之旧,而明人重编,加以评论绣像刊行,特香婴居士、紫髯道人者,不得其名氏耳。近代卟教盛行,而奉以为宗主者,皆曰济公。余尝观其坛语敏妙,墨迹古朴,信其非人所能托。顾亦未敢尽信为此公所凭依也,更有为之作传者,征引及于世俗本《醉菩提》。曷若兹编之尚复近雅哉?昔缪艺风语余有明刊《水浒传》,惜不及持此相与赏异矣!癸亥冬十一月,心发主人记。

说明:上跋录自国家图书馆藏清初刻本《新镌绣像鞠头陀济颠全传》,此本无内封,首跋,尾署"癸亥冬十一月,心发主人记",有"莫""心发""铜井文房"阳文钤三方。次"新镌绣像鞠头陀济颠全传目次",凡三十六则。图十二叶,像赞各半叶。正文第一叶卷端题"新镌绣像济颠大师全传　西湖香婴居士重编　鸳水紫髯道人评阅"。版心自上而下为"鞠头陀传"、则数、叶数。半叶八行,行二十字。

　　心发主人,即莫棠,字楚生,别号初僧,初道人、心发主人等。莫友芝九弟莫祥芝第三子。贵州独山人。早年游宦两广十馀年,与黎汝谦情谊深笃。雅好收录黔人著述,并尽力助其刊布。如收集郑子尹《巢经巢遗诗》,编辑《巢经巢遗集》二十四卷。又勘定遵义赵嵩(字筱容)的《含光石室诗草》等,均由陈夔龙出资刊刻,广为流播。自编有《文渊楼藏书目》,其藏书题跋,陈乃乾辑为《铜井文房书跋》。

济颠大师醉菩提全传

济大师醉菩提叙

天花藏主人

域中有儒释道三教,皆得天地之精气而挺生为圣人,以主持世道者也。尝窃论之:儒得气之正,气盛而生,气竭而死,不欲强求焉,所谓气正也。仙得气之逆,避气之死,盗气之生,不欲轻弃焉,所谓逆也。至于佛则不然,盖视精灵为性命者也,气有竭而精灵无竭,气有死而精灵无死,故神存而曰不生,形化而曰不灭,矧一竭精,二竭灵,三竭以往,则精者愈精,灵者愈灵,而色相现神通,若无若有,不可思议矣。此非虚幻也,殆俯仰天地,实有色满眼而音满耳者也。明明未去,因此佛名如来;种种现前,所以菩萨号为观自在。盖指气之精灵言也。精灵若斯,则佛若斯;惟佛若斯,故慧日常辉,而世道赖以不堕。奈何予智者不识寓言,沿为诞说,以其坚也,因幻出金人;以其精也,遂妄称灵鹫。且丈六有一定之容,三千五百乃不更之数,欲坚其信,反致其疑,是谁之过欤？非学佛不明,即借佛以济其贪也。贪源一开,诈流百出,故有识者目之异端,崇正者斥为外道。佛虽清静自如,恬然不受,然满头粪而遍体淤泥,亦已受之久矣。每欲表白,其道未由,因思以仙儒攻佛,不同道而言殊不入,莫若以同道之真,形同道之伪,则不攻而自破矣,此颠师圣迹不可不传也。

颠师来有为来,去有为去。空观之而莫非空,色认之而仍是色。乌乎有,乌乎不有；乌乎在,乌乎不在？慈悲总一气之和祥,普济实神通之广大,所谓以精灵为性命者,既验之如是矣,则正容说法,与圣同功,奚为不可？顾烦之游戏而为颠也哉。噫！难言也。盖天下之慧悟寥寥,而愚蠢肩摩踵接,况堕入迷途者久而且锢,一旦欲以清静之真修,唤回其贪嗔之妄念,虽声响如雷,色明如日,亦无如其聋聩何也？故抱度世婆心者,不得已持救世神通,托之嬉笑怒骂,混迹黄汤,放情黑漆,功课在唱山歌,作用是翻筋斗,有时将酒肉作祈祷之香花,有时以恶语为保禳之颂祝,甚至烂醉如泥,卧淫房而不知避,加以裸翻本体,犯懿驾而不为嫌,庶惊其奇怪而动心，诧其希有而惕志，此颠之所以为颠，而实与圣同功者也。且微妙非口舌能宣，机趣贵当身指点，故拈花面壁，久已呈奇，割肉吞针，未尝不异，此颠之究竟非颠，而实与正容说法无二者也。知此，则知颠师之颠非异端，非外道，盖实呈佛家之精灵，与仙之逆、儒之正，同在一气中，而并持世教矣。欲明佛妙，请细玩颠师可也。至于土木髡缁，鼓钟梵呗，则害气者也，又当别论。天花藏主人题。

说明：上叙录自本衙藏板本《济颠大师醉菩提全传》。此本内封题"济颠大师全传""醉菩提""本衙藏板"。首《济大师醉菩提叙》，尾署"天花藏主人题"。叙中有片假名注音。有"□庆宰官"阳文、"天花藏印"阴文钤各一方。目录页题"济颠大师醉菩提传"，凡二十回。有图像。正文卷端题"济颠大师醉菩提传　西湖墨浪子偶拈"，半叶八行，行二十字。

西湖墨浪子，真实身份、生平事迹待考。

醉菩提序

桃花庵主人

禅关气清，静处自可通神；妙道凝玄，正容乃以说法。若济颠师者，遇酒肉而不知戒，犯淫色而不知禁，往往嬉笑怒骂，恣情纵意。人第知颠之为颠，究之，极意佯狂，尽是灵通慧性；任情游戏，无非活泼禅机。此颠之终非颠，而圣迹之不可不传也。夫松涛竹影，花雨香风，惟贞敏寂静者始能会悟；而蠢蠢凡愚，区区庸鄙，思欲概以相量不得也。故抱度世婆心者，或托之风痴，庶有以惊其聋聩而转其愚蒙，示以奇怪而发人深省，其与静处通神，正容说法，盖亦无弗同也。桃花庵主人漫题。

说明：上序录自清宝仁堂本《济颠大师玩世奇迹醉菩提传》。此本原藏大连图书馆，内封三栏，由右向左，分题"济颠大师玩世奇迹""醉菩提""宝仁堂较梓"。首《醉菩提序》，尾署"桃花庵主人漫题"，有"结庐在金阊桃坞之间""醒斋"阳文钤各一方。次"新镌济颠大师醉菩提全传目录"，凡二十回。正文第一叶卷端题"新镌济颠大师醉菩提全传第一回　天花藏主人编次"，半叶九行，行二十字。

版心单鱼尾上镌"济颠全传",下镌回次、叶次。

　　桃花庵主人,苏州人,有字或号曰醒斋,馀待考。唐寅有号曰桃花庵主人。序作者或欲假托唐寅?

十二笑

（十二笑识语）

墨憨斋著述，行世多种，为稗史之开山，实新言之宗匠，名传邺下，纸贵洛阳。兹刻尤发奇藏，知音幸同珍赏，意味深长，勿仅以笑谈资玩也。郢雪厂。

笑引

墨憨主人

客问：《十二笑》何为作也？余曰：古往今来，可笑之人不一人，可笑之事不一事。其下士谄笑□（耶），其齄兽唇笑耶，其射雉而笑耶，其举烽而笑耶，嗟嗟！大地一笑场也，今人笑古人，后人将复笑今人。你笑我笑何日了？亏他笑笑过时光。然初不知其笑者何心，而所以取人之笑者何意？酒坛拍手，燕坐惊奇，资口舌□（之）馀谐，同闲人之说鬼，不过□（捧）腹，无关醒梦，则笑亦何益于世？而作者乃欲传之乎？传□（之？）者，痴心也，亦婆心也。

客又问曰:子之谓婆心也,痴心也,愿闻其说。余曰:于(吁)!于(吁)!我与尔皆笑中人也,但当局有不自觉其可笑者;傍观有不容于不笑者。不自觉其囗(可?)笑,故常迷落于笑中,终身供人话柄。傍观可笑,及至当局亦迷。仔细思量,直可悲可涕,宁复能笑耶?余闻佛家济度,只在拈花微笑,些子机关,作者婆心,亦复如是,所云欢喜方便门也。至于人世难逢开口笑,忙忙枉负百年忧。闲居对客,谁能得笑口常开?思之宁不可叹!昔有云:镇日皱眉容易老,何若把酒笑青山。余之谓痴也,亦破愁城之一服快活逍遥散耳。客聆是语,粲然大笑,携一编而去。曰:吾将以醒世之哭不得、笑不得者。墨憨主人题。

说明:上识语及"笑引"均录自郧雪厂本《墨憨斋主人新编十二笑》,原藏于北京大学图书馆,为马隅卿旧藏。此本内封三栏,由右向左,分题"墨憨斋主人新编""十二笑"及识语。首《笑引》,尾署"墨憨主人题",有"子犹后人"阳文、"大树生"阴文钤各一方。正文第一叶卷端题"墨憨斋主人新编十二笑目次"。正文第一叶卷端题"墨憨斋主人新编十二笑",另行下方署"亦卧庐生评　天许闲人校"。半叶九行,行二十字。版心由上而下分题"十二笑"、回次、叶次。书中有"在明末时有一个人"的话,显然不是明人的口气,甚至也不像清顺治间人的口气;又"墨憨斋主人"的题署下有"子犹后人"的印章,书非冯梦龙编撰无疑。亦卧庐生、天许闲人似亦与冯梦龙无涉。

古今列女传演义

列女演义序

东海犹龙子

所谓齐家在修其身者,盖谓"家人嗃嗃","妇子嘻嘻",最为难养。惟身修而刑于之化,有以摄其性情,然后小秉贞,大垂范,而家始就齐也。此圣人所以立修齐之训。但责之有家,而未闻督过闺人也。何也?以女从男也。若夫坤阴有美,贤淑天生,不待刑于而柔顺利贞,母有为母,妻有为妻,常有为常,变有为变,则其一片灵心慧性,出刑于之外,入刑于之中,以佐刑于之不逮,此又千古特出之奇,非圣人所敢望以为常者。圣人虽不敢望,然《易》称"吉女",《诗》载"好逑",则古今圣母贤媛,又未尝不悬芳踪,立懿轨,为闺人兴起之地,而不可泯也。

故汉之刘向,感朝廷内仪之有乖,痛闺子规箴之无路,因采古今之贤圣后妃、贞良妻妾,分门别类,汇成一编,名曰《列女传》。虽其汇采苦心,别有感格,然事集敦伦,言收裨听,上可睹柔顺神通,下可悟利贞作用,母有为母,妻有为妻,常有为常,变有为变,无不播坤道之芳香,流闺闱之灵秀,使香奁少艾,观览而欣羡生心;彤管蛾眉,习学而兴思法效。诚若是,则闺门之内,自荡涤邪淫,归于正则,诚名教中有益之书。试较之君子刑于之化,不更为亲切乎?故自垂训以来,历代宝之。第惜其义深文简,虽老师宿儒,临而诵读,犹苦艰晦不解,矧柔媚小娃、垂髫弱女,纵能识字,未必精文,安能到眼即得其深心,入口便达其微意?故重其名,莫不家捧户置;然察其实,实未曾了了胸中,而动其低回感叹。非此书之妙不能循循诱人,盖女子之聪明阻于顿渐无阶,而不能领受也。此无他,下学语上之故耳。因思此中径路,若无伸引,孰能将就?遂不揣固陋,不避愆尤,于长夏永宵,妄取其义深者,演而浅之;文简者,绎而细之;约于一字者,广详其本末;该于一语者,遍柝其源流,使艰晦者大明,不解者悉著。再一流览,忽觉古媛面目,啼笑如生;往淑精神,隐显具在。虽贬千仞宫墙,而卑及于肩,未免获罪圣门,然室家之好,尽人窥见,或易触而感通,或近思而企及，又岂非鼓舞闺人之大机栝哉？尝闻君子刑于之化，正欲鼓舞闺人也。闺人既自能鼓舞，不待刑于，则刑于有赖于兹编者不浅矣。词语虽异途，而理义则同归，又何浅深之足计？浅深不足计，则予此举谓之罪固可，即谓之功，亦无不可也。何也？女子难养，借此养之。而修齐张本，已在是矣，夫岂无谓哉？东海犹龙子漫题。

说明：上序录自古吴三多斋梓本《古今列女演义》，此本内封上镌"新编绣像"，下题"古今列女传演义　古吴三多斋梓"。首《列女演义序》，尾署"东海犹龙子漫题"，有"犹龙子印"阴文、"素政堂"阳文钤各一方。每卷总目前均题"列女传演义目次"，凡六卷一百一十则。有图像十二幅。正文第一叶卷端题"新镌批评绣像列女演义卷之一　东海犹龙子演义　西湖须眉客评阅"，半叶八行，行二十字。版心单鱼尾上镌"列女演义"，下镌卷次、叶次、"长春阁"。

东海犹龙子，此书叙署"东海犹龙子漫题"，有"犹龙子印"阴文，"犹龙"为冯梦龙的号，似与冯梦龙相连；但又有"素政堂"阳文钤一方，"素政堂"刻有《两交婚》等,素政堂主人为《玉娇梨》《定情人》等书作过序,似即天花藏主人,而素政堂当为天花藏主人的堂号。《列女演义》之作,冯氏已然作古,"东海犹龙子"实非冯梦龙。且序之内容也看不出任何与冯梦龙相关的信息,而"东海"二字已经透出假托的痕迹:"古吴"冯犹龙,如何成了"东海犹龙子"呢?

海烈妇传

(海烈妇传)叙言

亦卧庐主人

昔屠赤水有云:"爱此身如明珠片玉,不受瓦砾暗投;劳此身如古木乔松,任他风霜百炼。"此不独为修养家言,当其负荷纲常,秉持大节,皆宜奉此言为良规。惜乎世俗颓靡,工于脂韦,柔姿媚质,随人屈折。衣冠而妾妇,安望妾妇而须眉乎?独异近者海氏一案,以中帼女子,能媲美于烈丈夫,是何可以无传?传何可以不一一绘写也?观其不为利炫,何亚于管宁之锄金;不为势胁,何让于相如之完璧;不为贫困而改操,又何逊于柳下之高风?噫嘻!吾不意妾妇而须眉者如此其皎皎也。若吾辈具有血性,具有面目,而乃委波逐浪,琵琶可抱,嫁衣可代,能不为之愧死?此皆因平日所见甚陋,少几分定力,少儿分勇决,更少一片良心,以致勘不破生死迷关,站不住艰难双脚,挑不起名节担子,却为红裙绿裹者所深嗤耳。曷不观稚川之炼丹乎?和以玉石,调以火候,去渣滓,养清明,历昼夜不倦,而丹始成。即吕仙翁之点金也,以汞为质,以砂为助,以百药为饵,以风火相济而金始成,无不从百炼中打熬真性,所谓内丹成而外丹亦成是也。苟无百炼之功,譬诸丹阳米料灯,暂时光艳,立见揉碎,纵装点可观,尽为假质,岂如吾之所云百炼者,如松柏后凋,穷且益贞者耶!则斯编不仅为闺阁吐气,亦且劝须眉效颦,庶几有真定力人,真勇决人,真有良心人挺出世间,与海氏并争不朽。亦卧庐主人漫题。

(海烈妇传)凡例

一、海氏始末,传闻不同,如兄奸弟逼、魂附绳索之类,其言虚诞俚鄙,不列传内。

一、传例专重海烈妇,如林大、林三、林四、林六等一门刑戮,俱略而不载。

一、事迹结构惟取近理可信者,稍加点染,以彰大节。

一、关目紧要处必细加圈点,逐一批出,使观者触目了然。

一、本文与《三义传》大异,其中工拙,识者鉴之。

一、绅衿所赠诗文,字字珠玑,传不胜载,姑选其尤者另为一篇。

一、塘村陈烈妇赠言虽与本传无涉,然事迹相类,并附于后。

说明:上叙言及凡例录自法国巴黎国家图书馆藏清本衙藏版本《百炼真海烈妇传》。上海古籍出版社据以影印。此本内封分三栏,左栏题"三吴墨浪仙主人编辑",中栏题"百炼真",右栏题"本衙藏版"。首《叙言》,尾署"亦卧庐主人漫题",有"侠男""墨憨印"阳文铃各一方。次《凡例》七则。又次"新镌海烈妇百炼真传目次 三吴墨浪仙主人编辑",凡十二回,另有"后集",汇梓名公吊挽题赠诗文等。正文卷端题"新镌绣像百炼真海烈妇传 三吴墨浪主人编次",半叶八行,行二十二字,写刻,版心上镌"百炼真",下依次镌回次、叶次。

此书所据为清康熙六年(1667)徐州陈有量之妻海无瑕拒不受辱,以死抗争的故事。此事曾轰动一时。此处的墨憨、亦卧庐主人当欲假托冯梦龙。

绣屏缘

绣屏缘序

弄香主人

晋人有言："情之所钟，正在吾辈。"顾言情而不悉情之所由始，则流而为放荡，为妖孽，为因果报应。甚至山魈木魅，得操花月之权；村妇田夫，竞效江皋之赠。任情之误，等于无情。是岂人之所为哉？小说家掇拾残编，秽言狼籍，然犹沾沾自喜，以为情在于是，进登徒而訾宋玉，良可憾已！

苏庵逸才旷识，迥异凡流，鉴巴里之陈言，诚恐情怀汩没沉埋欲海，于是分江郎之梦笔，写马卿之清琴，力扫颓波，独呈新藻，怜才好色，自有其真，使千古幽情，不致沦于暗汶，而世之观斯集者，恍然与玉山璧月，相对忘言，方抱形秽之惭，又何暇萌诲淫之念？故绣屏往事，软障新缘，不为胜业坊之薄幸，遗恨脱鞋；不为章台路之失节，复申投盒。当其屏间一梦，彼璃枝相契，已超寻常渔色之流；逮夫竹里数言，而玉质守贞，遂同仙岛埋名之什。则夫玉环之情而正也,季苕之情而顺也,素卿之情而侠、绛英之情而节、蕙娘之情而智也。古今情种,萃集一屏,非才子不足以当之。盖天下有缘则有情,有情则缠绵不已。此皆慧男女之所为,非可与村夫浪子言也。昔子于云:"慧则通,通则流。"兹集所录,殆子于之意耶。从古无无情之人,亦无无缘而致情之事。苟情有所属,缘有所期,置生死于浮云,等具文于草菅。即或履危蹈险,天必报之以坦途。理或宜然,情有必至。余惜世之不知情者多,而犹假情以文过,是则为妖为孽,无往而非果报矣,遑问绣屏之知已哉?是为序。康熙庚戌(九年)端月望,弄香主人题于丛芳小圃之集艳堂。

绣屏缘凡例

苏庵

一、小说前每装绣像数叶,以取悦时目,盖因内中情事,未必尽佳,故先以此动人耳。然画家每千篇一列,殊不足观,徒灾梨枣。此集词中有画,何必画中有形?一应时像,概不发刻。

一、从来引用诗词评语,俱以此衬贴正文,率皆敷浅庸陋，有识者未免遗恨。与其繁而无当，不若简而可观。余于诸家，较有微胜。

一、全部书中，似同传剧，正生正旦，事必有主。每见近时诸刻，颠倒错乱，玉石不分，词意虽工，无取乎尔。

一、一回一事，终属卑琐，况有窃里巷之秽谈，供俗人之耳目？余虽菲薄，稍异颓靡。

一、始较事之所必无，终揆理之所必有。稍有强附，便属不文，故乱伦失节，鬼神变幻，丑恶果报，不敢具登，所重者才情两字耳。

一、是书之发，本乎坊刻。秽亵诸语，时习所尚。虽于大段主脑，不杂俚语，然间散点缀，时或有之，正恐刘邕之嗜，非此不欢。如握丹黄，终有微憾。

一、行云流水，文章化境。随时逐景，信笔则书，既无成心，何敢滥涉？苏庵漫识。

说明：上序、凡例录自中国社会科学院文学研究所资料室藏本《绣屏像》。此本首《绣屏缘序》，尾署"康熙庚戌端月望，弄香主人题于丛芳小圃之集艳堂"。次《绣屏缘凡例》，尾署"苏庵漫识"。复次《苏庵杂诗八首》,又次《九疑山·南吕》曲子五支。无总目。正文第一叶卷端题"新镌移本评点小说绣屏缘　苏庵主人编次",半叶十行,行二十字。抄本。凡二十回,第十九回仅《驻云飞(效沈青门唾窗绒体)》词八首。这部小说的作者,常把自己的诗词曲刻入小说中,甚至将一些药方亦刻入小说中,颇为少见。

苏庵主人、弄香主人,真实身份、生平事迹待考。

归莲梦

归莲梦序

欲观天下奇书，先识苏庵大义。序曰：昔人谓梦未有乘车入鼠穴者，盖言无因也。有因而起，其间怪怪奇奇，皆足形现，岂曰形、神所不接处，非想而成邪？而余谓不然。大地山河，一梦局也，喜而笑，戚而悲。有情者日相逐于梦中而不自觉，即生而成，成而毁；无情者日相杂于梦境而莫可分。天下事，风尘劳攘，无在非梦，岂仅四更残漏、昏昧无知始为梦哉？六如偈言，首推如梦。谓之曰如，犹有比拟之词。试思吾身饮食日用何所从来，荒草丘墟何所从去？聚散无常，盈虚靡定，较之孤灯半灭，香篆初回，欹枕床西，□（伍？）帷牖北，梦魂远渡，谁假谁真，又何如之足论乎？

《归莲》，因莲而始归者也。以莲之出污泥，浮清水，可谓亭亭物外矣。即物取喻而有得于莲，非莲之可以觉人也，亦非人之因莲以觉也。生寄死归,有大觉者出,知寄者皆梦,而归者皆觉也。知未归者,皆可以归者觉之;则暂寄者,不必以寄者终之也。何也? 触于莲而莲即为梦,不触于莲而莲即为觉也。因莲而见所寄,则寄者皆梦;因莲而见所归,则归者皆觉也。举世间无情有情,悉超化劫;统古今是梦非梦,咸悟真空。才子等于愚夫,佳人同于嫫母,英雄无措手之地,豪杰无驻足之场,乔松凋而槿花荣,午日亏而朝露润,眼前热火不殊身后寒灰,幽室私恩反结通途仇怨。幸劝四方君子,尽知一片婆心,描成十丈莲花,总是三生正觉。是编也,谓之有因而梦可,谓之无因而梦亦可。吾愿世世识者不以短梦为梦,而以长梦为梦,则归而觉者有尽,觉而归者且无尽也。此苏庵立言之义也。

说明:上序录自康熙间刊本《归莲梦》。此本无内封。首《归莲梦序》,末有"苏庵二集"阳文、"野史名家"阴文钤各一方。次"苏庵二集归莲梦目次",凡十二回。正文第一叶卷端题"新镌绣像小说苏庵二集归莲梦",不署撰人。半叶八行,行二十字。版心镌回次、叶次。书末有"苏庵主人新编 白香居士校正　慈庵□□仝□",有"白香居士"

"慈庵"阳文、"苏庵之印"阴文钤各一方。苏庵尚有小说《绣屏缘》,故此书称"苏庵二集",详参萧相恺《珍本禁毁小说大观》(中州古籍出版社1992年版)。

灯月缘

（灯月缘识语）

紫宙轩主人

从来正史取义，小说取情。文必雅驯，事须绮丽，使观之者如入金谷园中，但觉腻紫娇红，纷纷夺目，而有丽人在焉，呼之欲出。且又洞房乐事，俱从灵腕描来；锦帐春风，尽属情恨想就。方足以供闲窗娱览，而较之近时诸刻，不大径庭者哉？故《桃花影》一编，久已脍炙人口，此复以《春灯闹》续梓，识者鉴诸。紫宙轩主人识。

题春灯闹序

幻庵居士

二十年前，怅忆板桥之柳色；三千里外，欣归紫塞之征轮。有合必欢，无别不怨，洵哉，情之足以移人也。矧夫笙歌沸处，追看红袖之娃；火树光中，错信绿衣之吏，则情而艳。易弁为笄，洞房有迎仙之谑；因姿贾祸，穷途多衔玉之缘，则情而奇。绣幌娱怀,必以瑶章赠答;镜台抚掌,每因雅语诙谐,则情而韵。虽有蛾眉,莫易芄兰之好;岂无皓齿,仍怜驿壁之啼,则情而痴。慰白头于客肆,千里遥寻;洒红泪于香闺,一朝埋玉,则情而怨。然而情固至矣,而作者之文亦至。明月蕴胸,咳唾悉照乘之光;神梭在手,组织夺天孙之巧,故能代写生照,靡不朗朗如见。盖事奇而文不奇,则不足以传;文奇而情不快,亦未臻其妙。吾知是编一出,必为骚人韵士之赏,而洛阳纸贵无疑已。虽然,吾于雕虫小技,犹弃而弗为,而况稗官野史,乌可以点我笔尖花耶?乃秋涛子方沾沾焉,闭户摛思,以应书林之请。吾第恐俗缘未了尘中梦,绮语难销舌上愆,设或当世以淫亵惩我,则奈何?而秋涛子且以为,堪舆间非情不生,天下事非情不艳,亦何妨作柳底莺声、花边蝶拍也。晋人有云:情之所钟,政在我辈。玉瑺云子曰:我辈宁可情有馀而才不足,决不当如李十郎之薄幸也。然则以雕虫之馀技,假小史而摛情,傀儡可销,痴魔可退,是亦秋涛子点述是编之意乎?鸳矶咫尺,我当载酒而问之。东海友弟幻庵居士题。

说明:啸花轩本《灯月缘》,无序跋,正文卷端题

"新镌批评绣像灯月缘奇遇小说"。上序录自紫宙轩本《春灯闹》,原本藏日本佐伯文库。此本内封上题"桃花影二编",下分三栏,分题"烟水散人新著""春灯闹"及识语。首《题春灯闹序》,尾署"东海友弟幻庵居士题",有"东海名家"阳文、"幻庵居士"阴文钤各一方。正文第一叶卷端题"新镌批评春灯闹奇遇 槜李烟水散人戏述 东海幻庵居士批评"。半叶八行,行十八字。凡十二回。版心标"春灯闹"、回次、叶次。

紫宙轩主人、幻庵居士,真实身份、生平事迹待考。

可注意者:序中称此书作者烟水散人为秋涛子。虽书作者似系假托,倒可证实槜李烟水散人即徐震字秋涛者。

桃花影

《桃花影》跋

烟水山人

予观稗官野史如《无双传》、《章台柳》,以至亚之《橐泉梦》、僧儒《周秦行纪》,可谓夥矣。然予读《天缘奇遇》,尤羡祁禹狄之佳遇甚多也。但愚者信之,智者疑焉。殊不知天壤间怪怪奇奇,何所不有。而况才人名媛,如磁引针,如胶投漆,自然诗词唱和,缱绻订盟,何足深讶。第其间固有托意寓言,或借此以抒其愤闷无聊、磊落不平之气,故观之者当以意会,而信者固愚,疑者亦愚也。

今岁仲夏,友人有以魏、卞事,债(倩)予作传,予亦在贫苦无聊之极,遂坐洙水钓矶,雨窗十日,而草创编就。其事虽与祁生仿佛,然以二娘不正于始,卒能幡然改悟,较之徐氏缢死,固已相去殊隔。至于非云之贞洁姿操,视死如归,直所谓梅花霜里影,松柏雪中姿也。他若竹下回眸,夜深灭烛,寓空门而解逅,向禅榻以行云,则小玉、了音之遇,尤为奇绝。矧且以后易前，获奇花于客邸，返钗寄柬，窃美玉于嬬帏，信乎天付良缘，所以易于反掌尔。然当世操觚之士，尽有发白齿落，而一领青衿不能消受者，乃玉卿以十七游庠，即两闱联捷，开（位）居开府，身返仙都，虽曰半痴点化，然其前身固是玉皇香案吏也。予貂敝囊空，愁城难破，乃以传玉卿事，不胜欣暮（慕）击节，然祇以自怡，友人必欲授之梨枣。但不知世有观者，果信之邪，抑疑之耶？此非予之忆（臆）说，予盖闻之白云坞老人云。烟水山人自跋。

说明：上跋录自清刊本《桃花影》。书凡十二回。不分卷。首"桃花影目次"。正文第一叶卷端题"新镌批评绣像桃花影快史　槜李烟水散人编次"。第十二回总评前有跋，尾署"烟水山人自跋"。正文半叶九行，行十八字。又有光绪丁酉上海书局石印本别题《牡丹奇缘》，无序跋，总目，有图四幅。正文半叶十五行，行三十五字。书末署"牡丹换锦卷四终"（实际书只有二卷十二回），又署"羊城散鹤山人原稿""流霭情书第十二回终"。则书又名《牡丹换锦》《流霭情书》。书末有总批，实据上面所录烟水散人跋增益改纂而成,然错漏百出,无法卒读。且尾署"云屋山人子(或"云"字属上,作"屋山人子")自跋"。

(桃花影跋)

齐如山

此书丁日昌《禁书目》著录,《驻春园小史》序中亦曾引之。因经被禁,书极难得。清光绪间上海书局有石印本,改题《牡丹奇缘》。日本《舶载书目》载有畹香斋梓本,然只有其名,未见其书。家竺山兄一日偶在顺内大街闲步,无意中于冷摊上得此,急付装潢,并识如右。民国三十三年十二月三十一日齐如山识,时年六十有八,正避难家居时也。

说明:上跋录自齐如山旧藏畹香斋梓本《桃花影》,现归美国哈佛大学燕京图书馆。此本内封三栏,分题"烟水散人编""桃花影""畹香斋梓"。目录叶题"新刻桃花影目次",署"烟水散人编",凡四卷。正文第一叶卷端题"新镌桃花影卷之一",署"烟水散人编次"。半叶十行,行二十五字。版心单鱼尾上镌"桃花影",下镌回数、叶数。书末有齐如山跋,有"齐宗康"阴文铃一方。

齐如山,见《吕祖全传》条。

合浦珠

《合浦珠》题辞

桃花坞钓叟

吾阅近时稗史,非纵谭淫亵,秽目难观,则文不雅驯,鄙俚可笑。欲其写事叙情,细于画工摹绘,而可喜可愕,可怒可悲,足以当辟尘犀、忘忧草者,则唯《合浦珠》一编,洵可谓风流艳笔矣。烟水散人半生不遇,落魄穷途,今是编一出,吾知斯世必有刮目相待,当无按剑而盱者矣。桃花坞钓叟识。

合浦珠序

烟水散人

予谓天下有情士女,必如绮琴引卓,萧寺窥莺。投彩笺之秀句,步氏倾心;寄组织之回文,连波悔过。以至漱园之诗,曲江之酒,方足为风流情种,垂艳人齿。然而苍梧之泣,竹上成斑,寐寤之求,河洲致咏,必其一往情深,隔千里而神合;百忧难挫,阻异域而相思。牡丹亭畔,有重起之魂;玉镜台前,无

合浦珠

改弦之操。如是而后谓之有情,始不虚耳。若夫静女其姝,贻彤管而踯躅;采兰于洧,赠芍药以夷犹。而或愆期于茹藘之阪,邀欢于风雨之晨。斯则郑卫之风,淫荡之匹,乌睹所谓金门隽彦,兰闺婉秀者哉。

予自早岁,嗜观《情史》,每至绿窗以菁藻摘毫,罗帐以珊瑚作枕,却使君于桑陌,嫁碧玉于汝南,莫不揽兹艳异,代彼萱苏。是以午夜燃脂,选校香奁之什;清晨弄墨,唯誉绣阁之文。不谓数载以来,萍踪流徙。裘敝黑貂,徒存季子之舌;梦虚锦凤,遐辞太乙之藜。而曩时一种风流逸宕之思,销磨尽矣。

忽于今岁仲夏,友人有以《合浦珠》倩予作传者。予逊谢曰:才子名姝,俱毓山川之秀气,故以芝兰为性,琬琰为才。至其相慕之殷,心同胶漆。若欲以芜蔓枯槁之笔,摹绘婉娈静好之情,是何异瞽目而论妍媸,将无贻识者之诮?而友人固请不已,予乃草创成帙。盖世不患无倾城倾国,而患无有才有情。惟深于情,故奇于遇。若谓今世必无奇人侠士如古押衙、虬髯公者,乃拘挛之见也。是故烟花队里,不无冰雪之姿;锦绣园中,必生龙凤之质。甚而当垆一笑,订偶百年;天涯之远,必逢帐魂可起者,始谓之情中之至耳。世之君子,须信风流之种不绝,芳韵之事足传,又何必考其异同,究其始末耶?槜李烟水散人自题。

说明:上题辞和序,均录自日本东北大学狩野文库藏本《合浦珠》。此本内封上镌"烟水散人编次",下方框图案中央圆圈中题"合浦珠 无心子题",首《题辞》,尾署"桃花坞钓叟识",次序,尾署"槜李烟水散人自题"。复次"合浦珠目录",凡十六回,正文第一叶卷端题"新镌批评绣像合浦珠传卷一 槜李烟水散人编次",正文半叶八行,行十九字。版心由上而下,分镌"合浦珠"、回次、叶次。写刻。国内大连图书馆亦藏此刻本,上海古籍出版社据以影印,但有缺叶,未见题辞,亦未见"槜李烟水散人自题"的题署。

烟水散人,当即徐震,字秋涛,浙江嘉兴人,署"烟水散人"著者甚多,如《桃花影》《女才子书》《珍珠舶》《鸳鸯配》《梦月楼情史》《后七国乐田演义》及《赛花铃》等,颇难断定其真伪。

桃花坞钓叟,真实身份、生平事迹待考。

梦月楼

（梦月楼序）

幻庵居士

……（前阙）辄摈，乃弃文而习诗，凡抑郁牢骚，磊落不平之气，靡不形诸篇什，然犹谓限于章句，不足以展其胸襟。于是游戏翰墨，而有《梦月楼》之作。点缀生姿，绘摹若画。兰闺抱恨，而仙术能援；夜室含悲，而芳魂可返。真有若身在画图，尤足以赏心娱目。于是知沧海之广，泰山之高，膏粱之美，是犹六经子史之醇正博雅，而藜藿之味、西湖之山水，亦犹稗官野说之不可少，而足以消永日，娱心意也。吾友烟水散人，才优数奇，累试……（前阙）也。但彼以纪恶，此以志美，微有不同耳。余虽东海鄙儒，幸获订交韶龀。兹当剞劂告竣，敬述数言，以弁其首。幻庵居士题。

说明：上序录自康熙间刊本《梦月楼》，阿英旧藏，今藏芜湖图书馆。此本前缺内封以及序之前一部分与中间部分，有幻庵居士序，目录叶题"梦月楼目次",凡十六回,正文存前三回。正文第一叶卷端题"新镌批评绣像梦月楼情史　槜李烟水散人编次",半叶八行,行二十字。版心镌"梦月楼"回次、叶次。

　　槜李烟水散人,见《合浦珠》条。

生绡剪

小说生绡剪弁语

谷口生

夫说也者,欲其详,欲其明,欲其婉转可思,令读之者如临其事焉,夫然后能使人歌舞感激,悲恨笑忿错出,而掩卷平怀,有以得其事理之正。斯说之有功于世,而不负作者之心矣。且六经、子、史皆说也,其气意深以庄,非湛志单(殚)精,十年合户,无由得其涯际。人苟勿湛志单(殚)精,十年合户,将古今人物之态,朝野诡谲之情,与夫闺阁山林出奇无穷之人品,意外凑合之奇踪,鬼神应感之快事,卒无从观慕,而遂叹书有缺失。能大而不能小,有庙堂铮铉之声,无茅茨纤细之韵,则又文人之罪也。每感世无无衣之人,一经习服,勿忍遗忘。若夫兜罗氍毹衣其奇,金铺翠纬衣其丽,蕉葛草羽衣其朴,其有不丽、不奇、不朴,亦丽、亦奇、亦朴,则生绡是。兹剪之者将以为衣,将习服勿忍遗。且剪有声韵,尤琐琐可听。比之坐屋梁,打细腰鼓,不既多乎善乎？井天居士之以此定说也，又安在此说之非六经衙官，而子史之介绍。谷口生漫题于花幔楼中。

说明：上序录自大连图书馆藏本《生绡剪》。无内封，首《小说生绡剪弁语》，尾署"谷口生漫题于花幔楼中"。次"花幔楼批评写图小说生绡剪目次　集芙主人批评　井天居士较点"，凡十九回。第一、二回署"谷口生著"，第三回署"薋隐君著"，第四回"铁舫著"，第五回"浮萍居士著"，第六回"白迂著"，第七回"旧剑堂著"，第八回"歝园著"，第九回"一渔翁著"，第十回"不解道人著"，第十一回"钝庵著"，第十二回"瓮庵子著"，第十三回"有砚斋著"，第十四回"卷石草庵著"，第十五回"无无室著"，第十六回"不解道人著"，第十七回"抱龙居士著"，第十八回"瓮庵子著"，第十九回"薋隐君著"。次图像十九叶，第一、四叶署"徽州黄子和刻"，第二叶署"子和刻"，第七、九叶署"耀辉刻"，第十二叶署"徽州叶耀辉刻"，第十九叶"黄子和刻"。正文第一叶卷端题"花幔楼批评写图小说生绡剪"，不题撰人。半叶八行，行二十二字。版心由上而下分题"生绡剪"、回次、叶次。

珍珠舶

珍珠舶序

烟水散人

客有远方来者,其舶中所载,凡珊瑚、玳瑁、夜光、木难之珍,璀璨陆离,靡不毕备。故以宝之多者,称为上客。至于小说家搜罗间巷异闻,一切可惊可愕、可欣可怖之事,罔不曲描细叙,点缀成帙,俾观者娱目,闻者快心,则与远客贩宝何异?此予《珍珠舶》之所以作也。乃论者犹谓:"俚谈琐语,文不雅驯;凿空架奇,事无确据。"呜呼,则亦未知斯编实有针世贬俗之意矣!是何异于黄鹄云飞,而弋者犹盱衡于林薮;徽弦响变,而听者徒击节于宫商。殊不知天下有正史,亦必有野史。正史者,纪千古政治之得失;野史者,述一时民风之盛衰。譬之于《诗》,正史为《雅》《颂》,而野史则《国风》也。故夫翻云覆雨,年老寂寥,则订交乌可不慎;十载埋头,一朝释褐,则际遇各自有时。他如鬼附人船,生谐死偶,实鬼神之变幻;夜晤洞庭,诗传燕翼,乃伉俪之奇缘。至若遇魅影于花前,则端己者岂不生疑?敲木鱼于月下,则佞僧者可以为鉴。凡此种种,皆出于耳目见闻,凿凿可据,岂徒效空中楼阁,而为子虚乌有先生者哉!然则贾舡所载,不过珊瑚、玳瑁、夜光、木难,仅足供人耳目之玩而已。若夫余之所传,实堪警世,故不欲自秘而登诸梨枣。世之君子谅不有按剑斯编者矣。鸳湖烟水散人自题于虎丘精舍。

说明:上序录自大连图书馆藏抄本《珍珠舶》。此本首《珍珠舶序》,尾署"鸳湖烟水散人自题于虎丘精舍"。次"珍珠编目次",凡六卷,卷各三回,共十八回。正文第一叶卷端题"新镌绣像珍珠舶卷一　鸳湖烟水散人著　东里幻庵居士批",半叶八行,行二十字。

烟水散人,见《合浦珠》条。

醒风流

（醒风流识语）

道义之书难明，淫艳之词有损，取其易明而有益者，此小说之所由作也。阅者分明听一段白话，借彼诫此，实在于是。然则非徒悦耳目，亦足正心术。识者毋等作稗乘野史观也。

（醒风流）序

崔市道人

夫书所以记事，而美恶悉载者，使后人知所从违。故十五国风，孔子不删郑卫，盖有以也。每见读释道之书者，以多诵为功；敲鱼击磬，端坐正视，则便为至诚妙道。问所诵于义云何，茫如也。昔老僧云："诵经不解义，犹如蚊虫叮木废，木不知疼，蚊不知昧。"由是观之，诵且无益，多少何为？读儒书者，以口滑熟记为功，剿袭称博，撼拾成文，引获功名，便为效验。

余少时，得忠孝节义文数篇，喜而读之。凡三易书，秘之笥箧，爱如珠玉，因其文，重其人。越廿载，而时移事变，其人行与文违，殆不可说。余乃出其文，尽行涂抹，唾而骂之，灭之丙火。嗟乎！善读书者，盖在文字乎哉！天下之人品，本乎心术；心术不能自正，藉书以正之。天下之人不能尽有暇于书也，仁人君子忧之；忧之而思，所以旁喻曲说，俾得随意便览，庶几有益焉。于是乎有小说之作。然则作者之初心，亦良苦矣、善矣。而其弊在于凭空捏造，变幻淫艳，贾利争奇，而不知反为引导人邪之饵，世之翻阅者日众，而捻管者之罪孽日深，何不思之甚也。

壬子夏，与二三同志，啸傲北窗，追古论今，淑慝贞奸，宛在目前。笑愚蒙之昧昧，羡聪达之惺惺，于是摘所详忆一事，迅笔直书，以为前鉴。盖以天下臣不思忠，子不思孝，贪货赂而忘仁，慕冶容而用计，种种越分妄求者，授以一服清凉散也，而惟于色为甚。许允之之不嫌丑妇，盛德可师；郭元振之适牵红线，天缘非偶。醒斯理也，可以随遇而安。且问夫月下老人，所检何书，而乃贸贸以求耶。录凡二十回，旨有所归，不暇计其词句之工拙也。既成，质之同志。同志曰："是编也，当作正心论读。世之逞风流者，观此必惕然警醒，归于老成，其功不小。"因遂以名而授之梓。虽然，从来以善道教人者，劝文诫语，刊刻行世，累至千百，鲜有寓目。即寓目而未必儆心。或粘壁而尘封，或抹几而狼藉，殊负美意，良可叹息！阅是编者，幸少加意焉。崔市道人题。

说明：上识语及序录自大连图书馆藏清初刊本《醒风流》。此本内封上镌"绣像"二字，下分三栏，右栏题"崔市主人新编　二集嗣出"，中题"醒风流"，左为识语。首《序》，尾署"崔市道人题"。有"崔市"阴文、"千秋佳话"阳文钤各一方。次"醒风流奇传目次"，凡二十回。正文第一叶卷端题"醒风流奇传初集　崔市道人编次"，半叶九行，行二十字。版心上书口镌"醒风流"、回次、叶次。书末有全书《总评》曰："此书以冯畏天儆人贪欲，以程慕安破人妄想，以闰英小姐待月梅香益人智慧，以赵汝愚、梅傲雪、孟宗政、徐魁勉人修德行义，是一部正人心的衍义。此犹不足为奇，奇到书生建汗马之功,闺女献平戎之策,婚姻事有求之不得,却之不可之妙,变幻到极处,读之令人忘忧。"

崔市道人、崔市主人,殆即同一人,"崔市"即"鹤市",故或谓即褚人获,王晫《文苑异称》曰人获别号鹤市石农,褚氏《隋唐演义》题"长洲后进没世农夫汇编　吴鹤市散人鹤樵子参订",没世农夫、鹤市散人即褚人获的两个别号。然只是一种推测,并无实据。

飞花咏小传

飞花咏序

天花藏主人

原夫春之为春,气虽和淑,必至花香柳媚,而始见其为春之艳;秋之为秋,气虽鲜新,亦必至月白天青,而后知其为秋之清。故蛾眉皓齿,莫非美人也。虽未尝不怡耳悦目,亦必至才高白雪,情重阳春,而后飞声闺阁,颂美香奁,倾慕遍天下也。虽然,才高情重固难,而颂美飞声亦正不易。设幽兰秘之空谷,良璧蕴之深山,谁则知之?此桃源又赖渔父之引,而渔父之引又赖沿溪之流水桃花也。因知可悲者颠沛也,而孰知颠沛者正天心之作合其团圆也。最苦者流离也,而孰知流离者,正造物之婉转其相逢也。

疑者曰:大道既欲同归,何不直行,乃纡回于旁蹊曲径,致令车殆马倾而后达,此何意也?尤乃多事乎?噫,非多事也。金不炼,不知其坚;檀不焚,不知其香;才子佳人不经一番磨折,何以知其才之愈出愈奇，而情之至死不变耶。故花不飞，安能有飞花之咏？不能有前题之飞花咏，又安能有后之和飞花咏耶？不有前后之题和飞花咏，又安能有相见联咏之飞花咏耶？惟有此前后联吟之飞花咏，而后才慕色如胶，色眷才似漆，虽至百折千磨，而其才更胜，其情转深，方成飞花咏之为千秋佳话也。譬之春而花香柳媚，喻诸秋而月白天青，岂不较析之即克之呆斧柯，鼓之即调之痴琴瑟，而更饶展转反侧之情态耶。设父母有命，媒妁有言，百两而去，百两而来，不过仅完其红丝之公案，而锦香里之佳联不几埋没乎？凤园芍药之深盟将谁与结乎？总戎与司李之求婚死不变心，于何而见乎？则是幽香同于野草，良璧不异顽砖，将见佳人才子竟与愚夫妇等矣，岂不大可痛心也哉！噫！知此痛心，则知颠沛流离之成就昌男端女者不浅矣。读之勿悲而喜可也。天花藏主人题于素政堂。

说明：上序录自本衙藏板本《飞花咏小传》。原书藏大连图书馆。此本内封题"古本精刊""飞花咏""本衙藏板"。首《飞花咏序》，尾署"天花藏主人题于素政堂"，有"万花藏主人"阳文、"素政堂"

阴文钤各一方。次"新镌批评绣像飞花咏小传一名玉双鱼目录",凡十六回,实无绣像。正文卷端题"新镌批评绣像飞花咏小传一名玉双鱼"。每叶八行,行二十字。版心镌"飞花咏"、回次、叶次。上海古籍出版社据日本浅草文库本影印,未见内封。其馀版式行款与大连图书馆藏本同。

天花藏主人,真实身份、生平事迹待考。

锦疑团

锦疑团序

天花藏主人

天下事，认是还非，道无恰有。无论明日阴晴，即眼前蕉鹿，亦虚似蜃楼，暗如黑漆。此疑之为疑，所以结聚而成团也。惟疑成团，故细心如发之人，自以为洗青双眼，谛看实际，决不妄凭两耳邮递虚声，亦可谓之至慎矣。孰知至慎正至，疑之所蓄，此金不倚，一片精心，偏不明不白，而莽莽作窥帘之燕，虽所闻大非所料，自悔去来孟浪，然此不过西子湖头之一事耳。岂天下事尽属荒唐，全无的确耶？奈何一经纰缪，便认事事皆入糊涂，故至阜城传才传美，任说者历历津津，亦但惊惊喜喜而不敢深信，何也？盖惩前之误也。既惩前误，则径行可也，又奈何殷勤访问，恐失之当前，复草草匆匆，必欲入园一探？此皆慎之至，所以前疑未释，而后疑复生也。及读琴台诗，疑其无者，忽又疑其有，而心死一班，思窥全豹矣。却妙在寤寐之楼门紧闭，令其痛不及抚，痒不能搔，而此时之梦魂又早日傍香奁跻踌欲疑之一案，徒费揣摩，毫不济事。而金不倚坐此，所以朝猜夕划，而劳苦身心于无已也。直至金石同心，参明肺腑，方悟慧性芳心，必出之琼肤玉貌，而甘拜下风也。事至此，一天之疑，可谓全释矣。不意悄悄相关，惊闻他人前事之误，检点自身后事之疑，复弄伪情以探真好，金不倚身在疑外，尚百计而撺入疑中，何况以疑为沿路之桃花，安能不步步趋承，而将有作无，以非为是，而究竟不知桃源何处，此败局也。犹幸眼……（中缺一叶）康熙壬子（十一年）夏日，天花藏主人漫书。

说明：上序录自阿英旧藏之本衙藏板本《锦疑团》，原本藏芜湖图书馆，内封三栏，第一栏空，第二、三栏分题"锦疑团""本衙藏板"。首《锦疑团序》，尾署"康熙壬子夏日天花藏主人漫书"，有"天花藏主人"阳文、"素政堂"阴文钤各一方。"犹幸眼"二字后有缺叶（最少缺一叶）。目录叶题"新镌错错认锦疑团小传"，凡十六回，残存八回。正文卷端题"新镌错错认锦疑团小传"，半叶八行，行二十字，版心镌"锦疑团"、回数、叶数。

　　天花藏主人，真实身份、生平事迹待考。

麟儿报

麟儿报序

天花藏主人

人之涉世,欲取功名富贵,莫不贵乎能文,然而刘蕡不第;莫不贵乎善武,然而李广难封。此中得失,似别有主之者。惟其有主,故营求百出,攘夺万端。无论搏沙捕影,徒劳智计,即侥幸于始,亦必沦丧于终,安能获悠久自然之享?若然,则富贵功名,究将谁属?吾见香山发还带之裴,竺桥付渡蚁之宋;埋枯骨,开八百之基;哀王孙,获千金之报:此俱不过一念之仁耳,而善念动天,早已锡福于无穷矣。

请论之:廉老一穷夫妇也,推其愿,衣食饱暖足矣,幸生豚犬,免为独夫足矣,何暇作白屋公卿之想?即勖之曰为善降祥,亦不敢以一蔬一饭之小惠,而妄思其厚报。孰知德不在大小,贵乎真诚。真诚则己饱而念人之饥,己暖而念人之寒,不待来求,而先为之心动,纵使无力,亦为之不倦。此其心何心?天高地厚之心也。此其量何量?民包物与之量也。有此心量，虽对之圣贤而不惭，质之鬼神而无愧。即暗然一室，而理之所在，必感必通，何况恰恰逢仙，安有不明承其指点，暗示其机关，以广上天锡善之旨，而不忍令为善付之空言也。故沟渠老蚌，一旦生明月之珠；破枥小驹，千里逞渥洼之骏。至于幸尚书之巨眼，迥异尘僚；幸小姐之幽贞，超迈闺秀。忽被斧柯作恶，遭逆命，不得已妆男私奔；迫穷途，没奈何就女成婚。其中隐藏慧识，巧弄姻缘，按之人事，无因无依，惊以为奇；揆之天理，皆从风雪中来，信其不爽。嗟嗟！天心甚巧，功名富贵，不能加于无文无武之庸老，乃荣其子以荣其父母，所以谓之《麟儿报》也。处世者，必乐览于兹编。时康熙壬子（十一年）孟秋月，天花藏主人题于素政堂。

说明：上序录自清康熙十一年序刊本。此本原藏大连图书馆等。未见内封，首《麟儿报序》，尾署"时康熙壬子孟秋月，天花藏主人题于素政堂"。次"新编绣像批评小说麟儿报目录"，凡十六回。次图像八叶，十六幅。正文第一叶卷端题"新编绣像篆新小说麟儿报"，不题撰人。半叶八行，行二十字，写刻，刻印颇精，版心由上而下分镌"麟儿报"、回次、叶次。此书版本甚多,如啸花轩本、集古居本、经国堂本等。集古居本改题《葛仙翁全传》,文字亦多删节。

天花藏主人,真实身份、生平事迹待考。

生花梦

（生花梦序）

青门逸史石仓氏

古人何以立言也？曰：屈原夫妇喻君臣，宋玉神女讽襄王，皆以寓托也。《生花梦》何为而作也？曰：予友娥川主人所以慨遇也，所以寄讽也，所以涵泳性情、发抒志气，牢骚激昂，淋漓痛快，言其所不能言，发其所不易发也。

主人名家子，富词翰，青年磊落。既乏江皋之遇，空怀赠佩之缘；未逢伯乐之知，徒抱盐车之感。而以其幽愫，播之新声，红牙碧管，固已传为胜事矣。迨浪迹四方，风尘颠蹶，益无所遇。惟无遇也，顾不得不有所托以自讽矣。然则，何为曰，吾欲有其遇而不得即遇，姑为设一不即遇而终遇者，用自解焉。予因叹曰：斯言也，发乎性，入乎情。钟情在吾辈，主人殆有独深者乎？盖遇也，缘也；不遇也，天也。夫既不遇，安必其有所遇？既不即遇，又安必其终遇哉？要之，均非人之所可必也。何也？皆缘为之，实天为之也。此《生花梦》之所由作也。

康梦庚，才士也。丰采如霞，肝肠若雪。问春风于兰桡曲渚，梦莺花于紫陌红楼。方青眼幸投，红丝凤绾，而又载沉载浮，天涯辗转。于姻缘，固既遇而不即遇；于功名，则不遇而终遇者。岂天下事，大率无意而得，着意而失耶？贡、冯二女，才而贤，情而侠，更能颠倒豪杰，屈服须眉，虽蛾眉状元，红粉博士，何足拟之。然皆将合忽离，既得复失，遂至绿林埋艳，而红袖销香，岂非始遇而转不即遇？追伊人邈止，互屈貑貅。夫妇而友朋，祧裳而兄妹，雌雄郎舅，巾帼夫妻。方惊欢之靡定，而好合之末繇。至玉面归诚，铁衣变相，始云和双抱，两弦并调，又岂非不遇而终遇哉？天靳于前，缘成于后，萑苻之焰既熄，婵娟之气犹新。儿女情长，英雄气短，良可慨与！独是两奇女而康生卒兼有之，宜乎天之初妒，缘之始啬，艰难险阻，颠倒漂摇，迟之久而终乃合也。是编也，或写主人之慨遇也，或以是寄讽耶？抑言其所不能言，发其所不易发耶？俱不可知。而第以挽回人心，维持世化，寓幻于侠，化淫为贞，独创新裁，别开生面，又岂与裨（稗）官家言所可同日而语哉。故牢骚激昂，淋漓痛快，俾读是编者，无不可以涵泳性情，发抒志气，虽莫能禁人人之不慕其遇，而独不遽许人人之遂有其遇也。予与主人居同里，长同游，又同有情癖，知主人者深，故言之特真且至耳。他若屠氏之暴恶，俞四之知恩，钱鲁之骄奢，殳勇之贪横，与夫贡鸣岐、邢天民、葛万钟之长厚，未必非各有所指，而无如主人之不予告也。

书成，属予名编。予评点之馀，叹其笔墨之妙，曲折变幻，如行文家，有虚实，有顿挫，有开阖，有照应，峰断云连，波平波起，空灵敏妙，几于梦笔生花矣。何花非梦，何梦非花，请颜之曰：《生花梦》。时癸丑初冬，古吴青门逸史石仓氏偶题。

（生花梦跋）

齐如山

此书不见著录，亦不著撰人，只题"古吴娥川主人编次"，按，主人为康熙间人，所编小说颇有几种，如《世无匹》《炎凉岸》皆是。凡主人所编，皆有古吴青门逸史评点本。书前有青门逸史序，并题"本衙藏板",且有"二集嗣出"字样,通体写刻皆工,当系原刊本。惟不知所谓"二集"者,是否即《世无匹》《炎凉岸》,抑尚有他种耳?民国三十三年冬,齐如山书于表背胡同之有舍斋。

说明:上序录自哈佛大学藏本衙藏板本《生花梦》。此本内封上镌"古今中外",右题"□□□□(娥川主人?)编次",中题"生花梦",左题"二集嗣出　本衙藏板",首《序》,尾署"时癸丑初冬,古吴青门逸史石仓氏偶题",有"青门逸史"阴文、"石仓"阳文钤各一方。次,"新说生花梦奇传目录",凡十二回。正文分元、亨、利、贞四集,第一叶卷端题"新说生花梦奇传卷一　元集　古吴｜娥川主人编次　青门逸史点评",半叶八行,行二十字。版心由上而下,分题"生花梦"、回次、叶次、集次。写刻。书后有齐如山跋,尾署"民国三十三年冬,齐如山书于表背胡同之有舍斋",有"宗康"阴文、"齐如山"阳文钤各一方。齐如山原藏,今归美国哈佛大学图书馆。书之第一回有"这节事不出前朝往代,却在康熙九年庚戌之岁"语,知书出当在康熙九年之后,则序所署"癸丑"的上限应为康熙十二年。

娥川主人，真实身份、生平事迹待考，尚有小说《世无匹》《炎凉岸》；据序，似还有戏曲一类作品。

青门逸史石仓氏，真实身份、生平事迹待考。

世无匹

世无匹题辞

学憨主人

士君子得志于时,翱翔皇路,赞庙谟而修明国典,名闻于当时,声施于后世,幸矣。设不幸而赍志以老,泉石烟霞,为僚友君臣;山林风月,为经纶事业。时而俯仰盱衡,怀抱莫展。或借酒盏以浇魂礧,或藉诗简以舒抑郁,甚至感愤无聊,弗容自已,则假一二逸事,可以振聋聩、挽凋敝者,为之描声而绘影。笔舌之间,情事曲传,令有心者读之,怒可喜,喜可怒,醉可醒,醒可醉,生可死,死可生,观感触发,有莫知其然而然者,斯果何氏之书欤?要亦不得志于时者之所为也,宁得稗史目之乎?请观其命名曰《世无匹》,标其人干白虹,彼所寄托,已约略叫睹矣,又何庸询其人之有与无并其事之虚与实哉!虽然,览其首尾,意在言外,吾得以两言断之曰:有干白虹,而天下事何不可为?有干白虹,天下正复多事,赖有恩怨释然。一瓢长醉数语,可以化有事为无事，总风云万变，仍是长空无际。即书中伦常交至，祸福感召，又能惩创逸志，感发善心，殊有风人之旨寓乎间，此书之有裨于世道人心不少。即曰稗官野史，亦何不可家弦而户诵。学憨主人书于桃坞之征兰堂。

　　说明：上题辞录自金阊黄金屋梓本《世无匹》。此本原藏大连图书馆。内封上镌"簇新野史"，下分三栏，由右向左分题"现身说法者评""世无匹""五伦全备　金阊黄金屋梓"。首《世无匹题辞》，尾署"学憨主人书于桃坞之征兰堂"。次，"新刻世无匹奇传目录　古吴|娥川主人编次　青门逸史点评"。凡四卷，标风、花、雪、月四集，十六回。正文第一叶卷端题"新刻世无匹奇传卷一　生花梦二集""古吴|娥川主人编次　青门逸史点评"。半叶八行，行二十字。版心由上而下分镌"世无匹"、回次、叶次、集次。写刻。

　　娥川主人，真实身份、生平事迹待考，尚有小说《生花梦》《炎凉岸》，《生花梦》谓"二集嗣出"，此书未知是否其二集？据序，似还有戏曲一类作品。

　　青门逸史石仓氏，真实身份、生平事迹待考。

赛红丝

赛红丝序

天花藏主人

月老一人耳,而金莲赤舄遍天下,安能尽絜才矩貌,审姻察缘,而一一蒂挽之,不令孤衾独枕生怨旷之悲?设或不然,则红丝之说,无乃渺茫乎?然窥东邻,凿西壁,多情之彩笔,偏不能画有意之蛾眉;径未经,道不识,而无主之玄霜,反留付倘来之玉杵。见者惊,遇者喜,则此中有似乎非偶然所能侥幸者;彼正需,此恰有,则其间又似乎是特然而成作合者。此谁主之,而又谁使之耶?明虽不露一痕,而暗实迂回曲折,令千缣万缕,散作离合悲欢,以成人伦之美意。则老人一片热心,几与造物同功,又安可以书生偏见,疑疑似似,而一味抹杀耶?虽然,婚姻嘉礼也,尽秾马河洲、桃夭百两,未为不可。奈何鹊巢往往鸠夺,黄里每每绿衣。或且诡温家之玉镜,或且逗卓氏之琴心,甚至逾越奔淫,呈室家之丑,红丝不几多事乎?孰知丝非蚕口物,红非茜水姿。以系言功，故托丝为名；以喜成事，因借红作色。而细究其红丝本体，则别自有妙。鼓钟白屋，不讳沤麻；琴瑟朱门，何殊濯锦。非炎凉也，大都世事无端，人情莫测，不得不因其所至，而尽其所至之妍媸，岂多事哉。盖婚姻自婚姻，而性情自性情，有不得不恩而怨，怨而恩，生而死，死而生，以杂绘世事人情之态者。如不然，请观之《赛红丝》可也。天花藏主人题于素政堂。

说明：上序录自本衙藏版本《赛红丝》。原本藏大连图书馆。内封三栏，由左向右分题"天花藏秘本""赛红丝""本衙藏版"。首《赛红丝序》，尾署"天花藏主人题于素政堂"。次，"新镌批评绣像赛红丝小说目录"，凡十六回。正文第一叶卷端题"新镌批评绣像赛红丝小说"。实未见有绣像，也未见有批评。半叶八行，行二十字。版心书口镌"赛红丝"、回次、叶次。写刻。另有法国巴黎图书馆、北京图书馆藏本。

人间乐

人间乐序

锡山老叟

小言何为而作也？稽古，诗变为歌，歌变为词，词变为曲，曲变而为小言之说，如戏本之传奇，以供人之悦乐也。窃见人寄居寰宇，忧愁烦恼之事多，欢喜开颜之处少。试观髫年弱冠，乐而不知其为乐。及其立也，在于朝，惟虑任之不职；在于野，惟恐水旱之灾侵；在于市，惟恐有算之不精。如是忧恐终日，焦劳而无瞬息之欢，抑郁一生而已。间有高旷之士，寻花问柳，登岭步溪，曲水流觞，烟霞笑傲，此乃富贵利达之乐而乐之，闾阎之辈，绝不可及。是以先辈作演对跳舞，以诱人乐。及于后，填词聿兴，各抒绣锦，调叶宫商，构成全折，而有生、旦、丑、净、外、末。奸邪毕肖，风雅天生。临场发笑，视听神怡。散半日之忧愁，消竟夜之闷积。然而赏名花，涉溪岭，肩舆乘骑，挈友携童，所费不赀；优伶一折，无论邀朋，即使室家馈肴，数金弗致。是以曲变小言，无不肖戏本之流。传梨枣以供散忧愁，捐烦恼，价廉不费。置放案间，香可焚而焚，茗可啜而啜，醪可饮而饮。开卷而观，则见落花水面，尽是文章；曲画淡描，无非趣语。有俾（裨）于人，不无小补。而奈何近作，半入淫词，半沦秽亵，使听阅而有易淫之淫荡，不啻销魂，步武心正，而能知其散场结局之作，何等而有贤愚之分矣。若夫风流蕴籍，共睹《关雎》，问召二南，乐偕家室，则是编也，而近似之矣。题曰《人间乐》，阅者自知其趣也已。锡山老叟题于天花藏。

说明：上序录自本衙藏板本《人间乐》。此本内封上镌"天花藏主人著"，下分三栏，右栏题"新镌小传"，中题"人间乐"，左题"本衙藏板"。首《人间乐序》，尾署"锡山老叟题于天花藏"。次，"新镌批评绣像锦传芳人见乐目次"，凡十八回。正文卷端题"新镌批评绣像人间乐"，实际并未见绣像。半叶八行，行二十字。版心单鱼尾上镌"人间乐"，下镌回次、叶次。此书原为齐如山所藏，现归美国哈佛大学图书馆。上海古籍出版社影印行世。此书版本甚多，另有宝纶堂本，此本内封上镌"潇洒文章"，下分三栏,右题"天花藏编次",中题"人间乐",左题"宝纶堂梓行"。次"人间乐目次",凡十八回。正文第一叶卷端题"人间乐卷之一　天花藏主人著",半叶十行,行二十二字。版心单鱼尾上镌"人间乐",下镌回次、叶次。无序跋。原本藏大连图书馆。

(人间乐序)

古吴子

天下惟爱才者能慕才,亦惟爱才者能怜才。然欲缕述慕才之迹,曲传怜才之心,直抒爱才之见,剀切详略,曲折委转,能使爱才者、慕才者、怜才者性情事实起伏于笔尖,写得惟妙惟肖,所谓有笔才也。余尝于诗酒之暇,往往以稗官野史自娱。才子也,佳人也,所叙离合悲欢之事,动多鄙琐龌龊之谈。今阅《人间乐》一书,不蹈人云亦云之辙,而文言道俗中,仍参以经典。才子之乐不害于雅,佳人之乐不失其正。文人韵士,乐得而观之。人间有此事,莫过于此事之可乐也;人间有此书,莫甚于此书之可乐也,则余岂不乐而为之序?光绪十九年菊月上浣,古吴子识。

说明:上序录自光绪十九年上海居士石印本《人间乐》。转录自丁锡根《中国历代小说序跋集》。

锡山老叟、古吴子,真实身份、生平事迹待考。

玉支玑

《玉支玑》序

梦庄居士

予出门久,历事多,见情田之反复,尝世味之酸咸,未尝不叹人心之狡诈,愈出愈奇。每欲借端一绘世态之炎凉,而未果。今弹铗已归,藏刀不用,昼长无事,正欲觅端作遣。适客来携一卷小说示予,披而览之,见其所言,类亦嫉世情之变幻,有所因而言之也。予惜其卷帙散失不全,十存六七,不禁触动畴昔之怀,见猎喜心,因而补成之。其中虽有更换,然亦因其所因而因之。是述也,非作也。客见而哂曰:"汝本因人成事之流,姑且莫论。但汝尽将书中人之姓名编为诡异,何也?"曰:"是犹《红楼梦》之甄士隐、贾雨村、渺渺真人、空空大士之意云耳。亦述也,非作也。"客又曰:"汝又指为无稽之外国事何居?"曰:"子不见《镜花缘》舍内地而专言外国乎?是宗也,非创也。总而言之,是卷皆窃比也。"客掀髯笑曰:"汝既以老彭为师,吾亦不以小疵相责。汝可将此书送交第一关之琅琊先生一看,以作喷饭。"予笑而诺之。录其问答以弁首。咸丰五年六月中旬,梦庄居士撰于十二室南窗下。

琅琊曰:观此序,笔情□(跌)宕,手法自成,虽未窥全豹,而先考一斑,已自引人入胜矣。

说明:上序录自清十二室藏板本《双英记》,亦题"方正合传",凡十二回,为《玉支玑》的一个节本。题"清河氏孟庄居士著　琅琊先生评点"。首序,尾署"咸丰五年六月中旬,梦庄居士撰于十二室南宿下"。转录自丁锡根《中国历代小说序跋集》。

画图缘

画图缘序

天花藏主人

缘者,天漠然而付,人茫然而受者也。虽若无因,而忽生枝生叶,生花生果,凑合成树,又若一丝一缕,有因而不乱者,此其所以为奇,所以为妙,不得不谓之缘,而归之天也。因思裴航之玉杵琼浆,崔护之桃花人面;江皋之赠,实出无心,溪水之逢,何尝有意;红拂女之怜才而奔,乐昌主之破镜复合;甚至明妃之奇艳惊人,而青冢埋愁;蔡女之慧才绝世,而胡笳写恨。怜之而不能生,怨之而不能死,萃之而不能合,拆之而不能离。使非缘出于天,安能一日终身,眼前千里,若呼应之毫发不爽耶!由此观之,则缘非无因,特因之来去甚微。且人之耳目不细,心思不精,不察其来之为来,去之为去,故茫然受领,而谓之无耳。惟有而若无,所以天颠倒之以为奇,仙指示之以为妙,而人疑疑惑惑、惊惊喜喜,于奇妙中而不知奇妙之所在。但睹美影而生欢,聆恶声而思惧,稍缠绵则相思,略参差则惊怪,究不知缘之作合有如斯。惟不知缘之作合,而缘之作合所以为缘也。

每思花天荷,浙之书生耳,纵封侯有骨,瘄寐有怀,亦未必思倚粤天之长剑,画闽月之蛾眉,乃画图一赠于天台,而魂梦遂飞于东莞,此岂由人哉!至于由广而闽,由闽而柳园,由柳园而青云蓝玉,直树之生枝生叶,生花生果,次第而见耳。使此中无缘,而缘不出于天,则自粤而闽,闽不过半途耳,非驻足之地,何心而窥及柳园?即窥柳园,柳园又非邮亭也,岂盘桓之所,又何心想遇青云?青云且不可想,何况蓝玉?又梦想不到者,乃丝丝缕缕,凑合成姻。此缘之所以为妙,天之所以为奇,予所以流览低回而不忍去。心因谱其有因而若无因,以见情之所触,动人实深;恩之所及,感人殊切;才美之所眷恋,又关人不浅也。惟情动人,恩感人,才美关人,故萝牵菟引,婉转将迎,几不知性命死生,又安问缘?惟不问缘,而缘之所以为妙,天之所以为奇也。由此论之,缘实有因者也。有因而无据,故不敢谓缘。不敢谓缘,遂并天意而失之。失天意而妄求之,故苟且贻闺阁之羞,邪野成夫妻之辱,而名教扫地矣。及名教扫地,乃归罪曰此缘也,岂不冤哉。嗟嗟!缘出于天者也,夫岂不正?特人心不正,委之缘耳。故以此表之,使世知缘未见,而画图先见。天虽漠然付之,而实有不漠然者在,则缘之为缘可知矣。天花藏主人题于素政堂。

说明:上序录自大连图书馆藏本《画图缘》。此本无内封,首《画图缘序》,尾署"天花藏主人题于素政堂",有"素政堂"阳文、"天花藏主人"阴文钤各一方。次"新镌评点画图缘小传目录",凡十六回。正文第一叶卷端题"新编绣像画图缘小传",实无绣像。半叶八行,行二十字。版心由上而下分镌"画图缘传"、回次、叶次。写刻,刻工甚精。

花田金玉缘序

临湖浪迹子

稗官小说,由来旧矣。或写桑中之约,尽意绸缪;或传淇上之游,任情点缀。男欢女爱,愈出愈奇。务使阅者神驰,闻之魄荡,而况情窦初开之子、破瓜待字之娃,睹此奇离,致逾防范,伤风败俗,尚堪问乎？昨友由粤携来《花田金玉缘》一书，问序于予。披读之下，见其词皆正雅，虽其中有花下怜才、灯前酬句等事，而要皆得《关雎》乐而不淫之旨。即赖学霸以奸刀（刁）之才，滥竽儒教，鱼肉乡邻，迨后境遇坎坷，亦能悔祸，立功疆宇，得享馀年，孰谓苍苍者无曲直哉？因代立数言于编首，以为后世劝。临湖浪迹子题。

说明：上序录自石印本《花田金玉缘》。实即《画图缘小传》之异名。此本内封题"花田金玉缘"，首《花田金玉缘序》，尾署"临湖浪迹子题"。次总目，凡四卷十六回。复次绣像四叶。正文第一叶卷端题"绘图花田金玉缘卷一"，半叶十七行，行四十字。版心单鱼尾上署"花田金玉缘"，下署卷次、回次、叶次。

两交婚

续四才子两交婚序

天花藏主人

同此大冶赋姿,独津津于一二人、三四人,而谓之佳,谓之美,则须眉而外,当必有秀骨妍肌,出幽阁之类,拔香闺之萃者也。故笑实堪憎,颦尤可喜,为人所欣慕耳。虽然,此犹佳美于耳目,而销一时之魂者。至于窃天地之私,酿诗书成性命,乞鬼神之巧,镂锦绣作心肠,感时吐彤管之隽词,触景飞香奁之警句,此又益肌骨之荣光,而逗在中之佳美者也。故远山之眉,有时罢笔,而白头之句,无今古而伤心。以此知色之为色,必借才之为才,而后佳美刺入人心,不可磨灭也。不然,则蛾眉蝤首,世不乏人,而一朝黄土,寂寂寥寥,所谓佳美者安在哉?故深心慧性人,悟色衰爱弛,病稍减容,即蒙帐中之被,而不令人土见。若《咏雪》《回文》,仕白骨销沉而香名愈烈,则此中之所重,不昭然有在乎?故夸张其色,往往附会其才,以高声价。孰知色可夸张,而才难附会,何也?红颜已逝,即妄称落雁沉鱼,亦有信之者,无可质也。至若才在诗文,或脍炙而流涎,或哕心而欲呕,其情立见,谁能掩之?始知性情之芳香,齿牙之灵慧,出之幽而幽,出之秀而秀,种自天生,不容伪也。彼轻视佳美者,以为一借闺妆,便足倾城倾国,遂莫须造事。乌有生人,欲以嬷姆而捉西子之刀,不几令寒酸之攒眉想,竟付作伛偻之捧腹资耶?不独牙酸齿冷,且令对镜之花,照潭之月,一例坐于疑团,乌乎可也!虽然,无伤也。花纵未开,必不类草;月虽不满,亦异于星。安可因鱼目取讥,而遂令照乘之珠,不辉辉于天下哉!况自古才难,何容秘美。故于《平山冷燕》四才子之外,复拈甘、辛《两交婚》为四才子之续。虽地异人殊,事非一致,时分代别,情属两端,然东西岱、华,霞霭遥联,南北女、牛,杼犁相望。虽非有意扳援,而实未尝不无心映藉也。若二书儒雅风流,后先占胜,诗词情性,分别出奇,实有谓之佳,谓之美,逗才色于大冶之外,而前不容湮,后不可没,又安得不顾盼而啧啧称其为相续也哉!若婚何以交,交何以两,则佳美之才色互相柯斧也。读之自见,兹不复赘。

天花藏主人题于素政堂。

说明：上序录自本衙藏版本《两交婚传》。此本内封分三栏，右栏题"续四才子书"，中题"两交婚传"，左下方题"本衙藏版"。首《续四才子两交婚序》，尾署"天花藏主人题于素政堂"，有"万花藏主人"阳文、"素政堂"阴文钤各一方。次"四才子续集两交婚传目录"，凡十八回。正文卷端题"新编四才子二集两交婚小传"，半叶八行，行二十字，写刻。版心题"两交婚传"、回次、叶次。原本藏大连图书馆。

序云："故于《平山冷燕》四才子之外，复拈甘、辛《两交婚》为四才子之续。"则序作者即书作者，亦即《平山冷燕》之作者。

（两交婚）叙

墨庄老人

天地之有风雨露雷，离合变幻，顷刻不可窥测，亘古为然；而人于成形以后，造端夫妇，以全穷通得丧，不过一大梦，亦犹天地之风雨露雷也。设非成事之后，握管追记，其始若何，其中若何，其既若何，又孰从而知之？然而，不可诬者，理也。不可易者，数也。不可强者，命也。皇天阴骘，下民厥居，其早相协矣。友人制就是传以相示，余于暇时，统览其生平之显晦，夫妇作合之良缘，两两相随，亦可知其冥冥中所主宰也。因欲寿诸梨枣，殆将以为后之览者，释然于事有不必过谋、共相安于自然者观感之藉也乎。是为叙。墨庄老人书于绿野山房。

说明：上叙录自枕松堂本《两交婚》，此本内封右栏题"步月主人著"，中题"绣像两交婚"，左栏题"枕松堂梓"。首《叙》，尾署"墨庄老人书于绿野山房"。次"两交婚目次"，凡四卷十八回。正文第一叶卷端题"两交婚卷之一"，每叶十行，行二十二字。版心单鱼尾上镌"两交婚，下镌卷次、回次、叶次。原本藏法国巴黎国家图书馆。

墨庄老人，真实身份、生平事迹待考。

（续四才子）叙

书不经，非书也；言不经，非言也。传奇小说，非以风花雪月荡摇心志，即以荒唐□（渺）杳吓人见闻。惟《四才子》一书,有《平山冷燕》以诗酒奇逢,天然巧合开之于前,使才子佳人,襟怀各遂,虽多委曲缠绵,然义正词严,不事半点污亵。今复续以兹编,与《平山冷燕》后先辉映。其笔情豪爽,真有甘如饴、辛若桂。刁者罔自用其刁,暴者终难恃其暴。且确确可凭,令观者飞(飞前疑夺一"眉"字)目舞,心悦意□,岂仅足供消闲云尔哉。

说明:上序录自一坊刊本《续四大才子》,即《两交婚》,原本藏南京图书馆。未见内封。首《叙》,也不见署撰人。次"续四才子目次"。凡四卷十八回。正文第一叶卷端题"续四才子卷一"。版心单鱼尾下镌卷次、回次。另有清光绪二十四年石印本,题《玉觉禅序》,尾署"光绪甲午仲夏,浃江钓徒书",文字则基本相同,丁锡根《中国历代小说序跋集》有录。

定情人

定情人序

素政堂主人

尝观《中庸》,原天于性。孔子从欲于心,则似乎人身之喜怒哀乐,一心一性尽之矣,何有于情?孰知宇宙中,在天有风有月,在地有山有水,在草木有花有柳,在鸟兽有禽有鱼,在居室有玉堂有金屋,在饮食有醇酒有肥甘,在四时有春夏秋冬,何一不含香吐色,何一不逞态作姿,以为动情之物?情一动于物,则昏而欲迷,荡而忘返。匪独情自受亏,并心性亦未免不为其所牵累。故欲收心正性,又不得不先定其情。虽然,情岂易定者耶?试思情之为情,虽非心而仿佛似心,近乎性而又流动非性,触物而起,一往而深,系之不住,推之不移,柔如水,痴如蝇,热如火,冷如冰。当其有,不知何生;及其无,又不知何灭。夫岂易定者耶!矧撼其定者,又不独风月山水、花柳禽鱼种种之物而已。更有若蟠首蛾眉之人,花容月貌之人,粉白黛绿之人,则又情所最钟，而过于百物者也。情既钟于是人，则情应定于是人矣。不知其人之美不一，则情之定于其人其美者亦不一。文君眉画远山，相如之情宜乎定矣，奈何一瞬忽又移于茂陵之女子；飞燕娇倚新妆，汉王之情宜乎定矣，奈何片晌而又移于偏宫之合德？此岂相如、汉王之情不定哉，亦文君、飞燕之人之美，不足以定其情也。故班姬有纨扇之悲，唐诗有但保红颜之句。噫！此甚言情之不定而感深矣。然则，情终不可定耶？非然也！风不波则水定，云不掩则月定。情有所驰者，情有所慕也。使其人之色香秀美，饱满其所慕，则又何驰？情有所移者，情有所贪也。使其人之姿态风华，餍饫其所贪，则又何移？不移不驰，则情在一人，而死生无二定矣。情定则如铁之吸石，折（拆）之不开；情定则如水之走下，阻之不隔。再欲其别生一念，另系一思，何可得也。虽然，难言也。眉不春山，则春山必饶黛色而消人魂；目不秋水，则秋水必馀俏波而荡人魄。体态不花妍柳媚，则花柳必别开芳菲而逗人心；言语不燕娇莺滑，则莺燕必更出新声而撩人意。将又使一片柔情，如落花飞絮。是谁之过欤？因知情不难于定，而难于得定情之人耳。此双星、江蕊珠所以称奇足贵也。惟其称奇足贵，而情定则由此而收心正性，以合于圣贤之大道不难矣。此书立言虽浅，而寓意殊深，故代为叙出。素政堂主人题于天花藏。

说明：上序录自本衙藏板本《定情人》。此本原藏大连图书馆，内封三栏，由右向左，分题"精刊古本""定情人""本衙藏板"。首"定情人目录"，凡十六回。次《定情人序》，尾署"素政堂主人题于天花藏"（上海古籍出版社影印本《序》与目录顺序颠倒）。正文第一叶卷端题"新镌批评绣像秘本定情人"，不题撰人，亦未见绣像批评。正文半叶八行，行二十字，写刻。版心上镌"定情人"，中镌回次，下镌叶次。

梁武帝西来演义

（梁武帝西来演义识语）

绍裕堂主人

本堂《梁武帝传》一书，绘梓流通。据史立言，我得我失，不出因缘果报；引经作传，西来西去，无非救度慈悲。英雄打破机关，便能立地成佛；达士跳过爱河，即可豁然悟道。识者自能鉴之。绍裕堂主人识。

梁武帝西来演义序

天花藏主人

天下事本无也，日出云生，忽而有之，既有矣，水流花谢，忽而无之，此理又何故耶？予深思而得之：盖释家所谓因缘也。惟此因缘故，梦幻泡影，虚虚实实，恩恩仇仇，牵缠而成世界。大而帝王，小而名利，彼争此夺，前去后来，非礼乐，即干戈，纷纷不已，攘攘无休。静观之，甚无谓也。然当其纷攘之际，竭性命之精，疲筋骨之力，自以为英雄豪杰，具于此功名富贵，铭之钟鼎。无奈才一转眼，而赤电光销，黄粱梦熟，从前辛苦，毫无所用，此果谁之多事耶？大都叶叶枝枝，花花果果，自为开落耳。设非因缘，则西方南国，萍聚无由也。虽然，兴亡得丧，自关理数，岂尽因缘？试一思之，尧忽而舜，舜忽而禹、汤、文、武，放勋文明，征诛揖让，次第相承，因缘何尝不在？但此乃上古大圣人出圣入神之事，有亦无，无亦有，不敢妄加测度。至于后世若梁武帝者，来有空花之迹，去留幻影之踪，因因缘缘，果果报报。郗后生前结苗氏之冤，死后受蟒蛇之报；沈约为恶于阳，阴遭帝谴；和帝吞声，托侯景吐气。去来若悟，点滴无羌，莫非理数，莫非因缘，莫非果报。其中良师良将，应运辅主，惊奇特异，汗马功勋，以及梁武事业，或载之史鉴，或载之《金陵志》，或杂于六朝纪事，或出于梁武诗集中，或杂于藏经语录内，或出稗官野史，皆散漫而无绪。今人虽有知其事，举一二向人敷演、陈说，皆属荒唐舛错，以讹传讹，愈失愈远。予深为感叹，欲救其失，故广采群书，按鉴编年，汇成演义，以成梁武帝一代全书。览于斯，诚雅俗欣赏之第一快睹云耳。时康熙癸丑

（十二年）花朝，天花藏主人题于素政堂。

说明：上识语及序录自绍裕堂本《梁武帝西来演义》。原本藏南京图书馆。此本内封上镌"精绘图像"，下两栏，一题"梁武帝传"，一镌识语。首《梁武帝西来演义序》，尾署"时康熙癸丑花朝，天花藏主人题于素政堂"。次"新镌全像梁武帝西来演义目次"，凡四十回。次图像四十叶。正文卷端镌"精绣通俗全像梁武帝西来演义卷之一""天花藏主人新编　永庆堂余郁生梓"。半叶十行，行二十七字。版心单鱼尾上镌"梁武帝传"，下镌卷次、叶次。

（西来演义）叙

史氏载，魏熙平中，造永宁寺，建九层浮屠，静夜铃铎声闻十里，佛法西来，于兹甚矣。比年，梁主舍身同泰寺，设四部无遮大会，释御服，持法衣，为寺僧讲涅槃之慧经。缘是佛氏西来之说，复踵西游真经真解而演其义。顾思大地世界中，那一桩不宜可舍事？不知何故有佛有祖，说出许多窠臼；亦不知何故有说佛祖诸家，添出许多窠臼；更不知何故有一班诃佛驳祖之莽汉，别造出许多窠臼。岂非世界中未有舍却一切，而终盲于西来微旨乎？大同中（萧按：当作"中大同"，即梁武帝第六个年号，凡两年），武帝宗教象清心，舍身台城请讲释，又已渡丈六金身之慈帆，出火坑以入化城。后人参是演义而明心见性，诵之说之，复举之揭之，甚而诃之驳之，必须求个脱离窠臼一法。然但求脱离，便已先落窠臼矣，又不免合掌忏悔曰：我舍不得来。

说明：上叙录自抱青阁本《梁武帝全传绣像西来演义》。原本藏南京大学图书馆。此本内封上镌"梁武帝全传"，下右上镌"嘉庆己卯（二十五）年镌"，中题"绣像西来演义"（"演义"二字另行），"义"字之下镌"抱青阁梓"。首《叙》，不题撰人。有图像八幅，正文半叶十行，行二十一字。

好逑传

《好逑传》叙

维风老人

自生人以来,凡偕伉俪,莫非匹偶。乃诗独于寤寐之君子,窈窕之淑女,称艳之曰"好逑",斯何谓哉?谓以富贵誉之耶?武牝画天子之蛾眉,绿珠耀金谷之蠕首,非不富贵也,未闻有此称也。谓以佳丽羡之耶?西子倚白玉之床,阿娇贮黄金之屋,非不佳丽也,未闻有此称也。谓以贤才尊之耶?姜后脱簪,闻其贤矣,无盐隐语,闻其才矣,谓君子之好逑,则未闻也。他如明妃远嫁,悲马上之琵琶;班女自修,赋秋风纨扇。时耶,命也,且非婚姤,何况好逑。至于识英雄之红拂女,感琴心之卓文君,侠肠明眼,亦自过人,然律以好逑,则又不足数也。若夫张郎画眉,止叫眠闺阃之私情;荀倩中庭,不过笃夫妻之溺爱,其去好逑愈远。唯举案之梁、孟,其庶几乎?然钟鼓琴瑟,未免稍逊一筹。因知此好逑者,其必和谐有道,备极夫妇之欢于足法;随唱非淫,曲尽人伦之乐而无愧者也。

每仪图之,何妨富贵也,但不可以富贵强非礼之欢;自安佳丽也,尤不可以佳丽贾若淫之罪。不德何贤,不才何淑?然才德仅好逑之一班,而恩情之美满,爱敬之绸缪,更似有进焉者。必也花香沨沨,播衿衣鼓琴之美;春满河洲,扬端庄正静之风。再不然而星户照偕老之天,再不然而凫雁快同心之弋。始觉人伦不苟,玉性无他,而名教中自有乐地。奈何人不及知,知不能恃,而慕非所慕,悦非所悦。是以楚梦妖云,唐流祸水,犯名于义,逐逐如逝波。遂令色荒有戒,为视明眸皓齿,为蛊为灾,而好逑一脉,几乎斩矣,不亦矫枉之过哉。

因思二南仍在人间,桃夭未尝乏种。第未竖懿形,无从求淑影,因谱兹《好逑》一案,使世知天才佳丽,原有安排,人每自轻,不知消受。惟德流荇菜,方享人生之福;礼正斧柯,始成名教之荣。舍此而登徒窥共柏之情墙,非然而嫫姆掷潘安之果,吾见其不知量,而只自取辱耳。故于归之径,周行是正,直御为安。稍涉逶迤,而侠者则避之,义者则辞之,非以之子为不美而不动心,非以家室为不愿而不属意。所以然者,爱伦常甚于爱美色,重廉耻过于重婚姻。是以恩为有恩,不敢媚恩而辱体;情有为情,何忍恣情以愧心。未尝不爱,爱之至而敬生焉;未尝不亲,亲之极而私绝焉。甚至恭勤饮食如大宾,告诫衾裯为良友。伉俪至此,风斯美矣。此其所以为好逑而诗独咏之哉。

嗟嗟!人心本自天心,既知好色,夫岂不好名义?特汩没深而无由醒悟,沉沦久而不知兴起。诚于此而寓目焉,必骇然惊喜曰:名义之乐乃尔,何禽兽为?则兹一编,当与《关雎》同读已。宣化里维风老人敬题于好德堂。

说明:上序录自清好德堂刊本《好逑传》。转引自《中国历代小说序跋集》。此外有独处轩本,藏北京图书馆;凌云阁本,藏大连图书馆。

维风老人,真实身份、生平事迹待考。

侠义风月传序

独忧子

庭梧秋老,篱菊渐黄。独忧子馆课方暇,正欲以胸中块垒,结成海市蜃楼;以诸凡违心之事,尽开称意之花。托为事实，编目分章，因苦无比属，抱膝构思。忽闻花犬吠客声，则故人善谋子过访。揖让入室，袖出新镌《风月传》请序。展阅编目，不禁鼓掌而言曰：是书也，谁何而先得我心，殆亦吾辈之流亚欤？以必无之事，成果有之书。所据者理，所言者情，所传者文，所矜者奇。述他人之离合悲欢，摹自己之忠信义侠。立言正大，文情曲折。古人有言曰：不朽之业有三，惟立言最易。不特此等撰述为然，即名言高论，亦世多不能援文成事者。且文人之言行相背者，比比皆是也。足不出里闬，妄自尊大，与人交则一己之私，固执不通。闻其学，无所成就也；闻其识，无所阅历也；闻其才，诗文而外无所可恃也；闻其志，出将入相始遂所愿也。若而人者，咸指为千言立就之通人，实则莫敢与交者，一朝得意，临事则颠倒失措，立意则枉寻直尺。吾愿其一生潦倒，而以著述显，或可饰立品之失行，而于纸上空谈，一吐胸中锦绣已耳。书中有铁公子，殆即作者之前身乎？质诸阅者，当亦首肯。是为序。时在光绪十有八年菊秋之吉，寓沪独忧子序于独忧馆之南轩。

说明：上序出上海扫叶山房石印本《侠义风月传》(即《好逑传》之异名)。转录自《中国历代小说序跋集》。

善谋子、独忧子，真实身份、生平事迹待考。

惊梦啼

惊梦啼序

竹溪啸隐

吾观宇宙间,凡可以游目骋怀,足以助予情之高寄者,岂特博观游艺,为士人所留意哉。则有若山川之绣错也,风物之变迁也,草木禽鱼之散列也,无不可以寄吾情而适吾志。推之艺苑,莫不皆然。则有若晋人之清谈也,唐宋名家之杂说也,野史稗编之竞秀而争奇也。其所以寄吾情而适吾志,岂少也哉。大约骚人逸士,有所蕴蓄于中,则触而寓之于言。其言也,或则见之于诗,或则鸣之于赋,或则形之于褒讥人物并较长论短之间,亦以观世俗之争趋,出吾所见之独是耳。

《惊梦啼》一说,其名久已脍炙吴门。乙卯秋,其集始成。因属余为序。观其藻思洋溢,意致离奇,曲折回抱(一作"旋"),纵横体宕,真足媲晋世之清谈,唐宋名家之杂说也。安在野史稗编不足助予情之高寄,以供赏于无穷哉!世有识者,亦惟体玩其词，而绅绎其义，勿以其细响而忽之，则益矣。竹溪啸隐题于白堤之草堂。

说明：上序录自大连图书馆藏本《惊梦啼》。此本无内封，首《惊梦啼序》，尾署"竹溪啸隐题于白堤之草堂"，次"新镌绣像惊梦啼目次"，署"天花主人编次"。凡六回。正文卷端无题署。半叶八行，行二十字。版心由上而下，分镌"惊梦啼"、回次、叶次。写刻。

天花主人，真实身份、生平事迹待考。序中"乙卯"，或为康熙十四年，天花主人另有小说《云仙啸》、戏曲《云仙啸五种》。

竹溪啸隐，真实身份、生平事迹待考。

后西游记

后西游序

　　盖闻天何言哉,而广长有舌,久矣嚼破虚空;心方寸耳,而芥子能容,悠然遍满法界。造有造无,三藏灵文,繇兹演出;观空观色,百千妙义,如是得来。耳之希有,谛听若雷;目所未曾,静观如镜。故花吐拈香,泠泠般若之音;月呈指影,滴滴菩提之味。悟入我闻,万缘解脱;猛登彼岸,千佛证盟。无如聋聩渺茫,失之觌面;遂至痴嗔固结,误也当身。已饥而贪割他人,鹰虎糜我佛之躯;获罪而幸求自免,苦难费观音之力。佛心清静,而庄严假相,佞入迷途;性体光明,而扑灭慧灯,锢居暗室。净莲出口,障作藤烟;乱棘丛心,诧为花雨。施开妄想,首祸究及慈悲;果炫诳言,下根因之堕落。诸佛菩萨,唤醒我无过梦幻须臾;鬼判阎罗,吓杀人也只死生苦恼。岂知去也如来,恒性显金刚于不坏;观之自在,灵光妙舍利于常明。匪我招愆,深悯有生之失教;是谁作俑,追尤无始之立言。盖津水甚深,无济半沉半浮之浅渡;法门至正,难供百出百入之旁求。袖观不忍,于焉苦沥婆心;直口谁听,无已戏拈公案。曲借麻姑指爪,遍搔俗肠之痛痒;高悬秦台业镜,细消矮腹之猜疑。悲世道古今,盲毒加天眼之针;忧灵根旦暮,死硬着佛头之粪。聚魔炼圣,笔端弄水火神通;挟兽骄人,言外现去存航筏。以敬信而益坚敬信,善缘永不入于轮回;就沉沦而超拔沉沦,恶趣早同归于极乐。活机触窍,木石生情;冷妙刺心,虚无出血。听有声,观有色,虽犹然嬉笑怒骂之文章;精不思,妙不议,实已参感应圆通之道法。大事因缘,谓不信请质灵山;真诚造就,如涉诬愿沉阿鼻。

　　木液之味甘,火候每成丹。

　　九还只一了,一口八十丸。

　　挥戈刺太虚,谁人能乍看。

　　说明:上序录自金阊书业堂梓行本《后西游记》。上海古籍出版社据以影印。此本内封题"天花才子评点""重镌绣像后西游记""金阊书业堂梓行"。首《后西游序》,不题撰人。次"新镌批评后西游记目次　天花才子评点",凡四十回,有图像十六叶，皆像赞各半叶。正文卷端题"新刻批评绣像后西游记"，半叶十一行，行二十四字。版心上镌"后西游记"，单鱼尾下镌回次。正文间有行侧批。或谓此本刊于乾隆五十八年，从书中实找不出这样的证据。避天启、崇祯讳，"由"作"繇"。该书刘廷玑《在园杂志》中曾提及。又有民国二年癸丑上海江左书林石印本《绘图后西游记》，序之文字于上所录序几同，末无"木液之味甘"数行文字，而尾署"宣统辛亥孟冬下浣，天慵山人施清佩钦氏书端"。

天花才子，真实身份、生平事迹待考。

豆棚闲话

豆棚闲话叙

天空啸鹤

有艾衲先生者,当今之韵人,在古曰狂士。七步八叉,真擅万身之才;一短二长,妙通三耳之智。一时咸呼为惊座,处众洵可为脱囊。乃者骄鸽弥矜,懒龙好戏。卖不去一肚诗云子曰,无妨别显神通;算将来许多社弟盟兄,何苦随人鬼诨。况这猢狲队子,断难寻别弄之蛇;兼之狼狈生涯,岂还待守株之兔?收燕苓鸡雍于药裹,化嘻笑怒骂为文章。莽将廿一史掀翻,另数芝麻帐目;学说十八尊因果,寻思橄榄甜头。那趣旧闻,便李代桃僵,不声冤屈;倒颠成案,虽董帽薛戴,好像生成。止因苏学士满腹不平,惹得东方生长嘴发讪。看他解铃妙手,真会虎背上觓斗一番;比之穿缕精心,可通蚁须边连环九曲。忽啼忽笑,发深省处,胜海上人医病仙方;曰是曰非,当下凛然,似竹林里说法说偈。假使鼾呼宰我,正当谑浪,那思饭后伸腰;便是不笑阎罗,偶凑机缘,也向人前抚掌。迟迟昼永,真可下泉酝三升;习习风生,直(一作"真")得消雨茶一瓈。谓余不信,请展斯编。天空啸鹤漫题。

(豆棚闲话弁语)

艾衲居士

艾衲云:吾乡先辈诗人徐菊潭,有《豆棚吟》一册,其所咏古风律绝诸篇,俱宇宙古今奇情快事,久矣脍炙人口,惜乎人遐世远,湮没无传。至今高人韵士,每到秋风豆熟之际,诵其一二联句,令人神往。余不嗜作诗,乃检遗事可堪解颐者,偶列数则,以补豆棚之意,仍以菊潭诗一首弁之。诗曰:

闲着西边一草堂,热天无地可乘凉。池塘六月由来浅,林木三年未得长。栽得豆苗堪作荫,胜于亭榭又生香。晚风约有溪南叟,剧对蝉声话夕阳。

说明:上叙及弁语均录自国家图书馆藏瀚海楼藏板本《豆棚闲话》。此本内封分三栏,左栏题"艾衲居士新编",中栏题"豆棚闲话",右栏题"绘像瀚海楼藏板"。首《豆棚闲话叙》,尾署"天空啸鹤漫题",有"啸雀"阳文、"一壑松涛生计足"阴文钤各一方。次"豆棚闲话目次",凡十二则。有图像六叶。正文写刻,卷端题"豆棚闲话　圣水艾衲居士编　鸳湖紫髯狂客评",并有"艾衲云"短文一篇缀于正文之首,半叶九行,行二十二字。版心上镌"豆棚闲话",卷次(一卷为目录中的一则)。有回末评。

圣水艾衲居士、鸳湖紫髯狂、天空啸鹤,真实身份、生平事迹待考。

快心编

(快心编)原序

今天下何一非快心之事哉！以天时而论，当盛暑酷热，得秋风荐爽，炎飙自退，昔之郁蒸烦闷，一旦若失，何快如之！以人事而论，当八九月间，二麦渐完，待哺正急，得稻粱登场，饱饫鼓腹，昔之拮据日给，一朝裕如，何快如之！虽然，秋风荐爽，偏加于裋褐不完之人；稻粱充饥，不及于无地立锥之士。秋如冬矣，丰同俭焉。欲求食，谁哀王孙；欲求衣，谁怜范叔！则将委顿蓬庐，郁郁无聊已乎。夫求在人者，人为政；求在我者，我为政。当此之时，得有异书暴背展诵，名言愈疾，快谈果腹，则无有逾于《快心编》者。然则是编不诚为饥寒时之布帛菽粟乎哉！石生穷途踟蹰，得逢杏苑之盟；凌子避祸飘零，便奋冲天之翼。李氏受侮于狂且，幸逃虎口；裘女见催于同气，几厄波臣。终能于归佳士，歼此无良。即驿亭行刺，镇府投军，凶残未改，诛殛随之：

报复之事不同,遭逢之巧则一。均足以抉忿闷而削不平。快心之事,孰以加兹。至于勘破种种世情,议论极其透辟,发人所未发之蕴,道人所未道之言,无不阐微剔隐,快人心目,何异匡鼎解颐,王充谈助也哉。古人作乐,闻者顿忘肉味。是编虽稗官,阅者不当作忘暑止饥一助耶。是为序。

(快心编)凡例

一、是编皆从世情上写来,件件逼真。间有一二点缀处,亦不过借为金针之度耳。字义庸浅,期于雅俗同喻,不敢以深文自饰,得罪大雅诸君子也。

一、从来传奇小说,往往托兴才子佳人,缠绵烦絮,刺刺不休,想耳目间久已尘腐。是编独构异样楼阁,别见玲珑。虽叙述凌、李、石、裘等,未尝尽脱窠臼,然于聚合处自不容不尔。

一、是编悲欢离合变幻处,实实有之,非若嵌空扰凑,脱节岐枝者比。苟涉于此,即是离经悖道。君子奚取焉?

一、编中点染世态人情,如澄水铿(鉴)形,丝毫无遁。不平者见之色怒，自愧者见之汗颜，岂独解颐起舞已哉。至于曼倩笑傲，东坡怒骂，则亦寓劝世深衷，知者自不草草略过。

一、编中间发议论，极尽形容，是以连篇累叶，似乎烦冗，然与其格格不吐，以强附于吉人之辞，孰若畅所欲言，以期快众人之目。况总归之，看小说正见作者心裁，若仅速求根荄，概废枝条，是徒作汗漫观，便失此书眼目。

说明：上序和凡例录自课花书屋藏板本《快心编》。原本藏美国哈佛大学燕京学社汉和图书馆。此本内封上镌"天花才子"，下分三栏，左栏题"四桥居士评点"，中间题"快心一（或二、三）编"，右栏题"课花书屋藏板"。首《原序》，不题撰人。初、二集各五卷五回，三集凡六卷十二回。这当是此书的一个早期刊本。

四桥居士，或即程自莘，长洲（今江苏苏州）人，曾辑《说文广义》，亦有成裕堂刊本。胡士莹曾于孙楷第《中国通俗小说书目》卷四《快心编》下注云："成裕堂刊小本《琵琶记》卷一末题'雍正乙卯（十三年）春日七旬灌叟程自莘氏校刊于吴门之课花屋'。又卷首《重刊七才子书序》，末题'雍正乙卯（十三年）元旦日耕野程士任自莘甫题于成裕堂'，序中有'任老而闲居，优游一室'之语，盖此为程氏晚年刊，年正七旬也。"（《明清小说论丛》第四辑）则四桥居士或即此程氏。

(快心编)原序

今天下何一非快心之事哉！以天时而论，当盛暑酷热，得秋风荐爽，炎飙自退，昔之郁蒸烦闷，一旦若失，何快如之！以人事而论，当八九月间，二麦渐完，待哺正急，得稻粱登场，饱饫鼓腹，昔之拮据日给，一朝裕如，何快如之！虽然，秋风荐爽，偏加于裋褐不完之人；稻粱充饥，不及于无地立锥之士。秋如冬矣，丰同俭焉。欲求食，谁哀王孙；欲求衣，谁怜范叔！则将委顿蓬庐，郁郁无聊已乎。夫求在人者，人为政；求在我者，我为政。人所未道之言，无不阐微剔隐，快人心目，何异匡鼎解颐，王充谈助也哉。古人作乐，闻者顿忘肉味，是编虽稗官，阅者不当作忘暑止饥一助也。是为序。

说明：上序录自上海古籍出版社影印天津图书馆藏课花书屋本《快心编》，此本未见内封。版式与上所述课花书屋藏本有不同，其序之文字亦不同。此本似较上所述课花书屋藏板本迟出。

隔帘花影

（隔帘花影序）

四桥居士

《易》曰："积善之家，必有馀庆；积不善之家，必有馀殃。"《书》曰："作善降之百祥，作不善降之百殃。"从古以来，福善祸淫之理，天固不爽毫厘。即或有作善之人未尝获庆，作恶之人未见遭殃，其间不无可疑，然天道无私，不报于其时，必报于其后，不报于其身，必报于其子孙。从未有善人永不获福，恶人世享豪华者。报应之机，迟速不同，人特未之深观而默察耳。

《金瓶梅》一书，虽系寓言，但观西门平生所为，淫荡无节，豪横已极，宜乎及身即受惨变，乃享厚福以终。至其报复，亦不过妻散财亡，家门零落而止。似乎天道悠远，所报不足以蔽其辜。此《隔廉花影》四十八卷所以继正续两编而作也。至于西门易为南宫，月娘易为云娘，孝哥易为慧哥，其馀一切人等，名目俱更，俾阅者惊其笔端变幻，波澜绮丽，几莫识其所自始。其实作者本意,不过借影指点,与前编有相为表里之妙。故南宫吉生前好色贪财等事,于首卷轻轻点过,以后将人情之恶薄,感应之分明,极力描写,以见无人不报,无事不报,直至妻子历尽苦辛,终归于为善以赎前愆而后已。揆之福善祸淫之理,彰明较著。则是书也,不独深合于六经之旨,且有关于世道人心者不小。后之览者,幸勿以寓言而勿(忽)之也可。四桥居士谨题。

说明:上序录自本衙藏板本《隔帘花影》。原本藏南京图书馆。此本内封分三栏,左栏题"古本三世报",中栏题"隔帘花影",右栏题"本衙藏板"。首序,尾署"四桥居士谨题"。次"新镌古本批评三世报隔帘花影目录",凡四十八回。正文第一叶卷端题"新镌古本批评绣像三世报隔帘花影",版心上镌"隔帘花影",单鱼尾下镌回次、叶次。半叶十一行,行二十四字。实际并无图像,亦无批评。

四桥居士,见《快心编》。

金屋梦凡例

一、是编紧接《金瓶梅》一百回编起。本阴阳鬼神以为经,取声色货利以为纬。大而君臣家国,细而闺壶婢仆,兵火之离合,桑海之变迁,生死起灭,幻入风云,果因禅宗,寓言褒暧。而其旨一归之劝世。

一、唐人纪事,则藻绮风云;元人说海,则借谈神鬼。虽快麈谈,无裨风化。是编则假饮食男女,讲阴阳之报复;因鄙夫邪妇,推世运之变迁。涤淫秽而入莲界,拔贪欲以返清凉。不堕狐禅,不落俚障。

一、是编以漆园之幻想,阐天竺之真宗;本曼倩之诙谐,为谈天之炙毂。齐烟九点,须弥一芥。元会恣其笔底,鬼神没于毫端。大海蜃楼,空中梵阁,为古今未有之奇书。可作语怪小说读,可作言情小说读,可作社会小说读,可作宗教小说读,可作历史小说读,可作哲理小说读,可作滑稽小说读,可作政治小说读。

一、小说以《水浒》《西游》《金瓶梅》三大奇书为宗,概不宜用之乎者也等句。近观时作,半有书束活套,似失演义正体。是编一切不用,间有采用四六等句法仿唐人小说者,亦即时改入白话,不敢粉饰寒酸。

一、小说类有诗词,《金瓶梅》名为词话,多用旧曲。今因题附以新词,较之他作,颇多佳句,不至有腐俗鄙俚之病。

一、从来小说往往托兴才子佳人,缠绵烦絮,刺刺不休,耳目间久已陈腐。是编独构异样楼阁,别见玲珑,脱尽窠臼。

一、是编悲欢离合,皆从世情上写来,件件逼真。间有一二点缀处,亦不过借为金针之度,字义庸浅,期于雅俗同喻,不敢以深文自饰,得罪大雅。

一、《金瓶梅》中年月故事,或有不对者,如应伯爵已死,今言复生,曾误传其死,一句点过;前言孝哥年已十岁,今言七岁离散出家,无非言幼小孤孺。存其意,不无小失也,客中并无前集,迫于时日,故或有小错,观者略之。

一、《金瓶梅》止于西门庆一家妇女酒色饮食言笑之事，是编附以朝廷君臣忠佞贞淫大奸大恶，如尺水兴波，寸山起雾，客多主少，别是一格。

（金屋梦识语）

小说始于唐宋，广于元，其体不一。田夫野老，能与经史并传者，大抵皆情之所留也。情生则文附焉，不论其藻与俚也。《西游》《金瓶》《水浒》，皆千载一遇之大文章也。《西游》语怪而证道，《水浒》戒侠而崇义于盗，《金瓶》惩淫而炫情于色。此皆显言之、夸言之、放言之，而其旨则在以隐、以刺、以止之间。唯不知者，曰怪、曰暴、曰淫，以为离经而畔道焉。是观其显，不知其隐；见其放，不知其止；喜其夸，不知其所刺。蛾油自溺，鸩酒自毙，顾人之眼力浅深耳。

吾书至此，适得吾老友某君书，内一条云"《金瓶》已阅毕，洵是杰作。前人谓《石头记》胎脱此书，亦非虚语。所不同者，一个写才子佳人，一个写奸夫淫妇；一个写一纨绔少年，一个写一市井小人耳。至于笔墨之佳，二者无可轩轾。人谓其淫，我却觉其无限凄凉。仁者见仁,知者见知。正是愁人无处不抱悲观耳。写尽世态炎凉,可作一般利欲熏心者当头棒喝,其功不在佛经下也"云云。吾阅此书,吾不觉抱悲观,恨吾一时无此如椽之笔,自著一说部如《红楼》《水浒》《金瓶》之文字,以饷阅者。忽有书估(贾),携旧抄本说部求售,署名《金屋梦》,著者为梦笔生。全书共六十回。阅其文字,虽鄙俚不伦,然不屑屑于寻章摘句、效老生常谈。其描摹人物,莫不须眉毕现。间发议论,又别出蹊径,独抒胸臆,畅所欲言,大有曼倩笑傲、东坡怒骂之概。点染世态人情、悲欢离合,写来件件逼真,而不落寻常小说家窠臼。阅之,不觉狂喜咋舌:真千载难遇之妙文也!急以重价购之。稍稍润色,以饷阅者。

说明:上凡例和识语,录自民国间莺花杂志社排印本《金屋梦》。此本内封叶分三栏,左题"醒世小说",中题"金屋梦",右题"莺花杂志社印行"。首有《金屋梦》凡例九条。正文前有一类乎小序的短文(此文又载1915年2月《莺花杂志》,尾署"静庵附识"),录如上。书藏南京图书馆。

古今传奇

古今传奇序

梦闲子

梦闲子笑谓墨憨道人曰：吾观古今一大戏场，人辄昧昧，必须台上脚色演出来，始觉耳目一新。每逢模拟逼肖处，反为之咄咄称奇，岂知天地间无论忠孝伦理，本非奇行，即男女情缘，亦非奇遇。人人在戏场上往来，并自家脚色分不清白，反认假为真，遇一常事，辄诧为奇。试看古今来那有奇闻。或事本无奇，而传之者动以为奇；或事本出奇，而闻之者反不以为奇。奇而不奇，不奇而奇，谁能于此处下一转语？痴人前谆谆说梦，真乃人间第一奇事矣！虽然，奇犹不止此也。吾梦偶间道此闲话，亦何足奇？墨憨道人独以为听此快论，胜似奇闻，因书之以为《古今传奇》引首，并此一段平平无奇之语，亦与奇书并传，岂不更奇？时岁次乙卯春月，梦闲子漫笔。

说明：上序录自天津图书馆嘉庆戊寅本《古今

传奇》。此本内封上镌"嘉庆戊寅新镌",下分三栏,由右向左,分题"梦闲子漫笔""古今称奇传""□□堂梓行"。首《古今传奇序》,尾署"时岁次乙卯(康熙十二年?雍正十三年?)春月,梦闲子漫笔"。次"新刻今古传奇目次",凡十四卷。正文第一叶卷端题"新镌卢梦仙传奇卷之一",以下各卷所题,除故事名称不同,"新镌"或作"新刊"等。半叶十二行,行二十八字。版心单鱼尾上镌该卷的简目,如"申屠娘"之属,下镌卷次、叶次。

孤山再梦

（孤山再梦识语）

此书系伏羌王羌特先生（字冠卿）著，从未出版，邑人借抄，为言情小说之孤本，在今罕见，应珍宝之。爱竹斋。

（孤山再梦）序

《孤山再梦》一书，脍炙人心久矣。评者以为，梦梦醒醒，色色空空，真会作者之微意于言外矣。或疑色即是空，空即是色，何弗写风云之变态，一踵夫先后天之阴阳奇险乎？何弗状云龙之会合，一绘夫古今来之盛衰幻景乎？何弗证龟蛇之升降，一阐大虚无中之圆静真如乎？而独寄情风月，托意丝萝，写离合之悲欢，著因果之机缘，明幽独之情状，似多所未尽之意也。不知变化讦合之蕴，莫著于花鸟；盛衰哀乐之情，莫大于唱随；显见自在之真，莫切于梦寐。然则读此书者,当有以会其意矣。大抵山河鬼神往来,可即一梦通之也。古今荣悴,乍得乍失,可即一梦遣之也。一真在前,时与之偕,醒也梦也,色也空也,必有能辨之者。

孤山再梦序

天放子

读玉茗堂二记,靡不啧啧,转且诧之。大抵以觉为实际,梦则荒唐莫稽,殊不知:梦,觉之迷;觉,梦之醒也。悼兹世人,执迷不醒,非朝伊夕矣。吾朱圉先生者出,欲尽世梦而觉之,种种愿力,或杂见诸花溅鸟惊之歌咏,或汇述于卜医星相之技学,其中含针寓灸,瘅恶彰贞,辑帙行世者不一而足,及胜渚宫一时名流,咸景仰丰采而争睹其手笔。会有客自姑苏来,谈及钱生事甚悉,先生欣然曰:是又不可不为好逑梦下一觉棒也。遂手不停挥,娓娓数百言,不三日而集成,真如尼山慎独,觉兹色臭梦;阇新一枝,觉兹风幡梦;函谷五千,觉兹恍惚梦。更有如降魔杵、烛妖鉴、醒醉石、涤胃茗,且时发菩提心,或复肆广长舌,真欲以迷处寻觉,觉时见梦,思过半矣。或曰：一之为甚，其可再乎？梦未必若是其机也。然不知张云姊乃玉环侍女也，自骊山梦后数百年，会安陆尉于兰昌宫，偕伉俪而同栖金陵，又何疑于钱生甘露三年返魂之宵娘哉？且鬼可生儿，爰出车中之盎；童思作婿，载投墓下之珠；槐宫为守，乌国称宾，梦耶？觉耶？更何复辨。余也偃蹇林泉，颇与诸不经作缘，但连夕困于醉乡，又二竖为祟，倏观兹集，不觉奋然，索颖弁之，顿忘身之伏枕，即可谓陈德瑜之愈头风，田水月之退疟魔，不独奉为觉世书也已，是为序。时丙辰岁麦秋月下，天放子题于龙山草庐。

孤山再梦序

千亩主人

余少时，闻有渭滨笠夫者，自号梦醒主人，著作满座头，大约欲唤世之梦梦而觉之醒醒。秋水伊人，入吾梦久矣。

丙辰春，伏剑游荆楚，适晤于旅次。掀髯一谈，有如旧识，二十年梦想不及者，今亲面遇之。痛饮之馀，翻阅邸帖，得《孤山再梦》一册。其中叙钱生事,梦梦醒醒,色色空空,绰有深意,非泛泛剧谈者比。灯下批阅再四,恍惚置身亦在梦中。执卷就寝,梦中颠倒,忽荣忽悴,乍笑乍涕,虎狼怒号,风雨狂作,幻态不可举。似梦中点破,微笑而寤,乃知天地升沉,日月消息,人事反复,种种物类之不齐,悉可作如是观。平生梦梦,今日方醒,觉我良深矣。不几冷水浇背,陡然一惊,唤醒世间大梦乎。阅者解悟此旨,庶不失作者本意。余睡乡墨甜,复何能赘一词?但序其慕之久,遇之奇,相见之晚,知交之深有岁如此。康熙丙辰(十五年)黄梅月晦日,关中千亩主人题于荆南客邸。

孤山再梦序

惊梦主人

乾坤一梦境也,古今一梦场也。荣枯得失,梦中反复之事也;离合悲欢,梦内变幻之境也。世人不悟,梦过一生,一生是梦。攘攘蕉鹿场中,茫茫邯郸道上,不几梦中梦梦乎?余旅荆邸,有客自姑苏来,语及钱生事,梦耶真耶?真耶梦耶?编次成帖,名曰《孤山再梦》,使阅者知梦固梦也,即真亦是梦。

如认梦作真,则认空是色;知真为梦,则色即是空。此书大旨,作如是观。如必欲求其人,实其事,则又是痴人说梦矣。呵呵!时康熙丙辰桃花月上巳日,惊梦主人题于龙山邸中。

说明:上数序录自抄本《孤山再梦》。此本封面题"孤山再梦卷壹"(小字),"孤山再梦卷壹贰"(大字),有识语。首序,残;次三序,分署"时丙辰(康熙十五年)岁麦秋月下,天放子题玉龙山草庐""康熙丙辰(十五年)黄梅月晦日,关中千亩主人题于荆南客邸""时康熙丙辰(十五年)桃花月上巳日,惊梦主人题于龙山邸中"。复次该卷目录。《孤山再梦》题"渭滨笠夫编次　姑苏游客校集"。半叶八行,行二十四字。作者似受《孤山梦》传奇的影响,故以《再梦》名之。

渭滨笠夫,即王羌特,字冠卿,号笠夫,伏羌(今甘肃甘谷县)人。十二岁成诸生,顺治四年选拔贡。后授云南顺府通判。

空空幻

（空空幻序）

梧冈主人

嗟乎，百年瞬息，人生有几何哉？而其间离合悲欢，何一非空，何一非幻？黄粱枕上，五十年之富贵功名，无非幻境；槐树枝边，数十载之荣华福泽，尽是空花。腰金衣紫之荣，尚且如是；隈玉怜香之乐，讵曰不然？独是天能幻之，人不能空之；人若能空之，天岂犹得而幻之乎？究之天所得而幻之，与人所不能空之者，必有物为引之。引之者何？酒、色、财、气是也。而四者之中，色为尤甚。盖欲念一萌，虽百炼刚肠，不禁绕指三匝，又何怪逾墙钻隙之纷纷哉？不知淫辟之罪，天之报施也恒不爽。淫人妻者妻淫人，非自淫之，也一间耳。夫谁无妻孥之属者哉，而不设身以思之也，亦误甚矣。况果报无定法，即孑然一身，亦不可恣情自逞，何则？孽海茫茫，天必于其及偿者于其身偿之，于其所不及偿者且越世偿之。吁！造化小儿，亦狡狯矣哉！我愿世人有览于此书而如听晨钟,虽数帙俚言,亦未必无小补也云尔。梧罔(一作"冈",是)主人识。

说明:上序录自本衙藏板本《空空幻》(一名《鹦鹉幻》)。此本内封上镌"新镌鹦鹉幻",下分三栏,由右向左,分题"李卓吾评""醒世奇言""本衙藏板"。首序,尾署"梧罔主人识"。次"新镌奇传空空幻一名鹦鹉幻目录",署"梧罔主人编次、卧雪居士评阅",凡十六回。正文半叶八行,行二十字。版心镌"空空幻"。原书藏辽宁省图书馆等处。

梧罔(冈)主人,待考。又,史震林,字公度,号梧冈,别署瓠冈居士、华阳外史等。江苏金坛(今属常州)人,清乾隆二年(1737)恩科进士,曾任淮安府学教授,后辞官归田。著有《西青散记》等。未知与此序作者有无关系?

闹花丛

（闹花丛叙）

姑苏痴情士

（前阙）……过于淫。夫所谓"闹花丛者"何？当其百花竞秀、万卉争妍，红紫冠芳菲，拴不住满园春色；妖娆争艳冶，扫不开遍地胭脂。凡夫深善密荟之间，觅蕊游蜂，两两赛飞枝上；寻花浪蝶，双双□列梢头。譬之女子，红粉娇娃，身处闺阁，男子穴隙逾墙，摘采鲜英。此《闹花丛》所以作也。今岁孟秋，友人以庞、刘事债（倩）予作传。予援笔草创，两旬编就。因思庞生之遇虽巧，全赖学宪之功居多。使不判为姻眷，则前此之机缘皆虚；令或绳之律法，则后此之显耀无□。予适抱病，间起传庞、刘事，只以自怡。友人必欲寿之梨枣，予亦不能强。俟之而已。是为叙。姑苏痴情士撰。

说明：上叙录自东京大学东洋文化研究所双红堂文库本《闹花丛》。此本为残本，无扉页，序缺第一叶至第三叶正面，正文亦不全。首序，尾署"姑苏痴情士撰"。次"闹花丛目次",有图像四叶。正文首叶卷端题"新镌批评绣像闹花丛快史",半叶八行,行十八字。版心无鱼尾,题"闹花丛"、回次、叶次。

姑苏痴情士,真实身份、生平事迹待考。

(闹花丛跋)

情士

予作庞、刘传,以为庞生天缘奇遇,凑合颇多,然尤不若祁禹狄之佳遇甚多也。殊不知世间奇奇怪怪,如才子名媛无端而邂逅,投起便咏诗唱和,暗订姻盟,真乃巧遇。今岁孟秋,友人有以庞、刘事倩余作传,予遂援笔草创而而句才就(按:不通,而原抄本如是)。其事虽与礼(祁)生彷佛,然以庞生看榜为由,突会佳人,订约赴期,殊出望外。至于寡居之桂萼,处子之琼娥,一旦乔粉贺喜,两人而为淫污,则桂萼、琼娥之遇,尤为奇绝。后来小姐相思,全仗假医生之挑病后宋("宋"字疑衍)全愈。睄母氏之酬愿,适叔子之归家,而捉奸鸣法,官判脱罪,子民是有念于王学宪之恩深且大也,假使按律正法，则庞生无所用其施为。信乎天付良缘，不容人所不肯尔。乃世固有志志（衍一"志"字）读书，求一人眼，卒不可得者。文英以十四游泮，而鼎甲争先，官居尚书，为之身登仙府，即云赤松点化，然其前生固是仙君也。予适饱小点，不过以传文英事聊以自怡，友人必欲请之梨枣，公诸国门。予亦不能强，只得听之而已。情士自跋。

说明：上跋录自英国图书馆藏清抄本《闹花丛》。此本无序，目录叶题"新镌小说闹花丛目次"，凡四卷十二回。正文第一叶卷端题"新镌小说闹花丛卷之一　姑苏痴情士笔"，半叶十行，行二十五字。书末有跋，尾署"情士自跋"。

斩鬼传

斩鬼传序

瓮山逸士

昔阮瞻作《无鬼论》（抄本无"无"字，误），而鬼来（抄本无"鬼"字，"来"作"求"，抄本误）辩（抄本作"辨"）之，今烟霞散人著此《斩鬼传》，独不惧鬼来与之为敌乎？然而无惧也。《无鬼论》论已死之人，《斩鬼传》传未死之鬼。夫人而既名之曰鬼矣，则必阴柔之气多，阳刚之气少，聆当其（抄本作"其当"，是）斩之条例，思其致（抄本作"波"，当系"被"之形误）斩之因由，畏念起而悔心萌（抄本作"生"），方且退阻避藏之不遑，而尚敢与之为敌哉（抄本作"乎"）？是其无论果（抄本作"当"，是）斩之与否。使其果斩之也，已无此等鬼矣；无之，而谁与为（抄本无"为"字）故（抄本多一"乎"字）？既（抄本作"即"，抄本是）未必斩之也，而斩既有传，则其魄（抄本作"魂"）已丧，其骨已寒，又何虞其为（抄本无"为"字）敌哉（抄本无"哉"字）？

或者曰:"鬼亦(抄本无"亦"字)未(抄本多一"必"字)可概论,如昔鲁公说法(抄本作"谈说")而一鬼来诉(抄本作"听",抄本是),喝曰:'汝为人去罢。'其鬼答之云(抄本作"曰"):'作鬼今经五百秋,也无烦恼也无愁。禅师劝我为人去,只恐为人不到头。'此鬼之安于鬼(抄本多"者也"二字)。宋时(抄本无"时"字)刘伯龙位历(抄本作"历位")九卿郡守,而贫困尤甚,其廉正可知矣(抄本作"也")。一旦思营什一之利,不可谓非易厥初操也,遂(抄本作"随")有一鬼在旁鼓掌大笑。伯龙因之而止。此鬼之能(抄本无"能"字)化人贪心者也。若此之鬼,方礼之敬之不暇,而敢曰斩乎哉?"余曰:"此真鬼也。若夫(抄本作"者",是)人而鬼矣,未鬼而人,其鬼(抄本无"鬼"字)尚暇(抄本作"假")不尽心(抄本无"心"字)人道,而趋鬼途(抄本多一"也"字),已非人也,乌得与安已分、化人贪之正(抄本作"真")鬼比?是(抄本"是"前多一"宜"字)必(抄本无"必"字)斩绝此等,始见清平世界。"传中剿抚并用,犹为网开一面,不几又增一等侥幸鬼,遗一等漏网鬼(抄本多一"乎"字)?不知天地之气，春温秋肃；帝王之治，德感刑威。人趋于鬼，鬼复化为人，鬼而人也，宁得仍目之为人（抄本"人"前衍一"鬼"字）而鬼者乎？昔有为君而呼宫中阉寺为鬼者：赵曰赵鬼，李曰李鬼。余以为此等鬼更利害，其阴险惨毒，甚于鸩酒漏脯！有明之魏忠贤尤其明验也。贼害忠良，破坏宇宙，凌迟不足以尽（抄本多一"其"，是）辜。但贬守皇陵死（抄本死后多一"后"字），阴曹收入拾八层狱中，与十常侍、刘瑾等同充（抄本作"完"，误）割根鬼之数，永不出世（抄本作"放出"）。使钟馗欲斩之（抄本作"飞斩"，无"之"字）而不可得，是即谓阴曹之护短也，亦无不可。瓮山逸士题于兼修堂。

斩鬼传自序

烟霞散人

余曩不解明王佛为何如（"佛为"抄本作"为佛"，误），但见其二头六（抄本作"八"，误）臂，身缠毒蛇，怪状奇形，不敢正视。问老僧曰："此何神也？"老僧曰："佛也，非神也。"余不禁哂然笑曰："世间（抄本无"间"字）岂有如是之佛乎哉（抄本无

"哉"字)？吾闻佛以慈为本意，必垂眉落眼，善气迎人，使天下可亲而(抄本无"而"字)可爱，不欲令人畏而恶之也。若以此为佛，则邪(抄本作"诸")魔恶鬼，皆得以佛名之矣。"老僧曰："独("独"之前，抄本多一"若"字)不观王者也。王者礼乐刑政之设，礼乐所以绳天下之善人，刑政(抄本作"政刑")所以戒天下之恶人(抄本"人"后多一"也"字)，然(抄本作"飞"，误)究之行善人者，是一副大慈悲心，即戒恶人者，亦是一副大慈悲心。知乎此，而垂眉落眼者佛也，即三头六(抄本作"八")臂者亦佛也，子何以为非佛乎(抄本作"耶")？"余不禁绎然思，恍然悟，曰："是矣，但善者犹(抄本作"独"，误)非王政之所(抄本无"所"字)得尽绳，恶者犹(抄本作"亦")非王政之所得尽戒也。彼夫天下之人(抄本作"大")，四海之广，为盗、为奸、为(抄本"为"字后无"杀为害"三字，误)杀、为害，其显然为不善者，或徒、或流、或斩、或绞(抄本作"或绞或斩")，王法得以戒之(抄本无"之"字)也。若夫捣大、诓骗、仔细、齷齪、风流、糟腐，甚至好酒、贪色等事，王法亦得以戒之乎？"老僧曰："此故为善，而非不善者也(抄本此句作"此固非善,亦非不善者也")。奈何以王法绳之乎?"余曰:"尔以为善,抑焉在其为不善乎(抄本作"子以为非不善,抑亦安在其为非不善")?且夫王者之政(抄本作"治",是)天下也,在厉(抄本"厉"作"维")其俗风耳(抄本无"耳"字)。即如'捣大'之风倡,而人无诚实;'诓骗'之风倡,而人多诈(抄本作"作")伪;'仔细''龌龊'之风倡,而(抄本无"而"字)骨肉寡恩。夫人而至于无诚(抄本作"实"),至于诈伪,至于骨肉寡恩,尚得以为善乎?即如'风流''糟腐''好酒''贪色',未可以为不善也,似乎人好(抄本"似乎人好"作"似也,然")'风流'(抄本多一"也"字)而玷污名教,'糟腐'(抄本多一"也"字)而泥滞鲜通,'好酒'者败坏威仪,'贪色'者淫滥风俗,如此者尚得以为善乎?"(抄本此句作"'好酒''贪色'也败坏威仪,淫乱风俗,夫人而至于玷污名教、泥滞鲜通、败坏威仪、淫乱风俗,尚得以为善乎?)夫人之所以为人者,善耳(抄本无"耳"字)。人全十个善(此句抄本作"于人而至于不善"),虽(抄本无"虽"字)人(抄本多一"也"字)而实鬼也。夫人也,而可以鬼乎哉？夫人似乎鬼也（此句抄本作"夫人也而既为鬼"），明哲者（抄本无"明哲者"三字）又安忍坐视而不思（抄本下多"所以"二字）超度（抄本下多一"之"字）哉？故作是（抄本作"此"）传者，具（抄本作"是"）一副大慈大悲心，行大（抄本无"大"字）慈悲事，盖以继王政之所不及，而欲效（抄本"欲效"作"学"）明王佛（抄本下衍一"王"字），使人知所畏而为善也。弟（抄本作"第"）存其心而不能操其权，故其（抄本作"重"，误）事假之（"假之"抄本作"俨如"）钟馗，而其功归于含负（"含负"抄本作"或富"）。乃（抄本作"及"）不知者或以疑余故以是骂人也，余敢（抄本作"敬"）以之（抄本无"之"字）质诸天！辛巳仲夏（抄本于"夏"前多一"冬"字，误），烟霞散人题于清溪草堂。

昔有人（抄本作"昔人有"）问画师曰："天下何物易画？"答曰："莫如鬼。"人曰："鬼无形者也（抄本无"也"字），何以易画？"画师曰："正为（抄本作"正以其"）无形，所以易画耳（抄本作"也"）。且夫天下之物，莫不有形，即莫不期肖其形，苟有一点不像（抄本作"苟有一之不肖"），不可以为画（抄本此处多一"师"）矣。若夫鬼，则无形（抄本此处多"容者也"三字），增之不见其长，减之不见其短，任意率笔，通无考证，此（抄本此处多一"其"字）所以言易画也。"然则余之为是传（抄本多一"也"），亦姑取其易画也（"其易画也"抄本作"其易也云耳"）。烟霞散人再识（萧按：此句为抄本所有）。

第九才子书平鬼传序

黄越

客有问于余曰："《第九才子书》何为而作也？"予曰："仿传奇而作也。"客曰："传奇云者，传其有乎？抑传其无乎？"余曰："有可传，传其有可也；无可传，传其无亦可也。今夫传奇之传其无者，宁《第九才子》而已哉？世安有所为孙悟空者？然则《西游记》何所传而作也？安有所为西门庆者？然则《金瓶梅》何所传而作也？其他《西厢记》之惊梦草桥，《牡丹亭》之还魂配合，《琵琶记》之乞丐寻夫，《水浒传》之反邪归正，不皆传其无之类乎？不宁惟是，闲尝阅《三都》《两京》《上林》诸赋中其所为无是公、乌有先生、子墨客卿者,又何所有?又何所无?子何独疑于《九才子书》而致询哉?且夫传奇之作也,骚人韵士以锦绣之心、风雷之笔,涵天地于掌中,舒造化于指下,无者造之而使有,有者化之而使无,不惟不必有其事,亦竟不必有其人,所谓空中之楼阁,海外之三山,倏有倏无,令阅者惊风云之变态而已耳,安所规规于或有或无而始措笔而摛词耶?"故《九才子书》钟可封则封之,鬼可斩则斩之。淬舌剑于笔端,吐词锋于纸上。安良善,体天地之好生;除凶残,振朝廷之斧钺。总之,自无而之有,自有而之无。是故不谬于传奇之作也,子何独疑而致讯哉?"诘者唯唯而退。爰笔于书,以为序。时康熙庚子岁仲冬上浣上元(五十九年),黄越际飞氏书于京邸之大椿堂。

斩鬼传跋

兼修堂

无中生有编成简,或以为笔情之趣,或以为口孽之愆。乃作者俱不任受,不过销磨清昼,排遣素怀耳。知我者谅之,不知我者讶之;阅之者解颐,闻之者现齿，而作者之面目如故也。老夫往阅《草木春秋》，亦是无中生有，才人游戏之笔。彼则付之剞劂，公诸海内焉。何以知之？其转换接落，以及字句间，盖作者一时遣兴牵笔描去，不假推敲，以此知不欲付之剞劂，公诸海内也。老夫爱其才华，细加笔削，更觉快心夺目。不取（敢）与烟霞散人共口孽之愆，然而复敢大言曰：此书居《草木春秋》之上，散人不欲付之剞劂，公诸海内焉。故既为之叙，而复言之跋云。兼修堂。

斩鬼传、平鬼传引言

郑振铎

中国讽刺小说极少，《斩鬼传》《平鬼传》外，惟《何典》《常言道》寥寥数作耳。而《常言道》诸书却都是模拟《斩鬼》《平鬼传》的。故论述讽刺小说的，自当以那几部锺馗斩鬼的小说为开宗明义第一章。

以锺馗斩鬼事为题材者，今知共有个同的三本：日本《内阁文库》藏有明刊本一种，我曾见影片数页，与今传的《斩鬼》《平鬼》二传，内容完全不同,惜未得传录。烟霞散人的《斩鬼传》,文字丰腴活跃,无疑的,作者是一位不得志的才士,后来刊本改称《第九才子书》,又加以黄越的序,把作者姓氏也变成了"阳直樵云山人"。我在北平曾得乾隆间钞本一部,无黄越序,而有瓮山逸士序及作者自序,似最为善本。文中"只"字最多,或作"这"字用,或作"衹"字用,或作"着"字用,似是"方音"。今即以此本重印,对于"只"字及其他"别"字均不加改动,以存钞本的原来面目。烟霞散人未知何许人,著《幻中真》及《凤凰池》。《斩鬼传》自序云:"题于清溪草堂。"按:作《禅真逸史》者为清溪道人,也即杭人夏履先。烟霞散人或即其人欤?

唐锺馗《平鬼传》为第三种写锺馗故事的小说,也是骂世之作。传本颇多,而罕见善本;或本题"东山云中道人编",也不知其为何许人。文字较为直率,有的地方却也很动人。

所谓中国的讽刺小说,读了这两部《平鬼》《斩鬼》后,我们便可知道究竟是怎样一种作品。纯然是穷秀才的"愤世"骂世"之作,充分的表白出没落的"士人阶级"的最沉痛的呼号;他们的整个人生观都已显陈出来了。对于研究近代社会史的人,这些作品乃是最好的"资料"。

说明:上所录序、自序、兼修堂跋、郑振铎引言均录自《世界文库》本《斩鬼传》。转录自《中国历代小说序跋集》。"抄本"则为吴晓铃先生藏本,藏北京大学图书馆,上海古籍出版社据以影印。黄越序录自积庆堂抄本《斩鬼传》。

烟霞散人,即刘璋(1667—1696),字于堂,号介符,别号烟霞散人、樵云山人,山西太原人。康熙三十五年中举,雍正元年任深泽县令,任四年,被解职(见同治《深泽县志·名宦传》)。尚有《凤凰池》《飞花艳想》等。

瓮山逸士、黄越,真实身份、生平事迹待考。

(斩鬼传)跋

献成

天下事,真与幻而已。真则为人,幻则为鬼,其固然也。然亦有真而似幻、幻而实真者。如我介符先生《斩鬼传》一书,以为真也,而种种曰鬼,则似幻也;以为幻也,而事事皆实,则又真也。阅是书者,固不可以为幻而忽之，亦正不可不以为真而惕之也。何也？先生之作是书也，盖具一副大慈悲心，欲俾天下之齷齪、仔细、寒碜、扢渣等辈，厚自刻励，返朴还醇，以克全乎天地之肖子，宇宙之完人也已矣。而无如世之论者，顿曰"骂世"，辄曰"薄德"，否则，即以为幻也，非真也，取笑一时，而无关于世道人心之大也。呜呼！是岂知先生之心哉！先生之心，盖不啻掺砺世磨钝之椎也，不啻施移风易俗之化也。而岂其幻耶？而岂非真耶！如曰幻也，而非真也，彼今之为急赖、为抠掐、为讨吃、为叫街、为耍碗、为发溅、为温尸、为冒失、为黑眼、为低达、为地溜、为酒色、为不通、为乜斜、为伶俐、为风流、为鹹脸、为绵缠、为楺諎、为撩俏、为偷尸、为急臕、为诌为假，比比皆是，种种不乏。岂得谓之幻耶，而非真耶？如知其真也，而非幻也，吾愿世之读是传者，全降衷之恒性，还本来之面目，则幻可为真，鬼可为人，庶不至贻锺馗之一怒。而于先生以言为剑，以笔代枪之意，其亦可以不负也夫！时乾隆十年岁次乙丑桂月上浣之吉，同邑后学献成氏谨跋。

说明：上跋录自怀雅堂钞本《斩鬼传》，藏国家图书馆。此本内封分三栏,分题"阳直介符刘先生手著""斩鬼传""怀雅堂录本"。首《斩鬼传序》,与前录序文字同,尾署"时康熙四十年岁次辛巳仲夏之吉,烟霞散人题于清溪草堂",后有"醉歌田舍酒,笑读古人书"阳文、"樵子担云,渔夫钓月"阴文钤各一方;次"昔有人问画师"一段,尾署"烟霞散人再序",后有"侯铸知己用,贫不受人怜"阴文、"期山期水 雪涛"阴阳文钤各一方。后锺馗像、赞一叶。次"斩鬼传目录",十回。正文卷端题"斩鬼传卷之一 烟霞散人手著 澹园居士评阅"。半叶九行,行二十字,无格。文末有跋,尾署"时乾隆十年岁次乙丑桂月上浣之吉同邑后学献成氏谨跋",后有"侯执信印"阴文、"献成"阳文钤各一方。

东游记

《东游记》原序

朱鸟逸史

天启之末,怪事纷如,怪民叠出,怪籍齐现。义兴许生闭户读书,一狐仙化女至其书室,嬿婉之后,恒盗世人强取窃取之财以供许之极欲。教令摎市其货,必获十倍之利,且复劝以此息广行利济。许有欲得妇孺,但其人曾萌些微邪意者,即能窃负就许,又复夜负送回。许遂自号嫪恋子,人又呼为劳娈子。见许案头有《西厢记》《还魂记》《水浒传》《金瓶传》《祁禹传》等作,辄云:"吾辈游万岁山时,已数千岁,所目击外国及古宫闱事甚多,自得胜友醒神翁,遂起一书名《人见乐》,其妙合此成六矣。"因每日为许演说一回。玉川顾道民,时为馆客,有好奇癖,操觚润之,名曰《东游》。许亲族妇女甚多,谓其妖惑于许,丛集而肆骂焉。彼则历数汝某日与某人为某事,一一中其幽隐,遂悉赭面逃去。盖狐之千岁者与天通,所以云阳有狐王庙。传写至日本交南者一部,得贾十金,巨阉好新异书,遂令门客索稿于许。因而两京教坊竞相传写,诸姬率能背诵,一字无遗,韦绝编散,不去手也。书若曰蔺其骨而蛮其行,若虽匿不上闻,岂容复为我国人耶。康对山云:"狠架子是我表子,马宪副是他老子。"彼其以母女身载人父兄子弟,殆亦与海国近。又《抱朴子》云:"穷鄙极黩,以结情款。"元人曲云:"有几般说不信人不会的偏僻风流。"亦似预为此帙而设。余此本抄从广陵李姬处,偶用活板排之,副以绣像,拟遇校书即送一本,虽一切有情诸过误,亦青楼媚药狭邪鼓吁也。人谓色欲一途,将由此盛,不知色欲一途,必由此衰。犹夫禅衰于达磨,儒衰于周陆,文衰于韩苏,诗衰于李杜,书衰于羲献。盖皆举其精微神髓,一泄无馀,理著事亡,所以衰也。薮则塞而洞则通,如丸激而走阪则疾,水阻而归壑则驶,有法皆然,独色乎哉?朱鸟逸史手书,金楼子重镌,笃静子刷本。

东游妻镜弁言

明极想消居士

尤悔庵云：环中国而建邦者皆外国也。其地则有远近大小之殊，其气则有寒暑燥湿之异，其人则有诚伪华鄙之分，其山川则有夷险平奇之差，其物产则有动植巧拙之判，其政教则有文武繁简之别。其得通于中国者，盖亦无几。《史记》大宛之属，不知今世尚有存焉者乎？天主氏云：一国不能知，千国之人或能知之。西方之说，吾不知果有其人其事乎？抑或妄言以诳我中国人乎？吾尝设一幻想于此，欲使神离躯壳，行空如风，遍游海外诸国，览其山川人物之奇，文字语言之异。朝西暮东，倏忽万里，随所见闻，咸为记注，然后勒为一书，以遍赠宇内好奇之士，斯不亦洋洋乎大观也哉！古今之远游者，汉则张骞，唐则三藏，元则楚材，近则徐江阴。此四人者，吾爱之慕之，恨不生与同时，追陪杖履。读江阴书乃知西南区域之广，山川多奇，远过中夏。记文直叙情景，未尝为文而天趣流，土俗人情时时著见，奇踪异闻应接不暇，竹帛中不可无此一种也。

黄九烟云：吾园无定所，惟择四天下佳胜处为之,亦在世间,亦在世外,亦非世间,亦非世外。山形内堑而外峭,隔绝世尘,无径可通,独山腰有一穴,蜿蜒登降,冲瀑出入,绝不知其为洞,则兹山之界阻也。山中宽平衍沃,宇宙百物之产皆备其中。盖累世不知有争斗之事,亦无蛇蝎蚊蝇之属。溪流散注山中,所见无非水者,亦有林薮参错,舫屐皆可经行。湖中央则专为美人避暑设,醉乡也,睡乡也,温柔乡也,庶几兼有之。一峰当其中,登之则内外无不洞瞩。诗云:"恨不身生郁越洲,化宫衣食足优游。而今别有花天地,谁复埋忧与寄愁。众香国里朝臣妾,万绿丛中长子孙。纵使乾坤终混沌,也须还我百花村。花房酒肆堪成道,莫作情痴秘戏看。等闲便作蓬瀛会,此地神仙不值钱。"颂曰:"安得生此洲,虫毒永不侵。何事刘子骥,桃源想问津。安得生此洲,螽麟共振振。履敏虽为达,姜嫄殊苦辛。安得生此洲,香梦绿重重。阿房与金屋,咄哉可怜虫。安得生此洲,所爱同游戏。永斩烦恼缘,顽福胜乾慧。或嫌尤五伦,更惜佛法弃。此说故置之,但喜疗机智。自言见阿含,经喜而颂之。"不复问其真妄也。

徐文长云："予尝梦日所必不为事，正如幼女梦产子。"魏金精云："予恣欲生于溺情，每邪思而乱德。平生未蹈邪淫事，而邪淫念触地而发，又数有天幸不使成就，然每能凿空作淫想。曾庭闻尝梦禧与其弟共舆，一矮猪淫之。曰：'岂足下近有遗行耶？'时其弟暱一娼，予尝与笑语，颇欲狎之，既以为不可，而念不能绝。盖庭闻未之知也。又禧尝梦大寺中与方丈僧及一知客僧同寝，三人终夜皆言淫亵事。世如余者何限，但不齿记以自警也。"

王升之语眉公云："五岁时与姊妹中表戏，年相若也。指天画日，誓结盟好。至十五六，有嫁者，有未嫁者。嫁者怀惭谢不出见，未嫁者因间挑之，罔不记忆而心动焉。虽止于礼义，然不可谓不窦矣。又数年后，嫁者归宁，交拜堂上，犹赭发与色，非钟情而然乎，又何怪？东阿见丕得甄，昼思夜想，废寝与食。黄初中入朝，帝示植甄后金带枕，植见之不觉泣，时已为郭后谗死，帝遂以枕赍植。植梦女来言：'此枕是我在家时从嫁物。'遂作《感甄赋》。明帝甄后所生，但改为《洛神赋》也。"

陶辅云：丘相赋性高杰，括尽幽隐，尝撰传奇名

《五伦全》,乃后又于书肆中见其《钟情丽集》,备序其关目之本末,形容淫亵秽滥备至,见者不堪,不知当日作者何颜举笔书之,正如男倡女优之为其实,安其名,亦题曰玉峰主人作耳。右六条俱可与此书相证,夫傀儡优笑试于王公大人之前,未有不厌且郄者,而乡人小儿骤得之以为惊,至形于指画,赞叹魂梦心语之间者,未习也。不佞足跌甚狭,已闻妇女八叟雄狐被刺之事,与显媾女客者数几相准,罔不瞶胤颇众,益信孔融之发词偏宕,诚有慨矣。因嗟皇天后土,名教法家,无术可詈者,积古今已沙数,人广且多,幽暗于折足拒诤者,又奚怪焉?是以室只无盐,终不与近,正不知用何莲舌才使千百万劫恒河沙众一齐勘破者恶事。忽于书摊得书,名《老婆禅》,又系顾大愚作,不觉跳跃抃舞,谓纸衣神行之人,必有么弦孤兴之作。疾翻一过,则古字雅句,广恕通方,清文花丽,思泉宝饰,知其不能直写而戏喻之,以屏诸四裔,且不能庄语而曲摹之,以不与同国,远胜时下所行《艳史》《快史》《东门生》《痴婆子》《灯草人》《肉蒲团》《弁而钗》《别有香》。触成撰曲一套,批曲一部,及见市中卖本,则尽易古字以俗字,板纤丑如瞽者弹词恶俗,遂不可耐,故乘痴兴,特为翻刻,因向有《还魂记释喻》之板,遂亦以《西游记释喻》题之。其新增通俗之字,即余亦未全识,意逆而已,亦甚不欲未览全藏、未见全史人见贻彼买椟之忧也。明极想消居士记于万古松风一茅屋。

东去婆禅总评

竹坡笠翁

一、诸子之书以及道藏梵策,一切瑰伟之言,自庄、列以下,皆寓言也。此书虽用枚皋嫚戏曲随,其事体其实全是原本庄、列,而参以深经。或言其悖圣有罪,则盗跖讪夫子,当先将庄子焚禁矣。又唐子西云:"史迁敢乱道却好。"史迁之例,本传晦之,他传详之;详论未已,忽出叙事;叙事未已,又出议论;不伦不类,皆其例也。正如石曼卿,人物开敏,以文为戏。有疑为雅俗不伦而欲加芟治者,岂所以论洞尽深奥、义贯终古之概哉。

二、演义小说之有书,其根株缘起,终自鸿都门下。高湛喜人说氓间琐事,杨广令淫姬笔为丑言。

汉武召方士说远国遐方之事,来末学渐迷初旨,惟道佳人才子之离合,作者率穷浪子,故所谓多有际遇之人,未有不先系穷浪子者,以致女流误思若辈,雷同数见。此书独表源流,使人知所指归。若其借史传、《西游》为注脚,全从韩婴释诗、韩非说林学来。

三、《西厢》以空到不厌为工,《还魂》以一声两曲为工,《水浒》以戒色重气,须眉毕肖为工,《金瓶》以狡吻各殊,俗喻叠出为工。此书虽积集往事,加以粗狂鄙野,借韵影戏之词,欲使山阴道上应接不暇。要亦耻蹈前辙,计无复之,故专以搀入学问,用四宾主、四虚实为工。四宾主者,主中主,宾中宾,主中宾,宾中主也。四虚实者,虚者实之,实者虚之,虚而玄之,实而甚之也。得此二法,而其书遂如缺霓断虹,流烟堕雾,石泓古苔,非绣非绘,缞缞褵褷,舒蘑皆成异锦。公安才子云:"生平爱便宜,为乐曾不惓。《西厢》开锦绣,《水浒》藏雷电。"经解若不贯通,然得三五老儒生集而卒业,亦非难事。施耐庵、王实甫正复难得,使曾见此,必更以为世间不可无之书。要知与《禹鼎》《山海经》一样,无非预象妖怪,务令穷尽之意。则信彼意中初无法执也。以为有可删节,即非此道知音。

四、此书命名特用双柱对立,矗天而起,矹不可移,不仅如寻常小说之题目。贯以金瓶孔雀尾,通廿五调为一调,而每卷题目惟用一曲牌名,颇觉新异。且二十四卷各植一干,然后缀以枝叶,使人迷离,不觉如二十四气不可增一气,二十八宿不可减一宿,况以天道一周之理,则有阳即有阴,有朔即有望,十二阖辟而一岁尽矣。即增一折亦为闰矣,非如他书,随意搠衍,可少可多。

五、说书以见各处土音为佳,故方言为洽见之奇书、不刊之硕记。然即此秦晋楚豫闽越之间,土音亦不可尽也。随意参用,任读者之各率其音而已。说书以不杂文语为佳,然昔称李白以说话皆成句读,况齐之徂、晋之往,在古亦即方言,并非另为文字相传,以喻呈秀而笑其婪。我海内将无所逃,另改一编应掩索,故崇初妓舍弥力求真本云。

六、极写秽行,只是多生苦心,欲将大藏精髓说与生。吾后人又恐末俗好奇言,以穷恶为巧。故温公《通鉴》,他人读未终卷,皆欠伸思睡。毁人不引寸至尺,则听者不满于耳,况入胜地。昔宁献王撰《汉唐秘史》二卷,太祖命为,大意主于戒,偏详于怪论。淮南王母张果辈,凡后人所称二代杂恍怪事,如唐宋幸夷妇渎伪沉及没入逆卷,征采最繁,多不自正史出也。至极鄙亵,若武氏、如意君、高力士假妻,小说之至靡者。往看裨书,犹以为设托,此悉入大笔,载述凿核,又特承旨而为,其敢以无稽云者,勸浯之耶?盖王喜纂辑奇编秘牍,丛萃其邸,王浩畋而为之固易,若事出不经之策,外人亦能之。虽然,周折舞蹈,遂乃冠猴缓狗,以礼乐为戏;辅教止辟,遂乃椓烙刭斩,以刑罚为戏;理财禁非,遂乃渔贿盐酷,以官政为戏;学古授政,遂乃伪道贾宦,以学术为戏;配配嗣育,遂乃奔淫烝报,用夫妇为戏;传贤禅位,遂乃九锡劝进,用君臣为戏;继善东彝,遂乃盗圣罔众,以心性为戏;历数应顺,遂乃显肆谰词,以天地为戏。大略主于谲欺,君以戏臣,父以戏子,夫以戏妇,出有圣人教而来,各趋戏无已。时天地皆不见,所以救饬,若欲假于丁吕政,则天下语言如蚊响。故纸如牛毛,所谓相形禄命课卜诸伎之荒乱者,可烧也;所谓假托神仙修养诸门极劣无味者,可烧也；所谓山经地志之荒诞尘游宦历之夸张者，可烧也；所谓浙东戏文乱道不堪污视者，可烧也；所谓细人鄙夫铭志别号之文，富子室庐名扁记咏为册者，可烧也；所谓诗法文法评诗论文，识见卑下，党同自是者，可烧也；所谓坊肆妄人纂集古今文字，识猥目暗略无权度可笑者，可烧也；所谓滥恶诗文，妄肆编刻者，可烧也；所谓谈经订史之肤碎，所证不过唐宋之人者，可烧也；所谓纂言之繁琐，数书之复陋者，可烧也。房中非邪妄，内素言之，史志具之，第今传非故策耳。昔相如赋《子虚》，百日不接外事。控引天地，错综古今，忽然如睡，涣然如兴。若论浮深戏广，而以秀气闲情别构奇观，则方斯蔑足矣。竹坡笠翁书。

竹坡评

此回曲畅，其词更非沓也。结尾数语，简劲挺拔，促响哀音，既如徐鬼见魏侯说狗，又有平秦王杀马并杀婢手段，只觉震竦透辣，扫尽前踪。噫！既有前驱，又有中权，顾无后劲可乎？文章有入笔，有出笔。入者入吾意,出者出吾意也。入要曲而别,出要脱而矫。务使人观其所以入,不知其所以出,观其所以出,不知其所以入。于意所在,往往灭其迹隐其形,或错综以乱之,或囫囵以溷之,务使彷佛莫定,疑似不能甚解。人乐其悬河注水,酌之不竭,词锋俊发,排逐百家也。但见汪洋纵恣,不觉结构经营,及其至也,如断壁老松,绝人扳仰。竟将全藏藉为精髓,尊宿从未宣明之语,借一稗官之力,使从今千万岁亿兆尽闻知。不但踢倒当场傀儡,劈开立地乾坤,扫得冰消雾卷,而杳然以去,洒然遂止。至于卢生二字,固用《续玄怪录》杜子春事,世亦不知,仅指唐有卢隐,衽席不修而已。谭钟云:每观汉晋以后,子口夜读曲诸歌,想六朝人终日无一事,只将一副精神时日于情艳二字上,体贴料理,参微入窍,此物理世运,人事起伏顿挫之微,尝反覆感叹之。其言至朴至俚,而至华至荡,虽闺阁中琐碎不使人闻知语,却高于唐绝句数格。如孟珠之:"望欢二三年,实情将懊恼。愿得无人处,回身与郎抱。"张衡之:"素女为我师,仪态盈万方。众夫所希见,天姥教轩皇。乐莫乐斯法,没齿焉肯忘。"梁人寄妻之:

"既忆凝脂暖,弥想横陈欢。"太妖矣,然亦有才色者之常,既已有情,何必讳其妖也。

说明:上序等录自杭州图书馆藏抄本《狐仙口授人见乐妓馆珍藏东游记》。此书有北京大学图书馆藏本,残存书第十一、十二、十三、二十、二十一、二十二章;台北"中央研究院"历史语言研究所傅斯年图书馆藏刊本,存第一、二、三、四章。或谓作者实吴震生。

顾道明待考。

吴震生(1695—1769),徽州歙县人,字长公、祚荣,号可堂、武封、南村、笠阁渔翁、玉勾词客。

隋唐演义

《隋唐演义》序

褚人获

昔人以《通鉴》为古今大帐簿,斯固然矣。第既有总记之大帐簿,又当有杂记之小帐簿,此历朝传志演义诸书所以不废于世也。他不具论,即如《隋唐志传》,创自罗氏,纂辑于林氏,可谓善矣,然始于隋宫剪彩,则前多阙略。厥后铺缀唐季一二事,又零星不联属,观者犹有议焉。昔籜庵袁先生曾示予所藏《逸史》,载有隋炀帝、朱贵儿,唐明皇、杨玉环再世因缘,事殊新异可喜,因与商酌,编入本传,以为一部之始终关目,合之《遗文》《艳史》,而始广其事,极之穷幽仙证而已竟其局,其间阙略者补之,零星者删之,更采当时奇趣雅韵之事点染之,汇成一集,颇改旧观。乃或者曰:再世因缘之说,似属不根。予曰:事虽荒唐,然亦非无因,安知冥冥之中,不亦有帐簿登记此类,以待销算也。然则斯集也,殆亦古今大帐簿之外小帐簿之中所不可少之一帙与？时康熙乙亥冬十月既望,长洲褚人获学稼氏题于四雪草堂。

隋唐演义原序

林瀚

罗贯中所编《三国志》一书,行于世久矣,逸士无不观之。而隋唐独未有传志,予每憾焉。前寓京师,访有此书,求而阅之,始知实亦罗氏原本。第其间尚多阙略,因于退食之暇,遍阅隋唐诸书所载英君名将、忠臣义士,凡有关于风化者,悉为编入,名曰《隋唐志传通俗演义》,盖欲与《三国志》并传于世,使两朝事实,愚夫愚妇一览可概见耳。予既不计年劳,抄录成帙,又恐流传久远,未免有鲁鱼亥豕之讹,兹更加订正,付之剞劂,庶几观者无憾。夫"饱食终日,无所用心,不若博奕之犹贤乎已"？若予之所好在文字,固非博奕技艺之比。后之君子能体予(下缺。据大连图书馆藏四雪草堂本补齐)此意,以是编为正史之补,勿第以稗官野乘目之,是盖予之至愿也夫。时正德戊辰仲春花朝后五日,赐进士出身资政大夫南京参赞机务兵部尚书致仕前吏部尚书国子监祭酒左春坊左谕德兼经筵日讲官同修国史三山林瀚撰。

四雪草堂重编隋唐演义发凡

四雪草堂主人

一、隋唐演义原本出自宋罗贯中,明正德中,三山林太史亨大复加纂辑授梓,行世已久,而坊人犹以为未尽善。近见《逸史》载隋帝、唐宗与贵儿、阿环两世会合,其事甚新异,因为编入,更取正史及野乘所纪隋唐间奇事、快事、雅趣事,汇纂成编,颇堪娱目。非欲求胜昔人,聊以补所未备云尔。

一、书名《隋唐演义》,似宜全载两朝始末,但是编以两帝两妃再世会合事为一部之关目,故止详隋炀帝而终于唐明皇,肃宗之后,尚有十四传,其间新奇可喜之事,当另为晚唐志传以问世,此不赘及。

一、古称左图右史,图像之传田(由)来旧矣,乃今稗史诸图,非失之秽亵,即失之粗率。秽亵既大足污目,而粗率又不足以悦目,甚无取焉。兹集图像计五十贞,为赵子同文所写,意景雅秀,又刊自王子祥宇、郑子予文之手,镂刻精工,似当为识者所赏。

一、是编草成已久，刊刻过半，因末后二十馀回，偶尔散轶，遂至中止。兹幸得之一友人箧中，始成全帙，付之剞劂，以公同好。倘有翻刻者，千里必究。四雪草堂主人谨识。

说明：上二序并"发凡"，录自四雪草堂刊本《隋唐演义》。原本藏山东大学图书馆，上海古籍出版社《古本小说集成》本据以影印，并依大连图书馆藏本补足。此本首有《序》，"序"字下有"没世农夫"篆字阳文印一方，序残。尾署"时康熙乙亥冬十月既望，长洲褚人获学稼氏题于四雪草堂"。次《隋唐演义原序》，尾署"时正德戊辰仲春花朝后五日，赐进士出身资政大夫南京参赞机务兵部尚书致仕前吏部尚书国子监祭酒左春坊左谕德兼经筵日讲官同修国史三山林瀚撰"，有"林翰□□"阴文、"丙戌进士"阳文钤各一方。此序实《隋唐两朝史传》林瀚序，却又有不少不同，特别是《史传》序不署年代，而此序署年月日。是褚人获另有所据，还是褚自行更改，很值得研究。此序的真伪也很值得研究，因为《隋唐志传叙》中提及《三国演义》《水浒传》,与二书的成书年代有关。次,"四雪草堂重编隋唐演义发凡",尾署"四雪草堂主人谨识"。又次"四雪草堂重编通俗隋唐演义目录",凡二十卷一百回。复次,图五十叶,共一百幅,有图题,第五十叶一百幅残,据大连图书馆藏本补全,此幅刻工题署曰"康熙甲子年仲春古吴赵登华",此赵登华者,或系《凡例》中"赵子同文"之名,"甲子"为康熙二十三年,但序又署"康熙乙亥",即康熙三十四年,似乎图绘好后十一年方才作序(或成书),颇起人疑窦。但结合《发凡》所说"是编草成已久,刊刻过半,因末后二十馀回,偶尔散轶,遂至中止。兹幸得之一友人箧中,始成全帙,付之剞劂,以公同好"来理解,则疑窦可释。盖序为"末后二十馀回"失而复得,"始成全帙"后所作。而由此则又可断定《隋唐演义》康熙二十三年之前便已经成书。正文卷端题"四雪草堂重订通俗隋唐演义卷之×　剑啸阁齐东野人等原本　长洲后进没世农夫汇编　吴鹤市散人鹤樵子参订",版心上镌"隋唐演义",单鱼尾下镌卷次、回次、叶次、"四雪草堂"等,半叶十行,行二十三字。

另有文盛堂梓行本。该本内封上镌"细绘全像",下分三栏,题"四雪草堂订正""隋唐演义""文盛堂梓行"。首《隋唐演义原序》,尾署"正德戊辰仲春花朝后五日,赐进士出身资政大夫南京参赞机务兵部尚书致仕前吏部尚书国子监祭酒左春坊左谕德兼经筵日讲官同修国史三山林瀚撰",有"林瀚"阴文钤。序中"正德""赐进士""国史"诸语均抬头顶格。次《序》,尾署"康熙乙亥(三十四年)冬十月既望,长洲褚人获学稼氏题于四雪草堂",尔后版本的序或署康熙己亥(五十八年),据鲁迅《中国小说史略》第十四篇"元明传来之讲史上"说,还有署康熙十四年的,而序文的内容全同。复次"四雪草堂重编隋唐演义发凡",尾署"四雪草堂主人谨识"。复次"四雪草堂重编隋唐演义目录",凡一百回。正文卷端题"四雪草堂重编隋唐演义　剑啸阁齐东野人等原本　长洲后进没世农夫汇编　吴鹤市散人鹤樵子参订",半叶十行,行二十字,竖格。版心上镌"隋唐演义",单鱼尾下镌卷次、回次,再下端镌"四雪草堂"。每回前均有图像,刻印甚精,回末有总评。书藏辽宁图书馆。

三教同原录

同原录序言

张继宗

窃惟域中有四大,而道乃囊括之。道之用在德,其次曰功、曰能而已。为圣为贤,为仙为佛,皆从此中锻炼而成。所谓锻炼者何?盖以深体其道而躬行之是也。然道体至虚,无声臭形色,何途之从而物色乎?古人云:御六艺之珍驾,游道德之平林,求道之方,必资于典籍可知矣。如儒家之九丘八索、三坟五典,老君之五千馀言,释氏之三乘妙谛,何一非载道之具?但其旨渊微,苟非明智之士,不足以语此。若乎嗤嗤之氓,岂能抉藩篱,升堂奥哉?

庚辰冬,入觐神京,泊节苏郡。舅氏夏振翁,携一册见示,云出自徐子有期手集。质虽胜而不伤于俚,词虽繁而不叛于道,所谓贤愚共赏者也。其明智之士固无论,即嗤嗤之氓阅之,亦莫不了了。其披聋发瞽,丕振道风,舍是奚适哉?此书凡四十卷,自浑沦之初,至既判之后,历代兴衰,迄于明纪,几千万年之间,异人辈出,羽化登真者,指不胜屈,抑何此书之浩瀚冲融若是其甚欤!诚吾道之长圃也。因接徐子于胥江舟次。淳庞朴茂,古气蕴隆,知其为有道者流。叩其学,乃以恻怛好生为心,行轩岐之术以济世。余谓之曰:子殆医中之仙耶?此仙家之史也,有补于世多矣。徐子不敢独擅其美,称是集之成,赖毓奇程君挥汗呵冻靡间,历三载告竣,名之曰《同原录》,后之同志,阐扬振刷,无致颓靡,此程君所厚望焉,其可乎否耶?余曰:"徐子纂而集之,程子嗣而润色之,舅氏又为称许而乐道之,吾知继其后者,必能剖劂以行,公诸天下,俾知道之最大,实为琅园宝筏,超五浊,登三清,于焉是赖。其谁曰不可。时康熙庚辰(四十九年)长至日,龙虎主人张继宗撰。

同原录序

性统

清静心中,流出许多世界,流出许多众生,劫示淳朴,复潜机昧,天真才启,物离本真,由是就身打劫,立君立师,呼天称地,或建五常,或传心印,或阐道德,不过欲回光返照,复陶无妄耳。是知一即三,三即一,因时制宜,因习立法,就地就事,契理契机,师师授受,圣圣相传,载于经史,散于群书,门墙如立,编帙浩繁,欲穷出处,不亦难乎!

钦惟当今皇上,圣明神德,三教㦿隆,于是家创一言,人标一解,文明之盛,华藻蔚然。爰有吴门处士,明阳徐君,融会三教,积学多年,不惮疲劳,功取三家之要典,集而成帙,共若干卷,名曰《同原录》。中分三科,曰圣贤贯脉,曰佛祖传灯,曰仙真衍派。至若天真降临,三皇挺生,至人间出,圣帝代兴,或制器以尚象,或创字以带绳。艺五谷,教蚕桑,作甲子,立制度,入崆峒而问道,登昆仑以会真,其间问答理居,议论盘桓,章章可考,历历如见,虽未究光音下生,金轮御世,然更有志之士,溯流知源,无烦遍阅群书,得证清净心中,成就如是,其功正伟。

书成,徐君因受织选巴公之托,送大士金相来普陀,遂呈是书,问序于余。余细翻阅,洞悉苦心。试思自下而上,山河大地,日月星辰,毕竟生自何来,自今而古,仁圣仁贤,仙真佛祖,毕竟归于何处?

向这里具得一双眼,将三教亘古,虽一口吞尽,未为分口(叙),其或未然,道冠、儒履、佛袈裟也,须一一着在自己身上始得。时康熙五十年壬辰季春中浣,敕建普陀法雨禅寺住持临继正宗第二十八世西蜀比丘性统顿首拜撰。

同原录序

绎堂

圣心之列三教也,猷(犹)天之有日星也,众昧以之毕照;猷(犹)地之有江海也,众流于是乎归。世出世间,鼎立而三。虽其应用不同,而要在于洗黏解缪,则运化弘,禅要不容于偏废者。无尽居士,护法一论,谓儒疗皮肤,道疗血脉,佛疗骨髓。是故儒以治世,佛老以治身心。伸其旨,大约使人弃华而就实,背伪而归真。自利利彼,造乎真际。三教之原,此心同也,此理同也。嗟夫!去圣时遥,人心多有谬,乃不悉圣人设教攸分,道原一致,纵辩者从而排斥之,互斥之。且附于彼者,乃授耻(萧按:恐为"耻授"之误)于此,业于儒者,矛盾于佛老,而不知圣人之列三宗,源源相委,初非与世峙人我也。

江湖日下，一往难回，空搜千载之下，徒深吠尧之叹。是以明阳先生以圣贤之心为心，感而兴，卓然而作《同原》一录也。是《录》也，劳心竭思，鬓发苍苍，迄今三十馀年，汇之成帙。上从历劫难名，下自鸿蒙未判，绘而出之，传以述之，垂至近代，绳绳相继，如水之源源而出，如木之本枝枝而附巾，如三光杜天，一览周圆，其有裨于圣贤之教也。旨异哉乎？予尝谓先圣设教，如水授月，影平欹随之。原其心以归于正道，原其道契于真性，体而行之，成功则一耳。先儒不知出处，谓佛老之教甚于杨墨，其言近理，足以惑人。又以援儒入墨，总总戴盆，虽百尔自徯，日月不可得而逾，天之不可薪而爇也。

壬辰春，先生自吴至山，得披是《录》，见先生之平心率物，综乎世出世间之道，咸归真际。此生希遇之感，不觉跃于中而喜于外也。于是乎书。康熙壬辰（四十九年）四月朔，敕建普陀普济禅寺临济三十四代心明绎堂匡拜撰。

《三教同原录》序言

冯勋

自太极既分，三才并建，其间神圣代兴，灵异互见，史不胜书，赖有首出之人开其原而垂教于世，后之服习者各从其道而阐明之，故历世虽远，教藉以传。斯佛老所以至今弗绝也。儒者读书论世，直穷千古，旁及百家，莫不究其原而抉其奥，考诸经史，非独《易象》《春秋》所载天地阴阳之理甚详，而天官封禅，亦备言鬼神感应之事。第其文深秘，其旨精微，非浅见寡闻者所能及也。

吾吴徐子有期，隐居乐道，性嗜探讨，于三教宗旨，无不研从根底。积数十年之稽核，汇成一书，名曰：《同原录》。摭拾群籍，细加贯串，集众说而折中之，疑以传疑，信以传信。溯历代帝王之统，系述三教会合之源流，论其世，考其人，条分节解，脉络融通，颇得记载之微意，与余从祖犹龙公所编《列国志》相类。兹则上自鸿蒙，下迄近代，原原本本，纂辑之功，较难于《列国》，世虽不乏好古之士，然或者精于儒，未必通于释；通于释，未必明于道。执一家之言，欲其淹贯三教，亦戛戛乎其难之。盖珠光剑气，不容终秘。从来高山雅操，遇钟子而方鸣；千里神驹，逢伯乐而始顾。苟非其人，言何由显？独掌纶黄君，文苑耆英，艺林国手，负弘博之才，具点睛之识，批阅一过，针芥相投，不欲以连城之璧，暗藏缃椟，爰授枣梨，公诸同好。嗟夫，柱下石室之藏，非得探奇索隐之人，其不没于蠹蚀鱼侵者几何！兹编也，或以著述垂不朽，或以月旦结同心，能令道所从来，教所由立，一一洞悉其原，非独经史考订靡遗，即梵贝仙芨，搜罗殆尽，可以补坟典所未备，可以益睹记所未详，诚宇宙之大观，奚止与稗官野史同日而语哉！余喜而为之序。康熙庚寅（五十九年）初夏，翰林院检讨莳东冯勖题于郊圃之石帆舫斋并书。

(三教同原录)序

徐道

道生而颠连，幼就乡塾，每读历朝诸史，辄喟然宇宙之一瞬。稍长，偶诵二氏书，义与易理相深契。乃遍阅经藏，默然有感通。乙酉岁，得探林屋，孰谓缘忧患中态？与玞楼之选，虽藉龟鉴为本，皆逐节传纪,命道贯绎成帙,其间兴灭继绝,奖孝褒忠,则摭素所闻见而补缀者。告竣日,高真谓此史之集,无妨政教,不废人伦,断陋袭之旁门,辟久湮之正路也已。爰遇圣师清远降鉴寸忱,隆报纂修之役,慨传金火之微,道遇之,密锻炼之,遂成皮骨,旋化金刚。眷属同登林屋,觉姑问金液内外丹旨,道谓之曰:令子女盈前,玉帛眩目,而此心不惑不动者,为道器也。要在和而不流,如坐怀亦可动而不括,弗闭户何伤?有是功夫,方能入室,渐凝九转大还,行晋天仙高秩,若夫上德不务有作,是谓纯阳立跻,圣域已判,姤爻而事无为,斯称玉液,终落空亡,徒恃身中活子时鄙采他家不死药耳。试以印证丹经,奚啻分符铁券?故玄禁曰:当传过秘饬失人,妄授获您惩匪类,须知真道之不离群,不辟谷,不休妻,不居谷,大用法财,同心呵护,调摄黄婆,鼎炉毋错,外岂砂汞铅银,内非礼龙坎虎,嗟乎!碌碌浮生,谁识观音救苦,姑讶观音为谁?曰《契》不云:离己日光乎?己即我也。道愿手敲节劲心虚凌霄汉无情之紫竹,身坐中通外直出淤泥不染之青莲,补陀岩雪衣幺凤和鸣,琴瑟同调,潮音洞金甲迦蓝护法,宝杵降魔,尽教真武归心,三元会性,善财合掌,龙女呈珠,杨柳洒甘露,金光透净瓶,云其初入悟境也。青狮一吼,五蕴始知殊利;白象六牙,蛾眉齐诵普贤。九华金地藏,苦海紫檀航,所谓大智大行,仔比肩大慈大悲?立四极,夫然后绀髯周颊鬓生,碧眼环匡闪露,顿翻西相,得见如来。誓扑众生,分神太乙,略似列庄之喻言,诚探释老之玄旨。咦!期闻妙道,习累阴功,敢委人谋,总由天命,学人勖哉。勿云宿本,有志竟成,时不可再,姑拜曰:唯谨聆台教矣。广颢选仙宣史徐道书于包山玞楼华藏。

飞倦而还,闲居既久,娱亲以要天爵,养翮以待清时。恭逢圣朝应运,万国咸宁,复感出山之游,仍行济世之道,乃悬壶于荝关之十泉里。庚辰冬,教主过苏,因捧斯集质之,怃然作序,得荷同志诸公捐资剞劂,壬辰春委送大士像于南海,挈拙刻定于别庵、绎堂二禅师,即蒙赐序,将复诣曲阜叩谒圣公一阅,并祈数言,以为三家合参云尔。康熙富岁谷旦夲谷载识。

说明:上数序录自康熙间原刊本《三教同原

录》，残存一、三、四、五卷，原本藏南京图书馆。此本内封三栏，由右向左，分题"龙虎山张大真人　南海别庵　绎堂二禅师鉴定""三教同原录""先真衍派　佛祖传灯　圣贤贯脉"，有"包山林屋洞府藏版"篆体印一方。框外镌"姑苏宛委堂发兑"。首《同原录序言》，尾署"时康熙庚辰（四十九年）长至日龙虎主人张继宗撰"，有"张继宗印""碧城"篆体印各一方。次又有普陀法雨寺住持序、普陀普济禅寺绎堂序、冯勖序、徐道自序及识语一则、《说义十则》。正文卷端题"广颢选仙宣史徐道书于包山玞楼华藏"。另有上海江东书局石印本，二十四册。内封上镌"千古奇观"，中题"历代神仙通鉴"，署"龙虎山张大真人　包山黄掌纶先生同订"。正文第一叶卷端题"新刻黄掌纶先生评订神仙鉴　江夏明阳宣史徐道述　汝南清真觉姑李理赞"。

徐道生，平事迹待考。或谓徐道系明初滇池侯徐英之子徐人瑞六世孙，程毓奇则为明代理学家程翔之子程瑶的五世孙，未知何据。

张继宗，字善述，号碧城，又号龙虎主人。清康熙时人，正一道龙虎宗第五十四代天师，授光禄大夫。著有《崆峒问答》等。

性统(1661—1717?)，谷姓龙，四川高梁(今属重庆)人，临济宗高僧，普陀山法雨寺住持。

绎堂(1665—1745)，名心明，俗姓邵，浙江明州(今宁波)人，普陀山普济寺住持。

冯勖，字方寅，号勉曾，苏州人。康熙十八年进士，授翰林院检讨。与修《明史》。

凤凰池

（凤凰池识语）

才子从来不易生,河洲淑女岂多闻？事奇巧幻真无并,离合悲欢实骇人。词香句丽堪填翰,胆智奇谋亦异新。是编迥别非他比,阅过重观不厌心。耕书屋梓行。

（凤凰池序）

华茵主人

天地有绝大之文章,有绝奇之文章,有绝幻之文章,究其旨趣,要其会归,不离乎自然者近是。然文章一也,曷为而大与奇、与幻之各不相侔也？惟大而不知其所以为大,奇而不知其所以为奇,幻而不知其所以为幻。丽乎天,而不知天之高；附乎地,而不知地之厚。摩荡而为文,变化而成章,焉往而不适其自然,又焉往而不著其绝大、绝奇、绝幻哉？故知赤文绿字,彩凤衔书,文章之吐瑞也；玉牒金函,灵感窈秘,文章之宝篆也;落笔惊风雨,文成泣鬼神,文章之光怪也。散之则弥六合,卷之不盈一握,□(文)章之化境也。要之非天□□□(底下自?)然之文章也。惟是宵宵冥冥,浩浩落落,弗囿乎天地之迹,弗出乎天地之外,无意于文而自文,无意于章而自章,适然相遇,卒然相遭,则蜃楼海市,坎止流行,莫不有绝大、绝奇、绝幻者在。由是而思,白衣苍狗,倏忽变迁,人见为云也,而吾以为非云;擢浪排空,浑天涯矣,人见为水也,而吾以为非水。云液化而为水,水气结而为云,人见为云,可为水,可为云,而吾以为非云也,非水也,真文章之自然,而合乎天地之妙用者也。大在是,奇在是,幻在是。谓余言之不信,请质之《凤凰池》一帙。华茵主人漫题。

说明:上识语录自耕书屋本《凤凰池》,原本藏大连图书馆。此本内封上镌"续四才子书",下三栏,由右向左,分题"烟霞散人编""凤凰池"及识语。无序跋。目录页题"新编凤凰池目录",凡十六回。正文第一叶卷端题"新编凤凰池续四才子书",不署撰人。半叶九行,行二十字。版心由上而下分镌"凤凰池"、回次、叶次。而序则录自北京大学图书馆藏本。内封惟识语无"耕书屋梓行"字样、字体也不相同外,其馀版式行款,均与上述耕书屋本同。书成于《平山冷燕》(序署顺治十五年)之后,日本享保十三年(雍正六年)之前(《舶载书目》著录)。

烟霞散人,待考。

集咏楼

《集咏楼》序

湖上憨翁

人传小青死,而青实不死也。青诗词传者,仅十数首,骚雅士视为径寸珊瑚,不可多得为憾。顾青于复灵后,惩前为诗所累,遂不复记录诸作,而前所清本,已被妒妇所爇,幸剩稿零帙,纳诸败簏中,为姻娅蜀人马天闲文学搜集,得若干首。适逢兵变,踉跄归里,故青遗稿止传西蜀而已。壬午夏,有客自蜀携归,谋付剞劂氏,遂作《集咏传》,附诗其中,以博骚雅士共鉴赏焉。青也幸哉。康熙壬午岁八月既望,湖上憨翁题。

说明:上序录自康熙间刊本《集咏楼》。此本未见内封,首《序》,尾署"康熙壬午岁八月既望湖上憨翁题"。壬午为康熙四十一年。书中"玄"字多缺末笔,显为避康熙讳。次"新镌绣像集咏楼目录",凡十二回。复次绣像一幅,赞曰:"石上愁吟倚碧梧,一生知己是西湖。当年不雨伤心泪,争得人间有画图？琅耶王兰谷题"，有"兰谷"阳文、"王力□氏"阴文钤各一方。由王兰谷，或能查知作者的蛛丝马迹。正文卷端题"新镌绣像集咏楼"，不题撰人。半叶八行，行十五字。版心单鱼尾上镌"集咏楼"，下镌回次、叶次。写刻。所叙小青事尝见于出顺治间的文言小说集《女才子·小青》、康熙间刻行的《西湖佳话·梅屿恨迹》等。此书原本藏中国社会科学院文学研究所资料室。

湖上憨翁，待考。

台湾外志

《台湾外志》叙

彭一楷

戊子春正月,余游闽峤,寓芝山兰若,获交山阴余元闻。一日,论有明崇祯帝之谥法,遽出其先父武贞公奉疏暨遗稿见示,中有《办(辨)思烈谥号》一书,极光明正大,而其谥为毅宗正皇帝者,是先生一人之硕论也。先生讳煌,字武贞,登天启乙丑进士,为殿试第一人,入史馆,直谏敢言。捧读之下,令人想见古大臣遗风。第运丁阳九,不获展其大有为之志,可叹也。

元闻因手一书,观其标目曰:《台湾外志》。纪我朝台湾以及纪海上郑氏事最详。笔力古劲,雅有龙门、班椽风。及询作者姓氏里居,始知为江子东旭撰。余因叹曰:江子始负此才,不获纂修史馆,而乃沦兹草野,成一家言以自见,其亦劳瘁矣乎!江子为瓯闽士,性嗜古文词,不拘章句学。幼从其先人游宦岭表,悉郑氏行事,因编次其所见闻,备他日史官采取，其用心良苦。而因事直书，不置褒贬，积岁月以成，江子原无用心于其间也。按郑芝龙投诚后，其子成功据台湾海岛。故明王孙，相依为命者垂数十年。至癸亥归顺，又有宁靖王从容就义，至五姬亦从之死。江子独断以成功台湾之踞，是宁靖王而踞也，其卓识堪附紫阳之末。且其间忠臣、孝子、义士、慈孙，与夫闺壸之节烈，罔不光如日月。即当日公侯将帅入其门，不啻数十辈，而郑氏遂应五代诸侯之谶，可谓奇男子。江子今为之表彰，不致海外荒服，年久湮没，人皆为大有功于郑氏，而不知其有功于忠孝节义者为更多哉！故读是编者，可以教孝，可以教忠，可以教义。闺阁闻之，亦莫不油然生节烈之心。有功名教，良非浅鲜。异日之以登对大廷，备史氏之阙文，江子与是书不朽矣。余不敏，谨为数语，以弁其端。汉阳同学弟彭一楷拜手题。

《台湾外志》叙

郑应发

余司铎南诏，于乙丑春获交珠浦江子东旭，盖循循然重厚博物君子也。嗣出其所辑《台湾外志》几十卷,而嘱叙于予。予读其书,起明季拥众,纪(迄)归顺我朝,垂六十年,其间岛屿之阻绝,城垒之沿革,镇弁营将之忠义背逆,以至朝廷之征讨招徕,沿海之战征区划,靡不广罗搜口,瞭如指掌间。志乘之大观,班、马学之匹也。盖尝论之:作史有三长,曰才、曰学、曰识。非其旷世之才者,不能所衡千古,驱策百家;非负盖世之学者,不能参稽明备,讨论精详;至其权衡结系、斟酌褒讥之得宜,尤非抱卓绝之识者不辨(办)也。故作史难,而作偏隅之史为尤难。考成功以有明赐姓,逃窜台湾,奉永历故朔三十有七年迹。其仗义执言,全发守节,庶几齐田横遗风,不可谓非明太祖,非著明之始,所以著郑氏之始也。首志颜思齐,所以著郑芝龙之始,又所志台湾开辟之始也。成功赐姓,弱冠书生,半旅师踞金厦岛弹丸地,抗天下兵,不可谓雄乎!审时度势,效虬髯所为,遁迹台湾,存明故朔,父子祖宗相继四十年,终明之世仅见一人。其间立心之诚伪,谋略之巧拙,部伍之严肃,将帅之勇敢,贤臣隐士之遗踪,胜朝宗室之潜寓,义士、忠臣、烈女、节妇,凡有所见，皆笔于书，及至施侯奏功，郑氏归诚，宁靖王尽节，五姬殉难。东旭此书以台湾之踞，实为宁靖王一人而踞，宁靖死而明绝。其卓识宏深，诚足千古。嘻！东旭非构讼感愤，徒倚县庭，安得此书而传于世？太史公称西伯演《易》，孔子《春秋》，以及《离骚》《国语》《兵法》《吕览》《说难》《孤愤》《诗》三百篇，大抵圣贤发愤之所为作也。东旭其如是才，成此一家言，岂非天使之名当时，传后世，加厚之以无容湮没者乎？较之南面百城，其见才为何如耶？余读是书，不能嘿嘿，爰叙其所作之由也。云阳谊教弟郑应发顿首书。

《台湾外志》自叙

江日昇

历稽帝业之正，莫我世祖章皇帝也。世祖当甲申之变，整提一旅，戡乱终戏，应天顺人，承继大统而有天下。以及今上，万国宾服，惟郑氏台湾，与二三故老，遵奉旧朝，孤臣海外。恃波涛之险，来往倏忽，骚扰边疆，费朝廷无数金钱，以至迁移五省，屡动南顾之忧者四十年，其间英杰没于王事者，指不胜屈,是杀运之未尽故也。迨至杀运告终,盛世将见,天必生散金之姚公以抚之。施侯六月兴师,果敢在于人谋,一战决计见机,体乎天意,遂将台湾荒服之土地,为朝廷收入版图,四海归一焉。但成功髫年儒生,能痛哭知君而舍父,克守臣节,事未可泯。况有明裔之宁靖王从容就义,五姬亦从之死,是台湾成功之踞,亦昭烈之北地王然。故就始末,广搜辑成,诚闽人说闽事,以应纂修国史者采择焉。时康熙甲申岁冬至后三日,九闽珠浦东旭氏江日昇谨识于云阳之寄轩。

《台湾外志》例言九则

谢氏

一、是编之作,首起明太祖者,因郑氏祖墓不毁于江夏侯而有神护,推其源耳。

一、是编提出李闯陷北京、马士英专权误国而又不详其说者,自有《明史》在,不过引为接脉,作郑氏末节之说。

一、是编原为郑氏应出五代诸侯为政明叹气之前谶,其郑氏将帅,即为郑氏一时用,纪其一时用之事，或战或败，书其实也。不似《水浒》诸传，某人依某甲状若何，战数十合、数百合之类，点写模样，炫耀人目，以作雅观。

一、是编当甲寅之变，耿、尚、吴三家，有关于郑氏，则为之述；如无关于郑氏，自有国史在，故不预说。

一、是编台湾系海外荒服，地将灵矣，欲入为中国之邦，天必先假手一人为之倡，率如严思齐者，是为其引子；红毛者，是为其规模；郑氏者，是为其开国，俾朝廷修入版图，设为郡县，以垂万世。

一、是编历有所年，如国朝从龙定鼎、奉命戡乱诸英杰，不讳名直书，仿《列国》《三国》体义，非敢褒诸公，益以重之，使著名而垂不朽于万世。

一、是编于郑氏历有所年，所有征战，事迹颇多，亦难枚述。今就其关要者纂成，观者谅之。

一、是编句旁用圈点，至人名地名，俱用旁画，不致混乱，以便观者之读。

一、是编于明纪，或木（本）末，或年，或遗闻，以及《定鼎奇勋》诸书，广为搜辑而成，以备风采。时嘉庆辛酉六年仲夏六月朔日，谢氏修辑。

说明：上叙及例言录自清嘉庆间抄本《台湾外志》，原本藏大连图书馆。五卷一百回。首《叙》，尾署"汉阳同学弟彭一楷拜手题"，次《叙》，尾署"云阳谊教弟郑应发顿首书"，复《自叙》，尾署"时康熙甲申岁（四十三）冬至后三日，九闽珠浦东旭氏江日昇谨识于云阳之寄轩"。再次为"郑氏应谶五代纪"，复有"例言"，尾署"时嘉庆辛酉六年仲夏六月朔日，谢氏修辑"。总目后署"古闽珠浦江日昇东旭甫辑定"。正文半叶十九行，行二十五字。

彭一楷，字端树，号秋堂，汉阳人。诸生。有《耕云堂集》。

郑应发，待考。

江日昇，本姓林，原名佚，字敬夫，清代福建惠安县人。以江美鳌为寄父，改姓江，名日昇，字东旭，称同安人，约康熙中前后在世。清康熙五十二年恩科解元。

（台湾外记）序

陈祈永

余司铎南诏，于乙丑（康熙二十四年）春，获交珠浦江子东旭,盖循循然重厚博物君子也。嗣出其所辑《台湾外记》三十卷,嘱序于余。余读其书,起于拥众明季,迄于归顺我朝,垂六十年,其间岛屿之阻绝,城垒之沿革,镇弁营将之忠佞勇懦,以至睿谟之征讨招徕,沿海之战剿区画,靡不瞭如指掌。笔力古劲详确,有龙门班椽风。其书专为郑氏而作,始于明太祖,非著明之始,所以著郑氏之始也。首志颜思齐,所以著郑芝龙之始,又以著台湾开辟之始也。至于纪闯贼之流祸,载马相之擅权,列三藩之反侧,藉为郑氏引线,故不详其说。非具有三长者不能也。按成功以隆武赐姓,逃窜海外,奉闰运故朔三十有七年,仗义守节,庶几田横之遗。然以我朝视之,则固胜国游魂、海隅穷魄,律以犯边梗化,夫复何辞？敬惟我皇上神功圣烈,度越千古,而郑氏叛则讨之,服则抚之,又仰见皇仁浩荡,格外矜宥,聿成中外一统之治,亿万年丕丕基定于此矣。是书以闽人说闽事,详始末,广搜辑,迥异于稗官小说,信足备国史采择焉。余故乐而序之。康熙甲申冬,岷源陈祈永。

说明：上序录自求无不获斋本《台湾外记》。原本吴晓铃先生藏，上海古籍出版社据以影印行世。此本内封三栏，由右向左，分题"癸巳仲夏""台湾外记""求无不获斋刊"。首《序》，尾署"康熙甲申冬，岷源陈祈永"。次"郑氏世次"，附记曰："郑氏起事于天启元年，至康熙癸亥归诚，共六十三年"。复次，"台湾外记目录"，凡三十卷。正文卷端题"台湾外记 天启辛酉年至崇祯己卯年共十九年 九闽珠浦东旭江日昇识"，半叶十行，行二十三字。版心上镌"台湾外记"，双鱼尾下镌卷次、叶次，版心之最下方镌"求无不获斋"。此本避乾隆讳（弘、泓皆缺末笔），内封的"癸巳"，最早当为乾隆三十八年。

(台湾外记)序

陈祈永　江大兰

天之生才岂偶然哉！生是才，必有所以用是才。然生才不一，或隆以南面百城，或置之衡门泌水，又甚者，拂乱颠连，无以自立。不可谓如彼者，天生之，天用之，可以见才；如此者，天生之，未尝用之，不可以见才也。盖必至是，乃所以空乏动忍，使之奋发有为，名当时，传后世，加厚之，以无容湮没者也。

吾友江子东旭，其先君当于胜国之末，尝统数万兵，见天命有在，归诚我清朝，改武为文，授州守之职。东旭为幼子，最所钟爱，晨夕左右不离。习知时事，强记博闻，疏财重义，四壁萧然。噫！以如是之才，际用人不次之会，咸谓其必有合也。奈何命与时违，历落牢骚，所如不偶，行多坎凛。缘与友人计画，无如数何，欲为莺鸣义侠，反成雀角谤疑，构讼岁月，徒倚县庭，因著《台湾外志》一书。其书专为郑氏而作，始于伟男子。然以我朝视之，则固胜国游魂、海隅穷魄者，律以犯边梗化，夫复何辞？作史者当圣朝全盛之时，记边岛窃踞之迹，使孤忠遗愤，获伸于光天化日之下，不戛戛乎其难哉？今是编所纪郑氏，于不忘故国也，如睹关百粤，天威咫尺之诚；于其接遇王孙也，如见相依为命，保护备至之谊。忠肝义胆，赫赫如在目前。至叙今皇帝之殷忧南顾，义抚义剿，六月兴师，而郑氏宾服，台湾底定，殆亘古未有一统之天下也。非江子才学素优而抱卓绝之识者，焉能辨此哉！如宁靖王之就义从容,五姬从死,与夫忠臣义士、闺壸节烈者,尤惓惓三致意焉。江子岂独备史氏之三长,抑且有功于名教,立顽起懦,不朽矣。是为叙。三山弟岷源陈祈永、江大兰香山同拜题。

说明:上序录自另一求无不获斋本《台湾外记》,有陈祈永、江大兰序,文字与前录吴晓铃本陈序完全不同:吴晓铃本有康熙甲申(四十三年)署年,此本无年月,署"三山弟岷源陈祈永、江大兰香山同拜题";吴晓铃本的文字与上所录郑应发序虽有较大差异,但内容却基本一致;此本则完全不同。吴本出郑应发序本(即上所说抄本所据本)后,似无疑义。但两种求无不获斋本究竟哪一种在前,则待考。

陈祈永,生平事迹待考,有《知非亭诗稿》,署陈永祈,未知是否一人?

江大兰,字香山,馀待考。

(台湾外记序)

余世谦

余与江子东旭,计别二十有三秋矣!一旦既见于鹅城水滨，相视，其梦乎？真耶？须已苍、发已斑，幸颜如昨而力尚壮。遂相携登舫，市酒痛饮；索别后著述，出所辑《台湾外志》一书。

展阅"凡例"，内有："台湾地将灵矣，天必先假手颜思齐为之引子、红毛为之规模、成功为之开辟，俾朝廷收入版图，设为郡县，以垂万世"。则全部了如指掌，又何用细阅纪年章节哉？但不细加详读，不知其盛衰有数，忠节有人；来脉去路，事迹茫然。是以典春衣、浮大白，竭二日夜之功，方悟太史展成先生《西堂集》中有"草鸡夜鸣，长尾大耳"之谶，兹卷首应之。展卷绎之，信天有善作文章手段：引子者，破承也；规模者，起讲也；开辟者，二比落题也；收为郡县者，中股结束也。文章成欤！何以见天之善作文章？当成功舍父忠君，其间诚伪，正曹操死于献剑、王莽死于下士，此固未足深论。第其守明故朔，避遁台湾，与胜国宗室故老相守，矢志不贰，亦黄冠故乡，足以风后世为人臣者，且可以佐国朝开辟从未有土地，奠安天南半壁。假若犯江南归而金厦平，是文章之无作手；故战胜于一时，是天之正欲起讲也。台湾辟矣，成功遂死；金厦平矣，郑经即遁。红毛若不沉舟于普陀港、施侯若不遭飓于青水垬,台湾即得,亦是二比之劳。将为我国家乎？抑还之红毛乎？斯时荒芜草创,国家未必留之。还于红毛,台湾乃五省屏藩,地方辽远；红毛者,亦故明之最防范,保无有宵小与合,为祟沿边。故天假之年数,俾水土可服,耕凿已繁,阡陌交罗,村落华美,圣庙兴矣,人物蕃盛。况周之仁,尚有管、蔡；汉之德,岂无彭、陈？又仗彼为甲寅变尾耿之后,为我国家遏闽、浙之炽,得复两粤、湖、楚、滇、黔,特釜鱼之游耳；是文章之顿挫落题也。丁巳（康熙十六年）之败,苟若从喇将军之劝,摇橹东归,退守其间,进贡受封亦可；则文章淡而无奇。必使刘国轩恃其狡黠,猖獗于漳、泉之间,亦灯将灭而光必为焰烈；此文章之波澜也。意将尽矣,自有散金姚督、必剿施侯,六月风涛自然不兴,一战败北,束手是听；圣朝俎豆未必可毁,土地膏腴焉可轻弃？担承题留,设为郡县,诚东南长策；文章之结构也。将来可与粤琼甲乙,文人丘海,出为圣朝杜石；即郑氏数十载抗逆天威、残扰边疆,朝廷亦不深求,且锡以公爵。呜呼！招降不从,谋擒不得,天其相之,圣主赦之,其亦有深得于忠义二字之报哉！《外志》一书，天直假东旭之笔，发明彼定位乾坤、因时显晦之意。据事直书而无猥谈琐语窜入其中，不致忠孝节烈、贤臣隐士，年久湮没。备采史氏，附光盛世，则凡耕耨于斯、聚族于斯、官守于斯，知其所自来。设置方略，毋放僻邪侈，弃本就末，受天时地利之厚泽；期奠安利益，节用爱人，副朝廷命官致治之深仁。实纪事之正，有益风化，自当垂其不朽。

余读竟，不胜击节。爰书数言，以弁其端。温陵庚弟余世谦子远氏书于鹅城舟居。

（台湾外记序）

吴存忠

天下无可轻之人物，亦无可弃之土地。盖土地与人物相表里：人能立节立名，则随其所至之处，皆成乾坤；人因地而杰，地亦因人而灵，如今日之台湾是也。

台湾本荒服，自古以来，未有人民居乎其间。迨郑成功避遁于此，荜路而开斯土；子经承其基业，志仿田横，假明故朔四十馀年。虽抗逆天威，扰害沿海居民，然我皇上巍巍至德、休休有容，怜其忠义、弃其小嫌，历年遣官招抚，义不归诚；成功不失为守志之士，郑经亦不失为承业之子，是台湾因成功父子而重也。迨气运告终，而胜国子孙，有宁靖王朱术桂全家尽节。波涛为之叹声、风雨为之流泪，是台湾又因宁靖王而重也。呜呼！宁靖王死得其名，善矣哉！但郑氏握兵权于海隅，即前犯江南、后犯闽粤，是天下只知有成功与经，不知有宁靖王朱术桂也；设使术桂不死，则其名不传，亦与败叶腐草同寂寂而无闻，不几为台湾之山灵所笑乎？惟其从容就义，无惭胜国遗风，不负成功开辟台湾之壮志，亦不负郑经固守台湾之苦心；且五姬慷慨轻生，气胜男子，而台湾之山川草木，能不因此而增光乎？今东土人心，顺天意而归本朝，遂将台湾之地收入版图，我皇上得此车书一统之盛，大沛恩膏，深加殄恤，俾番、汉生灵各得其所，是台湾又被帝德之光，将来甲于天下而愈添其生色也。夫以穷海远裔之区、有存诚守义之志士、舍生就死之王孙，又有英雄豪杰懋建殊勋，标名麟阁；至于高人隐士，闺壶节烈，又昭昭在人耳目间。则台湾之外志不可不修也。

余与江子东旭，本会于西粤苍梧，阅其所辑《台湾外志》，其中诛犯顺不屈之人、存亡国尽忠之事，不致荒外年久湮没，诚圣世之公论也。且备录文武职名，详载各官事实，俾后来稽古儒生，知开创台湾者建其业、攻克台湾者显其功、归顺台湾者识其时、死难台湾者彰其节，据事直书，以外名之，深有得于《春秋》之义，正合我皇上劝忠劝孝之大典，岂非有功于名教之所为哉？则斯志之作堪与经史并传，而东旭之才情识力，直与左、庄、班、马照映先后，同垂不朽。余平日以郑经守义，羡成功之有子；以术桂尽节，欣胜国之有孙。今览斯志，相为符合。余与东旭未面而意气相孚，既面而倾盖如旧，故不禁欢欣鼓舞，笔一言而弁其端。螺阳洛水庚弟荩臣氏吴存忠拜书于西粤苍梧署内。

说明：上两序录自美国伯克莱加州大学图书馆所藏本《台湾外记》。

（台湾外记跋）

初僧

《台湾外记》三十卷，此书体若章回，而其言有文。卷首陈祈永署序，署"康熙甲申"。距台湾之平二十年，则江氏纪载，必出于耳闻目击及战报邸报，固足以昭惇信也。呜呼！甲午以后，辛亥以还，覆亡板荡之迹，转晌于二百馀年中。读江氏书，岂胜痛哉。甲子（1924年）三月记。

同光之际，上海申报馆始以聚珍铅字印书，当时随得随弃，今则传本颇鲜，此其一也。

说明：上跋录自《国家图书馆藏古籍题跋丛刊》第二十六册《铜井文房书跋》，初僧撰。

初僧，待考。

女仙外史

江西南安郡守陈奕禧香泉序言

陈奕禧

余友逸田叟吕熊,字文兆,文章经济,精奥卓拔,当今奇士也。其生平著述,如《诗经六义辨》《明史断》《续广舆志》,发明三唐六义,并诗古文诸稿,几数百卷,而未知更有《女仙外史》。

戊子,余补南安守,遇叟于淮南,延之修辑郡乘。舟行闲暇,叟始以《外史》见示请序。余览毕,不禁喟然叹曰:"有是哉,何叟之默契余心也!请得以僭言之。"

夫武王伐纣,不期而大会者八百诸侯,所以谓之"恭行天讨",而孟氏亦曰"闻诛一夫纣"。然伯夷、叔齐叩马而谏,则又斥之曰"以臣弑君",即太公亦谓之义士。而孔子断之曰"求仁而得仁"者。夫道二,仁与不仁而已。若使夷、齐之谏为是,则周武之师不得为仁义;周武之伐纣为是,则夷、齐不得谓之仁,亦不得谓之义。然大圣大贤既两是之而两许之,则夷、齐自为古之圣人,而武王亦得谓古之圣君也尔。若夫《明纪》所载,逊国靖难之事,更无圣贤执笔而定之,其说有可疑而可骇者焉。夫永乐,固英明之主也,然不得比周武之圣;而建文,亦仁让之主也,又从无商纣一端之暴,其为之臣者,又皆杀身殉国之君子。顾使永乐之得天下也以道,则建文自为亡国之君;使建文之失天下也不以无道,则燕王不得为中兴之主。从古创业者谓之"祖",中兴者亦称为"祖",馀皆谓之"宗",乃永乐尊为成祖,是中兴也。从来淫暴亡国者,不追崇,不建陵寝,而在建文,则并年号而尽削之,是失德之已甚者也。从来忠臣义士,为亡国之主殉节者,兴王之君,亦莫不褒之、谥之,而乃并禁锢其子若孙,是以为叛逆之徒矣。后世之论者,因其成败,亦莫不依违于其间,似乎以建文等之亡国之君,而永乐为中兴之主,道衍、三杨之辈,可以为佐命元勋,而方、景、铁诸公,不得为成仁取义也与。此余所素郁于中,不能断,而亦不敢断者。故曰叟之《外史》有默契余心者。俟修郡乘之后,当为叟梓行,问诸天下后世。

古稀逸田叟吕熊文兆自叙

吕熊

曰：燕藩有武略，嫚视天子，顾以一旅之师，南向而争天下，不三载而竟逾江淮、破神京、犯帝阙、卒践帝祚。苟非天所命也，恶能若是？然而转战中原，所向克捷者，则第三子高煦之力居多。煦骁勇冠军，王师老将皆怯之，莫敢撄其锋。此又天之生此虎儿以助其得天下也。噫！天道固如此，其若人伦何？方博士孝孺、景金都清、铁司马铉、暴司寇昭、高侍御翔、胡大理卿闰，莫不面斥之曰："燕贼反！"至于断胻抉喉、剥皮剔骨惨死者，众矣。死者益众，而斥其为反贼者更益众。正气溢乎玄穹，丹心贯于白日，扶植千古之纲常而弗坠者，诸大忠臣杀身以之。

迨宣宗嗣位，高煦兴兵作乱，盖循厥父之遗轨也。当日皇高帝以燕藩英明类己，出塞功多，欲立之，格于廷臣之议而止。而燕王亦以高煦英勇，为靖难元勋，欲立之，武臣皆怂恿，沮于文臣之议，同一辙也。燕藩誓师曰："训兵以清君侧。"所指者，齐泰、黄子澄；而高煦兴兵，亦以除君侧之奸为名，所指者，蹇义、夏原吉，又一辙也。燕藩纠合诸王同时作难，高煦亦连结赵王燧，亦同一辙也。煦为燕藩之庶孽，宣宗是其嫡侄；燕藩为高皇之庶子，建文帝是其嫡侄，叔侄私亲、君臣大义，又如是其一辙也。自古及今，反乱之臣之事，未有若彼父子之丝毫无爽者。第史官于高煦则大书曰："汉王高煦反。"书"反"诚然已；而于燕王则曰："受天之命。"夫燕王既为天子矣，为其臣者讳之，亦所宜然；乃并诸大忠臣探舌血而书"燕贼反"之三字而俱泯灭之，何哉？武王，圣人也，夷、齐斥之曰："以臣弑君。"煌煌然至今犹载史册。是则圣人之所不得泯灭者而毅然敢泯灭之，彼史官也，果何心哉？然此三字，如日月星辰之丽乎天，恐其终不泯也！遂并帝之年号而尽削之，帝之逊国以后事迹而尽灭之，高皇崩于三十一年，乃称至三十五年，下接永乐元年，若谓并无此建文一帝者。吁！不亦异乎？

谷应泰先生云：顾使一龙不出，众蛇皆摈。信然！夫建义帝君临四载，仁风洋溢，失位之日，深山童叟莫不涕下。熊生于数百年之后，读其书，考其事，不禁心酸发指，故为之作《外史》，大书帝之行在并建文年号,至二十六年,下接洪熙元年而止。谓之曰万世之公论也可,一人之私论也亦无不可。

广州府太守叶夒南田跋语

叶夒

南田曰:仙不可目之为妖,犹妖之不可妄称为仙也。余览《女仙外史》,而窃有疑焉。夫岂爱之者谓之为仙,恶之者指为妖也哉?按《明史》纪:"山东蒲台县妖妇唐赛儿反。"夫以女子而其术足以动众,俨然为戎首,是真妖矣。乃考其事实,则云赛儿少寡,往祭夫墓,经山麓,见石罅中露匣角,发之,得天书宝剑,遂精通其术。剑亦神物,赛儿能用之。余谓天书殆非凡流所能解,宝剑亦非俗子所能用,今以女子曾无师授,便尔通玄彻奥,其可谓之妖乎?又云:赛儿遂出家,以其教行于里闬,人呼为佛母。欲衣食物,随所须以术致。又常剪纸人马,戏令战斗,当事者遂严捕之。又似乎其为妖术也。然而杀败官军,攻拔郡邑,从未闻一用其术。迨徒众溃散,永乐必欲捕赛儿,逮系天下女尼、女冠凡数十万,勘无踪影。赛儿返自诣殿廷,因裸而缚之,处以极刑,锯解、锤凿、斧锹、鼎镬，赛儿皆怡然而受，不损毫毛，至于无法可加，然后已。噫嘻！果妖术乎？抑仙术乎？

汉末，有仙人于吉，孙策目之曰妖，百计剁之剐之，而吉初未之死，故天下不以为妖，而称曰于神仙。唐玄宗时，有羽士申泰芝者，与玄宗年庚八字相同，遂亦思作天子，自称为仙师，以其术鼓众倡乱，未几伏诛。是故天下不称为仙而称为妖。又洪武时，协律郎冷谦，以幻术施友窃库金，官捕之急。谦跃入小瓶，上怒击碎之，片片中有谦声音，似妖术也，而莫有指为妖者，以不拒捕。是则唐赛儿之见斥为妖也，以兴师拒敌之故。夫永乐既为天子矣，而有举刃相向者，不得不谓之曰反；以一女子而有佛母之名，不得不指之曰妖，史官亦不得不大书曰：妖妇某反。第文皇靖难，师下江南，入金川，草诏登基之日，方孝孺、高翔、胡闰、铁铉、暴昭、练子宁诸大忠臣，莫不面斥之曰："燕贼反。"此"反"字有可证者。今赛儿兴兵，不丁前之建义，后之洪熙，乃在永乐之世，而谓之曰"反"，此"反"字，有可议者。何也？太祖授位于建文帝，帝固在也。故谓赛儿曰

"妖妇"者止一人，而称之为仙姑、为佛母者，举天下后世皆是。嗟呼！一人之笔，又曷能胜众口耶？夫如是，则逸田叟之以女仙而奉建文正朔，称行在，建宫阙，设迎銮使，访求故主复位，与褒谥忠臣烈媛，讨殄叛逆羽党，书年纪事，题曰"外史"，虽与正史相戾，自有孚洽于人心者，垂诸宇宙而不朽。康熙岁次辛卯中秋望日。

（女仙外史自跋）

吕熊

逸田叟曰：老泉云：赏罚者，天下之公也；是非者，一人之私也。夫子作《春秋》，有一善则举而赏之；有一恶，则举而罚之。虽是非出于一人，而赏罚公之天下。赏罚公，而是非为至当矣。晦庵作《纲目》，严邪正之辨，显彰瘅之殊，继《春秋》而行诛心之法。凡此者，皆非朝廷史官之史也。然而大圣大贤，盖取实事而论之，以正万世之大纲，而垂百王之令典，非徒托诸空言而已。

熊也何人，敢附于作史之列？故但托诸空言，以为《外史》。夫托诸空言，虽曰赏之，亦徒赏也；曰罚之，亦徒罚也。徒赏徒罚，游戏云尔。然其事则燕王靖难、建文逊国之事，其人则皆杀身夷族，成仁取义之人。是皆实有其事，实有其人，非空言也，曷云游戏哉？第以赏罚大权，畀诸赛儿一女子，奉建文之位号，忠贞者予以褒谥，奸叛者加以讨殛，是空言也，漫言之耳！夫如是，则褒不足荣，罚不足辱，爵不足以为劝，诛不足以为戒，谓之游戏，不亦宜乎？虽然，善善恶恶之公，千载以前，千载以后，无或不同，其于世道人心，亦微有关系存焉者，是则此书之本也。至若杂以仙灵幻化之情，海市楼台之景，乃游戏之馀波耳，不免取讥于君子。岁次辛卯人日，吕熊文兆氏自跋于后。

江西学史杨颙念亭评论七则

杨颙

念亭曰：正史书蒲台县妖妇唐赛儿反，今《外史》谓之女仙，得无骇异？余按：从来以妖法作乱者，如张角、干则之徒，邪不胜正，终必殄戮；而赛儿则解散部属，从容而去，成祖严行大索，必欲获之，逮系女尼、女冠数十万勘问，赛儿忽从空自至，虽刀锯、斧锧、鼎镬不能伤其毛发，俟女尼等既释，遂御风不知所之。谷应泰先生《纪事本末》断云：仙乎？妖乎？吾弗知之矣。意重在仙之一边，则叟之以赛儿为女仙，盖本诸此。

《明史》洪武三十五年，下承永乐元年。余考洪武崩于三十一年，传位太孙，改元建文，抚御天下者四载，仁慈恭俭，称为令主。从来亡国之君，纵使昏而悖德，后代何尝削其年号？如元之妥欢帖木耳，洪武尚追谥曰顺帝。若建文之逊国于叔父者，何以削其年号哉？隆庆间，粤东布衣谭清海，伏阙上书，言成祖未即位之先，建文君天下也。有君则有政事，竟使之湮没不传，宁成信史？是永乐之削建文年号，不予其为帝，盖人心所共愤者。故《外史》于靖难时，特书建文某年，乃万世之公论。

《明史》永乐谥曰太宗文皇帝，至嘉靖追尊为成祖。今《外史》称曰燕王，又斥为叛逆，竟敢与正史相抗耶？余考文皇帝命方孝孺草登基诏书，孝孺大书"燕贼反"三字，掷笔于地。继之者，大理卿胡闰、御史高翔、铁兵部铉，景佥都清、少司寇暴昭、副宪练子宁、佥宪司中、大理丞刘端，皆同声相应，面诟反贼，而叶太守仲惠，编逊国信史，论靖难师曰"叛党"。顾使其人与言皆泯灭，可也。奈此数公者，其姓字如日星之丽乎天，其言论如河岳之亘乎地，千载之下，莫不尊敬而仰之。宜其《外史》之敢与正史相抗哉！若以为罪，则罪在于方正学诸公，可乎？

《外史》称建文年号，至二十六年，下承洪熙元年而止，岂以彼削建文之故，而不免矫枉过正欤？则又称洪熙年号以终，何哉？大抵仁宗之得位也以父命，与建文之得位也以祖命，皆得之以正者，故不予其父，而仍予其子，所以益著其父之无或命者为篡窃也。至称建文二十六年位号，此正正名讨燕之旨。按梁篡唐，而朱耶氏奉昭宗年号以讨梁，《纲目》亦深予之矣。

史书明太祖、成祖为先后英主，昭昭耳目，《外史》何书也，而云讨之？亦太妄矣！余按：建文烧宫时欲殉社稷，太监王钺亟奏：太祖遗有朱箧，可解国难。启视之，缁衣、剃刀及度牒，姓名毕备，建文已悟大位之终于此，故遁迹四十年，绝未萌复辟之心。若使建文南走越，北走胡，则天下之奉行在，兴义师而讨燕者，不终永乐之世不止。不知后之史官以建文为正乎？以永乐为正乎？曷不致思于其际哉？正史：当日勤王有姚太守善、王太守琎、杨太守任、陈太守彦回、松江郡丞周继瑜、乐平令张彦方诸公，讨燕未克，丹心不泯，故《外史》推本诸公之志，以笔讨于百世之下。

《外史》大旨，既正名以讨燕，然后褒忠殛叛，得并行焉。在方、景、铁数公，人悉能知之。第正史所载殉国难者甚繁，虽制科之士，未或尽知，而况于世俗乎？叟广搜博访，正史尚有未载者，悉予其忠而特书之，善善长之意也。若靖难降燕文武诸臣，皆以正史为据，有可疑者尚阙之，恶恶短之意也。至诸忠臣之妻女子孙，亦莫不纪其姓氏，表其贞孝节烈。昌黎云："诛奸谀于既死，发潜德之幽光。"其斯之谓与？

逊国靖难之事，正史既定，三百馀年，莫敢翻其案者，《外史》毅然执笔断之，伟矣！昔少保于公，曾刻"天下士"颜额以贻叟，则洵乎叟为天下士也。余素不喜小说，如世所称才子奇书曰《水浒》《金瓶梅》，可以悦人耳目，亦可以坏人心术：《水浒》倡乱，《金瓶》诲淫也。今《外史》亦多奇诡，与小说无异。然立言之旨，在于扶植纲常，显扬忠烈。余故乐为论之如右。

江西廉使刘廷玑在园品题二十则

刘廷玑

一、自来小说，从无言及大道；此书三教兼备，皆撤去屏蔽，直指本原，可以悟禅玄，可以达圣贤，此为至奇而归于至正者。

一、谈天说地，莫可端倪，而皆有准则；讲古论今，格物穷理，而皆有殊解，均不掇旧人牙慧，此奇而至于精者。

一、若魔道，自来仅有其名，从未有能考其实；此则缕析分明，本末灿然，又借以为寓言，此奇而诞者。

一、古来论鬼神者，但能言其已然；此独指出其所以然，微显一贯，阴阳一体，绝非虚诞，此奇而玄奥者。

一、天文难言也，小说传奇唯《三国演义》有夜观乾象冏囵之语；此书则历历指出，如数列眉。

一、望气占云，难事也，史传但言其兆；此则说到至微地位，而云气之所以为兆，皆和盘托出，此奇之至也。

一、小说言兵法者，莫精于《三国》，莫巧于《水浒》；此书则权舆于阴符素书之中，脱化于六韬三略之外，绝不蹈陈言故辙，虽纸上谈兵，亦云奇矣。

一、阵法，圆阵若鼓，方阵如棋局，六阵如聚花，八阵若列卦。此书之七星阵，其形独如飞鸟，战则为阵，止即为营，行即为队伍，三者出于一贯，古今未有，可谓阵法之奇者。

一、武侯八阵，千古仅存其名，未有识其奥妙者；此书备言制度与纵横开阖、变化生克之道，确有奇解。

一、书内拔城三十有八，从不用火炮石炮、云梯冲车之类，惟默运智谋而得，绝无矫强，更不雷同，此为大奇。

一、取开封府，内应止侠客一名，号旗一杆；拔扬州府，内应止女将二员，号旗一面，而遂败走敌兵数万，乃势所必然之事，并非侥幸成功，神乎神乎，奇至此乎！

一、拔荆州，止用一旗悬于神庙之杆，并无一人助力，而能耸动亿兆之心，顷刻归附，皆情所必至，理所必得，神乎鬼乎，奇乃至此乎！

一、克济宁州，内止二女杀一监河；克庐州府，外止一人杀一都督，皆唾手而得，虽智者不及济其变，神乎化乎，奇更至此乎！

一、诸小说两军相交，胜者设谋，败者受之，或胜者之策巧，而败者之计拙；此则如善弈者，刚遇敌手，两棋对杀，以智斗智，至收煞止差一着，胜负出于天然。

一、诸小说临戎用智，多在胜负未分之先；此于败后，犹能用智以扑之，如卫青于是夕胜，而登州即于是夕克，朱能以今夕劫寨胜，而即于明夕被劫败，如斯者盖不可枚举。

一、交战用纸炮，此书独创，始于卸石寨，用以为号，自后惊败兵，溃伏卒，辄用之，而又用以破房胜大寨，披靡数万雄兵。以上三则皆巧之至，奇之极者。

一、此书具有经济，如设官取士、刑书、赋役、礼仪，皆杂霸之语，与儒生侈谈王道者大异。奇人乎？

奇才也。

一、书内颇多诗篇，诸体毕备，皆可步武三唐，颉颃两宋，又奇笔之馀事。

一、凡斗道术，斗法宝，莫不瑰玮光怪，虚灵变幻，出自诸书所无，奇矣，而余不以为奇也。何也？以画鬼易也，余所举者，皆画人手笔。

一、外史前十四回，是为赛儿女子作传，据《纪事本末》所述数语为题，撰出大文章，虽虚亦实。至靖难师起，与永乐登基，屠灭忠臣，皆系实事，别出新裁。迨建行阙、取中原、访故主、迎复辟、旧臣遗老先后来归，八十回，全是空中楼阁，然作书之大旨，却在于此，所以谓之《外史》。外史者，言诞而理真，书奇而旨正者也。

岁辛巳，余之任江西臬使。八月望夜，维舟龙游，而逸田叟从玉山来请见。杯酒道故，因问叟向者何为。叟对以将作《女仙外史》。余叩其大旨。曰："常读明史，至逊国靖难之际，不禁泫然流涕。故夫忠臣义士与孝子烈媛，湮灭无闻者，思所以表彰之；其奸邪叛逆者，思所以黜罚之，以自释其胸怀之哽噎。"余闻之，矍然曰："良有同心。叟书竣日，当为付诸梓。"壬午,叟至洪都,余为适馆授餐,俾得殚精于此书。癸未冬,余罣公事,削职北返,旅于清江浦。甲申秋,叟自南来见余曰:"《外史》已成。"以稿本见示。余读一过,曰:"叟之书,自贬为小说,意在贤愚共赏乎?然余意尚须男女并观,中有淫亵语,盍改诸?"叟以为然。不日改正。所憾余既落籍,不能有践前言,乃品题廿行于简端,以为此书之先声而归之。

说明:上数序及跋等均录自钓璜轩贮板本《女仙外史》。此本内封上镌"新大奇书",下分三栏,由右向左分题"古稀逸田吕叟著""女仙外史""钓璜轩贮板",首"江西南安郡守陈奕禧香泉序言",次"古稀逸田叟吕熊文兆自叙"、署"康熙岁次辛卯(五十年)中秋望日"的"广州府太守叶夒南田跋语"及"岁次辛卯人日吕熊文兆氏自跋于后"之跋,又"江西学使杨颙念亭评论七则""江西廉使刘廷玑在园品题二十则"。复次"新刻逸田叟女仙外史大奇书"目录,凡一百回。正文卷端题"新刻逸田叟女仙外史大奇书",不题撰人。半叶十行,行二十二字。版心单鱼尾上镌"外史",下镌回次、叶次。原书藏南京图书馆、复旦大学图书等处。序、跋、评论、品题等的排列次序，或有不同。

吕熊，字文兆，号逸田，江苏昆山人。乾隆间《昆山新阳合志》卷二十五《人物·文苑》有传，李果《咏归亭诗钞》卷八《感旧诗十三首·吕处士逸田》注对其生平有介绍，刘廷玑《在园杂志》卷二亦记有吕熊的一些事迹。

陈奕禧，字六谦，又字子文、文一，号香泉，晚号葑叟，浙江海宁盐官人。著名书法家。康熙三十九年（1700）官户部郎中，后为江西南安知府。著有《金石遗文录》《春霭堂集》《皋兰载笔》《葑叟题跋》《小名补录》《益州于役记》《北解杂述》等。

叶燮（1670—1760），字来青，号南田，又号云巢散人，上海人。映榴子。康熙时诸生，官至沂州知府。著名书画家。

杨颙，字念亭，曾为江西学使。

刘廷玑，字玉衡，号在园，先世居河南开封，后迁辽阳，编入汉军旗。循例入官，历任内阁中书、浙江括州（今丽水）知府、浙江观察副使等。著有《葛庄诗钞》《在园杂志》等。

三春梦

《三春梦》序

呜呼！自达虏入关，明社丘墟，中原衣冠之族沦为左衽，神州陆沉，山河腥膻，此岂独英雄、豪杰、志士、仁人所为扼腕椎心破脑陨首也哉！将华夏含生之伦，亦莫不泣血呼天同心抱痛者也，是以幽燕陷矣！宗社亡矣！

南州群彦犹不避艰危，拥立福王，正位南都，冀图恢复，而当大变警闻，黔黎洒泣，绅士悲哀；介胄之士，饮泣枕戈；忠义民兵，愿为国死（以上六句史阁部语）！故扬州屠、南都陷，妇人孺子引颈就义，不少屈抑；前仆后起，戈挥落日，唐桂诸臣，犹将转战闽、粤、滇、蜀、黔、桂间，岭海血殷，天地悲愤；功虽无成，而大汉民族殉国热腔固可无愧于天壤间矣。

清鼎已定，明灰已烬。郑成功尚苦战海上，遂荷兰占台湾，扬师闽、粤濒海，刻刻以复明为念，此其义烈,益有足多者,吾特惜夫刘进忠以献贼,部将降虏(见《通鉴辑览》),得授潮州总兵,既知满虏横虐,起与清抗而不能以死自誓,终再乞降,不足与于忠义之林也。

夫潮岭海一隅,治乱安危,虽无关清虏盛衰,然当清初,郑氏在台,舶海出没,潮与闽之漳、泉,均为南方濒海重镇,故清以其续顺公沈瑞驻潮,使进忠苟诚发于义愤不惜死,虽有从贼降虏之愆,亦于足罪矣!而乃见义不真,居心反复。初贰于耿精忠,请假宁粤将军印,郑经入闽,始纳款郑氏,经授以伯爵,及清粤抚刘秉权督师击之,又将乞降,至谒郑经于闽,复怒其不礼,弗谢归清;康亲王至,遂俯首伏罪矣。

由是观之,直知利不知义,以干戈民命为儿戏之人耳,尚足道哉!惟进忠以清康熙十三年甲寅四月起于潮,至康熙十六年丁巳六月降,以一州抗清虏,首末数年,其间战事多有可道者。潮之父老至今类能言之,而《潮志》所载,略焉不详。

余总角时,见有私家抄本,当清未灭,虽犯忌讳,然《郑成功》一书,流布中国,独此书未有订正刊行者。

今民国成立，前代掌故均须详考，以为治乱鉴戒；虽一州之微，亦不得废也。且小说杂纪，齐皆（谐）杜撰，丛出不穷，矧此书足当稗官野史，为修订"清史"之助者，而忍听其湮没何耶？岂以进忠非出义举，故鄙贱其人，遂不以传其事为重欤？然善者足劝而恶者足惩，未可泯也。

今□□□主人乃有出其藏本修正印行之举，余故乐而叙之，亦使世之君子知进忠而非妄人，则虽满清未灭而其书已可风传于宇宙间，不至若是迟也。呜呼！可以鉴矣。

说明：上序出书目文献出版社1985年版薛汕校点本《三春梦》。序中有"余总角时，见有私家抄本，当清未灭，虽犯忌讳，然《郑成功》一书，流布中国，独此书未有订正刊行者"语，其出民国前无疑。至于具体成书年代，颇难确定。由刘进忠生活的时代考量，姑置于此。

说岳全传

《说岳全传》序

金丰

从来创说者,不宜尽出于虚,而亦不必尽由于实。苟事事皆虚,则过于诞妄而无以服考古之心;事事皆实,则失于平庸而无以动一时之听。如宋徽宗朝,有岳武穆之忠,秦桧之奸,兀术之横,其事固实而详焉。更有不闻于史册,不著于纪载者,则自上帝降灾,而始有赤须龙、虬龙变幻之说也,有女土蝠化身之说也,有大鹏鸟临凡之说也。其间波澜不测,枝节纷繁,冤仇并结,忠佞俱亡,以及父丧子兴,英雄复起。此诚忠臣之后,不失为忠,而大奸之报,不恕其奸,良可慨矣!若夫兀术一战于朱仙,而以武穆败之;再战于朱仙,而以岳雷驱之。虽云奔北,而竟以一人兼敌父子之勇,不亦难乎?至于假手仙魔之说,信其有也固可,信其无也亦可。总之,自始及终,皆归于天。故以言乎实,则有忠有奸有横之可考;以言乎虚,则有起有复有变之足观。实者虚之,虚者实之,娓娓乎有令人听之而忘倦矣。予亦乐是说之可以公诸同好,因序数语,以弁诸首,而付之梓。甲子孟春上浣,永福金丰识于馀庆堂。

说明:上序录自锦春堂本《说岳全传》。原本藏大连图书馆。此本内封上镌"□□新镌",下分三栏,右栏题"增订精忠演义",中题"说岳全传",左栏镌"锦春堂藏板"。首《序》,尾署"甲子孟春上浣永福金丰识于馀庆堂",有"金丰之印"阴文、"大有"阳文钤各一方。甲子究竟是康熙二十三年还是乾隆九年?颇难断定。这里将其置于乾隆间的作品中。次"新镌精忠演义说本岳王全传目　仁和钱彩锦文氏编次　永福金丰大有氏增订",凡二十卷八十回。正文第一叶卷端题"增订精忠演义说本全传卷之一",半叶十行,行二十字。版心单鱼尾上镌"说岳全传",下镌卷次、回次、叶次。

钱彩,字锦文,仁和(今浙江杭州)人;金丰,字大有,永福(今属广西)人。馀待考。

醒梦骈言

《醒梦骈言》序

闲情老人

每怪人对客谈梦,刺刺不休。夫岂必梦乃云梦?昨日所为,今已变灭;今日所为,明又变灭,在在皆梦,而若偶得诸施衾设枕之会,不亦诬乎?人苟安常处顺,为梦平平无奇,正不妨任其自寐自觉。独有居心未净,处事多乖,以致孽障目缠,麾之不去,是得恶梦也。病魇者颠倒错乱,不自知其为梦,而同榻之人见其喉喘气结,能不振床拍席以呼之耶?菊畦子盖迫欲为若人驱睡魔也,因集逸事如干卷,颜曰《醒梦骈言》以救之,是是书命名之意也。吁,是书也,深言之作如是解;浅言之,殆亦欲善睡者爱读而忘寝乎?闲情老人漫题。

说明:上序录自稼史轩本《醒梦骈言》,原本藏首都图书馆,内封上镌"新刊",下分三栏,由右向左,分题"守朴翁编次""醒世奇言""稼史轩雕"。首《序》,尾署"闲情老人漫题"。次"醒梦骈言目录"，署"蒲崖主人偶辑"，凡十二回。复次图像六叶十二幅。图题分署"慧山""西圃氏题""市隐子笔""白舫道人偶题于携李鸳湖舟中""看泉道人书""兰轩""野叟""拙斋""清溪钓夫""雪岩叟题""小山""文若书"。正文第一叶卷端题"醒梦骈言"，半叶十行，行二十二字。版心单鱼尾上镌"醒梦骈言"，下镌回次、叶次。

守朴翁、闲情老人，真实身份、生平事迹待考。

（醒梦骈言跋）

齐如山

此书共为十二段，全为蒲留仙繙为文言《聊斋》。所改之文，固极精神，而此白话，亦颇不弱，《中国通俗小说书目》未能断定作者为清人抑或明人。以余揣度，当系明人无疑。其每段均有一帽，乃系"三言""二拍"的体裁，盖明季短篇小说流风使然也。且每段末尾，皆有子孙几人科名如何等情节，此亦因明朝极重科名，故作者乐于书之。《聊斋》文中，则大半将此删去，至其刊板中有若干页字系方体，亦能表现明板气味，惟图画太草率耳。甲申初伏,齐如山识,时年六十有八。

此段跋语很有错误。民国四十年春,如山又识。

说明:上跋录自哈佛大学燕京图书馆所收齐如山原藏本《醒梦骈言》,此本首《序》,次"醒梦骈言目录",署"菊畦主人偶辑",凡十二回。馀与首都图书馆藏本全同。末有齐如山朱笔跋一则,墨笔跋一则。

齐如山,见《吕祖全传》条。

菊畦主人,真实身份、生平事迹待考。

闺阁完人传

(闺阁完人传序)

介元居士

……离,戴月披星,备尝艰险,几死不生,即有天遣黄正学以助银,马兵李元贵以畱(留?)宿,尹六娘以偕奔,督院赵大人以准状。若非此数义人,则葛氏之冤,不几终于不白乎?故以怪怪奇奇,万顷波澜,千磨百折,足以见天理循环于不朽耳。是为序。时大清乾隆三十四年岁在己丑四月立夏五日,太仓介元居士谨识。

(闺阁完人传)吴序

魏及仁

昔大《易》有云:积善之家,必有馀庆;积不善之家,必有馀殃。又曰:善不积不足以成名,恶不积不足以灭身。斯信言也,良可畏耳。予浪游天下,遍览古今,凡有忠孝节义之士,势必击目嘉赏;每遇凶顽尪毒之徒,不禁怒发冲冠。是彰善瘅恶之念不独存予一人为然，凡有心于世道者，尽人皆然也。予于己丑孟夏，适游江宁，寓于桃叶渡旅舍中，偶阅仙池山人纂注《闺阁完人传》一集，不仅喟然长叹曰：天下之至凶顽残毒，有如维扬葛德明者乎？天下之朋比为奸，有如归邬别者乎？造谋设计，尺水兴波，陷害同胞，贿赂官长，伪封家产，是皆王法所不容，天理所不佑者。诸如此类，虽暗计施于手足，实报应难昧乎天条。故有贞孝节烈之金信。然金信乃闺门之弱女，茕茕独立，寄居萧寺，日食维艰，徒抱终天之恨而孤掌难鸣。熟知天意巧于昭彰，即有黄正学之侠气赠银，李元贵之舍身峀（留？）寓，赵督宪之秉法诛奸。将见馀殃之及于金惠，馀惠之及于金龙者也。故赵公住赐闺阁完人之名，以志流传于不朽耳。特序。时大清乾隆三十四年孟夏仲吕月朔后七日，吴江过客魏及仁谨识。

说明：上序录自抄本《闺阁完人传》。首序，残，尾署"时大清乾隆三十四年岁在己丑四月立夏五日，太仓介元居士谨识"，次《吴序》，尾署"时大清乾隆三十四年孟夏仲吕月朔后七日，吴江过客魏及仁谨识"。所谓《吴序》，其实并不是吴姓之人所作之序，大约抄书者见序署"吴……谨识"，便以为作序之人姓吴。再次"新编闺阁完人传目次"，署"江宁仙池山人编　太仓介园居士评"，凡四卷二十回。正文第一叶卷端题"新编闺阁完人传卷之一　江宁仙池山人编　太仓介园居士评"。半叶九行，行十八字。书存五回。

江宁仙池山人、太仓介园居士、吴江过客魏及仁，大约一是江宁人，一系太仓人，一乃吴江人，其真实身份、生平事迹待考。

幻缘奇遇小说

（幻缘奇遇小说）叙

撮合生

缘何云幻？幻从真而名也。天下惟幻缘不真，真缘不幻。不真不正，不幻不奇。然奇孰有奇于兹集者哉？或奇于仙，或奇于鬼，或奇于梦，或奇于冤，或奇于奔，或奇于夺，或奇于盗，或奇于骗，或奇于乍合而终离，或奇于偶离而终合，或奇于宿因而今再遇，或奇于今生而还宿债。或强缘而不缘，以奸谋而遭烈祸；或未缘而终缘，以奇祸而获奇配。氤氲司契，月老订盟，千里姻缘一线可牵。倘非须眉男子，陡遇路柳墙花，未有不为情痴几弄者。虽然，士苟不以礼义自持，希图桑间野合，冥冥之中，岂不暗褫其禄而夺之速耶。是编也，多取堂堂严正之君子，烈烈女中之丈夫，以作世人之榜样。间有淫妇而遭罟阱，奸夫而贾实祸者，亦弁以纪之，非教人宣欲导淫，实反邪以归正，亦见天道之福善祸淫，无往而非明镜云尔。撮合生题于西湖小舫。

说明：上叙录自爱月轩梓行本《幻缘奇遇小说》。此本内封三栏，分题"新刻醒世小说""幻缘奇偶""爱月轩梓行"。首《叙》，尾署"撮合生题于西湖小舫"，有"撮合生印"阳文、"□□之印"阴文钤各一方。目录叶题"幻缘奇遇目次"，凡十二卷十二回。正文卷端题"新刻幻缘奇遇小说　撮合生编"，半叶七行，行十六字。按：书名内封题"幻缘奇偶"，目录、正文均题《幻缘奇遇》，《幻缘奇遇》是。

撮合生，真实身份、生平事迹待考。

鸳鸯蝴蝶梦

鸳鸯蝴蝶梦序

天慵子

夫情也者，发乎性，中乎礼者也。故推情即可以见性，抑能好礼乃可以言情。情之为用，大矣哉！蒋生以不羁之才，目空一世，几疑粉妆绣裹中俱同此阁嫫姹女也。乃湖山面试，闺阁披诚；篱畔联吟，兰舟矢信，不诚令才人气短邪？何其情之不能自禁也。然使当日所遇，不有柔玉之贞静，碧烟艰苦，则本大部书不将为狎亵传乎？人但知《鸳鸯梦》为稗官小说，而不知隐有人情世风在。即如杨、臧二人，一则挟势求美，一则闭门拒宾。迨乎春风送暖，喜霭门楣，忽焉而嘉礼盈庭，忽焉而明珠还椟，其人情之反复，不知乃脱邦三两辈，操其幻术，既愚其主，复侮其仆，世风诈伪，不尤愈乎。谚有之：家无浪荡子，不知门外事。然则是书，谓伪齐之南北史可，谓为梦（晋）之《乘》，楚之《梼杌》亦无不可。五江草庵主人天慵子题识。

说明：上序录自清末石印本《绘图鸳鸯蝴蝶梦》。原本藏南京图书馆。此本封面题"绘图鸳鸯蝴蝶梦　佐廷氏题签"。内封正面题"绘图鸳鸯梦"，背面为《鸳鸯蝴蝶梦序》。次"绘图鸳鸯蝴蝶梦目录"，凡四卷十六回。次绣像三叶半。正文第一叶题"绘图蝴蝶鸳鸯梦卷之一"。半叶十六行，行三十六字。有清谿醉客回评。开本特小，有些字无法辨认。光绪二十一年上海书局石印本序署"浪迹生题识"。另有：(1)四友堂刊本，藏北大图书馆、天津图书馆；(2)华文堂刊本，见《舶载书目》；(3)谈惜轩刊本，藏南京图书馆；(4)石印《绘图鸳鸯梦》，藏南京图书馆；(5)本堂梓行本，藏天津图书馆；(6)清光绪乙未石印本、上海书局石印本《蝴蝶缘》等。未见序跋。

天慵子、清谿醉客、浪迹生，真实身份、生平事迹待考。

驻春园

驻春园小史序

水箬散人

人伦有五,天合之外,则以人合。天合者,情不足言;人合者,性不可见。故孝弟忠根于性,而琴瑟之好,胶漆之坚,则必本之情,其真者莫如悦色。试从《大学》序以思,足占一往而深,又在嘤鸣之上。《易》书于男下女,而系之咸;于二女同居,则命之睽。见情有可通,亦有所隔。汉儒训《诗·雎鸠》,谓求贤女以自助,其义甚长。情之为用,至斯而畅。必拘拘于唱随间,不亦偏乎?

《驻春园》一书,传世已久,因未剞劂,故人多罕见。兹吾友欲公同好,特为梓行,嘱余评点,细为批阅。间有类《玉娇梨》《情梦柝》,似不越寻常蹊径,而笔墨潇洒,皆从唐宋小说《会真》《娇红》诸记而来,与近世稗官迥别。昔人一夕而作《祈禹传》,诗歌曲调,色色精工,今虽不存,《燕居笔记》尚采摘大略,但用情非正,总属淫词。必若兹编,才无惭大雅。云娥之怜才,等之卓女,而放诞则非;绿筠之守义,同于共姬,而侠烈更胜。小鬟爱月,慧口如莺,俏心似燕,经妙手写生,更是红娘姐以上人物,非贼牢之春香可比也。善乎汤清远之言曰:先生讲性,弟子言情。情之既挚,乃之死靡他。经可也,权可也。舍贵而贱,易妒而怜,亦无不可。等而上之,澧兰、沅芷,致之于君;断金兰臭,致之于友。何莫非此情之四达哉?普天下看官,无作"刻舟求剑"观,作"关关雎鸠"读则得矣。时乾隆壬寅年菊月上浣,水箬散人书于椀香斋。

(驻春园)开宗明义

谢幼衡

传奇关目总言情,离合悲欢阅变更。礼在自分奔于聘,盟存何论死和生。蝇将骥附还驰远,叶衬花妍亦向荣。窠臼固知难脱俗,凭空撰出乞真评。

这一首诗乃全部《驻春园》总根。历览诸种传奇,除《醒世》《觉世》,总不外才子佳人,独让《平山冷燕》《玉娇梨》出一头地,由其用笔不俗,尚见大雅典型。《好求(逑)传》别具机杼,摆脱俗韵,如秦系偏师,亦能自树赤帜。其他则皆平平无奇,徒灾梨枣。降而《桃花影》《灯月缘》,风愈下矣。兹传之作,发端东邻,实自登徒脱骨;安根投帕,亦本彤管面目,视《绣鞋》《玉盒》,大有雅俗之分。至于屈身奴隶,如《情梦柝》《绣屏缘》《一笑因缘》诸本,无非蝶恋花丛,从未有假道于其邻者。迹愈幻,而想愈奇。古来奔之获济,卓文君后,红拂、红绡,固自不乏,然不得成全者,比比。《荔镜》之卿琚,《情骊(丽)》之瑜辂,虽吐露其才华于偃蹇际遇,反不若"谷则异室,死则同穴",畏而不救之为愈也。但事不蹈险冒危,竟为名教束缚,亦属懦夫弱女。胆识双绝,然后可行。张丽贞之自叙,读者有不为之生悲乎?临邛当垆涤器,竟遂驷马高车,可谓适所愿矣。未(末)路白头一出,几至鲜终,何况其馀?惟深于情者,庶几可保无惑乎?云娥之郑重,迨后有所逼,为逃死计耳,非其本心也。绿筠之情挚与云娥同,若遇魏提举,必为贾云华。无如口血已渝,视为陌路,先着已为高才所据,妒化为怜,安得不与同心者?安常□(缔)结,尚费调停,与其拖笔累墨,无宁用选采蒙杂，途次收科，较为捷径。传奇虽属小道，不异画工。金圣叹论烘云托月，周栎园论皴叶渲花。极意描天尊，若于陪辇人物草草，那能衬壁得起。天表亭亭，爱月伶牙俐齿，中霂迎机，侍儿中铮铮佼佼，恐曹瞒所许为知心，青衣未必能若是也。成人美者乃适以自成，逮后亦得所归，庶于慧心不负。若楚玉之撇衾儿，无乃不情，过甚安顿。欧阳气类相通，容易插入；慕荆何关痛痒，似乎天外奇峰。然正如《紫钗》之黄衫客，点缀帮扶，断不可少。若《五凤吟》之红须，则喧宾夺主矣。究之，得依皈便成正果，亦足见任侠不可为而可为。此诗乃粗陈梗概，看官欲得其详，待在下仔细申说。

说明：上序及"开宗明义"录自乾隆间三畏堂刊本《驻春园小史》。此本内封上镌"乾隆癸卯年镌"，下分三栏，右栏题"水箬散人评点"，中栏题"驻春园小史"，左题"三畏堂梓行"。首《驻春园小史序》，尾署"时乾隆壬寅年（四十七年）菊月上浣水箬散人书于椀香斋。"有"水箬"阴文、"散人"阳文铃各一方。次"驻春园小史目录"，凡六卷二十四回。正文第一叶卷端题"驻春园小史卷之一　吴航

野客编次　水筶散人评阅",半叶八行,行十六字。版心上镌"驻春园",单鱼尾下镌卷次、叶次。有回评。正文开端《开宗明义》。另有光绪三十年刊本,《开宗明义》尾署"光绪甲辰立秋中浣,偶录于听雨之西轩侯官谢幼衡题"。光绪戊申(三十四年)中华图书馆石印本,《开宗明义》尾署"光绪戊申(十三年)夏至上浣,偶录于听雨之西轩侯官谢幼衡题"。文字亦略有异同。

吴航野客、水筶散人谢幼衡,真实身份、生平事迹待考。

绣像第十才子驻春园序

无我生

"传奇门目总言情,离合悲欢阅变更。窠臼固知难脱俗,凭空撰出乞真评。"这一首诗乃全部《驻春园》总根。历览诸种传奇,除《醒世》《觉世》,总不外才子佳人,独让《平山冷燕》《玉娇梨》出一头地,由其用笔不俗,尚见大雅典型。《好求(逑)传》别具机杼,脱俗韵,如秦系偏师,亦能自树赤帜。其他则平平无奇,徒灾梨枣。降而《桃花影》《灯月缘》,风愈下矣。但《荔镜》之卿琚,《情骊(按:即《钟情丽集》)》之瑜辂,虽吐露其才华于偃蹇际遇,反不若"谷则异室,死则同穴"之为愈也。但事不蹈险冒危,竟为名教束缚,亦属懦夫弱女。胆识双绝,然后可行。张丽贞之自令(疑有衍夺),读者有不为之生悲乎?临邛当垆涤器,竟遂驷马高车,可谓适所愿矣。末路白头一出,几至鲜终,何况其馀?惟深于情者庶几可保无惑乎。云娥之郑重,迨后有所逼,为逃死计耳,非其本心也。绿筠之情挚与云娥同,若遇魏提举,必为贾云华。无如口血已渝,视为陌路,先着以为高才所据,妒化为怜,安得不与同心者?安常缔结,尚费停云,与其拖笔累墨,无宁用选采捷径。传奇虽属小道,不异画工。金圣叹论烘云托月,周栎园论皴叶渲花。极意描天尊,若于陪衬人物草草,那能衬贴得起。天表亭亭,爱月灵牙俐齿,中窍迎机,侍儿中铮铮佼佼,恐曹瞒所许为知心,青衣未必能若是也。成人美者乃适以自成速,庶于慧心不负。若楚郢之撇衾儿,无奈不情过甚,安于欧阳气数相通,容易撞入。慕荆何关痛痒,似乎天外奇峰。然正如《紫钗》之黄衫客,点缀帮扶,断不可少。若《五凤吟》之红须,则宣(喧)宾夺主矣。究之,得依皈便成正果,亦足见任你(侠)不可为而可为,当粗陈梗概看,岂拟得其详哉。是为序。庚戍仲冬大陬之吉,楚北无我生序于评词轩。

说明:上序录自民国间上海铸记书局石印本《第十才子驻春园》,尾署"庚戍仲冬大陬之吉,楚北无我生序于评词轩",完全是删改乾隆本的《开宗明义》而成,然删得多处不通。

无我生,真实身份、生平事迹待考。

五凤吟

《五凤吟》序

苏潭道人

举世之人，每见道义之书，则开卷交睫；若持风雅之章，则卷不释手。何也？庄语，辞严而意正，不克解人之闷，释人之愁。惟绮语，事鄙而情真，易于留人之眼，博人之欢。有心世道者，苟能从风雅一途，醒人以处正之获吉若斯，挟邪之得祸若斯，则细琐俚鄙之谈，未尝无补于世道人心也。兹编述祝琪生之颠末最真。如无心拾钗，而得自然之佳偶；有心求配，而罹无妄之灾屯。无心赠金，而得义士之恩报；有心赠钗，而受庙祝之凄苦。乃若平君赞奸恶百出，平莽儿杀人奸拐，天理昭然，报应不爽。至于邹雪娥、平婉如之守贞不字，轻烟、素梅、绛玉之白折不回，诚女中之不可多得者。虽有关帝庙之题诗艰遇，而随复有关帝庙之巧合联吟，实造物颠倒英雄之处，又非人意想所能为也，悉从嗤嗤道人妙笔逐一写出。阅者幸勿草草作平常观，然亦未必交睫也。古越苏潭道人题。

　　说明：上序录自草闲堂本《五凤吟》。原本藏大连图书馆。此书无牌记、内封，未署刊刻年代。首序，尾署"古越苏潭道人题"。次"草闲堂新编绣像五凤吟目次"，凡二十回。有图像六叶，前图后赞。正文卷端题"草闲堂新编绣像五凤吟首卷　云阳嗤嗤道人编著　古越苏潭道人评定"。半叶九行，行二十字。另有稼史斋藏板本，此本内封三栏，由右向左，分题"步月主人订""五凤吟""稼史斋藏板"。无序。

　　云阳嗤嗤道人、古越苏潭道人，真实身份、生平事迹待考。嗤嗤道人另有《催晓梦》《警寤钟》。

幻中真

《幻中真》序

天花藏主人

天下事何一非幻，第幻有真假善恶之不同耳。当人之生也，本无善恶，性出天真。父师训教之严，良友切磋之砺，则性中之善恒多而恶常少。苟人无父师训教，出无良友切磋，则性中之善日为物欲销铄，而邪恶之念日生。幻从心想，想从幻生。幻之真者善者，忠孝节义以成其名；幻之假者恶者，奸顽贪戾以毕其命。有见利即忘义，可欲顿忘名，钻营俊剥，惟图一己之肥饱，不顾他人之膏血，只求眼前之荣，不顾身后之辱。如是幻心，如是幻想，无有底止。虽然，有天道焉。天虽冥冥，而能知人之善恶，迟早消算，顽恶者何曾轻过？《易》云：积善馀庆，积恶馀殃。佛云：果报因缘，梦幻泡影。如斯教人，人不知悟，视为泛常套语，及一朝败露，悔也无及。故不得已，描写人生幻境之离合悲欢，以及善善恶恶，令阅者触目知警。试观吉存仁积善，训子成名；扶云守义，终还合浦。汪百万夫妇恻隐，亦叨封赠之荣。素娥矢贞，友鸾劝父，皆得诰命。兴祖尽孝，祖孙父母，合于一堂。岂非幻中之善果而得其真者？乃若易任之凶顽，无端欺婶，谋占家财，复又欺妹，以快己欲，立见身死家亡，子军女妓。白有灵亲诵圣贤，四知不畏，削职从军，宜洗涤肺肠，无何不改，违法罹祸，岂非幻中之恶果报？若强大梁之萑苻，老狐之逞孽，则又幻中之泡影电光。设使扶云怒其父，杀其子，亦报应当然，反以德之，销其名，续其祀，赎其女，以耦终身，此得幻中之真善果，何虑后人之不昌大而簪缨其世哉。颜之曰：《幻中真》，良有以也。天花藏主人题于素政堂。

说明：上序录自本衙藏版本《幻中真》。原本藏法国巴黎国家图书馆。内封三栏，右题"批评绣像奇闻"，中题"幻中真"，左题"本衙藏版"。首《序》，尾署"天花藏主人题于素政堂"，有"天华藏"阳文、"素政堂"阴文钤各一方。次"幻中真目次　烟霞散人编次"，凡十二回，正文卷端题"幻中真集　烟霞散人编次　泉石主人评定"，半叶八行，行二十字。版心由上而下分署"幻中真"、回次、叶次。另有一坊刊本,未见内封和序。首"幻中真目次",卷一为"鸳鸯谱　司马元双订鸳鸯谱",从卷二起方是《幻中真》正文目录,凡四卷十回。正文第一叶卷端题"幻中真卷之一　烟霞散人编次　泉石主人评订　曲枝呆人评录"。这书实际上只是上录本衙藏版本的一个删改本,增加了一个"鸳鸯谱"的故事,叙司马元与史玉英、刘天香爱情婚姻,是典型的才子佳人小说。此本原藏日本东京帝国大学图书馆。

烟霞散人,见《斩鬼传》,未知两书作者是否一人？天花藏主人真实身份、生平事迹实还有待实证。

巧联珠

《巧联珠》序

云水道人

文章原本六经,三百篇为风雅之祖,乃二雅三颂,登之郊庙明堂,而国风不削郑卫,二南以降,贞淫相参,其间巷咏途讴,妖姬佻士,未尝不与忠孝节烈并传不朽。木铎圣人,岂不欲尽取而删之,盖有删之而不可得者。器界之内,万类并生,其初漫然不相接也。惟人生于倩(情?),有情而后有觉知,有情而后有伦纪,于是举漫然不相接者,而忽为之君臣父子、夫妇朋友,以起其忠爱恻怛之思,发其忧愁痛悱之致,至于令历万劫而缠绵歌舞不可废也,岂非情之为用然?夫使人皆无情,则草木块然,禽兽冥然,人之为人,相去几许?但发乎情,止乎礼义,斯千古之大经大伦,相附以起。世风沦下,宋人务为方幅之言,而高冠大袖,使人望而欲卧;近今词说,宣秽导淫,得罪名教。呜呼!吾安得有心人与之深讲于情之一字哉?

烟霞散人博涉史传,偶于披览之馀,撷逸搜奇,敷以菁藻,命曰《巧联珠》。其事不出乎闺房儿女,而世诸险巇、人事艰楚,大略备此。予取而读之,跃然曰:此非所谓发乎情,止乎礼义者与!亟授之梓。不知者以为途讴巷歌,知者以为跻之风雅勿愧也。嗟乎!吾安得进近今词家而与之深讲于情之一字也哉。癸卯槐夏,西湖云水道人题。

(巧联珠跋)

齐如山

日本宝历甲戌舶载书目曾经著录,然极少见。此为可语堂刊本,十五回,不分卷,"玄"字皆不缺笔,定刻于康熙以前,尤为难得。惜第九回残破数页,无法校补。闻日本内阁文库藏有坊刊本一部,恐亦不足较补此本也。民国三十三年十二月五日,如山识,明年六十有八,天寒手僵,破笔旧纸,书此数十字,已费数十分钟的工夫,然仍宁不成字,行不成行。

说明:上序录自可语堂梓行本《巧联珠》。原本藏美国哈佛大学图书馆。内封三栏,右题"续三才子书",中题"巧联珠",左题"可语堂梓"。首《序》,尾署"癸卯槐夏,西湖云水道人题"。目录页题"新镌绣像巧联珠目次　五彩堂编次",凡十五回。正文卷端题"新镌批评绣像巧联珠小说　烟霞逸士编次",半叶八行,行二十字。书藏美国哈佛大学图书馆,为齐如山旧有。书后有跋。

有关此书的作者,序称"烟霞散人",目录称"五彩堂",正文卷端题"烟霞逸士"。按照著录的惯例,应署"烟霞逸士",但不能肯定此本即此书的原刊本,故当以序中所署"烟霞散人"为准,"烟霞散人"或亦称"烟霞逸士"。烟霞散人有小说《斩鬼传》《凤凰池》《幻中真》,据考为康熙、雍正间人刘璋。齐如山跋谓,此本"玄"字不缺笔,为康熙前的本子。不可靠。按:序署"癸卯",若系康熙前的刻本,则这个本子最迟也当刻于万历三十一年。这不可能。又有人认为序中所署的"癸卯"为康熙二年,也还缺乏可靠的证据。这个"癸卯",很大可能是雍正元年,与刘璋的生活年代相及。通俗小说的避讳,是极不严格的,一个本子避讳了某位尊者的名字,可以肯定出于其人在世之时或去世之后;不避讳某位尊者,不一定就出在这位尊者之前。北京图书馆所藏之"五彩堂编次本",无内封,其馀行款皆与可语堂本相同(参《中国通俗小说总目提要》),很可能是可语堂本的翻刻本或只是个失去内封的可语堂本。

云水道人,待考。

二刻醒世恒言

(二刻醒世恒言)序

苔斋主人

今夫言之有裨于斯世也大矣。吾尝观人之纵情设物而不知检者，正如入百滚油中，其焦枯何待瞬息？诚得一言棒喝，岂非猛火聚，而沃之千丈之崖冰；迅雷鸣，而豁以万里之碧汉哉？墨憨斋所纂《喻世》《警世》《醒世》三言，备拟人情世态、悲欢离合，穷工极变，不惟见闻者相与惊愕，且使善知劝，而不善亦知惩，油油然共成风化之美。斯言之有裨于斯世为何如乎？予箧中有《醒世恒言二集》，汪洋二十四则，颇费搜获，可谓钦异拔新，洞心骇目，不惟可资谈麈，且归厚俗，端在斯编。予不敢秘，是以梓之，用公宇内，幸勿负吾言之谆谆也可。时雍正岁次丙午清和下浣，滇螺苔斋主人题。

说明：上序录自北京大学图书馆藏《二刻醒世恒言》。此本内封两栏，分题"苔斋主人评""二刻醒世恒言"。首《序》，尾署"时雍正岁次丙午（五年)清和下浣,溟螺苫斋主人题",有"不登大雅之堂"阴文钤一方。次"新刻醒世恒言上函目录",凡十二回;"新刻醒世恒言二集下函目录",亦凡十二回。图六叶,皆像赞各半叶。赞题"西良高隐"、"西湖散人""发公甫"(有"发公"阳文印章)、"平等居士"、"乃渺吾徒"(有"西泠诗社"阳文印章)。上函正文第一叶卷端无题署,惟第六回回目之后,回首诗诗题"归隐"二字的下面署"心远主人著",这"心远主人"四字为何会刻在诗题的下面,颇费思量,是指此《归隐》诗为"心远主人"作,还是这回书系心远主人作,抑或整个上函均系心远主人的作品,此处心远主人数字是挖改未尽留下的蛛丝马迹？下函第一叶卷端题"新奇小说(按:"小说"二字下有挖版的痕迹)　心远主人编次"(版心上方均有挖版痕迹,所挖去的应该是此书的书名,当与卷首所挖去的书名同)。半叶八行,行十八字。版心中央镌回次,下镌叶次。侯忠义先生曾怀疑下函可能是已佚的《十二峰》,那"新奇小说"之下挖去的,可能就是"十二峰"三字,而版心挖去的也可能是"十二峰"。《十二峰》已佚,然韩国国立中央图书馆有此书的韩译本。叙林逸俊之子(灵虚真君被贬下凡)与十二个女子的(主持巫山十二峰之仙女下凡)爱情故事(详参朴在渊《韩国所见中国小说戏曲书目资料集·十二峰记》)。则所挖非"十二峰"三字无疑。

心远主人、溟螺苹斋主人,真实身份、生平事迹待考。

二十一史通俗演义

纲鉴通俗演义序

李之果

经以载道,史以纪事,二者缺一不可。吾夫子作《春秋》,为五经之一,实开万世史学之源。朱子笔削《资治通鉴》为纲目,"纲"祖《春秋》,而"目"祖《左传》。起于初命晋大夫为诸侯,而终于五季。书凡五十九卷。以正人心,植世教,深有助于治道者也。然篇帙颇繁,人不易致;且大书特书,其言或出于深奥,而非浅渺者所能遽通。昔司马温公作《资治通鉴》二百九十四卷,自言修《通鉴》成,惟王胜之借一读,他人读未尽一纸,已欠伸思睡。可见能遍观者之寥寥。非特二十一史浩瀚不能终篇也。后世诸儒谈史者不下数十百家,于书法外,复录各名人断语,此以为是,彼以为非,聚论纷纭,徒费耳目,不崇朝而厌倦生焉。

吕子安世,深慨夫读史者读未终篇,略看几句断语,便恣口谈妄议前人,毫无实得,爰变褒贬之文，合为序事之体，事必究其端委，文必从其简略，分为目录，纪以回数，于荒史略用《山海经》《一统志》诸书，其馀悉摘录《通鉴纲目》及《廿一史》，端绪井然，便于披阅，便于记取。无事褒讥，而是非贤奸自见，名之曰《通俗演义》。其卷首诸目仿杨氏弹词，可歌可诵，连络贯串，开卷了然，博闻广见，应务有馀，其功岂小补哉？余劝课之暇，间亦一造其庐，方欲以孝廉方正循例荐拔，而吕子以病力辞，出是书问序于余，余喜而为之序。时雍正五年岁次丁未孟冬月吉，邑宰桂岩弟李之果题。

纲鉴通俗演义序

吕作肃

《纲鉴演义》何为而辑也？通俗也。何言乎通俗也？自皇古以逮晚近，称良史材者数十家，其最著者，则涑水氏之《通鉴》、紫阳氏之《纲目》也。微言大义，纬地经天，假一字之褒诛，留纲常于万古，皆圣贤之精意，非俗人所能会通也。

吕子安世于治经之外，日取《通鉴》《纲目》及《二十一史》而折衷之，历代之统绪而序次之，历代之兴亡而联续之,历代之仁暴、忠佞、贞淫条分缕析而纪实之。芟其繁,缉其简,增纲以详,裁目以略,事事悉依正史,言言若出新闻,始终条贯,为史学另开生面。不特经生学士,即妇人小子,逐回分解,亦足以润色枯肠。末卷专言修身齐家之事以通俗也,实人人之布帛菽粟也。考亭而后,何可少哉？是为序。时雍正十年孟夏月吉旦,吕作肃谨识。

《纲鉴通俗演义》凡例

一、是书悉遵《纲鉴》,半是《纲鉴》旧文,其《纲鉴》中因编年纪月不相联属,与字句难晓者,略加删订,所谓通俗衍义也。

一、是书起自盘古,终于明末,共四十回。其回数目录则序及本朝,其实自明末而止,盖本朝未有实录颁行,传闻不无讹谬,并不敢以不识不知之民,妄谈本朝事迹,虽另为二回,惟祝嵩呼,以见本朝如日之方升,万万斯年,非野人见闻所可妄谈。另起一卷而空其后者,以见后此之无穷也。

一、是书自夏商以前,书愈少则愈从详,间有从荒史、《山海经》及他记补入者。自周以后，书愈多则愈从略，但序大势大体而已，便观者一览即知。

一、是书有《纲鉴》所无，间以他传补入。其见于小说内者，并不敢取；即取，亦必以"或曰"别之，以见其说虽不足信，或可参考云尔。

一、是书摘其大要，略其细事，然于战阵、妇女、奇异之事，则颇加详，间有从他记补入者，以从时好，无非引人乐观而已。

一、是集中如盘古开天、共工氏头触不周山、女娲氏炼石补天、夏禹王治水用天兵天将、后羿射日、嫦娥奔月之类，《纲鉴》虽载有其事，并不详其说，盖事属荒唐，置之不议不论之列可也。今虽从他书采补增入，犹孟子所云："于传有之。"其事之或有或无，传记之足信与否，俱未暇深辨也。

一、《纲鉴》之有断语，祖于春秋之《公羊》《穀梁》，然孔子作《春秋》，寓褒贬于一字之中，初无所为（谓）断也，而当时文学如游夏之徒，尚不能赞一词，况后之人文学不如游夏，乃敢妄祖孔子，讥议古人，长篇累牍，恬不知怪。不知古人之事，据事直书，其忠奸邪正，不待言而自辨。其有从正路上差了脚步者,须知古人事处无可如何之地,日夜经营,势穷力竭,万不得已,乃略差一步,以图其事之有济,非乐于为此也。今之人动曰《春秋》责备贤者,使古来无一全人而后已,正所谓"欲加人罪,何患无辞"。为古人者,不亦难乎?圣人云:"凡聪明深察而近于死者,好议人者也。博辨宏远而危其身者,好发人之恶者也。"夫人尚不可议,人之恶尚不可发,而况于古人乎?故一回之后,草本原有断语,今则尽删不录,盖不敢妄议古人而自取罪戾也。

一、是集中人名用｜,地名用囗,国号用⌂,一统用⌂,蛮夷用○,以便观也。其各回之目,一气相承,熟此而古昔兴亡了然矣。

一、每回之首,必冠以旷达诗词,凡以祖春风沂水之意,所以广人心志,乐人性天,见得志则廊庙,而尽忠报国;不得志则山林,而明哲保身:二者并行不悖,不必规规于事为之末也。

一、是书欲广其传,不禁翻版,第抚数载苦心,原非为利,如有易名及去名翻板,又或翻板而将本朝之事迹,得知传闻,妄意增添者,虽千里必究。

删定纲鉴总论

阳节潘氏荣曰：治天下有道，亲贤远奸，明而已矣；治天下有法，信赏必罚，断而已矣；治天下有本，礼乐教化，顺而已矣。明则君子进而小人退，断则有功劝而有罪惩，顺则万事理、人心悦而天下服：三者之要在身，身端心诚，不令而行矣。

故唐虞三代之治，纯用礼乐，教化大行，不言而信，不怒而威，无为而治，如斯而已。及其衰也，夏以妹喜，商以妲己，周以褒姒，是佚欲之亡人，而百令不从矣。周室东迁而后，王政不行，诸侯多僭，故夫子曰：自卫反鲁，作《春秋》以正王化。至于战国，王室陵夷，分崩离析，故孟子去魏适齐，陈王道以正人心。是皆圣贤为万世生民而发也。

自兹以还，迹熄泽竭，人私其身，士私其学，异端蜂起，圣学榛芜。秦汉而下，安危不一，难以悉举，姑取其最关于纲纪者而论之。汉高之兴，去古未远，豁达大度，从谏如流，可与有为之君也，然犹轻士嫚骂，凌辱大臣。张良托以辟谷，何、参、平、勃，以诈以力，天下虽安，而古礼不复，古乐不作，从兹始矣。可胜惜哉！汉文沉潜而不能刚克，汉武高明而不能柔克，光武有志于治而辅相亦非其人；孔明有王佐之才，而当奸雄僭窃之际；外戚之祸，内竖之变，中移于王莽，卒坏于董卓，曹操承之以移汉祚，又何言哉。

　　唐之太宗，号为英主，百战而有天下，偃武修文，励精求治，身致太平，刑措不用，亦希世之贤君也。然以君德论之，则用宫人私侍以劫其父，纳巢刺王妃而封子明，其谬已甚，若非魏徵辰赢之喻，则明母又继文德而后矣。闺门如此，其子孙又乌得有正家之法乎？是故武氏经事先帝，太真已配寿王，中宗亲为点筹于韦后，明皇赐洗儿钱于贵妃，卒为天下后世非笑，岂不皆由太宗垂统之所致欤？房、杜、王、魏、无忌、遂良、狄仁杰、张九龄、姚崇、宋璟、李泌、裴度之贤，犹不能救其君于荡败礼义之际，而或以见疏；韩愈、陆贽，勤勤恳恳于章奏之间，而亦以获罪。盖唐之乱也，始于武、韦，危于贵妃，坏于藩镇，亡于宦官，而李勣、李义府、许敬宗、郑愔、崔湜、武三思、李林甫、杨国忠、李辅国、卢杞、元载之流,与后妃宦竖,内外交缔,始终为难,非一朝一夕之故。暴秦以吕易嬴,是嬴亡于庄襄之手;弱晋以牛易马,是马灭于怀愍之时;隋杨广弑父自立,即以败亡。盖以赵高、杨素之奸,而至扶苏、杨勇之死,是天所以速秦、隋之灭也。

宋、齐、梁、陈,至于五季,祸乱相随,战争不息,名为君臣,实为仇敌。世降至此,坏乱极矣!惟柴世宗粗有三代遗风,而使之不寿,岂天将启宋世之治也欤?且自晋武之后,惠、怀无亲,骨肉相残,群胡乘衅,浊乱中原,生民涂炭,未有甚于此时者也。王、谢、陶、阮,富贵风流,节行标致,沛乎有馀,江左之民,亦赖以安。然朝廷之得失,奸雄之篡弑,则亦邈乎其不能正也。逮拓跋氏兴,佐以崔浩、高允之徒,既治且安。至于孝文,风移俗易,庶几为礼义之邦矣。宇文高祖、完颜世宗,其亦贤乎。江左君臣,宁不知愧?夫三年之丧,自天子达于庶人,文、景以后,能行之者,惟晋武帝、魏孝文、周高祖数君而已。此夫子所谓不如诸夏之亡也。

至于宋祖,未尝为学,晚好读书,叹曰:"尧舜之世,四凶之罪,止于投窜,何近代法网之密耶!"于是立法，鞭扑不行于殿陛，骂辱不及于公卿，故臣下得以有为，而忠君爱国之心，油然兴矣。命曹彬下江南，则戒以切勿暴掠生民。待诸降王以宾礼，易诸节镇以儒臣，使举德行孝弟之士，以隆礼义廉耻之风。呜呼，人主如是，亦庶乎其知九经之义哉！太宗即位之初，首开崇文馆，与诸王宰相，翻阅书籍。次选文章有德之士，教道王子，且戒之曰："必以忠孝为先。"仁宗力行恭俭，正身率人，始终如一。升遐之日，虽深山穷谷，亦莫不奔走悲号，如丧考妣，非有得于人心，而能如是乎？英宗气质尤美，谦恭以任贤臣，而天下无事。暨于哲宗之初，实为垂帘之政。宣仁有言曰："苟有利于社稷，吾何爱于发肤？"任贤弗贰，去谗不疑，故自建隆至于元佑，号称治平之世。而人才之盛，亦莫过于宋矣。初有赵普、范质、李沆、张齐贤、向敏中、寇准、蔡襄、晏殊、王旦、王曾、杜衍、赵抃、诸吕之辈，复有韩、范、富、欧阳、苏、张、文、吕、司马之徒，俱为大贤，文章德业，前世无比，相继以兴，为之辅相。当此之时，君君臣臣，父父子子，夫夫妇妇，百姓讴歌，谓之"太平天子"。又称宣仁为女中尧舜。呜呼，休哉！神宗刻意图治，上慕唐虞，倾心安石，君臣之间，求济斯道，未尝不以尧舜相期。惜安石之学，既执而蔽，引用凶邪，反治为乱，使天下之人，嚣然丧其乐生之心，卒之群邪并进，酿成靖康之祸。用人可不谨哉！岳飞破虏，几还两宫，秦桧矫诏班师而杀之，高宗若不闻也。通天之罪，尚忍言哉！张浚、赵鼎、真德秀、魏了翁之贤，立朝未久，非惟不能正群邪之罪，而反有贬责窜逐之冤。秦桧、韩侂胄、史弥远、贾似道，以元凶居相位，登进同类，布满朝廷，只为身谋，卒以误国。文天祥拜相于国事既去之馀，而能以身任三百年纲常之重，从容就义于颠沛流离之际，为国之光，岂非皆由祖、宗尊贤敬士之报欤？

盖其兴也，以大臣之贤；其亡也，以大臣之奸。故虽有大臣之误，而亦有大臣之报。彼人君之喜用奸邪者，冀得以从己之欲而已；人臣之欺罔其君者，亦欲固其宠禄而已。然君以逸欲灭国，臣以宠禄杀身，前车既覆，后车不戒，及至君亡国灭，其臣又安得独存哉？夫正身以正朝廷，正朝廷以正百官。百官正，则万民莫敢不正。万民正，则四夷宾服，而天下王矣。至于末世，崇尚虚无，信诱邪说，垂及败亡，犹不能悟。梁元为魏师所围，尚讲老子；梁武为侯景所逼，惟谈空苦。事佛之谨，舍施之多，无以逾于梁武；奉道之勤，设醮之厚，又何以加于道君？然则饿死台城，而佛不之救；受辱漠北，而道亦不闻。秦皇、汉武，穷极以求神仙，了无证验；楚王英敬信沙门之法，卒以诛夷。契丹入寇，王钦若出守天雄军，束手无策，闭门修斋，诵经而已。用此数者，曾何补于治道哉！狄仁杰巡抚江南，奏毁吴楚淫祠千七百所，所存惟夏禹、泰伯、季子、伍员四祠而已。胡颖经略广东，毁佛像而杀妖蛇，杖僧人以脱愚俗，所过淫祠必焚之，此万代之所瞻仰也。汉儒有言曰："正其谊，不谋其利；明其道，不计其功。"盖人品不同，而事业亦异，是未可以成败论英雄也！诸葛辅汉于蜀，狄仁杰反周为唐，其心一也。郭汾阳克复二京，而终身富贵；岳武穆志存雪耻，而身死权奸，其道同也。孟德睥睨神器，狐媚欺孤，恨文若九锡之劝，而致之死，篡逆之所为也。子仪功盖天下，位极人臣，杖郭暧肆言之失，而归朝待罪，臣子之所安也。平生奸伪，死见真性，操之所以如鬼也。鞠躬尽瘁，死而后已，亮之所以如龙也。苏武持汉节于匈奴，是舍生而取义。真卿陈祸福于希烈，乃杀身以成仁。霍光拥立二君，而子孙夷灭，是履盛满而不止也。韩琦定策两朝，而德望盖世，识用舍行藏之道也。陶潜为晋处士，心逸而日休。杨雄为莽大夫，心劳而日拙。"诸葛入寇"，《晋史》自帝魏也；"丞相出师"，汉贼明大义也。废帝为王，唐经乱周纪也。帝在房州，万古开群蒙也。

故自初命晋大夫为诸侯以来，千三百六十二年之间，诛乱贼于既死，正名分于当时，定褒贬于往前，示劝惩于来世，此《纲目》之所以继获麟而作也。是故欲治之君，须知为治之要。夫治也者，亲贤远奸，信赏必罚，明礼义，谨学术，以身先之，使民知趋向之方，则贤才辅而天下治矣。书云："慎厥身，修思永。"诗云："上帝临汝，无贰尔心；无贰无虞，上帝临汝。"此之谓也。

说明：上二序及凡例等，均录自正气堂藏板《二十一史演义》。此本内封上镌"精绘图像"，下分三栏，右栏题"新昌吕安世辑　正气堂藏板"，中题"廿一史演义"，左题"自盘古至明末，首尾共四万七千二百四十一年事实，前后兼载天地、鬼神、异物、天时"。首《纲鉴通俗演义序》，尾署"时雍正五年岁次丁未孟冬月吉，邑宰桂岩弟李之果题"，有"李之果印"阴文、"梅溪氏"阳文钤各一方。次《纲鉴通俗演义序》，尾署"时雍正十年孟夏月吉旦，吕作肃谨识"，有"吕作肃印"阴文、"子范氏"阳文钤各一方。次《凡例》十条。复次《删定纲鉴总论》。有图像十叶。目录页题"精订纲鉴廿一史通俗衍义目录　新昌吕抚安世辑　男维城京周　维垣辅周　维基起周　仝校"。凡二十六卷四十四回。正文卷端题"精订纲鉴廿一史通俗衍义卷之×　新昌吕抚安世辑　男维城京周　维垣辅周　维基起周　仝校"。半叶十行，行二十二字。板心上镌"纲鉴通俗衍义"，单鱼尾下镌卷次、叶次。此书深受杨慎《廿一史弹词》的影响，李序也称吕"其卷首诸目仿杨氏弹词"，确实不错，这是只要一读前四回的目录便清楚的，前四回目为："盘古王，一出世，初分天地；至三皇，传多氏，渐剖乾坤；五帝起，亶聪明，创制立法；尧让舜，舜计禹，总为斯民"。此本原藏天津图书馆，上海古籍出版社影印行世。

吕抚（1671—1742），字安世，号逸亭，浙江新昌人,清代藏书家。此书之外,尚有《三才一贯图》《四大图》等。

李之果,字(或号)梅溪,雍正六年曾任知县。

吕作肃,字子范,或谓其为吕抚之叔。

(纲鉴廿四史通俗衍义序)

张芬敬

涑水《通鉴》,朱子《纲目》,读史者无不家置一编。《二十四史》,各有专籍,亦或有藏之者。然博览不易,往往束诸高阁,徒为书笥中壮观而已。余性拙,喜读史,不能强识。家贫,《通鉴》《纲目》等书犹不能置,况《二十四史》!至世所行《易知录》《挈要约编》等集,则偶有寓目,往往瞻前忘后,顾此失彼,心窃恶焉。

吕氏《纲鉴演义》能统《廿四史》事实,说得原原本本,至其中条分缕析处,亦复一线穿成,洵史集史中之别体,余素为之服膺者也。当世淹博之士,胸罗万卷,于史籍中澈上澈下,未免视为喷饭,然于初学观史者,令其入门,则此书不啻为之嚆矢。且言不尚文,语皆从俗,无论妇孺,皆能通晓。若以之消愁排闷,即能举数千载之掌故瞭然于心目,不亦快哉！广百宋斋主人博雅好古,搜刊秘籍,因出是篇,悉恿付梓,并志数言于简首,尤愿读是书者,其进而求之《通鉴》《纲目》以至《廿四史》各专籍,庶几一以贯之矣。光绪十有三年岁次丁亥孟春之月,鹿城张芬敬甫氏撰。

说明:上序录自上海广百宋斋石印本《纲鉴廿四史通俗衍义》,原本藏首都图书馆。此本亦有李之果序、吕抚自序、《凡例》等,与正气堂本相较,《凡例》略有删节(删去第八、第十两条)。卷端题"精订纲鉴廿四史通俗衍义",半叶十二行,行三十三字。按:吕抚作书的时候,并无二十四史,《二十四史通俗衍义》为后来人所改。

铁花仙史

《铁花仙史》序

三江钓叟

传奇家摹绘才子佳人之悲离欢合，以供人娱耳悦目也，旧矣。然其书成而命之名也，往往略不加意。如《平山冷燕》，则即才子佳人之姓为颜，而《玉娇梨》者，又至各摘其人名之一字以弁之。草率若此，非真有心唐突才子佳人，实图便于随意扭捏成书，而无所难耳。此书则有特异焉者，其所叙为儒珍、若兰等才子佳人之事，而其名则曰铁、曰花、曰仙，无与于才子佳人也。骤焉阅之，容亦有药不依症之诮，迨寻绎再三，而知作者实故意翻空出奇，令人以为铁、为花、为仙者，读之而才子佳人之事掩映乎其间；以儒珍、秋遴等事迹读之，而若剑、若玉芙蓉、若紫宸诸仙者，复旋绕于其际。要使不漏不支，分明融洽，双管齐下，虚实并到，如八股关动题体，此作者铸局命名意也。噫，亦奇矣哉！三江钓叟漫题。

说明：上序录自本衙藏板本《铁花仙史》。此本内封两栏，分题"一啸居士评点""绣像铁花仙史本衙藏板"。首《序》，尾署"三江钓叟漫题"。次"铁花仙史目次"，题"云封山人编次　一啸居士评点"，凡二十六回。次图像十二叶。皆像赞各半叶。正文卷端题"铁花仙史"，版心中镌"铁花仙史"、回次、叶次。半叶八行，行十七字。书中每称《平山冷燕》等，又避康熙讳"玄"作元，从其内容看，当是才子佳人小说中期以后康、雍之间或稍后的作品。另有恒谦堂本等。

三江钓叟，真实身份、生平事迹待考。

女开科传

《女开科传》引

蠢庵

此言虽小,可以喻大。明乎为说之小者,未必遂无当于大道也。如必褒盲腐而斥稗编,则何以好奇搜逸者,乃往往得谈资于野史也耶?楚阿谷之阳,有处子佩琪而浣者,孔子于南游见之,曰:"彼妇人其可与言矣乎?"其文见汉《韩婴外传》。而后之以此藉为口实者,遂未免有听琴、奔月、偷香、窥宋之相继而出之不已之事,岂善学圣人者哉!然要知真圣贤,必不作腐事,所谓谙于大道,而为学士大夫者,当不必徒尚乎口中之朱程焉可矣。

兹说半出传闻,因演其事,亦聊以蕊浪波痕,供鼓掌于一时云尔。若夫以妖艳之书,启天下淫男子逸荡之心,则妄语之诫,舌战之祸,固生平所自矢不为矣。江表蠢庵。

（女开科传跋）

蠡庵

蠡庵跋曰：读《万斛泉》竟，不觉拍案大叫曰：游戏三昧，已成劝惩。全书愤世绝俗，半多诙谐笑话。说中说文人，说才女，说清官，说贞友，能使天下之人，俱愿合掌俯首，敬之拜之而已。至装腔之娈童，设骗之阇黎，狠毒之讼师，多事之丐婆，拚命之驿丞，种种诸人，又何异一部因果，一部爱书，一部小《史记》，一部《续艳异》？有能奉此为书绅，带之为韦佩，则不但人世清净，亦得佛门欢喜，是济渡一世之宝筏，维持天下之瑶琛也。若仅以小说视之，亦可谓不善读是说矣。质之众口，我言匪谀。

说明：上引、跋均录自名山聚本《女开科传》。此本内封三栏，由右向左，分题"岐山左臣编次""女开科传""内附花案奇闻　名山聚镌"。首《引》，尾署"江表蠡庵"，有"章侯"阳文印章。目录叶题"女开科　岐山左臣编次　蠡庵居士批评"，凡十二回。次图六叶，署"黄顺吉刻"。正文第一叶卷端第一行题"女开科"，第三行上署"虎丘花案逸史"，下第二行题"岐山左臣编次"，并排第四行题

"江表蠡庵参评"。半叶八行,行十八字,写刻。版心镌回次、叶次,最下镌"花案奇闻"。书末回总评前有"蠡庵跋曰"。书成于何时,颇有争议。文革红认为出顺治末(顺治十三以后)康熙初(详参《〈女开科传〉本事、成书时间及版本考》)。顺治十三年以后的结论是正确的。

岐山左臣、江表蠡庵,真实身份、生平事迹待考。或谓江表蠡庵即陈洪绶,以"江表蠡庵"下有"章侯"的印章,而陈洪绶字章侯。陈洪绶卒于顺治九年,时代不相及。

后三国石珠演义

《后三国石珠演义》序

澹园主人

历观古今传奇乐府,未有不从死生荣辱、悲欢离合中脱出者也。或为忠孝所感,或为风月所牵,或为炎凉所发,或为声气所生,皆翰墨游戏,随兴所之,使读者既喜既怜,而欲歌欲哭者,比比然矣。

今观是集,专从《通鉴》中三国时受魏称帝之际,演成一帙。布局如五花八门之奇,变化如公孙大娘舞剑。即如石珠智勇兴师,弘祖仁慈慷慨,慕容、石、段义赛关、张;稽德、有方不殊诸葛。树精比试,智服王弥;梦月斗武,郝鱼飞升,皆如生龙活虎,忽现忽潜,运笔可惊可怪,令人莫测其端倪。玉銮、松庵、梦月、兰玉及贺玉容等,皆杏脸桃腮、柳腰柔弱之辈,乃不以红粉自居,竟与英雄并重千古。噫,亦奇矣!攻取对敌之际,幻术多方,虽《西游》《水浒》,无过于此。成功之后,忽降子真,如明智慧之灯,豁开迷径;驾般若之筏,济渡爱河。使石珠三人得飘然于仙界,以至弘祖定位,方得海宇安宁,鬼妖潜伏。羡石、宏之奇遇,喜谢、贺之于归。盖三子始以意气投搭,终以琴瑟齐鸣。文机返照,满纸如万道霞光,天衣灿烂,龙女散花,使人津津不忍释手,须执杯在手,狂呼大白而悦之。庚申孟夏,澹园主人题于箖竹亭。

说明:上序录自耕书屋本《后三国石珠演义》。原本藏上海图书馆。此本内封上镌"绣像批评",下分三栏,由右向左,分题"梅溪遇安氏著"、"后三国石珠演义"(分两行)、"耕书屋梓行"。首序,尾署"庚申(康熙十九年)孟夏,澹园主人题于箖竹亭"。次"后三国石珠演义目录",署"梅溪遇安氏著",凡三十回。复次图像八叶,皆像赞各半叶。正文卷端题"后三国石珠演义",署"梅溪遇安氏著",半叶八行,行二十字。四周单边,版心镌"后三国石珠演义"。庚申无年号,馆签注"清康熙刻本",据刻图署"黄顺吉"及不避乾隆讳等看,判断应该说是正确的,则此庚申应为康熙十九年。

梅溪遇安氏、澹园主人,真实身份、生平事迹待。

飞花艳想

飞花艳想序

樵云山人

自有文字以来,著书不一。四书五经,文之正路也;稗官野史,文之支流也。四书五经,如人间家常茶饭,日用不可缺;稗官野史,如世上山海珍羞(馐),爽口亦不可少。如必谓四书五经方可读,而稗官野史不足阅,是犹日用家常茶饭,而爽口无珍羞(馐)矣。不知四书五经,不外饮食男女之事;而稗官野史,不无忠孝节义之谈。解通乎此,则拈花可以生笑,不必谓四书五经方可读也;发想可以见奇,不必谓稗官野史不足阅也。但花必欲飞,不飞不足夺目;想必欲艳,不艳不足娱情。必也无花不飞,无想不艳,亦无花不艳,无想不飞,方足以开人心花,益人心想,以为文士案头之一助。

今传中所载,如梅之清,雪之沽,柳之秀雅,莲之馨香,可谓无花不飞矣。湖上之逢,舟中之句,啸雪亭寻梅问柳,探花郎跨凤乘龙,可谓无想不艳矣。

以至梅、雪二公忠勤王事，竹、杨二子慷慨交情，张、刘二生之诡计阴谋，春花、朝霞二女之慧心侠骨，则又何花不艳，何想不飞哉！阅兹传者，如逢名花，目前艳媚，虽桃秾李白而清香胜之；如生奇想，天际飞来，虽水穷山尽而幻景出之。如逢才子佳人，笑言相对，虽才如司马，慧似文君，而风流都雅却又过之。此《飞花艳想》之所由作也。虽然，花飞矣，想艳矣，亦花艳矣，想飞矣，不归于忠孝节义之谈，而止及饮食男女之事，是何异于日用山海珍羞（馐），而废家常茶饭也。是何异于日阅稗官野史，而废四书五经也，其可乎？若兹传者，权必归经，邪必归正，花飞而笔自存，想艳而文自正，令人读之，犹见河洲窈窕之遗风。则是书一出，谓之阅稗官野史也可，即谓之读四书五经也亦可。岁在己酉菊月未望，樵云山人书于芍药溪之（下阙）。

说明：上序录自雍正间写刻本《飞花艳想》，原本藏大连图书馆。此本内封题"飞花艳想"，署"樵云山人编"。首序，尾署"岁在己酉菊月未望，樵云山人书于芍药溪之"。次"新编飞花艳想目次"，凡九十八回。正文卷端题"飞花艳想　樵云山人编次"。半叶九行,行二十字。版心镌"飞花艳想"、回次、叶次。

樵云山人,殆即刘璋,见《斩鬼传》条。孙楷第以为书系刘璋所作。

(梦花想跋)

齐如山

此书未见著录,亦不著撰人,题"樵云山人编次",板式似清初所刊。第六回入梦一段,稍涉秽亵,亦系明末清初人小说之恒情,自乾隆禁止淫亵小说后,此种情形,已不易见到。且玄字皆不缺笔,则出板当在康熙以前矣。余尚有《鸳鸯影》一书,乃道光壬午出板,亦即此书,惟字句间颇有出入,彼多此少,但此似较简练,如第一回彼云:"杨氏训子之严,无异孟母断机;友梅读书之勤,亦不啻欧阳画荻",此则云:"杨氏无异孟母断机,友梅不啻欧阳画荻"。又彼云:"门栽儿树垂杨,宛似当年陶令宅;径植百竿翠竹,依然昔日辟疆园。月到梅花,吟不尽林逋佳句;杯浮绿叶,饮不尽李白琼浆",此则云:"门栽垂柳,宛似陶令宅;径植翠竹,依然辟疆园",

至"月到梅花"四句,则全无。这种情形,似当年尚有原刊本,彼系原抄,此则略为删节者也。甲申冬至日,高阳齐如山偶识。

说明:上跋录自齐如山旧藏之《新编梦花想》(现归哈佛大学图书馆)。原本无序跋。目录页题"新编梦花想目次",凡十八回,单目。正文卷端题"新镌绣像小说梦花想　樵云山人编次",半叶九行,行二十字。版心上镌"梦花想",单鱼尾下镌回次、叶次。书后有跋,尾署"甲申冬至日,高阳齐如山偶识"。后有"齐宗康"阴文、"如山"阳文钤各一方。此书与《鸳鸯影》实皆系《飞花艳想》一书的别名。齐先生以为书刻于康熙前,并无根据,盖书若出康熙前,则大连图书馆藏本序所署"己酉"当为万历三十七年,这根本不可能。《梦花想》之出必在大连图书馆藏本之后。刻本仍不避康熙讳,这也说明通俗小说避讳的不严格。

齐如山,见《吕祖全传》条。

莽男儿

《莽男儿》叙

姜桂主人

昔者齐谐志怪,画天下幽显奥异之事,搜罗剔析,无有不穷,大而至于□□□□,小而至于探赜索隐,极耳目之所不见不闻,括亘古之所难搜难信者,悉汇而著诸于书,若烛照数计然,则古之人著书,或有涉于语怪者,何况慷慨悲愤之士,有所托而成书乎!或嬉笑而令春秋之予夺,或怒骂而寓刑章之重轻;或咏言挽乎波靡,或激语阴为砥柱。若尼父获麟一书,诸侯而或名,大夫而或字,千百世之下,无有诋其非者,知我罪我,圣人亦听之于身后,而不暇顾矣。

姜桂主人作此传,一稗书耳。其间激浊扬清,疾恶劝善,使人读之勃然兴起,岂徒区区志怪,惊人听睹乎哉!剞劂氏遂将以此书动天下之人,吾恐逾闲宣秽之事,遗帷箔羞,宁主人作书之意也。虽然,孔子删诗不废郑卫,亦可为斯世劝惩之助云。姜桂主人题于鸣物斋。

说明：上序录自一清初写刻本《莽男儿》，此为孤本，原本藏潘建国"两靖室"。此本残存五到十一回。首叙，尾署"姜桂主人题于鸣物斋"，有"莲花居"阳文、"姜桂主人"阴文钤各一方。次"莽男儿目录"，二十四回。正文卷端题"莽男儿"，署"明龙子犹遗传　古吴逸叟评纂"。

姜桂主人，待考。

姑妄言

（姑妄言）自序

曹去晶

夫余之此书，不名曰真而名曰妄者，何哉？以余视之，今之衣冠中人妄，富贵中人妄，势利中人妄，豪华中人妄，虽一举一动之间而未尝不妄，何也？以余之醒视彼之昏故耳。至于他人，闻余一言曰妄，见余一事曰妄；余饮酒而人曰妄，余读书而人亦曰妄，何也？以彼之富视余之贫故耳。我既以人为妄，而人又以我为妄，盖宇宙之内，彼此无不可以为妄。呜呼！况余之是书，孰不以为妄耶？故不得不名之妄言也。然妄乎不妄乎，知心者鉴之耳。时雍正庚戌中元之次日，三韩曹去晶编于独醒园。

（姑妄言）曹去晶自评

曹去晶

既欲看是书，请先阅此评。余著是书，岂敢有意骂人？无非一片菩提心，劝人向善耳。内中善恶贞淫，各有报应。句虽鄙俚，然隐微曲折，其细如发，始终照应，丝毫不爽。明眼诸公见之，一目自能了然，不可负余一片苦心。其次者，但观其皮毛，若曰不过是一篇大劝世文耳，此犹可言也。倘遇略识数字，以看鼓词之才学眼力看之，但曰好村好村，此乃诸公为腹所负自付（村？）耳，非关余书之村也。求其不看为幸。何故？诸公自恐其污目，余更恐其污书。书于独醒园。

（姑妄言）林钝翁总评

林钝翁

予与曹子去晶，虽曰异姓，实同一体：自襁褓至壮迄老，如影之随形，无呼吸之间相离，生则同生，死则同死之友也。曹子偶以所著之《姑妄言》示予。予初阅之，见其中多杂以淫秽之事，不胜骇异。曰：曹子生平性与予同，愚而且卤，直而且方，不合时宜之蠢物也，何得作此不经之语？深疑之必有所谓。复细阅之，乃悟其以淫为报应，具一片婆心，借种种诸事以说法耳。

何以见之？黄金色以蠢然之富翁，好色轻生，而再世得为才貌双全之钟情，复获高第，而更得美丽之钱贵为妻者，何故？以其自供生平一恶并无，诸善皆积，而神判中亦云心实善良，以其一善能解百恶之所致耳。后又因其为多情种子，见色不迷，度量宽宏，谦谦自下，神复庇其发甲为官。及其居官清正，为国爱民，归时两袖清风，而宦实以报德之故，酬以万金之产。焉知非冥冥之中阴注阳受者乎？此岂非警人当富而好善之婆心耶？

白氏以银钱择婿，几堕畜道。因其有感情报德之微，初罚之为瞽为娼，后方得为良妇，其旨深矣。再世为瞽目之钱贵，一遇钟情，即矢贞不二嫁，后即置为小星，后得双目重明，受封生子，此岂非警人择婿不当以财，而持身无淫妒之婆心耶？

后三生者因系读书之人，亦好色轻生，故罪黄金色一等，再生为宦、贾、童，愚丑痴顽以报之。念其苦学之勤，使皆生于豪富，神恩厚矣。孰不知彼等无恶不作，恃富横行，犹宽之，未罹恶报，但使之受其淫毒妻子之凌虐而已。若以宦萼之恶，贾文物之假，童自大之臭，尚不使其妻子淫于人者，因宦萼、贾童未曾淫人之妻女，故此妻不淫人。只不过痴顽凶暴，尚犹可恕，特存一点恻隐之心，留一自新之路与彼等耳。后能幡然自改，皆力行善事：宦萼见色，能忍人所不能忍；贾童能轻财，舍人之所不能，更得神佑，不但保守家业善终，而且多福多寿多男子，仍暗化厥妻凶淫妒悍之心，使得同偕到老，岂非警人改故迁善，得获良报之婆心耶？

宦实为朝廷大臣，而依附逆珰为之假子。贾明以清高之翰苑，而有万馀之产，焉知非主考时私弊之得？童山能以刻薄而致富，宜乎生子若是，几坠家声，后幸得而守其家业者。虽三子能改过自新所致，或此三老又有隐微之善行，得挽回耳。此岂非警人贵者当尽忠于国，富者勿刻薄于人之婆心耶？

侯、富、铁三氏，前生皆为男子，因罪孽深重，致堕畜道，罪限受满，始得为奇丑淫恶之妇人。此岂非警人勿造罪堕落之婆心耶？但此三氏之父，何不幸而生此三女，得无亦有失德耶？然其女尚无淫人之丑行，只其形状丑恶，生性淫妒，乃厥夫刑于之化所致，况后尽化为贤妇，不足为父母累也。

嬴阳以一梨园，仗妻子淫人而得千金之产，便妄自尊大，且诱人赌博内中，坑陷人家子弟不少，而使其爱女受报若此，此岂非警人忽恃财自妄，诱人局赌之婆心耶？

了缘盗而获命，幸矣，而又加之以淫毒；狱卒已属凶徒，而又淫骗犯妇；龙扬淫人之女，又负情以扬其丑声，故皆不得其死。此岂非警人凶险好淫之婆心耶？

钟趋拥妇弃侄，嫌贫弃婿，自后家产即为不肖之子倾荡，且陨命绝嗣，此岂非警人勿疏弃贫穷骨肉之婆心耶？

钟悛忘亲弃弟，吞产离乡，只落得骨殖弃于中流，妻嫁子奴，若非贤弟，几斩其祀，此岂非警人勿薄弃手足之婆心耶？

戴迁以好赌之故，倾家荡产，至弃女为人之婢，此岂非警人勿贪赌之婆心耶？

铁化好赌贪嫖，日夜飘荡，致使妻子与狗为伍，而后有外遇，竟非人类，此岂非警人勿昼夜贪于嫖赌之婆心耶？

邬合虽是谄协小人，而不助人为虐，后亦得重酬，使其嬴氏有此一番淫行者，因其已是废人而误少年女子，隐寓老翁蓄少妇之辈，岂非警人当自量，不可误少艾妇女之婆心耶？

莫氏觅媳而误于媒，邬合娶妻而误于媒，铁氏卖婢几坑于媒，此岂非警人勿为狡媒所误之婆心耶？

梅生能亲厚贫穷之友，初获艳妻，后得千金之报；鲍信之只以本分和气四字获利，而后得功名；含香以多情之故，而得良善之夫；嬴氏初虽淫荡，而后能改过，竟得夫妇偕老而有子。岂非警人当做好人行好事之婆心耶？

竹思宽幼而不孝，己身已好赌，而反诱人以赌，既诱人以嫖，而又私人之妻，娶老鸨为之妇，买龙阳为之子，纳妓婢为之媳，已纯乎其龟矣。此等一分人家，尚可言哉！诚所谓之忘八，卑卑不足数者矣。此非警人当上进，忽（勿）蹈下流之婆心耶？

钟悛因一文之故，破产而丧命，此岂非警人生意中勿见小苛刻之婆心耶？

以上诸人，系书中要紧节目，故为提出。如马士英、阮大铖奸贪误国；牛质、易于仁好色贪淫；游混公、卜通误人子弟；屠四人、屠户局赌坑人，皆有恶报。其他种种，不可枚举，明眼人一见而即知之，何必予之多喙？倘有一窍不通,有眼如盲之辈见之,强做解事语曰:此书一村淫之小说也。不但玷污此书,岂不负曹子此一片婆心耶。予故不惮烦琐,表而出之。有见之者,须细心思其报应处,学其改过处,而(勿)但注目观其淫艳处也,故为之评。庚戌中元后一日,古营州钝翁书。

姑妄言首卷评

林钝翁

钝翁曰:开首一段,原是叙瞽妓出处,别无深意。然将江宁历来始末及城中诸景,写得清清白白。曾游过者一阅,如在目前,固一快事;即未至者,亦可想其风景,不胜神往。

永乐之设官妓,万世仁人君子,为之腐齿痛心。先说建十六楼,直是盛朝富丽,忽夹以"此系永乐皇帝造为渔利之所"一语,复感叹十六楼一作,把许多绮言一笔抹杀。真皮里阳秋,不觉令人失笑。

内中说痴顽公子富家郎效用加纳等语,并非骂此等人是如此,正欲警此辈人不可如此也。一片婆心,看书者勿错会其意。

说明：上序及总评均录自《思无邪汇宝》本《姑妄言》。此本所用底本为一抄本，原本藏俄罗斯国家图书馆，凡二十四册。第一册首《自序》，尾署"雍正庚戌（八年）中元之次日，三韩曹去晶编于独醒园"。次《曹去晶自评》，下注云："既欲看是书，请先阅此评"，尾署"书于独醒园"。复次"姑妄言目录"，除引文外，凡二十四回，与其他小说不同，此书各回回目为两联，上联为正目，下联为附目。再次为《林钝翁总评》，尾署"庚戌（雍正八年）中元后一日，古营州钝翁书"。正文第一叶卷端题"姑妄言首卷"，署"三韩曹去晶游戏"，下注云："编为知者道，不共俗人看"。书末有类乎跋语的一段文字。详参《思无邪汇宝·姑妄言》陈庆浩所作之前言。

三韩曹去晶、林钝翁，生平事迹待考。

雨花香

雨花香自叙

石成金

昔云光禅师于江宁城南,据江阜最高处,设坛讲经说法,每日听者,日常千馀人。如欲涉世者,听讲而善,愈进于善;虽有不善,亦悔改而从善。或有志出世者,闻此法,心明性朗,其功胜于恒沙宝施。缘此而感召上天雨花,异香远袭,后名其地为"雨花台"。游人登其巅,则江彩与林峦交相映带,大是奇观。自梁历今,昭然耳目,垂诸不朽。余欣羡久矣,乃将吾扬近时之实事,漫以通俗俚言,记录若干,悉眼前报应,须知警醒,明通要法,印传寰宇。凡暗昧人听之,而可光明;奸贪刻毒人听之,而顿改仁慈敦厚;若有忧愁苦恼之人听讲,而即得大快乐;或遇毁仙谤佛之辈,自闻谈说,亦变虔信皈依;若夫出世之高哲,任习净土,任专参悟,可照其功而证果位。是为善有如此善报,为恶有如此恶报,皆现在榜式,前车可鉴。种种事说,虽不敢上比云师之教济雨花,然而醒人之迷误,复人之天良,与云师之讲义微同,因妄以《雨花香》名兹集。时雍正四年二月花朝,石成金天基撰写。

说明:上自叙录自《雨花香》《通天乐》合集本。原本藏南京图书馆。此本无刻书堂号,首《雨花香自叙》,尾署"时雍正四年二月花朝石成金天基撰写",有"今觉楼"阴文钤一方。正文半叶八行,行二十字,大型,白口四周双边,首册版心下方镌"利",是此册前尚有元、亨二集。刻印颇精。这大约就是《中国通俗小说书目》著录的《传家宝》三集本。后附《通天乐》。《雨花香》凡三十二种,存十五种。

石成金,字天基,号惺斋。扬州人。著作颇丰,有《传家宝》《雨花香》《通天乐》《笑得好》等传世。

雨花香序

袁载锡

夫人之立言,惟贵乎于世道人心有所裨益,若不切于纲常伦理、修齐治平之学者,虽字字珠玑、篇篇锦绣,亦洎如也。余自乙巳秋,秉铎江都,月进诸生而课之，又凛遵新令，更以策论经史相劘切，庠序多士，固已烝烝向道矣。至于市井乡野，略读书与不读书之人，余不能一一萃而教之也。今有天基石子，为人长厚，每喜立言晓示愚蒙，撰刻甚夥。兹观《雨花香》一编，并不谈往昔旧典，是将扬州近事，取其切实而明验者，汇集四十种，意在开导常俗，所以不为雅驯之语，而为浅俚之言，令读之者，无论贤愚，一闻即解，明见眼前之报应，如影随形，乃知祸福自召之义，一予一取，如赠答焉。神为之悚惧，心为之憬悟，志行顿然自新。若以此书遍布户晓，人各守分循良，普沾圣天子太平安乐之福，亦有补于名教不小，又何可计其言之雅驯浅俚也耶。因乐为之序。时在雍正岁次丙午仲春望日，文林郎内阁中书改授扬州府江都县儒学教谕兼训导事年家眷弟袁载锡拜题。

说明：上序录白上海图书馆藏清刻本《新刻扬州近事雨花香》，此本亦系《雨花香》《通天乐》的合刻本，无刻书堂号及刻印年月。首《雨花香序》，尾署"雍正岁次丙午仲春日，文林郎内阁中书改授扬州府江都县儒学教谕兼训导事年家眷弟袁载锡拜题",有"袁锡载印"阴文、"月到天心处(?)"阳文钤各一方。无石成金自叙。次"新刻扬州近事雨花香目录　扬州石成金天基集著　男莘年、嵩年校刻",凡四十种。正文半叶八行,行二十字。胡士莹《话本小说概论》以为系雍正四年原刻本。而孙楷第《中国通俗小说书目》则以为《传家宝》三集本为雍正四年刻本,皆误。书中《乩仙偈》后所附《奇逝传》记事已到雍正十年。作序在前,成书、刊刻在后的事常有,不能简单地把序所署年代与成书、刊刻年代等同起来。

袁载锡,曾任文林郎内阁中书,改授扬州府江都县儒学教谕兼训导事。馀待考。

通天乐

通天乐自叙

石成金

世人俱各有性天之乐，原不因外境之顺逆而移也。然人虽各有天乐，鲜得受享者，皆为私欲所蔽。予不揣愚昧，乃将明达语事，漫用俚言纪述数种——某某因在天理，即受许多快乐之福；某某因天理为私欲所蔽，即罹许多忧愁困苦之殃——各赘浅说，著书曰《通天乐》，谓人能通达乎性天之乐，则随时随境，皆享极乐于无涯矣。夫上而至于孔颜，乐处亦不外乎性天之乐，但能造其极耳。等而论之，程明道之"予心乐"者，惟自乐于性天，而他人不识也；白居易之字"乐天"者，趣专于性天之乐也；邵康节之居名"安乐窝"者，安于天乐也；司马光自得乎天乐，即以"独乐"名其园；王心斋学是学此乐，遂有《乐学歌》。今人能通此乐，则俯仰寰宇，凡水流花谢，鱼跃鸢飞，皆性天中之透露，何莫而非我心之真乐？昔日，予曾有鄙词云："眼前快乐谁能晓，自寻诸烦恼。高超极乐天,胜住蓬莱岛。"此即通乎性天之乐而已矣,又岂外景所能移易哉。雍正七年二月花朝,石成金天基撰写。

说明:上海图书馆藏清刻本《新刻扬州近事通天乐》无自序,上叙录自石成金《重刻添补传家宝俚言新本》四集卷八。

林兰香

《林兰香》序

粦嫠子

近世小说脍炙人口者,曰《三国志》,曰《水浒传》,曰《西游记》,曰《金瓶梅》,皆各擅其奇,以自成为一家。惟其自成一家也,故见者从而奇之。使有能合四家而为一家者,不更可奇乎。

偶于坊友处睹《林兰香》一部,始阅之索然,再阅之憬然,终阅之怃然。其立局命意,俱见于开卷自叙之中,既不及贬,亦不及褒。所爱者,有《三国》之计谋,而未邻于谲诡;有《水浒》之放浪,而未流于猖狂;有《西游》之鬼神,而未出于荒诞;有《金瓶》之粉腻,而未及于妖淫。是盖集四家之奇,以自成为一家之奇者也。或曰:子非奇士,性不好奇,兹乃以奇为言,不惮见哂于通人耶?答曰:《三国》以利奇,而人奇之;《水浒》以怪奇,而人奇之;《四游》以神奇,而人奇之;《金瓶》以乱奇,而人奇之。今《林兰香》师四家之正,戒四家之邪,而我奇之。是人皆以奇为奇,而我以不奇为奇也,奚见哂为？坊友是其言,遂书于卷首。麟嵝子叙。

林兰香丛语(寄旅散人引)

寄旅散人

山简闻王戎之言,乃大哭而别,以其为情重人也。惠子闻庄生之语,竟大笑而去,以其为忘情辈也。看《林兰香》者,总不出此两种。

王元美宴客,一术士谒之。座客争叩吉凶。元美曰:吾自晓大八字,不用若推算。士问:何为大八字？元美曰:我知人人都是要死的。此《林兰香》一部人物所以大半皆有收结。

觉隐有诗云:一派青山景色幽,前人田产后人收。后人收得休欢喜,又有收人在后头。遍观古今,感慨系之矣。而五院荒凉,特其渺焉者也。

李德裕戒子,毋以平泉花木与人,身没未几,竟为乌有。魏徵之宅,大唐撤殿材成之,少间即至易姓。萧瑀之宅改为荐福寺;马燧之宅改为奉诚园;郭汾阳之宅改为法雄寺,迁易靡常,倏如传舍。所以泗国府节不细叙。

唐云叟寄秦尊师云：翠娥红粉婵娟剑，杀尽世人人不知。耿朗溺于色，以致促其年是也。

辽懿德萧后以写《十香词》被诬赐死，是即梦卿题壁书扇之前车。

晋公主谓王戎曰：亲卿爱卿，是以卿卿。我不卿卿，谁复卿卿？此等韵致，爱娘有焉。

陶谷买得党家故妓，取雪茶共饮，谓曰：党太尉应不识此。妓曰：彼安得有此？但能于销金帐下，浅酌低唱，吃羊羔儿酒耳。若耿朗家，可谓兼之。

唐吉温、罗希奭为侍御史，随李林甫所欲，锻炼成狱，时谓罗钳吉网，是乃茅球前身。

顾希武曰：积财可以备患，患亦生于多财。与其因患而破财，孰若不积财而无患？此是与任自立一流人说法。

竺法深对刘尹云：君自见为朱门，贫道如游蓬户，公明达、季狸之交耿朗是也。

向子平尚男婚女嫁毕（毕），遂游五岳名山，莫知所终，此公明达之证。

徐洪客、虬髯公乃赫连照之证。

成化时内官覃吉，温雅笃诚，是全义之证。

李生之舅卢某有道术,邀李诣其居曰:求得一妓,兼善箜篌,令侍饮。箜篌上有朱字曰:云中辨江树,天际识归舟。后娶陆长源女,乃所见于卢家者,果善箜篌,朱字宛然,此摄魂之证。

陈眉公云:人生在世,生老病死关,谁能透过?但常人犹可,独美人名将,老病之状,尤为可怜。西子之泛五湖,姚平仲之入青城山,他年亦未必不死,但不使人见末后一段丑态耳。燕梦卿之早死,季子章之远去,良用此意。

有僧问希迁大师:如何是解脱?师曰:谁缚汝?又问:如何是净土?师曰:谁垢汝?又问:如何是涅槃?师曰:谁将生死与汝?若淫僧恶道,奸医蛊婢,乃自缚、自垢、自死之也。

陈觊为人最腐,五十方娶,自喜得偶,谓人曰:仆少处山谷,莫预世务,不知衣裾之下,却有此珍美物事,季三思及门馆先生毋乃似此。

孟宗一哭,冬自生笋,孝之所感也。寇公归葬,枯竹生芽,忠之所感也。梦卿死去,花木亦枯,情之所感也。

说明:上序及寄旅散人引均录自道光十八年本

衙藏版本《林兰香》。首《序》，尾署"麟媵子叙"。次"林兰香目录"，署"随缘下士编辑　寄旅散人批点"，凡六十四回。复次，"林兰香人物"，再次，《林兰香丛语（寄旅散人引）》。正文第一叶卷端题"林兰香　寄旅散人批点"，半叶八行，行二十字。版心单鱼尾上镌"林兰香"，下镌卷次、回次、叶次。从书中所写北京的地理环境，如"泡子河"看"河灯"，游金鱼池、西城高粱地以及其中的科考案颇似顺治十四年至十五年的方猷科场狱案，又提及《三国志》《水浒传》《西游记》《金瓶梅》，却只字不提《红楼梦》等，可断书出雍、乾之间或此之前（详参陈洪《林兰香创作年代小考》，《明清小说研究》1988年第三期）。

随缘下士、寄旅散人，真实身份、生平事迹待考。

梦中缘

梦中缘叙

莲溪氏

呜呼,凡书之传与不传,人也,岂非天哉!是书之著,出自无棣子乾李先生手。先生以名进士出身,教授里中,晚年胸有积愤,乃怨随笔出,遂成是书。其拒恶剔奸,不免辞伤太烈,然藉奸慝以抒悲愤,有不极之此而不快者。故在作者不觉其激,而读者亦谓必如是而后心乃平尔。至其写才子,写佳人,写缙绅孤介,以及瑞生一世之离合悲欢,直觉优孟复出,亦不能妆点得如此生动也。况乎议论之奇辟,吟哦之清新,披读一过,尤有饷遗无穷者乎。则是书之传也,必矣。乃以丰治之间,流寇作乱,原本半伤残缺,旁搜数家,乃成完璧,毋亦冥冥之中有为之呵护者?故曰天也。是为序。光绪十一年秋月,后学莲溪氏书于种蕉轩。

说明:上序录自崇德堂锓本《梦中缘》。原本藏南京图书馆。此本内封三栏,从右到左,分题"无棣李子乾先生著""新刻梦中缘""崇德堂锓"。首《梦中缘叙》,尾署"光绪十一年秋月,后学莲溪氏书于种蕉轩"。次"梦中缘目录",凡十五回。正文第一叶卷端题"梦中缘第一回",半叶九行,行二十字。版心单鱼尾上镌"梦中缘",下镌卷次、叶次。据叙知书作者为李子乾。

李子乾,名修行,字子乾,山东阳信人,"幼颖异,八岁能文。……弱冠以第一人入泮,优等食饩。康熙甲午(五十三年)举于乡,乙未联捷成进士,循例教习,留都门者三载。功课之馀,与同年诸名士分韵联诗,其倡和诸作与《四书文稿》《葩经集义》《家训十则》与《梦中缘》小说藏于家。"(《阳信县志·人物志》)),《梦中缘》为修行晚年之作,当在雍乾间。书出后当已刊行,惟原刊本不得见。李氏大约是屠绅之前,成进士,为官宦,作通俗小说,且方志公然著录其通俗小说的少数人之一。崇德堂本之外,尚有有益堂本、三义堂本等。

莲溪氏,待考。

五色石

《五色石》序言

笔炼阁主人

《五色石》何为而作也？学女娲氏之补天而作也。客问予曰："天可补乎？"予曰："不可。轻清为天，何补之有？"客曰："然则女娲炼石之说何居？"予曰："女娲氏，吾不知其有焉否也；五色石，吾不知其有焉否也。特昔人妄言之，而子姑妄听之云尔。然而女娲所补之天，有形之天也；吾今日所补之天，无形之天也。有形之天曰天象，无形之天曰天道。天象之阙不必补，天道之阙则深有待于补。"客曰："所谓天道之阙奈何？"予曰："天道非他，不离人事者近是。如为善未蒙福，为恶未蒙祸。禹、稷不必皆荣，羿、奡不必皆死。颜回早殀，盗跖善终。更有孝而召尤，忠而被谤。德应有后，而弗续箕裘；化足刑于，而致乖琴瑟。永怀奉养，而哀风树之莫宁；眷念在原，而怅鹡鸰之终鲜。以至施恩而遭负心之友，善教而得不令之徒。婿背义翁，奴欺仁主。诸如此类，何可胜数？甚且颠倒黑白，淆乱是非。燕人之石则见珍，荆山之璞则受刖。良马不逢伯乐，真龙乃遇叶公。名才以痼疾沉埋，英俊以非辜废斥。送穷无计，乞巧徒劳。青毡既叹数奇，红颜又嗟命薄。或赤绳误牵，或蓝田虚种。或彩云易散，伤哉玉折兰摧；或好事难成，痛矣钗分镜破。或暌违异地，二美弗获相通；或咫尺各天，两贤反至相厄。倩盼之硕人是悼，婉娈之季女斯饥。兹皆吾与子披陈往牒，遐览古今，所欲搔首问天，欷歔太息，而莫解其故者也。岂非女娲以前之天，其阙也不可知；而女娲以后之天之阙，真有屈指莫能殚，更仆莫能尽者哉。"客曰："如子所言，其阙诚有然矣。今子以文代石，遂足以补之乎？"予曰："吾固与子言之矣。女娲氏五色石，吾不知其有焉否也，则吾今日以文代石而欲补之，亦未知其能补焉否也。第自吾妄言之而抵掌快心，子妄听之而入耳满志。举向所望其如是，恨其不如是者，今俱作如是观，则以是为补焉而已矣。"客闻予言而称善。予遂以《五色石》名篇而为之序。笔炼阁主人题于白云深处。

说明：上序录自大连图书馆藏本《笔炼阁编述五色石》。此本未见内封，首《序言》，尾署"笔炼阁主人题于白云深处"。次"笔炼阁编述五色石目次"，凡八卷，卷目三字题后，又有联句，如"二桥春假相如巧骗老王孙　活云华终配真才士"之属。又次，图像四叶（缺第二叶），皆像赞各半叶。正文第一叶卷端题"笔炼阁编述五色石卷之一"，不题撰人。半叶九行，行二十字。写刻。版心由上而下，分题"五色石"、卷次、叶次。

笔炼阁主人，亦即徐述夔（1703—1763），清代《禁书总目》徐述夔悖妄书籍目内有《五色石传奇》。原名庚雅，字孝文，江苏如东人，乾隆三年（1738）举人，后官知县。因"一柱楼诗案"（清四大文字狱之一），死后遭剖棺戮尸，其生平所著亦遭禁毁。著有《一柱楼诗》《小题诗》《和陶诗》《五色石传奇》《八洞天》等。

《五色石》序

抚松主人

予尝负文事，往于横港，淹留旬馀。一日得闲，访外商市廛,偶观清人开书肆。予问曰:"近舶新书,有何奇书?"肆主曰:"新书发刊,日多一日,其类亦为不少。"予曰:"新书虽多,足见者甚鲜矣。非舐故人之糟粕,则系群书之抄录,虽新其名耳,未见有一读惊人之新著。我邦亦虽多新书,十之七八系翻译书。若古书翻刻,而政事穷理、经济历史等书最多,独至小说寥寥然矣。予太好小说,若有新著,倾囊不惜。"肆主曰:"小说新著,愈出愈奇,我藏数种。""择取一本,则幸甚。"肆主为予探书籭,拔数本见示。予试阅之,篇篇胪列蝌蚪耳,陈话腐说,宛如嚼蜡,不足读也。予曰:"书名虽新,惜哉陈腐,宁取故书而已。"肆主不喜,曰:"我非故书肆,子好故书,则须问曝书肆也。"予曰:"予所谓故书,非为蠹鱼腹中书,书故而纸新之谓也。"肆主未晓,故意倾故书籭,投于肆头。中有《五色石》,予尝读之,犹在记忆间,其价则却倍新书。予怪,诘之。肆主曰:"《五色石》,有名奇书也。我仅藏一本。子滥嘲新书,以为不如故册子,故示之而已,子不知乎?故书佳者,贵于新书。"予莞尔不答。遂购而归。

此篇系笔炼阁主著，虽不知其何人，盖亦小说家之巨擘也！全篇八卷，每卷异话，文字珠玉，笔彩烂漫。按之，则冰弦疏越，铿如子野之清商；批之，则云锦纷纶，灿若季伦之步障。至其模写人情，如脱靴爬痒，精细缜密。读者或喜或怒，或哀或乐，又或惹恨，馀意嫋嫋，掩卷味存，真一大奇书也！著者拟女娲氏之补天，以《五色石》名篇，岂其偶然哉！再三读之，益感动人。予订正误脱，旁施训点，珍重藏之久矣。顷者书肆高田氏见来访，谈偶及小说。予出《五色石》示之。高田氏赞称不措，曰："独读乐，不如与众共读乐。此篇宜上剞劂。"强乞不已。予不能拒，更加评点与之，亦实足以补无形之天乎！以为序。明治十有六年初冬，抚松主人识。

说明：上序录自日刊本《评点五色石》。此本内封叶前半叶题"补天"，后半叶题"妙笔"，复有半叶题"乙酉花朝，一六居士题"。首《序言》，题署与上同。次《序》，尾署"明治十有六年初冬，抚松主人识"。次"评点五色石目次"，八卷。正文上下栏，上栏眉批，下栏正文。卷端题"评点五色石卷之一服部诚一评点"。正文半叶十行，行二十字。版心双鱼尾上题"评点五色石",下署卷目、叶次。有台湾天一出版社影印本行世。

抚松主人,待考。

遍地金

《遍地金》序

哈哈道士

《遍地金》者，为笑笑先生之奇文而名也。天下无不生金之地，斯文人无不生金之笔。然天下无不生金之地，非其人，虽求不得；文人无不生金之笔，非其时，虽美弗传。天下无不生金之地，非其人，虽求不得，遂与瓦砾荆榛同归苦海；文人无不生金之笔，非其时，虽美弗传，遂与残编断简同付秦灰。可胜叹哉！

笑笑先生胸罗万卷，笔无纤尘，纵横今古，椎凿乾坤。举凡缺陷世界，不平之事，遗憾之情，发为奇文，登诸梨枣，传诵宇内，莫不掷地作金石声。是先生之文，即大地之金也。《补天石》告成，继以是编，此《遍地金》之所由名耶。行看是书行世，纸贵洛阳，穷谷遐陬，无人不读先生之文，斯无地不睹先生之金。名曰《遍地金》，谁曰不宜？哈哈道士题于三台山之言静楼。

说明：上序录自本衙藏板本《遍地金》。原本藏大连图书馆。此本内封由右向左，分题"笔炼阁编次绣像""遍地金""本衙藏板"。实无绣像。首《序》，尾署"哈哈道士题于三台山之言静楼"。次"笔炼阁编述遍地金目次"，凡四卷。正文第一叶卷端题"笔炼阁编述遍地金"，半叶九行，行二十字。版心署卷次、叶次。

《遍地金》实即《五色石》之后四卷（序所谓"《补天石》告成，继以是编，此《遍地金》之所由名耶"）。或许系书贾割裂《五色石》而成。

笔炼阁，见《五色石》一条。

哈哈道士，真实身份、生平事迹待考。序中提及"《遍地金》者，为笑笑先生之奇文而名也"，此"笑笑先生"亦笔炼阁主人之号？还是纯系假托（将书与《金瓶梅》或屠绅等搅在一起，以为广告）？

八洞天

(八洞天)序言

五色石主人

《八洞天》之作也,盖亦补《五色石》之所未备也。《五色石》以补天之阙,而阙不胜阙,则补亦不胜补也。夫天之不克如人愿者何限?今试举其大者言之:苟欲其悉如人愿焉,将必使夏禹不丧父,宣尼不幼孤,皋鱼不悲风树,王哀不泣蓼莪,虞舜之亲母重生,闵损之先慈再世,汉昭侍奉钩弋,宋仁终养宸妃,如是者方称快;又必使新城之雉勿经,二子之舟竟返,思子之宫不作,黄台之瓜不稀,伯奇孝已俱得还魂,卜商(商)、邓攸不致乏嗣,如是者方称快;又必使石娘之夫婿忽归,荀令之佳人复得,买臣不被弃于糟糠之妇,小玉不见负于薄幸之郎,文姬之节幸全,淑真之配弗误,刘家之伎不夺于权贵,章台之柳不折于他人,如是者方称快;又必使左丘不失明,张藉不病目,孙子不膑脚,史迁不腐刑,种荳之歌不见怒于汉帝,斗鸡之檄不见恶于唐宗,孟浩之诗不放还，刘蕡之策不下第，如是者方称快；至于箕裘堂构之间，兄弟叔侄朋友主臣之际，务令贤父勿生不肖之子，佳胤勿产败德之门，蔡仲不必居盖愆之名，石碏不必有灭亲之举，伯牛无向魋之兄，展禽无盗跖之弟，白公继楚而太子建之祀得延，季札受吴而公子光之衅不起，如意获全，德昭无死，快人心者当如是；又务令谷风不嗟弃予，行野不伤异旧，笃友之羊角不亡，负交之暴公被斥，任昉之儿不衣葛，叔敖之子不负薪，爱君之屈原不沉渊，存孤之杵臼不断领，卖主之长脚受极刑，易储之新恩蒙显戮，快人心者，当如是而未已也。以天之力，奚求弗获，而男定是男，女定是女，虚定是虚，实定是实，犹未见天道之神奇而莫测也。必也，阴可变而为阳，阳可变而为阴；无可变而为有，有可变而为无，夫乃叹造物之灵而识化工之幻。然如是以求天，而天几穷矣。有疑予言者曰："以若所云，或天之外另有一天，然后可。"而予曰："不然。倘谓天之外另有一天，是非复人间世之天，而别一洞天者也。而彼别一洞天者，以为不在人间世之中，而又未始出人间世之外。试思宇宙之大，何所不有。人特囿于成见，拘于旧闻，有不及知耳。假如女娲补天之说，古未尝传，而吾今日始创言之，未有不指为荒诞不经者。推此而论，又安知别一洞天之天，非即此人间世之天也哉！况自有天以来，所不必然之事，实为自有天以来，所必当然之理；诚知其理之必当然，更何得以其事之不必然而疑之也。"予故广搜幽览，取稗史之阙于纪，野乘之阙于载者，集其克如人愿之逸事，凡八则，而名之曰《八洞天》云。五色石主人题于笔炼阁。

说明：上序言录自该书之日本内阁文库藏本。此本内封题"八洞天"，不题书坊名。首《序言》，尾署"五色石主人题于笔炼阁"。次"笔炼阁编述八洞天目次"，凡八卷。正文卷端题"笔炼阁编述八洞天卷×"，半叶九行，行二十字。写刻。版心上镌"八洞天"，下镌卷次。台北天一出版社《明清善本小说丛刊》、上海古籍出版社《古本小说集成》曾影印行世。日本秋水园主人《小说字汇》引书目引录。另大连图书馆、北京大学图书各藏抄本。

五色石主人，当即笔炼阁主人，见《五色石》条。

快士传

（快士传识语）

古今妙文所传，写恨者居多。太史公曰：诗三百篇，大抵皆圣贤发愤之所为作也。然但观写恨之文，而不举文之快者，以宕漾而开发之，则恨从中结，何□（时？）得解？必也，运扫愁之思，挥得意之笔，翻恨事为快事，转恨人为快人，然后□得破涕为欢，回悲作喜，则《快士传》不可不读。

（快士传）序言

五色石主人

古今之载籍繁矣，求其快人心者，历数代止一二人。就此一二人之身，求其快人心者，终一生止一二事。甚哉，快心之人与快心之事，不可多得，有如此也！盖必我快我心，而后可以快人心。我生平有所郁郁不得志于初，深望异日之云蒸龙变，得大伸其志，而或遭时不偶，赍志以没，则不快；即稍稍得一伸,而不尽伸,则终不快。且我将有所投于人,而不克报;人或有所托于我,而不克如其托,则又不快。以我自揣,不快我心之事凡几。而及身不能快,至待之后人;今生不能快,至需之来世,则长逝者魂魄私恨无穷,此志士所为仰天椎心而泣血者也。予尝缅想古今以来,策如苏秦,而不获雪敝裘之耻者何限!智如张仪,而不获报盗璧之冤者何限!膑脚如孙子,而不获制庞涓之命者何限!折胁如范雎,而不获取魏齐之头者何限!韩信无萧何之荐,则一饭之德曷酬;季布无朱家之藏,则千金之诺莫显;长卿不逢汉帝,则题桥适见笑于王孙;班超不勒燕然,则投笔祗受嗤于俗辈;使孤儿早殒于屠氏,则程婴存赵之念空怀;使高祖见杀于鸿门,则张良为韩之情徒结。彼偶邀天幸而得遂厥衷,声施后世,亦极难耳。其他嗟命途之多舛,悲遂命之无时,不可胜数。虽怀瑾握瑜,含诟忍辱,而其人既厄,则名亦弗传。呜呼!天寔为之,谓之何哉?假当挽世而有人焉,有愿必成,有忿必泄。矢己必表之日星,救人必出之汤火。忼慨淋漓,不留遗憾,斯其快我心而并快人心,为何如者?余爱之慕之,乐得而称述之。因目之曰"快士",而为之传云。五色石主人题。

说明:上序录自清写刻本《快士传》。此本内封三栏,由右向左,分题"五色石主人(按,下可能有"新编"二字)""快士传"、识语。首《序言》,尾署"五色石主人题",次目录,凡十六卷。正文卷端题"快士传 五色石主人新编",半叶八行,行二十字。版心单鱼尾上镌"快士传",下镌卷次、叶次。原本藏中国艺术研究院戏曲研究所,上海古籍出版社以此本为底本,残缺部分以北图本补配。据《中国通俗小说总目提要》,北图本首残序,尾署"长洲钱尚□(濠)题于海山书屋",有"钱尚□(濠)印"阴文、"振之氏"阳文钤各一方。北图本此序实为《买愁集·哀集》序(详参文革红《钱尚濠非"五色石主人"考》)。《买愁集》题"绥山主人钱尚濠振之辑、石天散禅沈禅显朗倩阅"。

五色石主人,当即笔炼阁主人,见《五色石》条。

东周列国志

《东周列国志》序

胡宗文

传之为言传也,所以传述古人,以诏于后世也。志之为言记也,所以记载善恶,为后世之法戒也。然则稗官野乘,虽正史之支流,而是非邪正,褒贬予夺,其立法而垂戒者,亦必隐然自见于载笔之下,非仅操觚染翰为附赘悬疣之论已也。

《麟经》而后,世无善史。龙门以旷世逸才发愤著书,上起轩辕,下终汉武,观其自序,实有上继《春秋》之意,故体裁序事为诸史之冠。其后若孟坚之整密,蔚宗之典赡,犹未免踳驳之讥。至于陈寿帝魏而寇蜀,两晋骈四而俪六,荒芜杂秽,毁誉失真。即欧阳修之《新唐书》,事增于前,文省于旧,亦终不知(如)《五代史》之褒贬谨严,犹为得《春秋》之法。况宋、辽、金、元而下,滥漫纷沓,莫可究诘者哉!夫史为传之母,而传为史之子。作史者无传信之文,即演之为传,亦不过旁罗小说,捃摭成书,事既杂以荒唐，文亦多其附会。此何异《封神》《水浒》，自幻蜃楼；《夷坚》《齐谐》，徒详怪物者乎？故余谓志、传之作，自盘古以迄宋明，总不若《东周列国》为传信而可征也。

夫列国之事，其始备于《春秋》《左传》，而其后详于《国策》《史记》。孔子以不得已之心，托二百四十二年南面之权，一笔一削，悉本至公。后之人非可意为论断；即《战国》、司马之文，或词简而义深，或事该而语括，敷陈演绎，大费心裁，使非兼有三长，恐亦头白汗青而莫下矣。独是敷文叙事，惟取详明；征传引经，莫穷体要。其间治乱兴衰之由，善恶邪正之辨，必不暇大书特书，仿《春秋》之义例；唯评者显微而阐幽，则圣人立法垂戒之意，昭然若揭于后世。

《列国》批评，近有数家，而惟蔡君为最。盖诸家评语，或繁或简，简则达心言略，撮举大要，而阅者无以考其详；繁则多事诙谐，仅资游谈，而正义或反因以晦。蔡君之评，论必据经，语必诛意，既不背于微显志晦之文，即于宣圣之笔削亦无不共相印合。是虽不读《春秋》《左》《国》《史记》诸书，而得窥此编，其于春秋战国间兴衰治乱、善恶邪正，无不瞭然在目矣，岂非诸家之翘楚也乎！第其评语概列于前，先断后案，未免目眩。予于己未夏初署理松江府篆，政事之暇，偶阅是书，爰不揣固陋，妄为改订，讹者正之，繁者芟之，庶披读之下，开卷了然；间亦窃附管蠡之见，以补原评之所不及。土壤细流，共成高深，庶斯志也，不仅为稗野之史，而实为经世之书也夫。时乾隆五年岁次庚申春月，绣谷胡宗文题。

《东周列国志》序

蔡元放

书之名亡虑数十百种，而究其实，不过经与史二者而已。经所以载道，史所以纪事者也。"六经"开其源，后人踵增焉。训戒、论议、考辨之属，皆经之属也。鉴记、纪传、叙志之属，皆史之属也。顾"六经"者，圣人之书也。言体必有用，言用必有体。《易》与《礼》《乐》，经中之经也，而事亦纪焉；《诗》《书》《春秋》，经中之史也，而道亦彰焉。后人才识浅短，遂不得不岐而二之。二之，斯不能不有所戾。

故高谭名理者,常绌于博识之士;而自矜该洽者,其是非或谬于圣人。顾理无二致,故言道之书,虽世不乏著,究其精者,亦不过恢张馀蕴,仅可作佐翼注疏;其卑者糟粕唾馀而已。若稍肆焉,则穿凿傅会,破碎支离之弊出矣。至于事则不然,日异月新,千态万状,非圣人已然之书所能尽也。故经不能以有所益而史则日以多。夫史固盛衰成败、废兴存亡之迹也。已然者事,而所以然者理也。理不可见,依事而彰,而事莫备于史。天道之感召,人事之报施,知愚忠佞贤奸之辨,皆于是乎取之,则史者可以翼经以为用,亦可谓兼经以立体者也。自制举艺出,而经学遂湮。然帖括家以场屋功令故,犹知诵其章句。至于史学,其书既灏瀚,文复简奥,又无与于进取之途,故专门名家者,代不数人。学士大夫则多废焉置之,偶一展卷,率为睡魔作引耳。至于后进初学之士,若强以读史,则不免头岑岑,目森森,直苦海视之矣。《春秋》三传,《左氏》最为明备,专经者,犹或不能举其词,况其他乎!顾人多不能读史,而无人不能读稗官,稗官固亦史之支流,特更演绎其词耳。善读稗官者,亦可进于读史,故古人不废。

《东周列国》一书，稗官之近正者也。周自平辙东移，下逮吕政，上下五百有馀年之间，列国数十，变故万端，事绪纠纷，人物庞沓，最为棘目鳌牙，其难读更倍于他史。而一变为稗官，则童稚无不可得读。夫至童稚皆可读史，岂非大乐极快之事邪？然世之读稗官者颇众，而卒不获读史之益者何哉？盖稗官不过纪事而已。其于智愚、忠佞、贤奸之行事，与国家之兴废存亡、盛衰成败，虽皆胪列其迹，而与天道之感召，人事之报施，智愚、忠佞、贤奸计言行事之得失，及其所以盛衰成败、废兴存亡之故，固皆未能有所发明，则读者于事之初终原委，方且懵焉昧之，又安望其有益于学问之数哉？夫既无与于学问之数，则读犹不读，是为无益之书，安用灾梨祸枣为？坊友周君，深虑于此，嘱予者屡矣。寅卯之岁，予家居多暇，稍为评骘，条其得失而抉其隐微，虽未必尽合于当日之指，而依理论断，是非既颇不谬于圣人，而亦不致遗嗤于博识之士。聊以豁读者之心目，于史学或亦不无小裨焉。故既为评之，而复叙之如此。乾隆元年春月，七都梦夫蔡元放氏题于支瞬居中。

《东周列国志》读法

蔡元放

《列国志》与别本小说不同,别本多是假话,如《封神》《水浒》《西游》等书,全是劈空撰出,即如《三国志》最为近实,亦复有许多做造在于内;《列国志》却不然,有一件说一件,有一句说一句,连记实事也记不了,那里还有工夫去添造?故读《列国志》全要把作正史看,莫作小说一例看了。

(小说是假的好做,如《封神》《水浒》《西游》诸书,因是劈空捏造,故可以随意补截,联络成文;《列国志》全是实事,便见得一段一段,各自分说,没处可用补截联络之巧了,所以文字反不如假的好看。然只就其一段一段之事看来,却也是绝妙小说。)

《列国志》原是特为记东周列国之事,东迁始于平王,多事始于桓王,而本书却从宣王开讲者,盖平王东迁由于犬戎之乱,犬戎之乱由于幽王宠褒姒、立伯服,褒姒却从宣王时生根,且童谣亡国,亦先兆于宣王之世,故必须从他叙起,来历方得分明。此记事人倒树寻根之法,亦不得不然之理也。

（《列国志》是一部记事之书，却不是叙事之书；便算是叙事之书，却不是叙事之文，故我之批，亦只是批其事耳，不论文也。非是我不论其文，盖其书本无文章，我不欲以附会成牵强也。）《列国志》一书，大率是靠《左传》作底本，而以《国语》《战国策》《吴越春秋》等书参之，又将司马氏《史记》杂采补入，故其文字笔气，不甚一样，读者勿以文字求之。

《列国志》因是杂采众书所成，故其事之详略，都是不得不然，当日作者不曾加意增减，若再加修饰一遍，便自然更是好看。而列国之事是古今第一个奇局，亦是天地间第一个变局。世界之乱，已乱到极处，却越乱越有精神；周室之弱，已弱到极处，却弱而不亡，淹淹缠缠，也还做了两百年天子，真是奇绝。

周室卜世卜年，皆过其数。子孙虽已微弱之甚，而仍称共主，不至遽然亡灭，前人议论，有说周家忠厚开基，盛德之报；有说封建屏藩，互相维制之力。据我看来，两说都有些正，不可偏在一处讲。

（若说周家忠厚开基，盛德之报，便该多出两个贤王,赫然中兴几次,何以仅拥虚名,丝毫不能振作?若说封建屏藩,互相维制之力,则夏商两代,建国相同,何以没有许多展转变态?如此论来,则东周列国,还是造物好奇,故作此特奇至变之局,以标新立异耳,不必纷纷强为说也。)

由周而秦,是古今变动大枢纽。其变动却自东迁以后起,逐渐变来,其中世运之升降,风俗之厚薄,人情之淳漓,制度之改革,都全不相侔,子弟能细心考察,便是稽古大学问。

即如用兵一事,春秋是春秋之兵,战国是战国之兵,不消说是大相悬绝,即春秋中齐桓与晋文,便有大段不同处;齐桓时用兵,还不过声罪取服,其究竟不过请成设盟而已;到晋文时,便动辄以吞并为事,这便是世变大端中之一小变了;齐桓时用兵,不过论百论千,到晋文时,兵便大盛,一战之际,常以万人;齐桓用兵,还是堂堂之阵,正正之旗,到晋文时,便多行诡计了。(子弟于此等处能细心理会,便是善读稗官者。

晋文用兵诡谲,)却也是到了那个时候,其势不得不然,正是天运改移处,(正自怪他不得),若不然，便如宋襄一般，自取祸败了。用兵之法，变化多端，用少用众，用正用奇，最是不可方物，唯有《列国志》中，却是无体不备。前人于《左传》中，集其用兵计谋，便谓兵谋、兵鉴，已得要领，况又益之以战国若干战法乎？子弟理会得此等处，（便不枉读了此本稗官也。

用兵是第一件大事，兵法是第一件难事，其中变化无端，即专家也未必能晓彻，今既读了《列国志》，便使子弟）胸中平添无数兵法，《列国志》有益子弟不少。

出使专对，圣人也说是一件难事。唯《列国志》中，应对之法最多，其中好话歹话，用软用硬，种种机巧，无所不备。子弟读了，便使胸中平添无数应对之法，真是有益子弟不少。（稽古用兵、专对，都是极大极难学问，今却于稗官得之，岂不奇绝？）

金圣叹批《水浒传》《西厢记》，便说于子弟有益。渠说有益处，不过是作文字方法耳；今子弟读了《列国志》，便有无数实学在内，此与《水浒传》《西厢记》岂可同日而语！

一切演义小说之书，任是大部，其中有名人物纵是极多,不过十数百数,事迹不过数十百件,从无如《列国志》中人物事迹之至多、极广者。盖其上下五百馀年,侯国数十百处,其势不得不(极)多,非比他书,出于撮凑。子弟读此一部,便抵读他本稗官数十部也。

《列国志》中人物情事虽千态万状,无所不有,却无神佛僧道、邪说妖言在内,便觉眼界中清净许多,比他本稗官真是好看。

《列国志》中也有几处说鬼,却是从左氏传来,其说鬼处也还在理上,不与他处邪说同也。(左氏说鬼,虽与他处不同,然毕竟是他恍惚附会处,未可以为信史。)

《列国志》中有许多坏人,也有许多好人,但好人也有若干好法,坏人也有若干坏法,读者须细加体察,遂各自分出他的等第来,方于学问之道有益,不可只以好坏二字囫囵过了。

《列国志》中,虽是也有好人,也有坏人,然毕竟是坏的多似好的,且好人又轻易不能全美,又多是各成其好,不甚相同;至于坏人做坏事,往往如出一辙,亦且穷凶极恶,已精,而益求其精的坏法,都坏将出来,当时人君却偏偏欢喜坏人;若善恶同时,又往往好不胜坏,又不知是天意作兴恶人?又不知用人者都是瞎子?真令人解说不出。

坏人明明作恶,还自好辨,偏是大奸大恶之人,他却偏会依附名义,竟似与好人一般,在暗里行其险毒之计,这种人最是难认,观人者不可不知。

恶人依托名义,虽是可以惑人,毕竟也有露马脚处,只是观者不审,便被他所骗耳,若明眼人自瞒不过。

大约看好人坏人之法,只从义、利二字上着眼,便可十得七八。贤奸之变,虽有万态,究其本,总不能外此两字而已。

义、利二字不并立。天理看得重,爵禄身家看得轻,便是君子;若事事只图自私自利,便自然要行到刻薄险毒上去了,从何处还有天理来?

义、利二字,其机甚微,到后来便有天渊之隔。即如臣弑君、子弑父是天地间非常大变,然原其心,却不过从利上起耳。若肯将名位富贵看得轻,便自然没有此事了。

《列国志》中篡弑之祸甚多,其臣为乱臣,子为贼子,罪不容诛,自不消说;然论世者也要将那君父察勘一番,推求其所以致此之故,虽不以此而宽臣子之罪,却当以此垂诫为人君父者,使其有所畏惮。故圣人云:君君臣臣,父父子子。又云:为人君,止于仁;为人臣,止于敬;为人子,止于孝;为人父,止于慈。又云:君使臣以礼,臣事君以忠。诸如此类,不可胜数,大率都是互举。后世一切重责子臣,便似凡为君父便可恣肆为恶者,此是宋儒之偏,失圣人之意矣。

(君义臣行,父慈子孝,兄友弟敬,夫和妇顺,自是万古不易之理,亦人情至允之论,然圣人教人,只是自尽:为人父者只是自尽其慈,不必因慈而遂责子之孝;为子者亦只是自尽其孝,不可因孝而遂望父之慈。推之君臣、兄弟、夫妇,都是一般,便自然不至有人伦之变了。《列国志》中许多人伦之变,总由望于人者深耳。

父以慈而责孝,子以孝而望慈,已是不可,况又有父不慈而专责(此处疑夺一"子"字)之孝,子不孝而专望父之慈!君臣、兄弟、夫妇间总不自尽,一味责人,岂不可笑?居心如此,安得不做出把戏来?

然世又偏多此一辈人,可叹也!)

立子以嫡,无嫡立长,自是正理;废嫡立庶,废长立幼,于天理人情,自是不妥。然立庶立幼者,爱之也。爱之必思所以安全之。今悖于情理而立之,后来便必致有杀夺之祸,不特富贵享不成,反连性命都送断了,又贻家国以覆乱之祸,其是非利害,本自显然,却以私心所溺,遂弃安从危,去利就害,自寻祸乱。《列国志》中,此等不可枚举。前车既覆,后车复然,甚有身与其祸,而到后来仍自蹈之者,此等愚人,真是愚得又可笑,又可恨,又可怜。

忠而见疑,信而得谤,自是常事,只看自己所处之地与所遇之人何如耳。《列国志》中,此类甚多,其中有学有术,处之有方者,庶几自全;若只是一味自信,莽戆行去,个个身受其祸,如申生、叔武之类是也,读之令人时生学术不多之惧。子弟于此等处,须加意理会,万勿草草看过。

《列国志》中,有许多出于微贱,一时投契君心,遂得致位卿相,荣宠终身,如管仲、宁戚、百里奚、范雎等类,其胸中抱负经济,都是最上一流,只看他初见时,各有一番高识定论,足以深入人主之心。至其后来设施,也都是条条件件,次次第第,上利君国,下益民生,可见不是一时取给口舌之便者;然若不是机缘凑巧,便也只好困穷草泽,沉埋一生了。天下万世,怀才抱义而不得其时者,何可胜数,思之令人浩叹!

战国是游士之世,其游说之术,大都不甚相远,只是其中人品,却自有优劣、邪正、高下之不同,读者须自出眼力分别之,莫作一例看了。物莫不聚于所好。国君好贤,如齐桓,便有管、宁等诸人;晋文则有狐、赵等诸人;魏文则有田、段等诸人。齐庄好勇,则有殖绰、郭最等诸人。夫力举千斤,射穿七札,亦难得之力,而一时便有多人,可见一切人材,只患求之不力耳,何患无材哉?有国家者,操用人之权,而辄曰人材不足,吾不信也。

人主自中材以上,未有不极知国事之需贤共理者,然高爵厚禄,偏难以与君子,而易以与小人,及到有事之秋,却要贤能君子出力,却是急切没处去讨,遂有乏才之叹,岂不可笑?

(用贤人君子,原是极便宜事,他却不肯用;小人平日爵禄,也是一般,到有事时,除不能出力,还要卖国求荣,是极不便宜之事,却偏要喜欢他用正,正不知是何等算计?)

贪人不顾天理,昧却良心,做上许多坏事,其意不过图终身受用耳,却不知坏却良心,依旧不得受用,枉落千古骂名,有何便宜处?乃前人跌倒,后人偏不晓得把滑。如《列国志》中,乱臣贼子,接踵而起,饕餮嗜金,虺蛇甘鸩,可胜浩叹!

圣人云:性相近,习相远。古谚云:近朱者赤,近墨者黑。中材之主得贤臣,则可以为贤君;与奸佞谗谄之人处,则陷于恶而不觉矣。《列国志》中,诸君太半是因臣下以为转移,而其名誉美恶,遂成千古话柄。

(天下固多中材之人,其尚择所与哉。

人家子弟天性高明,不为俗情所染者,千万中只好一二;其傲狠下流,不可化诲者亦少。大约俱是中材。幼时父师教训是不消说,到成童以后,若朝夕起作,都是有学问、有品行之人,便自然日进于上达;即商贾买卖中,常与老成敦厚者相习,便也可成一个敦朴诚实之器;若于轻薄、佻诈、浮荡者处,便自然要往下流一路去了。但为善难而为恶易,故常亲善人未必便善,而与不善者处,便容容易易走入邪径。相与起作之人,十个中只有一两个坏的,那弟子便有些不可保了;若善恶相参,那一半好人,便全不足恃,况并无贤人君子在内,又何望其向上乎?为人祖父之心,谁不愿子孙做贤人君子?而不为之择交,是犹南辕而北辙也。及到他已是习于下流,却才悔恨去责备他,要他改过,尚可及也?

尝论:正人最是难交,只是图他有益耳;与不肖处,煞是快意,只是相与到后来,再没个好收场。正人平日事事要讲理讲法,起居饮食,都要色色周到,已是令人生厌,若汝做些不合道理之事,便要拦阻责备,使人絮烦,但是与他起作,却也没甚祸害出来,即或有意外之虞,他便肯用心出力,排难解纷,必期无事而后已。不肖之人,平日或图饕餮口腹,或图沾润钱财,随风倒舵,顺水推船,任我颐指气使,其实软媚可喜;只是他到浸润不着你的时候,稍拂其意,翻过脸来,便可无恶不作,从前之快心,都是今日之口舌,或遇你有别事,他便架空生波,于中取利,事若败坏,他便掉臂不顾,还要添上许多恶态恶言,不怕你羞死气死。却怪人择交,偏要蹈软媚洗腆，及到事后追悔，已是无及。试看《列国志》中，君相用人，士大夫交友，往往堕此套中而不悟，可悲可叹。）

"良药苦口利于病，忠言逆耳利于行。"虽是两句熟话，却是亘古不易之言。试看《列国志》中，许多君相卿士大夫，起初任情径遂，不听好言，无不贻到头之悔，及到祸乱已成，身名已败，却才思想善言，自羞自恨，已无及了。吾愿普天下贤士大夫、读书学者，于良朋密戚，逆耳言来，莫便愤然加怒，且将那言语细细详味一番，即使其言不是，于己亦无所损，倘事有可疑，理有足采，便可及时补救，免到后来懊悔也。

本书中批语议论，劝人着眼处，往往近迂，殊未必惬读者心目，然若肯信得一二分，于事未必无当，便可算我批书人于看书人有毫发之益，不止如村瞽说弹词，仅可供一时之悦耳也。

教弟子读书常苦，大是难事。其生来便肯钻研攻苦，津津不倦者，是他天分本高，与学问有缘，这种人千百中只好一二，其馀便都是不肯读书的了。但若是叫他读论道、论学之书，便苦扞格不入；至于稗官小说，便没有不喜去看的了。但稗官小说虽好煞，毕竟也有不妥当处，盖其可惊可喜之事，文人只图笔下快意，于子弟便有大段坏他性灵处。我今所评《列国志》，若说是正经书，却毕竟是小说样子，子弟也喜去看，不至扞格不入；但要说他是小说，却件件都从经传上来，子弟读了，便如把一部《左传》《国语》《国策》都读熟了，岂非快事？

有人来说：《列国志》也不是全美之书，不可辄与弟子读。试问其故，则曰：其中夹有许多骄奢淫逸、丧心蔑理之事，恐子弟看了，引他邪心。此真三家村中冬烘先生之见，否则，假道学及小儿强作解事者也。夫圣人之书，善恶并存，但取善足以为劝，恶足以为戒而已。他本小说，于善恶之际，往往不甚分明；其下者，则更铺张淫媟，夸美奸豪，此则金生所谓其人可诛，其书可烧，断断不可使子弟得读者也。若《列国志》之善恶报施，皆一本于古经书，真所谓善足以为劝，恶足以为戒者，又何嫌于骄奢淫逸、丧心蔑理也哉？（《列国志》是一部劝惩之书，只看他忠奸厚薄，无有不报，即不报之于身，子孙也终久逃不过，真是有益世道人心不小。）他书亦讲报应，亦欲劝惩，但他书劝惩多是寓言，惟《列国志》中，件件皆是实事，则其劝惩为更切也。

《列国志》中繇词，其语甚古，亦甚验，不知当日所用是何占书，如何占法，自秦火后失传，殊令人恨恨。

《列国志》前后评语悉是随手写去，更不曾重加点窜，其中字句多有不妥适处，盖我只是评其事理之是非，原无意于文字之工拙也。

《列国志》中，谬误甚多。如《左传》《史记》俱言宋襄夫人王姬，欲通公子鲍而不可，旧本乃谓其竟已通了，又说国人好而不知其恶，此事关系甚大，故不得不为正之。他如彗星出于北斗，主宋、齐、晋三国之君死难，本是周内史叔服之占，却作齐公子商臣使人占之，此类甚多，不能遍及也。

说明：上二序及读法，录自咸丰四年（1854）书成山房本《东周列国全志》，藏天津图书馆。此本内封分三栏，题"秣陵蔡元放批评""硃套东周列国全志""书成山房开雕"。首《序》，尾署"乾隆五年岁次庚申春月，绣谷胡宗文题"。次《序》，尾署"乾隆元年春月，七都梦夫蔡元放氏题于支瞬居中"。有图像十二幅，皆像赞各半叶。次"东周列国全志国次"，署"七都梦夫蔡元放批"，凡一百八回。次《凡例》，与《新列国志》同，不赘。次《读法》。次《叙》，尾署"绣谷吴门可观道人小雅氏撰"，亦与《新列国志》同，不赘。正文第一叶卷端题"东周列国全志卷之一"，署"白下蔡奡元放甫评点"。半叶十二行，行二十六字。版心单鱼尾上镌"东周列国志"，下镌卷次、叶次。

蔡元放，秣陵（今江苏南京）人，名奡，号七都梦夫、野云主人。此之外，还评过《水浒后传》。清初著名文学家。

又有《增像全图东周列国志》铅排印本，其《读法》文字与书成山房本有不同，多出括号中内容。